PASSION DANS LE BAYOU

PATRICIA HAGAN

PASSION DANS LE BAYOU

Traduit de l'américain par Anne Benjamin

J'AI LU
POUR elle

Titre original :
HEAVEN IN A WILDFLOWER
HarperPaperbacks
a division of HarperCollins Publishers, N.Y.

Retrouvez toutes les collections **J'ai lu pour elle** sur notre site :

www.jailu.com

1

La Nouvelle-Orléans, été 1858

Une brise chaude pénétrait dans la chambre par la porte-fenêtre ouverte. Vêtue d'une fine chemise de jour, Angela se sentait prisonnière. Elle était censée faire la sieste, ou du moins rester étendue au calme sur son lit. En cette saison, le repos était recommandé durant les heures les plus chaudes de la journée pour éviter les mauvaises fièvres. Mais cette seule idée la mettait hors d'elle.

Bordée des deux côtés par des chênes centenaires, l'allée qui descendait vers le fleuve paraissait fraîche en comparaison de la pièce surchauffée. La jeune fille eut soudain envie de se baigner. Elle avait découvert, quelques années auparavant, en compagnie de Simona et d'Emalee, une petite piscine naturelle dans un méandre du bayou Perot, alimentée par un courant souterrain qui empêchait l'eau de stagner et qui chassait les reptiles. Les jeunes filles n'y avaient jamais vu ni serpents ni crocodiles.

Avec un pincement au cœur, elle se dit qu'il lui restait bien peu de temps pour profiter de la liberté.

Depuis que ses fiançailles avec Raymond Duval avaient été annoncées officiellement, le jour de ses seize ans, il y avait de cela un mois, son insouciance s'était envolée. Bien sûr, elle savait depuis toujours qu'ils étaient destinés l'un à l'autre mais, lorsque la date du mariage avait été fixée à Noël, elle avait soudain compris ce que cela signifiait réellement. La peur lui nouait l'estomac à l'idée de quitter la demeure familiale pour s'installer à La Nouvelle-Orléans.

Petite fille, elle était toujours accrochée aux basques de son père qu'elle adorait. Il lui avait appris à monter à cheval et à se servir d'un fusil aussi bien qu'un garçon. Sa mère ignorait tout de ses talents typiquement masculins qu'elle aurait sûrement désapprouvés. C'était un secret entre son père et elle. Et dire que, maintenant, Angela devait jouer d'un instrument de musique !

C'était Ida Duval, la mère de Raymond, qui avait insisté pour qu'Angela apprenne le piano. Elle estimait qu'une maîtresse de maison devait savoir quelques morceaux pour divertir ses hôtes après le dîner. Aussi Mme Melora Rabine venait-elle désormais deux fois par semaine lui donner des leçons.

À la surprise générale, Angela s'était révélée particulièrement douée. Il lui suffisait d'écouter un morceau une ou deux fois pour être capable de le rejouer à l'oreille. À tel point que sa sœur adoptive Claudia, qui était en fait sa cousine et qui étudiait le piano depuis des années, l'avait accusée de s'exercer en cachette depuis longtemps.

Mais les exigences d'Ida ne s'étaient pas arrêtées là. Elle avait aussi envoyé quelqu'un pour lui enseigner la couture. Les protestations d'Angela étaient restées lettre morte, et elle avait fini par soupçonner sa mère d'être secrètement ravie que sa fille soit trop occupée pour rejoindre Simona et Emalee ! Twyla, en effet, ne voyait pas d'un bon œil l'amitié de sa fille pour les deux jeunes Acadiennes. Elle était d'ailleurs loin d'être la seule à mépriser ces gens-là. Angela, quant à elle, avait été révoltée lorsqu'elle avait su la manière dont les ancêtres français de ses deux amies avaient été chassés d'Acadie par les Anglais et forcés de s'exiler dans des régions inconnues. Bon nombre de Français spoliés, comme la famille d'Emalee et celle de Simona, avaient choisi de s'établir sur les terres fertiles qui longeaient les bayous de Louisiane du Sud. Ils y vivaient dans les marais en petites communautés autonomes.

Emalee et Simona lui racontaient les soirées passées autour du chaudron fleurant bon la soupe d'écrevisses tandis que des violoneux jouaient les mélopées entraînantes du folklore cajun, et Angela enviait leur liberté et leur gaieté.

Simona s'était mariée deux mois plus tôt, mais elle appréciait toujours autant la compagnie d'Angela. Tout comme Emalee, elle n'attendait qu'un signe de son amie pour la rejoindre en bordure des champs de canne à sucre. Les deux Acadiennes profitaient d'un moment d'inattention du contremaître pour disparaître dans la forêt, et le trio s'en allait piquer une tête dans la mare secrète.

Angela fut brutalement tirée de sa rêverie par le grincement de la porte. Claudia se glissa silencieusement dans la pièce. Lorsqu'elle découvrit que le lit était vide, elle chercha Angela d'un regard inquiet.

— Tu dois faire la sieste jusqu'à deux heures et il est seulement une heure et demie, remarqua-t-elle avec sécheresse dès qu'elle l'aperçut devant la porte-fenêtre.

— Toi aussi ! lui rappela Angela.

Du plus loin qu'elle se souvienne, elles s'étaient toujours disputées. Pourtant, depuis quelque temps, elle ne ménageait pas ses efforts pour améliorer leurs relations, mais en vain. Claudia l'avait toujours méprisée et il n'y avait aucune raison pour que cela change.

Claudia releva le menton et la défia du regard.

— Maman m'a permis de l'accompagner prendre le thé chez Mme Duval. Nous allons bientôt partir.

Elle portait elle aussi une chemise de jour, mais de nombreux jupons de dentelle cachaient ses pantalons. Elle se dirigea d'un pas décidé vers l'armoire à glace et en ouvrit les portes à la volée.

— Qu'est-ce qui te prend ! s'exclama Angela, que ce toupet stupéfiait.

Claudia entreprit de passer en revue le contenu de la penderie sans lui accorder la moindre attention jusqu'à ce qu'elle ait trouvé ce qu'elle cherchait.

— Voilà la robe que je veux. Elle est plus légère que les miennes et, de toute façon, elle me va mieux qu'à toi, jeta-t-elle en la brandissant avec une expression triomphale.

— Je dois la porter ce soir pour le bal de Rebecca Saunder.

— Et alors ? Qui t'empêche de la mettre ? Nous serons rentrées vers cinq heures.

La robe sur le bras, Claudia se dirigea vers la porte.

Angela lui coupa la route. Elle détestait se disputer avec Claudia ; mais chaque fois que celle-ci lui empruntait un vêtement, elle le retrouvait tout chiffonné. Et la robe de mousseline de soie verte avec son corsage ajusté et son profond décolleté souligné par une fine dentelle était sa préférée.

D'ailleurs, Angela n'était pas dupe, la chaleur n'était qu'un prétexte. Claudia voulait cette robe dont le corsage étroit mettrait sa poitrine – plus généreuse que celle de sa sœur – en valeur. Et cela afin d'aguicher Raymond, pour lequel elle n'avait jamais caché ses sentiments. Angela n'était même pas jalouse et, brusquement, son indifférence lui parut anormale.

Elle fit un effort pour se montrer conciliante.

— Écoute, aujourd'hui cela m'ennuie, mais je serai ravie de te la prêter une autre fois.

Claudia fronça les sourcils.

— Tu le regretteras.

— Tu as des tas de robes, souligna Angela en se retenant d'ajouter qu'elles étaient d'ailleurs bien plus jolies que les siennes.

Encore une façon pour sa mère de ne pas être accusée de privilégier sa fille naturelle au détriment de sa fille adoptive !

— C'est à cause de Raymond, n'est-ce pas ? la provoqua Claudia. Tu as peur qu'il ne me trouve plus jolie que toi et tu refuses que je sois à mon avantage !

— Tu es de toute façon plus jolie que moi, Claudia, reconnut Angela d'une voix égale.

Et ce n'étaient pas des paroles en l'air. Angela enviait les longs cheveux bouclés d'un blond doré et les yeux d'un bleu porcelaine de sa cousine. Quant à elle, elle se trouvait quelconque.

Claudia était de plus en plus furieuse.

— Si je suis si jolie, pourquoi donc est-ce toi qui épouses Raymond ?

Angela soupira et secoua la tête en se demandant pourquoi elles se disputaient tout le temps. Claudia savait aussi bien qu'elle ce qu'il en était. Retenant un mouvement d'impatience, elle lui rappela :

— Ida et Vinson sont des amis très chers de nos parents. Et ce mariage n'a jamais fait l'ombre d'un doute pour eux.

— Mais tu ne l'aimes pas...

Elle s'interrompit en apercevant Jobie dans l'embrasure de la porte. Le regard craintif de la petite bonne passa de l'une à l'autre avant qu'elle ne se décide à entrer.

— Voici vot'e limonade, mademoiselle.

Angela s'écarta pour lui permettre de poser le plateau sur la table près de la fenêtre tout en s'assurant que Claudia n'en profitait pas pour s'enfuir avec la robe convoitée.

Quand elles furent de nouveau seules, Angela, qui ne voyait aucune raison d'épiloguer sur Raymond, tenta de clore la discussion. Elle tendit la main pour récupérer sa robe.

— Je suis désolée, mais je ne peux pas te la prêter. Pas cette fois, du moins.

Claudia resta un moment silencieuse, puis tourna les talons en jetant :

— Très bien. Puisque tu m'empêches de la porter, tu ne la porteras pas non plus. En tout cas, pas ce soir.

Avant qu'Angela ait pu faire un geste, elle courut jusqu'à la table, attrapa la carafe avec l'intention d'en renverser le contenu sur la robe.

Horrifiée, Angela se précipita pour l'en empêcher et sans le vouloir bouscula le pichet qui s'écrasa par terre.

— Mais tu es folle ! s'emporta Claudia. Ta propre robe ! Je n'arrive pas à y croire, et tout cela parce que je t'ai demandé de me la prêter...

Angela comprit son manège au moment même où sa mère entrait dans la pièce, attirée par le bruit.

— Dieu du Ciel ! Mais que se passe-t-il ici ?

Elle aperçut la robe mouillée entre les mains d'Angela et traversa la pièce d'un pas rapide pour la lui arracher.

— Mais enfin, qu'as-tu fait ?

Sans laisser à Angela le temps de répondre, Claudia gémit avec une mine consternée :

— Vous le voyez bien ! Maintenant, cette robe n'est plus mettable. Tout cela parce que je voulais la lui emprunter cet après-midi ! Elle m'a accusée de vouloir séduire Raymond et a affirmé qu'elle ne me laisserait pas faire.

— Oh, Angela ! Comment as-tu pu agir ainsi ? protesta Twyla Sinclair. Vraiment, ce n'est pas gentil ! Pourquoi as-tu refusé de la prêter à ta sœur ?

Ce n'est pas ma sœur, enrageait silencieusement Angela, car elle savait que rien ne mettait davantage sa mère en colère que de lui rappeler que Claudia était seulement sa cousine issue de germains.

— Vas-tu me répondre, enfin ? insista Twyla qui commençait à perdre patience.

Claudia se glissa derrière Mme Sinclair afin de décocher un sourire victorieux à Angela sans être vue de sa tante.

Angela se mordit la lèvre. Ce n'était pas la première fois qu'elle essuyait une scène de ce genre, et l'issue était toujours la même. Sa mère donnait invariablement raison à Claudia de peur qu'on ne lui reproche de favoriser sa propre fille. Il y avait longtemps qu'Angela n'essayait même plus de se défendre.

— De toute façon, rien de ce que je pourrais dire ne changera votre opinion, maman, répondit-elle avec un haussement d'épaules.

— Pourquoi faut-il que tu sois si difficile ? Tu ne cesses de faire des histoires !

Claudia dut plaquer ses deux mains sur sa bouche pour retenir son rire. Elle recula jusqu'à la porte, puis tira la langue à Angela avant de s'enfuir dans le couloir.

Angela se jeta sur son lit, enfouit la tête dans l'oreiller, et se prépara à écouter la diatribe maternelle. Elle n'eut pas longtemps à attendre.

— Pourquoi prends-tu un malin plaisir à blesser ta sœur ? J'espérais que tu la plaindrais de son sort au lieu de te montrer jalouse. J'aurais très bien pu mourir en couches moi aussi ! Qu'aurais-tu fait si ton père, accablé par le chagrin, t'avait confiée à des cousins ? N'aurais-tu pas désiré être traitée comme la fille de la maison ? Alors pourquoi t'acharnes-tu contre cette pauvre Claudia ? Je regrette que tes fiançailles avec Raymond ne changent rien à ton comportement.

La colère de Twyla montait tandis qu'elle arpentait l'immense pièce en agitant les bras.

— J'imaginais bêtement que cela te ferait mûrir. Eh bien, c'est tout le contraire ! Au lieu de t'occuper de ton mariage, tu ne cesses d'asticoter ta sœur. Elle a toujours escompté qu'un miracle lui permettrait d'épouser Raymond, mais même si nous n'avions pas tout arrangé, c'est toi qu'il voulait. Alors pourquoi retournes-tu le couteau dans la plaie ?

Angela se redressa mais ne répondit rien. Elle savait par expérience qu'il valait mieux laisser sa mère tempêter. Quitte à ce que son silence passe pour de l'insolence.

Elle cessa de l'écouter et se concentra sur le magnifique ciel bleu au-dessus des champs de canne à sucre dont les hautes tiges s'agitaient sous la brise dans un arc-en-ciel de couleurs. Comme elle aurait voulu être là-bas et…

Tout à coup, une phrase retint son attention.

— … Et je compte sur toi pour travailler ton piano cet après-midi, déclarait Mme Sinclair d'un ton maintenant désabusé, ce qui signifiait que la discussion serait bientôt close. Melora Rabine veut qu'à son retour de Baton Rouge, la semaine prochaine, tu connaisses sur le bout des doigts ce nouveau morceau de Beethoven.

Ainsi Melora Rabine ne viendrait pas aujourd'hui ! Elle plongea derechef sa tête dans l'oreiller pour ne pas laisser voir sa joie. Cela faisait si longtemps qu'elle attendait une occasion de prendre la poudre d'escampette pour quelques heures !

Elle fut soulagée d'entendre sa mère se retirer.

Twyla s'arrêta sur le seuil et déclara :

— Puisque la robe que tu devais mettre ce soir est abîmée, tu n'iras pas à l'anniversaire de Rebecca. Raymond y escortera ta sœur. Je suis désolée, Angela, mais ce n'est que justice.

Cela m'est égal, se dit Angela bien qu'elle sût que cela ne plairait pas à Raymond. Il s'était plaint de ce que Claudia le mettait mal à l'aise par ses flatteries incessantes.

Elle attendit d'entendre la calèche s'éloigner avant d'enfiler une robe légère. La maison était silencieuse. Les domestiques devaient être occupés à préparer le dîner.

Elle emprunta l'escalier de service, mais tomba sur Mammy Kesia au moment où elle atteignait l'entrée des domestiques.

— Où cou'ez-vous comme cela ? demanda la femme. Vot'e maman m'a dit que vous deviez fai'e du piano jusqu'à son 'etour vers cinq heu'es. À la lueu' qui b'ille dans vos yeux, je vois bien que ce ne sont pas les notes qui vous t'acassent.

Angela réfléchit un moment. Kesia ne refuserait pas de fermer les yeux dans la mesure où elle ne risquait pas d'encourir des reproches. Elle s'enquit d'un air mutin :

— Et vous ? Vous avez des projets pour cet après-midi ?

Kesia ne se faisait aucune illusion sur la diablesse qu'était Angela. Mais cela ne l'empêchait pas de déplorer le sens perverti de l'équité de maîtresse Twyla, car elle n'était pas dupe de Claudia. Bien qu'éprouvant de la peine pour Angela, Kesia garda malgré tout un visage sévère pour annoncer :

— Je vais 'epiquer des pois dans le ja'din. Voilà ce que je vais fai'e. Et même si je ne peux pas entend'e le piano, je sais que vous obéi'ez à vot'e maman.

Sur ces mots, elle s'éloigna.

— Dieu vous bénisse ! chuchota Angela, attendant un moment avant de s'esquiver de son côté.

Elle se dirigea vers l'arrière de la maison, là où

se dressaient les cuisines, séparées du bâtiment principal à cause des risques d'incendie. Ensuite venaient le pigeonnier et les abris des jardiniers. Puis les cabanes des esclaves qui s'alignaient à la suite les unes des autres. Les plus anciennes construites en briques, les autres en planches.

Au passage, elle agita la main vers un groupe de filles qui fabriquaient des éventails avec des feuilles de palme.

Il y avait encore une multitude d'autres bâtisses, comme la glacière, la buanderie, la forge, la tannerie, les étables, la grange, la laiterie.

Loin derrière, s'étendaient d'un côté les champs de coton, de l'autre ceux de canne. Tout un réseau de canaux avait été installé et un système de vannes permettait d'évacuer l'excédent d'eau vers les marais.

La sucrerie était à mi-chemin entre les champs et la rivière afin de faciliter le transport. Mais, pour le moment, l'endroit était désert car la récolte n'aurait pas lieu avant plusieurs mois.

Angela savait où trouver Emalee et Simona. Elles étaient chargées de porter des cruches d'eau à l'équipe de sarcleurs qui, courbés sous le soleil de plomb, allaient et venaient le long des rangées pour arracher les mauvaises herbes.

Afin de ne pas rencontrer son père, si jamais il était là, Angela s'enfonça dans la forêt et fut tout de suite enveloppée par les longs rubans de mousse qui pendaient des branches des chênes.

Tout en avançant, elle regardait de temps à autre au travers du feuillage. Elle finit par apercevoir ses deux amies, ensemble comme d'habitude. Elle attendit qu'elles viennent dans sa direction et les appela tout doucement.

Après avoir vérifié que personne ne les regardait, les deux filles se précipitèrent dans le bois et sautèrent au cou d'Angela.

— Où étais-tu passée ? s'enquit Simona. On ne t'a pas vue depuis plusieurs jours. En train de te pomponner pour ton fiancé, hein ?

Angela fit une grimace.

— Pas vraiment. Tu sais ce que je pense de ce mariage.

Elle leur raconta la dernière crasse de Claudia et comment elle avait réussi à s'enfuir pour l'après-midi dans l'espoir de les convaincre de venir se baigner.

Emalee lui donna une claque dans le dos.

— Pas besoin de nous le demander deux fois. Qu'est-ce qu'on attend ?

Angela adorait l'accent des Cajuns. Ils émaillaient fréquemment leurs phrases de mots français et avaient gardé des tournures archaïques dans leur parler.

Emalee prit la tête de la troupe. Avant de lui emboîter le pas, Angela jeta un coup d'œil vers les champs. C'est alors qu'elle le vit.

Ses épaules bronzées par le soleil paraissaient incroyablement larges. Il était torse nu, ses muscles saillaient, luisant au soleil, et son pantalon ajusté mettait en valeur ses cuisses longues et puissantes.

Elle laissa ses yeux remonter lentement vers son visage et poussa une exclamation en s'apercevant que lui aussi semblait la fixer. C'était impossible, dissimulée comme elle l'était par la végétation ! Pourtant, un sourire ironique se dessinait sur ses lèvres. Son visage retint l'attention de la jeune fille : il possédait une beauté virile. Ses cheveux d'ébène étaient attachés en une queue de cheval, et dans son regard noir brûlait une arrogance que même la distance ne réussissait pas à estomper.

Emalee et Simona firent quelques pas avant de s'apercevoir qu'Angela ne suivait pas.

— Enfin, pourquoi restes-tu derrière ? Si le contremaître nous aperçoit, nous risquons des ennuis. Mais qu'est-ce que tu fixes comme ça ?

Gênée, Angela se dépêcha de les rejoindre. Mais Simona s'empressa de regarder dans la même direction et se mit aussitôt à la taquiner.

— Ah, mais c'est Gator que tu observais ainsi ! Toutes les filles sont amoureuses de lui. Faut dire qu'il est bel homme !

— En effet, il est très beau, acquiesça Angela étonnée de reconnaître avec une telle facilité l'effet qu'il produisait sur elle. Qui est-ce ? Je ne crois pas l'avoir déjà vu par ici.

En chemin, Simona lui raconta ce qu'elle savait sur cet homme énigmatique que tout le monde appelait Gator.

— Il est ici depuis quelques semaines seulement. Il paraît que son père travaille comme contremaître.

Poussée par la curiosité, Angela demanda :

— Pourquoi l'appelle-t-on Gator ?

— Il a combattu à mains nues un alligator quand il avait à peine seize ans, entreprit d'expliquer Emalee. Il se promenait dans un marais, je ne sais plus très bien pourquoi, peut-être était-il à la recherche d'une cachette, quand l'alligator l'a attrapé par-derrière et l'a traîné sous l'eau. C'était un vrai monstre qui devait mesurer dans les six mètres.

Angela frissonna d'horreur.

— Et alors ? Qu'est-ce qui s'est passé ?

— Ça a bien duré plusieurs minutes et, quand il

est finalement remonté à la surface, l'alligator était mort. Depuis on l'a surnommé Gator.

— C'est incroyable qu'il n'ait même pas de cicatrices, s'émerveilla Angela.

Les deux filles se mirent à glousser, et Simona suggéra :

— Peut-être qu'il en a… dans des endroits que tu ne peux pas voir !

— Mais que tu rêves de découvrir, la taquina Emalee.

Angela, habituée à leurs plaisanteries, rit de bon cœur.

Elles quittèrent le chemin qui aboutissait au bayou et contournèrent une sorte de digue avant d'atteindre la retenue d'eau.

— Personne n'aura l'idée de longer cette levée, on ne découvrira jamais notre bassin secret, fit joyeusement remarquer Simona.

Ainsi qu'elles y étaient accoutumées, elles se déshabillèrent complètement et plongèrent dans l'eau tiède. Une fois qu'elles se furent bien éclaboussées et eurent nagé tout leur soûl, elles s'affalèrent, épuisées, sur la rive pour profiter du soleil de la fin d'après-midi.

Elles discutèrent du mariage de Simona. C'était un sujet sur lequel elles se montraient prolixes. Après avoir adressé un clin d'œil à Angela, Emalee demanda :

— On sait qu'il est gentil, mais dis-nous un peu comment cela se passe entre vous.

Pour leur faire plaisir, Simona entra alors dans les détails les plus intimes de sa vie conjugale.

Angela écoutait avec intérêt bien qu'elle fût terrifiée à l'idée de faire des choses pareilles avec Raymond. Cette seule perspective la glaçait.

Il fut bientôt temps de partir et, sans vouloir se l'avouer, Angela en ressentit un certain soulagement car les propos de Simona l'avaient rendue mal à l'aise.

Quand ses deux amies évoquèrent avec des rires la fête prévue pour le soir même, son moral s'assombrit encore.

— Il y aura du gombo de langoustes, s'écria Emalee, avec un ragoût de tortue ! Et le vieux Sam va jouer du violon.

— Frank est un excellent danseur, jubila Simona. C'est un drôle de corps à corps.

Cette fois-ci, Angela ne s'associa pas à leurs rires. Quand elles lui demandèrent la raison de sa morosité, elle leur rappela qu'elle était privée du bal de son amie en ajoutant :

— Et je ne suis même pas jalouse que Raymond escorte Claudia. Je n'avais aucune envie d'être avec lui. Tout ce que je voulais, c'était m'amuser un peu.

— Tu dois apprendre à t'amuser toute seule, déclara Simona.

Elle claqua brusquement des doigts comme une idée lui traversait l'esprit.

— Pourquoi ne viendrais-tu pas avec nous ce soir ? Personne ne s'apercevra que tu es sortie.

Angela était tentée. Ce genre d'occasion ne se représenterait peut-être plus jamais et elle était déjà passée par son balcon. Même si cela remontait à son enfance, elle était sûre d'y arriver encore. Ses parents devaient se rendre tous les deux chez les Saunder et ils ne seraient certainement pas de retour avant minuit.

Simona et Emalee se regardèrent, ravies, puis Simona murmura le mot magique :

— Chiche !

Angela fut incapable de résister au défi.

L'éventualité de revoir le bel étranger n'intervenait pas dans sa décision, mais elle devait bien reconnaître qu'à cette perspective, une curieuse chaleur l'envahissait.

2

Elton Sinclair sentait bien que quelque chose n'allait pas. Twyla n'avait pas dit un mot pendant qu'on servait l'entrée. Angela, elle aussi étrangement silencieuse, avait à peine touché à sa bisque de homard. Claudia était la seule à dîner avec appétit et à paraître de bonne humeur. Ses yeux brillaient comme si elle détenait un délicieux secret. Elton, qui savait à quel point Twyla détestait qu'on aborde certains sujets à table, en particulier les problèmes familiaux, décida de ne pas demander d'éclaircissements. Il se resservit un verre de vin et prit le parti de faire lui-même les frais de la conversation.

— La récolte de sucre s'annonce meilleure que l'année dernière, déclara-t-il à la cantonade avec fierté. Nous avons des chances de dépasser les mille barriques.

Twyla sourit sans conviction et murmura avec indifférence :

— Quelle bonne nouvelle, mon cher !

— C'est tout ce que cela vous fait ? intervint Claudia. Mais c'est formidable, maman ! Chaque barrique pèse environ quarante kilos. Plus de mille barriques, ce sera un record pour BelleClair.

— Je sais, je sais ! dit Twyla sans faire montre de plus d'enthousiasme. C'est moi qui tiens les comptes, Claudia, souviens-t'en !

— C'est une raison supplémentaire de vous réjouir. Je trouve cela merveilleux, papa. Tout simplement merveilleux !

Il jeta un coup d'œil inquiet vers Angela et s'aperçut qu'elle était à cent lieues de là. Qu'est-ce qui la tracassait autant ? Ce n'était certainement pas Raymond Duval qui occupait son esprit par de tendres rêveries. Il la soupçonnait de considérer ce prochain mariage uniquement comme un engagement à remplir. Mais Angela était encore jeune. Une fois dans sa propre maison, avec sa propre famille, elle ne pourrait qu'être heureuse.

Il essaya de concentrer son attention sur les mets qui lui étaient présentés mais ne put s'empêcher de regretter qu'Angela et Raymond ne s'installent pas à BelleClair après leur mariage. Malheureusement, il n'avait jamais eu de fils mais il était fier d'Angela. Quel dommage qu'elle élise domicile en ville ! Elle aurait fait une parfaite épouse de planteur, comme Twyla qui, tout en le secondant sur la propriété, était restée une maîtresse de maison accomplie. À BelleClair, on produisait du foin, des haricots, des pommes de terre, des ignames, des pois, et on s'occupait aussi d'élevage : porcs, moutons, vaches et chevaux. Les esclaves étaient chargés de la fabrication du sucre et de différentes tâches en plus de leur travail aux champs. Il y avait également toutes sortes de corps de métier : forgerons, mécaniciens, tanneurs, minotiers. Et Twyla supervisait tout ce petit monde.

Le père d'Elton, Leveret Sinclair, émigré en Amérique à la fin du siècle dernier, était devenu un planteur de coton florissant. C'est lui qui avait construit la maison et l'avait appelée BelleClair.

Quand il avait hérité de la plantation, à la mort de son père, Elton avait embauché des émigrants irlandais pour creuser des canaux et des fossés, déboiser et défricher des terres jusque-là à l'abandon. En fin de compte, il avait dû recruter des Cajuns pour aider les esclaves à travailler la terre.

Le père de Twyla était un ami de Leveret du temps où il vivait en Europe. Bien qu'il n'ait jamais vu Twyla avant qu'elle ne débarque à Philadelphie en ce lointain jour d'été, Elton était tombé amoureux d'elle au premier regard. Sa mère était française, et personne ne résistait au sourire de Twyla, ni à ses yeux rieurs. Elle avait un charme subtil et un accent délicieux.

Ce mariage avait comblé toutes ses espérances. Mais à mesure que les années passaient, ils avaient expérimenté un grand vide malgré leur amour mutuel, car aucune naissance n'était encore venue élargir la famille.

Quand Leveret, puis Adelia, étaient morts, ils s'étaient sentis encore plus seuls dans leur immense propriété. Ce qu'ils voulaient, c'étaient des rires et des cris d'enfant.

Elton jeta un coup d'œil à Claudia. Une si jolie fille. Dommage qu'elle soit dotée d'un si mauvais caractère. Enfant, elle faisait des colères épouvantables. Twyla l'excusait toujours, prétendant qu'elle se sentait mal aimée, non désirée, et qu'elle essayait simplement d'attirer l'attention. Il soutenait le contraire et il était évident pour tout le monde, aujourd'hui, que Twyla donnait systématiquement raison à Claudia contre sa propre fille. Bien qu'il n'osât pas se l'avouer, il avait maintes fois regretté de l'avoir adoptée. Dieu sait qu'il avait essayé de l'aimer comme sa propre enfant, ou du moins de s'en persuader, mais il devait reconnaître que c'était une peste. Comment auraient-ils pu deviner que l'adorable bébé se transformerait en une peste ? Leurs cœurs avaient fondu devant cette petite orpheline. Et quand, contre toute attente, ils avaient découvert quelques mois plus tard que Twyla attendait un enfant, leur affection pour Claudia n'en avait pas été diminuée.

Elton n'ignorait pas que Claudia était amoureuse de Raymond et regrettait secrètement de ne pas lui être destinée. Le père de Raymond, Vinson, était un ami proche de la famille et un médecin éminent. Comment Elton aurait-il pu deviner que Raymond manifesterait à l'âge adulte un pareil manque d'enthousiasme pour tout ce qui ressemblait à un travail ? Envoyé en Europe pour faire ses études, il avait dû rentrer au bout d'un an car ses notes n'étaient pas satisfaisantes. Il avait avoué à son père qu'il ne désirait être ni médecin ni planteur. Il l'avait convaincu de lui acheter une écurie de courses et il passait son temps à jouer.

Un domestique apporta le dessert, et Twyla lui fit signe qu'ils ne prendraient pas de café.

— Nous sommes pressés ! Tu ferais bien de te dépêcher, ma chérie, ajouta-t-elle en se tournant vers Claudia.

Claudia s'éclipsa, mais Elton eut le temps de surprendre le sourire ironique qu'elle adressait à Angela. Il s'enquit alors :

— Tu ne dois pas te préparer, toi aussi, mon ange ?

— Ce n'est pas un ange, papa, ricana Claudia en passant la porte. Et c'est pour cela qu'elle ne vient pas. Demandez donc à maman.

Il regarda Twyla d'un air interrogateur.

— Qu'est-ce que c'est encore que cette histoire ?

Angela tripotait sa cuillère tout en écoutant Twyla répéter les mensonges de Claudia.

— Elle mérite d'être punie, soupira Twyla, puis elle continua comme si Angela n'était pas là : Vraiment, Elton, elles ne cessent de se chamailler, et je ne peux plus le supporter. J'aurais tant aimé avancer la date du mariage. Pauvre Claudia ! Cela lui brise le cœur de voir Raymond en épouser une autre. Plus vite Angela sera partie, mieux cela vaudra pour elle.

Elton était persuadé que les choses ne s'étaient pas passées ainsi. Il connaissait trop bien Angela.

— Dis-moi, Angela, demanda-t-il tendrement, ce que ta mère m'a raconté est-il vrai ?

— Mais bien sûr que c'est vrai, lança Twyla d'un ton acerbe avant qu'Angela puisse ouvrir la bouche. Je lui ai enlevé moi-même la robe des mains, et elle était trempée. Claudia était dans tous ses états.

Angela avait accepté depuis longtemps le favoritisme de sa mère pour Claudia et ne cherchait même plus à se défendre. Mais elle ne pouvait laisser son père la croire capable d'une chose pareille. Elle prit une profonde inspiration et le regarda droit dans les yeux.

— Non, papa, ce n'est pas vrai, déclara-t-elle et elle s'empressa de tout lui raconter.

Twyla secoua la tête d'un air sévère.

— Tu ne fais que rendre les choses plus difficiles, Angela. Maintenant, monte dans ta chambre.

Elton vivait un vrai dilemme. Il était persuadé qu'Angela avait dit la vérité, mais prendre son parti consisterait à désavouer sa femme. Il se passa la main sur le front, cherchant désespérément un moyen de se montrer équitable envers sa fille sans provoquer la colère de sa femme.

Angela lui évita de prendre une décision. Elle savait qu'il la croyait et c'était tout ce qui comptait à ses yeux.

— Tout va bien, papa, chuchota-t-elle en tapotant sa main. Cela m'est égal. De toute façon, je n'avais pas vraiment envie d'y aller.

Retenant ses larmes, elle quitta la table.

Angela se demandait s'ils allaient finir par s'en aller. Debout dans l'ombre de la véranda qui courait autour de la maison à la hauteur du premier étage, il lui semblait qu'elle attendait depuis des heures quand la voiture s'ébranla enfin.

Sans hésiter, elle descendit le long du treillage qui supportait la glycine. Elle n'avait pas osé passer par l'intérieur de peur de tomber sur Kesia.

Des lucioles voletaient sous les chênes. La nuit était chaude. L'odeur de la terre fraîchement remuée imprégnait l'air et un épais brouillard montait de la rivière.

Guidée par la lune, Angela atteignit rapidement et sans encombre le petit bois derrière le quartier des esclaves où Simona l'attendait.

— Je suis si contente que tu sois venue, s'exclama son amie en la serrant contre elle. J'ai cru qu'au dernier moment tu renoncerais à notre projet par peur, mais c'est mal te connaître. Tu es incapable de résister à un défi.

Angela lui répondit que, si elle se faisait prendre, la punition risquerait d'être redoutable. Simona rit de sa nervosité.

— Comment pourrais-tu te faire prendre? Quand rentreront-ils de leur soirée?

— Maman rentre toujours à minuit.

— Tu n'as aucune raison d'avoir peur. Nous serons de retour bien à temps. Comment es-tu habillée?

Elle se recula pour examiner son amie et fronça les sourcils devant la robe de coton claire au décolleté brodé de boutons de roses. Elle siffla et Emalee sembla surgir de nulle part. Elle tenait un ballot de vêtements sous le bras.

— Les anciens n'aiment pas les étrangers, expliqua Simona. Ils seraient particulièrement furieux de voir débarquer la fille du maître. Aussi, j'ai annoncé qu'une cousine du bayou Teche venait nous rejoindre ce soir. Le mieux est que tu enfiles ces frusques et nous te tresserons les cheveux.

Une fois qu'elle fut prête, ses deux amies applaudirent, ravies de sa transformation.

Simona les guida à travers la forêt jusqu'au bayou. Les berges étaient défoncées par les souches et piquetées de trous de crabes. Les branches des saules formaient une voûte au-dessus de leurs têtes. Les rayons de la lune se frayaient difficilement un passage dans la végétation luxuriante. On entendit un crocodile quelque part dans la nuit. L'eau coulait à quelques mètres, presque sans bruit.

— Les serpents... chuchota Angela en frissonnant. Je pense toujours aux serpents.

— Eux aussi, ils pensent à toi, remarqua Simona pleine de bon sens, et ils vont dans une autre direction... la plupart du temps.

— La plupart du temps, répéta Angela tout bas.

Le bateau à fond plat était là où elles l'avaient amarré. Angela s'installa au milieu tandis que Simona et Emalee se plaçaient chacune à une extrémité. Plongeant leur longue perche dans l'eau à tour de rôle, elles fendaient silencieusement les eaux noires et stagnantes. Au bout d'une vingtaine de minutes, le son de la musique leur parvint. Des voix joyeuses chantaient au son de l'accordéon et du violon.

Tout excitée, Angela voulut descendre à peine la barque avait-elle accosté. Simona lui fit une dernière recommandation.

— Rappelle-toi ! Les anciens ne seraient pas contents s'ils découvraient qui tu es. Il vaudrait mieux que tu restes un peu à l'écart. Nous t'apporterons à manger et à boire et nous te ramènerons avant qu'il ne soit trop tard.

Même si elle mourait d'envie de se joindre à la fête, Angela acquiesça. Elle se rendait compte combien tout ici était différent. Les invités étaient détendus et paraissaient s'amuser réellement, indifférents au qu'en-dira-t-on. Leur façon de danser la stupéfia. On était loin des valses et des quadrilles. Il s'agissait d'un genre de gigue. À intervalles réguliers, chaque couple se prenait par la taille et tourbillonnait jusqu'à l'étourdissement. Mais c'était leur langueur à certains moments qui la surprit le plus. La musique se transformait soudain en une sorte de battement sourd. Les danseurs se rapprochaient alors et refermaient leurs bras autour des épaules de leur partenaire. Les couples restaient pratiquement immobiles, comme hypnotisés, bougeant à peine les pieds dans un mouvement de va-et-vient.

Angela se rappela les confidences de Simona sur sa nuit de noces et comment son mari l'avait embrasée par ses caresses.

À les voir danser, elle avait l'impression que ces gens eux aussi allaient prendre feu.

Simona apporta à Angela un bol de ragoût de tortue et un verre de vin avant de l'abandonner pour rejoindre son mari. Emalee étant occupée avec son galant, Angela resta toute seule.

En les regardant s'amuser, la jeune fille comprit que jamais plus elle ne pourrait prendre plaisir aux bals guindés et aux thés dansants. Tout naturellement, ses pieds s'étaient mis à bouger au rythme de la gigue. Elle posa son bol et son verre et se mit à claquer des mains en riant de la manière dont Frank faisait tournoyer Simona jusqu'à ce que ni l'un ni l'autre ne tienne plus sur ses jambes.

Le temps passait, et Angela se mit à craindre que la danse ne soit pas seule responsable de l'euphorie de Simona. Frank avait un petit pichet auquel ils buvaient à tour de rôle. Quand ils s'arrêtèrent enfin tout près de l'endroit où elle se tenait, ses soupçons se confirmèrent.

— Voilà ce qui s'appelle prendre du bon temps, s'exclama Simona, la voix pâteuse. Si tu veux danser avec mon homme, je te le prête juste pour un petit moment.

Frank, le bras passé autour du cou de sa femme, rit bêtement.

— Pourquoi pas ? Nous allons nous amuser…

Il tendit la main à Angela. Elle aimait bien Frank, mais elle n'avait aucune intention de danser avec lui. Il était trop éméché.

— Pas maintenant. Une autre fois peut-être, déclara-t-elle.

Elle se pencha vers Simona.

— Il se fait tard. Je crois que nous ferions mieux de rentrer.

Simona lui donna une petite tape amicale sur l'épaule et s'écria :

— Ne t'inquiète pas ! On te bordera dans ton lit avant que papa et maman soient de retour. C'est promis ! assura-t-elle avant de se retourner pour enlacer son mari.

Angela les regarda rejoindre le cercle des danseurs avec un véritable sentiment de panique. Il était tard maintenant et, dans l'état où elle était, Simona ne pouvait lui être d'aucun secours. Elle chercha Emalee des yeux et ce fut avec soulagement qu'elle l'aperçut non loin dans les bras de son fiancé. Elle se glissa jusqu'à elle et après lui avoir raconté ses déboires avec Simona, elle demanda d'un ton plein d'espoir :

— Mais toi, tu connais la route bien sûr ?

— Évidemment, répliqua Emalee en s'efforçant de prendre un air assuré. Écoute, je vais demander à Anton de nous accompagner…

Elle se retourna et découvrit avec stupéfaction qu'il avait disparu.

— Il a dû aller se servir du vin. Je vais le chercher.

— Nous n'avons plus le temps. Il faut que je rentre immédiatement. Tu as fait ce chemin des dizaines de fois, non, Emalee ?

— Mais jamais seule la nuit, protesta cette dernière tout bas. Bon, je vais essayer. Et si on se perd, on fera demi-tour.

Angela n'avait aucune intention de faire demi-tour et elle se maudit d'être venue jusqu'ici.

Tout en guidant son amie vers l'endroit où se trouvait le bateau, Emalee jetait des regards inquiets autour d'elle dans l'espoir d'apercevoir Anton.

Angela aida la jeune Cajun à pousser le léger esquif. Ne pense pas aux serpents, se dit-elle alors qu'elle pataugeait dans l'eau noirâtre.

Elle sauta à bord et attrapa une des perches qu'elle planta dans le fond boueux pour faire avancer le bateau.

— Mets-toi à l'avant, comme ça tu pourras diriger. Je t'aiderai du mieux que je peux. La traversée ne devrait pas être longue. Fais attention à ne pas heurter une de ces souches de cyprès qui affleurent.

La peur empêchait Emalee de parler. Sans Simona, l'aventure allait tourner au désastre. Elle s'efforçait de percer la pénombre tout en sondant l'eau de sa perche.

Comprenant que la malheureuse était terrorisée, Angela tâcha de détendre l'atmosphère.

— Surtout n'embroche pas un crocodile, Gator n'est pas là pour nous tirer d'affaire !

— Il n'y a pas d'alligators ici, nos hommes ont nettoyé ce passage pour que nous puissions l'emprunter sans risque. Quant à Gator, il est plutôt du genre sauvage. Il reste chez lui. Toutes les filles lui courent après, même celles qui sont mariées. Pour ne pas avoir d'histoires, il ne vient jamais dans ce genre de fête.

— Ah, il n'est pas marié, alors ?

Angela prenait soin de garder un ton neutre. De toute façon, quel mal y avait-il à poser ce type de question ?

— Je ne crois pas. Mais personne ne sait grand-chose à son sujet, en dehors de cette histoire de crocodile. Il est beau garçon, hein ?

Bien que d'accord, Angela se garda d'acquiescer. Au contraire, elle attaqua :

— Pourquoi porte-t-il donc ses cheveux attachés en queue de cheval ? C'est une habitude indienne.

— Non, ce sont plutôt les pêcheurs qui les nouent ainsi. Et il a travaillé longtemps sur un baleinier, paraît-il.

— Un baleinier ? Mais…

Elle s'apprêtait à demander comment quelqu'un qui avait l'expérience de la vie au grand large pouvait finir sur un bayou lorsque la barque heurta une souche. Les deux jeunes filles perdirent l'équilibre. Emalee plongea la tête la première dans l'eau. Le bateau tanguait tellement qu'Angela passa par-dessus bord à son tour.

L'eau était peu profonde. Angela se mit à tousser et à cracher. Elle repoussa les débris collés à son visage, puis chercha à tâtons le bateau, sans succès.

— Emalee, tu vas bien ? cria-t-elle dans le noir. Où es-tu ?

— Là ! Tout près de toi. Le bateau ? Tu sais où est le bateau ?

— Il a disparu, répondit Angela d'une voix misérable.

— Dépêchons-nous ! Il faut absolument regagner la berge. Ensuite, nous essaierons de rejoindre les autres. Sortons vite de là !

Elle voulut avancer mais Angela la retint par le bras.

— Nous sommes perdues et nous n'avons aucune idée de la direction à prendre. Si cela se trouve, nous pouvons très bien nous précipiter par mégarde dans un trou d'eau et perdre pied. Sans parler des serpents et de toutes les sales bêtes qui grouillent ici.

C'est alors qu'un bruit attira leur attention. Quelque chose sur lequel elles n'arrivaient pas à mettre un nom se rapprochait inexorablement.

— Mon Dieu, gémit Emalee, qu'est-ce qu'on va faire ?

Angela réussit à dominer sa terreur et cria :

— Trouver une souche de cyprès et grimper dessus.

— Pourquoi ne pas monter plutôt avec moi ?

La voix moqueuse les cloua sur place.

Un bateau venait de s'arrêter à leur hauteur.

Quand Angela sentit une main vigoureuse effleurer son épaule, elle la saisit sans hésitation. Quelques secondes plus tard, elle était en sécurité dans la barque où Emalee ne tarda pas à la rejoindre.

Comme elle s'apprêtait à remercier son sauveteur, il s'adressa sèchement à Emalee :

— Vous auriez dû être plus prudente, vraiment ! Et deux fois de suite, par-dessus le marché.

— Deux fois ? répéta Emalee en se tassant au fond de l'esquif.

— Oui. Deux fois. Vous savez bien que c'est dangereux de vous promener seule sur le bayou la nuit. Surtout, vous n'auriez jamais dû l'emmener.

Emalee tenta de se justifier.

— Mais c'est une cousine du bayou Teche, et...

— Ne me mentez pas. Je sais qui elle est. Qu'elle risque sa vie toute seule si elle s'ennuie tant à ses thés de petite fille riche ! Si elle se fait prendre, tout le monde ici en pâtira.

Il enfonça sa perche dans les eaux noires d'un geste vengeur, et le bateau s'ébranla.

Bien que reconnaissante qu'il lui ait sauvé la vie, Angela n'arrivait pas à retenir son indignation et elle protesta :

— Hé, une minute ! J'ignore qui vous êtes, mais vous n'avez aucun droit de m'accuser d'avoir mis volontairement la vie de mon amie en danger. Et même si cela ne vous regarde pas, je vous signale que j'ai été invitée ce soir.

Elle ne pouvait distinguer son visage car il se tenait debout à la proue, le dos tourné. Elle ne voyait que son imposante carrure. Elle remarqua qu'il n'avait pas l'accent cajun, ce qui l'étonna.

La réaction d'Emalee la surprit.

— Il a raison. Tu n'es pas à ta place avec nous. C'est la faute de Simona. C'est elle qui a voulu t'emmener.

Et elle fut encore plus stupéfaite en s'apercevant que son amie était au bord des larmes.

— Peu importe qui a voulu l'emmener, intervint l'inconnu. J'espère que la leçon portera, sinon, la prochaine fois, vous aurez toutes les chances de nourrir les alligators. Je suis trop occupé pour perdre mon temps à porter secours à des gamines sans cervelle.

— Des gamines sans cervelle ! glapit Angela, indignée. Vous n'avez pas le droit…

Emalee la saisit par le bras.

— Non, n'ajoute rien ! Si jamais il raconte cette histoire, je risque de gros ennuis. Je t'en prie ! Oublie tout cela.

Angela se mordit les lèvres et serra les poings. Le trajet se poursuivit en silence et, dès que le bateau accosta, elle sauta à terre. C'était bien suffisant d'avoir à expliquer à ses parents pourquoi elle était trempée sans avoir à subir les injures d'un étranger. Elle tremblait de rage et tout ce qu'elle désirait, c'était prendre la fuite au plus vite.

Une poigne de fer la retint par le bras. Elle essaya de se libérer en vain et finit par crier :

— Mais enfin, qu'est-ce qui vous prend ? Lâchez-moi !

— Je vais vous reconduire jusqu'aux champs.

— Je suis tout à fait capable de me débrouiller.

— Attendez-moi ici ! ordonna-t-il à Emalee sans prendre la peine de répondre à Angela.

Il sauta sur la berge et entraîna Angela à sa suite.

À la sûreté de son pas, elle devina qu'il connaissait parfaitement le chemin. Dès qu'ils furent arrivés à la lisière de la forêt, il la lâcha.

— Allez-y. Vous pouvez vous débrouiller seule maintenant.

Elle se retourna et jeta froidement :

— Tout à l'heure aussi, j'aurais pu me débrouiller...

Elle s'interrompit. La lune qui jouait à cache-cache avec les nuages illumina brusquement les ténèbres. Il s'éloignait déjà, mais elle remarqua avec un frisson que ses cheveux noirs étaient attachés sur sa nuque.

Elle sut alors qui l'avait sauvée cette nuit-là.

Une poigne de fer la retint par le bras. Elle essaya de [illegible]

— Mais enfin, qu'est-ce qui vous prend? [illegible] moi!

[illegible]

— [illegible]

— [illegible]

[illegible]

Il [illegible]

À [illegible] de son [illegible] sait parfaitement [illegible]

[illegible] Vous pouvez [illegible]

[illegible]

[illegible]

3

Tout semblait calme, aussi Angela grimpa-t-elle rapidement le long du treillage jusqu'à sa chambre. À peine la jeune fille avait-elle retiré ses vêtements mouillés qu'elle entendit le grincement des roues sur l'allée. Elle s'empressa de cacher son costume cajun derrière une chaise. Cet homme était une brute, il ne lui avait même pas laissé le temps de récupérer ses affaires.

Elle dénoua ses tresses et elle se glissait sous ses couvertures lorsque sa mère ouvrit la porte pour vérifier que sa fille dormait.

Satisfaite, Twyla se retira.

Angela poussa un soupir de soulagement. Épuisée par cette soirée, elle espérait bien s'endormir dès qu'elle aurait posé la tête sur l'oreiller, mais tant de pensées s'agitaient dans son esprit qu'elle mit un bon moment à sombrer dans un sommeil lourd et peuplé de cauchemars.

— Vous avez de la compagnie, mademoiselle.

Le soleil fit brutalement irruption dans la pièce lorsque Jobie tira les rideaux. Angela s'assit sur son lit et se frotta les yeux tout en demandant d'une voix pâteuse qui pouvait bien venir la voir à une heure pareille.

Jobie lui tendit une robe de satin rose.

— Monsieur 'aymond. Calvin lui a bien dit qu'il n'y avait pe'sonne debout sauf maît'e Sinclai' qui était dans les champs depuis l'aube. Mais monsieur a insisté. Il doit absolument vous voi'. Et su'tout, il voulait pas qu'on p'évienne Mlle Claudia, pa'ce que...

Elle s'interrompit, et roula des yeux stupéfaits en voyant la tête d'Angela.

— Mon Dieu, mais qu'est-ce que vous avez fait à vos pauv'es cheveux ! Ils étaient mouillés quand vous vous êtes couchée ? Qu'est-ce qui s'est passé ?

Angela se précipita vers sa table de toilette, Jobie sur les talons. Elle poussa un cri horrifié devant l'image que lui renvoyait son miroir.

— Seigneur, ce n'est pas possible ! Mais j'ai une tête de folle. Va vite faire chauffer le fer à friser et rapporte-le-moi.

Jobie ne se le fit pas dire deux fois. En l'attendant, armée de sa brosse, Angela essaya de réduire les dégâts. Raymond attendrait. Tant pis pour lui ! Quelle idée aussi de se présenter sans prévenir de si bon matin ! Le trajet depuis le centre-ville de La Nouvelle-Orléans demandait au moins une heure de cheval. Quel motif avait bien pu le tirer de son lit à une heure pareille ?

Agacée, elle saisit le fer que lui tendait Jobie et tenta de se coiffer. À cause de ce contretemps, elle ne pouvait aller récupérer ses vêtements, comme elle l'avait prévu. Pourvu que personne ne les prenne !

Malgré l'eau de Cologne dont elle s'était aspergée, ses cheveux sentaient encore l'eau croupie, mais au moins ils étaient bien coiffés. Elle avait hâtivement opté pour une robe bleue toute simple. À la dernière minute, elle attrapa un ruban et attacha ses cheveux sur la nuque. Son reflet dans la glace lui arracha un sourire : un vrai catogan de pêcheur ! Curieusement, elle sentit son inquiétude diminuer.

Raymond arpentait d'un pas nerveux le salon. Il avait boudé le café et les biscuits que Calvin avait déposés à son intention sur une petite table.

Quand Angela apparut, il se précipita vers elle et lui saisit les mains en la couvant d'un regard inquiet.

— Je suis désolé de l'heure matinale, chérie, s'excusa-t-il. Mais après la soirée d'hier, j'avais besoin de vous voir pour savoir si tout allait bien.

Elle lui retira doucement ses mains, incapable de deviner ce qui pouvait bien le mettre dans cet état.

Elle s'installa sur le sofa et invita son fiancé à s'asseoir auprès d'elle. Puis elle attira à elle le plateau du café. Épuisée par sa mauvaise nuit, elle avait du mal à se retenir de bâiller.

— Hier soir, commença-t-il une fois assis, Claudia m'a appris que vous aviez été punie à cause d'une dispute avec elle, mais elle a refusé de me dire de quoi il s'agissait. Quand j'en ai parlé à votre mère, elle aussi a gardé le silence. Puis Claudia m'a invité à danser et m'a avoué que j'étais la cause de cette dispute.

— Que vous en étiez la cause ?

Angela suspendit son geste et le regarda, ahurie.

Il acquiesça d'un signe de tête, l'air misérable.

— Elle a dit que vous racontiez des méchancetés sur moi, que vous me trouviez ennuyeux, guère séduisant, et que jamais vous n'auriez accepté de m'épouser de votre plein gré. Il paraît aussi que dès qu'elle a tenté de me défendre, vous vous êtes mise en colère et vous avez abîmé la robe qu'elle devait mettre.

Adèle ferma un instant les yeux, incapable de dire quoi que ce soit pour se défendre. Certes, Raymond n'était pas très amusant, mais elle n'en avait jamais touché le moindre mot à quiconque. Quant au fait qu'il n'était pas séduisant, rien n'était plus faux. Il n'était aucunement dénué de charme, même s'il la laissait totalement indifférente. Et, en dépit de ses efforts, elle ne parvenait pas à l'aimer.

Prenant son silence pour un aveu, Raymond déclara d'une voix plaintive :

— Je sais que nos parents ont arrangé notre mariage, Angela ! Mais je saurai me faire aimer, je vous le jure !

— Il ne faut pas écouter Claudia ! s'empressa-t-elle de dire. Ce n'était pas à votre sujet que nous nous sommes querellées, mais à cause d'une robe…

Elle secoua la tête et se tut. À quoi bon donner des détails ? Pourtant, elle poursuivit en cherchant ses mots.

— J'ai peur que Claudia ne s'embrouille parfois. Je vous en prie, ne la croyez pas ! Jamais je n'ai parlé de vous avec elle.

Le soulagement de Raymond se manifesta par un sourire radieux.

— Je n'aurais pas dû la croire, mais j'étais tellement contrarié que vous ne soyez pas là. Vous m'avez tant manqué…

Il passa son bras autour de ses épaules et essaya de l'attirer contre lui.

Il sentait le whisky. Raymond avait toujours sur lui une flasque d'alcool qu'il utilisait chaque fois que l'énervement le gagnait. Cette mauvaise habitude exaspérait Angela. Elle se détacha de lui en murmurant :

— Mes parents n'aimeraient pas nous trouver ensemble aussi tôt le matin, surtout sans chaperon.

— Nous allons nous marier dans quelques mois, rétorqua-t-il en riant. Alors quelle importance cela peut-il bien avoir ?

Elle posa sa tasse et se leva.

— Cela en a pour moi, se déroba-t-elle. Je ne veux pas que les domestiques jasent.

Raymond avait envie de boire un coup. Maintenant qu'il était rassuré sur les propos de Claudia, il décida de prendre congé.

— Ma mère voudrait que vous veniez déjeuner demain, annonça-t-il en se levant à son tour, afin que nous puissions décider ensemble de la décoration de nos chambres.

— Comme c'est gentil ! se contenta-t-elle de répondre, incapable de manifester le moindre enthousiasme.

De toute façon, Ida Duval décidait toute seule, et les deux jeunes gens n'avaient qu'à acquiescer.

— Vous voyez, poursuivit-il, mère estime qu'il ne serait pas convenable que nous partagions la même chambre. Aussi en fait-elle préparer deux séparées par un boudoir dans l'aile est. Mais ne vous inquiétez pas, ajouta-t-il en déposant un baiser sur son front, vous dormirez tous les soirs dans mes bras.

Angela se retint de demander en quoi cela concernait Ida. À l'idée de cohabiter avec cette femme dominatrice, elle se sentait déprimée. Pourtant, elle n'avait pas à s'en plaindre. Ida était la gentillesse même avec sa future bru, mais comment se sentir chez soi dans la maison de sa belle-mère ? Et puis, voir Raymond se comporter en petit garçon devant Ida la rendait malade. Elle était persuadée que c'était une des raisons pour lesquelles il buvait autant.

— Il faut vraiment que vous partiez, dit-elle d'un ton énergique en l'entraînant vers la porte.

Il sortit sur le perron, puis attira brusquement Angela contre lui.

— Je me fiche éperdument que nous soyons surpris, jeta-t-il avant de s'emparer fiévreusement de sa bouche.

Elle se força à lui rendre son baiser avec la même fougue sans pour autant ressentir aucune émotion.

— Ma chérie, chuchota-t-il d'une voix tremblante, c'est une torture de me séparer de vous.

— Alors partez vite ! souffla-t-elle en s'efforçant de paraître émue, et elle le poussa gentiment en avant.

— Je vous aime ! cria-t-il, avant de dégringoler les marches et de se diriger d'un pas vif vers le palefrenier qui tenait son cheval par la bride.

Elle lui envoya un baiser du bout des doigts.

— Quelle hypocrite tu fais ! lança Claudia en surgissant de derrière le palmier du vestibule.

Une sourde colère saisit Angela, mais elle décida qu'il valait mieux garder son sang-froid et éviter la confrontation. Sans répondre, elle tourna les talons.

Claudia se rua derrière elle et la força à se retourner en l'attrapant par l'épaule.

— Pourquoi ne lui dis-tu pas la vérité ? Tu ne l'aimes pas. Tu ne veux pas l'épouser. Et si tu le fais, c'est uniquement pour me faire mal.

Angela retint les mots blessants qui se pressaient sur ses lèvres et écarta Claudia.

— Espèce de garce !

Sous l'insulte, Angela oublia ses bonnes résolutions et se retourna, mais Claudia avait déjà trouvé refuge dans l'escalier.

Après tout, la vie chez Ida avait toutes les chances d'être merveilleuse, comparée à ce qu'elle endurait auprès de Claudia.

Elle traversa la salle de bal, sortit sur la terrasse qui donnait sur le jardin. C'était le meilleur moyen d'échapper aux regards curieux, car les cuisines étaient situées de l'autre côté.

Un coup d'œil au cadran solaire lui indiqua qu'il était presque dix heures, le moment de la pause de la matinée. Elle attendit que la cloche eût sonné et, dès que les travailleurs se furent dispersés, elle s'élança vers les bois.

Elle retrouva facilement le chemin qu'elle avait emprunté la veille. Elle se rappelait exactement l'endroit où elle s'était arrêtée pour se changer, sur le bas-côté. Elle repéra l'herbe piétinée et le rocher, mais les vêtements avaient disparu.

Quelqu'un les avait pris !

Pendant un moment, Angela resta figée sur place sans savoir quoi faire. La personne qui s'était emparée de ses vêtements savait pertinemment qu'ils lui appartenaient, peut-être même les avait-elle déjà remis à sa mère. En dépit de la chaleur, cette perspective la fit trembler de la tête aux pieds.

Incapable d'affronter le courroux de sa mère, elle décida de mettre de l'ordre dans ses idées et se dirigea vers son endroit favori, situé le long du fleuve.

Surplombant la berge, les branches d'un vieux saule pleureur offraient une cachette idéale.

Elle aimait y rêvasser des heures durant en regardant passer les luxueux bateaux de plaisance, les barges chargées de grains ou les chalands transportant du coton.

Elle s'assit sur l'herbe drue, remonta ses genoux sous son menton et chercha quelle excuse invoquer. Malgré son horreur du mensonge, elle devinait que, dans le cas présent, la vérité déclencherait un séisme. Elle était perdue dans ses pensées quand le feuillage s'écarta, et qu'une ombre se découpa sur le sol.

Surprise, elle se leva et laissa échapper une exclamation en reconnaissant Gator. Il lança un ballot de vêtements à ses pieds.

— J'ai pensé que vous en auriez besoin.

— Que... que faites-vous avec mes affaires ? demanda-t-elle, à la fois étonnée et furieuse. Comment les avez-vous trouvées ?

Puis elle reprit son calme et ajouta sur un ton froid :

— Comment saviez-vous que j'étais là ?

Il accueillit ses questions avec un petit sourire sarcastique, puis s'assit et s'adossa à l'arbre. Torse nu, il croisa les jambes et la contempla. Elle était bien plus jolie qu'il ne l'avait imaginé. Et ses iris qu'il voyait pour la première fois de près avaient la couleur mystérieuse de l'émeraude, avec des éclats dorés. La colère les rendait brillants, et il se fit la réflexion que cela lui allait bien.

— À quelle question dois-je répondre en premier ?

Elle ravala ses sarcasmes. Il se moquait d'elle. Avec une infinie patience, comme si elle s'adressait à un enfant, elle déclara :

— Tout d'abord, je voudrais savoir comment vous avez trouvé mes vêtements.

— Simona m'a indiqué l'endroit.

— Et pourquoi cela ?

— Parce que je le lui ai demandé.

Angela grinça des dents. Elle ne lui donnerait pas la joie de laisser éclater sa colère.

— Pourquoi les avez-vous pris, alors ?

Il bâilla, comme submergé par l'ennui.

— Afin de pouvoir vous les apporter.

— Et comment saviez-vous où j'étais ?

— Je vous guettais et je vous ai suivie.

Exaspérée, elle se laissa tomber à côté de lui.

— D'accord. Alors, venons-en au fait. Pourquoi êtes-vous là ? Pour me reprocher à nouveau d'avoir osé m'aventurer dans le bayou ?

Elle fut réellement stupéfaite quand il répondit en la regardant droit dans les yeux :

— J'avais tort. Simona m'a tout expliqué. J'ai compris que vous étiez là parce que vous étiez invitée. Alors, pour vous éviter des ennuis, j'ai décidé d'aller chercher vos vêtements avant que quelqu'un d'autre ne les trouve.

— Et vous vouliez vous excuser, dit-elle d'une voix qui trahissait son étonnement.

Il éclata de rire.

— Pas du tout. Je suis venu vous dire que j'avais tort. Je n'ai pas parlé d'excuses. Cela signifierait que j'ai des regrets, ce qui n'est pas le cas. Je suis heureux que ce soit arrivé. Peut-être même cela vous a-t-il appris quelque chose.

Angela sentit la fureur la submerger avec la même violence que les flots déchaînés lors des crues de printemps. En même temps, elle avait parfaitement conscience d'être sensible à son charme viril. Les muscles saillaient sous la peau bronzée de son torse, et elle faisait des efforts pour ne pas regarder la fine toison qui formait une ligne sombre sur sa poitrine avant de disparaître sous la ceinture. Il y avait quelque chose d'arrogant chez lui, et le tracé volontaire de sa mâchoire lui donnait une autorité naturelle. Elle se demanda quel âge il pouvait bien avoir. Après toutes ces années en mer, le soleil et le vent avaient imprimé tout un réseau de rides autour de ses yeux et tanné la peau de son visage. C'était vraiment un bel homme, et elle le trouvait attirant. Cette constatation l'exaspéra d'autant plus.

— Je n'ai nul besoin de vos leçons, répliqua-t-elle d'une voix dure. Pour qui vous prenez-vous ? Vous n'avez même pas de vrai nom, mais un ridicule surnom qui ne veut rien dire.

Il fronça les sourcils d'un air ironique.

— Ça ne veut rien dire ? On m'appelle Gator sans raison, alors ?

Elle haussa les épaules avec désinvolture.

— Oh ! Vous vous êtes battu avec un gros alligator et vous avez gagné ! Je devrais être impressionnée ?

— Je ne vous demande rien et ce que vous pensez m'est bien égal. Je suis plutôt content qu'on m'appelle Gator. J'ai ainsi oublié qui j'étais vraiment. Un homme que je n'aimais pas vraiment, loin s'en faut. Ce surnom m'a permis de devenir quelqu'un d'autre.

— Ah, si seulement c'était aussi simple, fit-elle d'un ton dégagé, tout le monde changerait de nom.

— Vous avez déjà songé à en changer ?

— Mon père m'appelle parfois Ange et cela me plaît.

— Ce n'est pas un surnom, c'est l'expression d'un désir. Comment pourriez-vous être un ange avec des yeux comme les vôtres, mademoiselle Sinclair !

Il pencha légèrement la tête sur le côté et lui adressa un clin d'œil insolent.

— Non, vous, vous seriez plutôt un drôle de diable !

Elle ne put s'empêcher de rire, car c'était dit sans méchanceté.

— Qu'est-ce qui ne vous plaisait pas chez vous ? s'enquit-elle avec effronterie.

— Je me suis tellement efforcé de l'oublier que j'ai du mal à m'en souvenir. Vous n'arrêtez pas de me poser des questions, c'est mon tour maintenant. Dites-moi donc, pourquoi vouliez-vous aller dans le bayou ?

— J'aime cet endroit.

Et c'était la vérité. Elle avait toujours eu envie de s'enfoncer dans le mystérieux royaume des marais, mais elle n'avait jamais osé s'y aventurer.

Gator redevint sérieux :

— Eh bien, je pense vraiment ce que j'ai dit. Vous auriez pu causer des ennuis à Simona et à Emalee. Elles risquaient leur place, voire leur vie, si l'affaire s'était ébruitée. Nous ne sommes pas tous nés dans l'aisance !

— C'est une chose que vous ne me pardonnez pas !

— En effet. Pas quand vous mettez le gagne-pain des autres en péril pour satisfaire une de vos lubies. Je dois regagner les champs.

Il se leva, imité par Angela.

— Ce n'est pas un caprice. J'ai toujours envié la vie libre de Simona et d'Emalee. Elles m'ont parlé des soirées où tout le monde chantait et dansait. J'ai eu envie d'y participer.

Il haussa les sourcils

— Je ne suis peut-être qu'un employé, mais je connais un peu les planteurs. Certains sont tellement riches qu'ils possèdent des maisons à La

Nouvelle-Orléans qu'ils n'utilisent que durant la saison de l'opéra, des bateaux sur lesquels ils organisent de fastueuses réceptions, des chevaux de course. Alors ne vous imaginez surtout pas que je vais gober votre histoire ! conclut-il avec un rire sarcastique.

Bien qu'il ait une bonne tête de plus qu'elle, elle le défia du regard et sa voix ne trembla pas quand elle remarqua :

— Vous ne savez rien de moi, Gator, ou qui que vous soyez. Vous ne pouvez donc pas me juger. Il se trouve que je n'aime pas les réceptions et que je m'y ennuie. Priver mes amies de leur travail est la dernière chose que je désire, et encore moins mettre leur vie en danger. Aussi ne vous inquiétez pas, je ne vous dérangerai plus ni vous ni les vôtres.

Il soutint son regard, puis Angela laissa échapper un soupir.

— Je crois que vous feriez mieux de partir. Merci de m'avoir rendu mes vêtements.

Il inclina la tête pour prendre congé. Après quelques pas, il se retourna pour la jauger, ses yeux noirs brillant d'amusement.

— Ne rayez pas le bayou de la liste des endroits que vous aimeriez voir, mademoiselle Sinclair. La prochaine fois que vous désirerez vous y rendre, prévenez-moi.

Il remonta la berge envahie par l'herbe et disparut.

Une drôle de chaleur avait inondé Angela. C'était la première fois qu'elle expérimentait cette sensation… et elle ne l'oublierait pas de sitôt.

4

Le tintement de la grosse cloche de BelleClair annonçant la fin de la journée rompit le silence de cette étouffante soirée de juin. Un soupir de soulagement s'éleva parmi les esclaves et les ouvriers agricoles qui s'ébranlèrent d'un pas traînant, les épaules voûtées par la fatigue.

Brett Cody, que personne ne connaissait autrement que sous le nom de Gator, marchait légèrement à l'écart comme à son habitude.

Il regrettait d'avoir quitté la mer. Même s'il y avait un monde entre La Nouvelle-Orléans et Vicksburg où il avait passé ses jeunes années dans le mystérieux Black Bayou, la luxuriance des champs de cannes, de coton et de riz ravivait des souvenirs qu'il croyait depuis longtemps oubliés.

Le pire, pensait-il les sourcils froncés, c'est que la première fois que j'ai vu Angela, je l'ai prise un instant pour Margaret. Il s'était rapidement ressaisi. L'une était aussi rousse que l'autre était blonde. D'ailleurs, Margaret, si délicate et si menue, n'aurait jamais eu l'idée d'aller explorer des bayous. Elles avaient en commun d'être riches, gâtées et friandes de distractions et d'émotions fortes.

— Holà, Gator !

Sans s'arrêter, il jeta un coup d'œil alentour d'un air contrarié.

Simona courait entre les rangs de canne pour le rejoindre.

Essoufflée, elle s'immobilisa à sa hauteur.

— Hé, il faut que nous parlions ! Je me fais du souci pour mon amie. Je ne l'ai pas revue.

— Parfait !

— Hé...

Simona lui donna une petite tape sur l'épaule. Un geste qu'elle regretta immédiatement quand il se figea pour la fusiller du regard. Rassemblant son courage, elle poursuivit :

— Ne vous vexez pas, Gator. Je me renseigne simplement au sujet de mon amie. Je ne comprends pas pour quelle raison elle n'est pas venue depuis des semaines.

Il chassa son souvenir.

— Ce n'est pas sa place.

La manière dont il la regardait commençait à exaspérer Simona.

— Ce n'est pas à vous d'en décider. Nous sommes amies depuis toujours. Qui êtes-vous pour nous dicter notre conduite ? Ce n'est pas parce que votre père est contremaître que cela vous donne des droits sur nous.

Sans répondre, Gator reprit sa marche.

Simona, furieuse d'être éconduite de cette façon, s'époumona :

— Pourquoi vous ne retournez pas d'où vous venez, et votre père aussi ? C'est un mauvais homme qui bat les esclaves. Il n'ose pas faire la même chose avec nous de peur qu'on lui plante un couteau entre les côtes. Vous êtes bien pareils tous les deux, hein ?

Il accéléra le pas et s'enfonça dans les fourrés, marchant droit devant lui, sans prêter attention aux crocodiles et aux serpents qui grouillaient dans les marais.

Il savait bien que Leo Cody était un homme cruel et l'idée qu'on puisse les assimiler l'un à l'autre le rendait furieux. Plus que jamais, il désirait retourner en mer, mais ce ne serait pas possible avant janvier. Dès qu'il l'avait vu, Elton Sinclair l'avait attiré à l'écart pour lui proposer le double des gages habituels et même une prime s'il restait jusqu'à la fin de la saison. Brett n'avait accepté que pour rembourser les frais occasionnés par la maladie de sa mère et son enterrement, puisque son père, qui dépensait jusqu'à son dernier sou avec des filles ou à boire et à jouer, en était bien incapable.

Une fois arrivé à sa barque qui lui servait de campement, il déboucha sa gourde de vin et en avala une bonne rasade pour chasser sa mélancolie. Mais les souvenirs, une fois éveillés, étaient vivaces.

Aussi laissa-t-il son esprit le ramener à l'époque où il avait quitté le Black Bayou après que Margaret Laubache, à dix-huit ans, eut fait de lui la risée du Mississippi. Comment avait-il pu être assez stupide pour tomber amoureux d'elle, lui un simple journalier !

C'est après avoir entendu parler de son combat contre l'alligator que Margaret avait manifesté le désir de le rencontrer.

On avait fait de lui une sorte de gladiateur alors que, quand cette maudite bête s'était attaquée à lui, il était loin d'en mener large. Tout ce dont il se souvenait, c'étaient ses poumons qui lui semblaient prêts à exploser tandis qu'il repoussait de toutes ses forces les mâchoires monstrueuses qui claquaient dans le vide.

Il n'en dit rien bien sûr à Margaret quand il la rencontra cette nuit-là, à l'encontre de toutes les règles de la bienséance, dans le belvédère près de la rivière. Elle était si belle dans sa robe d'organdi rehaussée de dentelles ! Elle sentait le lilas, et ses cheveux dénoués encadraient son visage en forme de cœur. Ils s'étaient retrouvés de nombreuses fois avant qu'elle finisse par glisser ses doigts sous la chemise de Brett tout en pressant ses lèvres contre sa bouche. Là encore il avait essayé de lui démontrer que c'était de la folie, mais elle lui avait juré son amour. Comment aurait-il pu continuer à résister ?

Puis vinrent les nuits sans lune. Il la rejoignait à minuit quand tout le monde dormait. Elle l'attendait vêtue d'une simple chemise de nuit qu'elle enlevait avant de s'allonger par terre et de l'attirer sur elle.

Les semaines se transformèrent en mois. Ils se voyaient quasiment chaque nuit, et Brett était épuisé. Il peinait toute la journée sous le soleil et il ne s'accordait que quelques heures de sommeil avant de se glisser dans le belvédère où il restait jusqu'à l'aube.

Il était devenu l'ombre de lui-même. Persuadée qu'il faisait la fête avec des amis, sa mère lui avait interdit de sortir. Il attendait donc que ses parents soient endormis pour s'enfuir par la fenêtre.

Une nuit, sa mère surprit son manège et se mit dans une épouvantable colère.

— Alors, c'était donc vrai ! C'est pour retrouver cette fille ! Mais regarde-toi ! gémit-elle, les yeux brillants de larmes. Maigre comme un serpent, des cernes sous les yeux. Tout cela à cause de cette traînée de fille Laubache.

— Ce n'est pas une traînée ! protesta-t-il.

— Et comment qualifies-tu les filles qui se glissent hors de chez elles pour rejoindre un homme ? Les esclaves cancanent, mon fils, c'est juste une question de temps avant que les rumeurs ne parviennent aux oreilles de Laubache. Et alors, tu auras de gros ennuis.

Brett lui avait alors tout avoué.

— Dès que la récolte sera terminée, nous avons décidé de dire à son père que nous voulions nous marier.

Elle faillit s'étouffer.

— Tu es encore plus sot que je ne l'imaginais. Ce genre de filles n'épousent pas des garçons comme toi, répondit-elle d'une voix entrecoupée de sanglots.

Brett avait tenté de la rassurer.

— Elle est sincère.

Lorsque la gifle s'était abattue sur sa joue, il avait poussé un cri, de surprise plus que de douleur, car c'était la première fois que sa mère levait la main sur lui.

— Laubache te tuera. Jamais il n'admettra que sa fille épouse un Cajun.

— Cela n'a pas d'importance pour elle, avait-il argumenté. Elle jure que rien ne nous séparera jamais.

Maveline Cody avait ricané.

— Et où emmèneras-tu ta femme ? Ici ? Dans le bayou ? Tu crois qu'une fille comme elle va se contenter de ce genre de vie ? Comment peux-tu être aussi aveugle ?

Elle s'était assise sur la banquette sous la fenêtre et avait enfoui son visage dans ses mains pour pleurer.

Il s'était enfui, sachant qu'il ne lui restait plus beaucoup de temps à passer avec Margaret. De toute façon, tout ce qu'il dirait ne servirait à rien.

Margaret était furieuse parce qu'il était en retard. Il avait tenté sans succès de lui raconter la scène, mais elle lui avait arraché ses vêtements avec une passion sauvage. L'aube les avait surpris, enlacés.

— Je ne peux pas me passer de toi, avait-elle murmuré en laissant ses doigts courir sur son torse. Je vais t'installer dans une maison, avec un vrai lit où je pourrai te rejoindre chaque fois que je le voudrai.

Margaret avait l'habitude de divaguer sur leur avenir. Il ne l'écoutait même pas mais, ce matin-là, peut-être à cause de sa discussion avec sa mère, il tendit l'oreille.

— Je crois que j'ai finalement convaincu papa d'acheter une maison en ville, avait poursuivi Margaret. Je pourrai l'utiliser pendant la saison mondaine ou pour aller faire des achats et je t'y enfermerai pour mon seul plaisir. Ne serait-ce pas merveilleux ? Personne ne saurait que tu es là et je…

Brett s'était redressé brusquement.

— Une minute ! avait-il protesté sentant la colère l'envahir. Tu disais que nous nous marierions quand on aurait fini de broyer la canne. Alors que me chantes-tu là ?

Elle s'était assise et avait enfilé sa chemise avant d'expliquer d'un ton irrité :

— Il nous faut du temps. Papa risque de ne pas être très content, mais je saurai le convaincre. En attendant, tu pourras t'installer en ville.

— Et que se passera-t-il s'il n'est pas d'accord ?

Elle avait écarté une mèche de cheveux qui lui tombait sur le front.

— Eh bien, nous resterons ensemble quand même, et c'est cela qui compte. Je te donnerai tout ce qu'il y a de mieux, Brett. Tu n'auras plus besoin de travailler ni de faire quoi que ce soit…

— En dehors de te baiser !

— Qu'est-ce qui te prend ? Es-tu devenu fou ? Ne serait-ce pas merveilleux ?

— Je suis un homme libre, Margaret, pas un des taureaux que ton père sélectionne pour la reproduction.

Il s'était levé et avait enfilé son pantalon. Le jour se levait et il n'avait plus qu'une idée : s'enfuir au plus vite !

— Brett, ne t'en va pas, je t'en prie ! Tu ne vois pas que c'est la seule solution pour le moment ?

Elle avait couvert son visage de baisers, mais il était resté impassible. Elle avait pris son silence pour un consentement. Pressant ses seins contre son torse, elle avait susurré d'une voix sensuelle :

— Tu n'auras qu'à m'aimer. C'est tout !

Il s'était arraché à son étreinte.

— Je ne suis pas à vendre, Margaret. Pourquoi ne choisirais-tu pas plutôt un des esclaves de ton père, un beau mâle musclé pour toi toute seule ?

Pour la deuxième fois en vingt-quatre heures, il avait reçu une gifle.

— Comment oses-tu me parler ainsi ? avait-elle hurlé, le visage déformé par la colère. Pour qui te prends-tu ? Tu devrais m'être reconnaissant !

Elle avait levé la main pour le frapper de nouveau, mais il lui avait saisi le poignet.

— Assez, Margaret.
— Bâtard ! Tu n'es rien qu'un…
— Cajun, n'est-ce pas ?
— Exactement, avait-elle rétorqué, et tu devrais me remercier de t'avoir fait une offre pareille.
— Et être flatté que tu m'aies jugé capable de te satisfaire en secret pendant que tu jouais à la vierge effarouchée pour les prétendants au sang bleu que ta famille approuve. Tu n'as jamais eu l'intention de m'épouser !
Un rictus de mépris avait déformé la bouche de la jeune femme.
— À quoi d'autre aurait pu me servir un sale Cajun ? On vous a jetés hors de votre pays parce que personne ne voulait de vous et vous vous êtes accouplés avec les nègres et les Indiens et…
— Et que dire des petites hypocrites qui jouent aux demoiselles et se transforment en traînées une fois la nuit tombée !
Écœuré, il la poussa plus fort qu'il ne l'aurait voulu. Elle tomba par terre, s'écorcha le coude et poussa un hurlement de douleur.
— Tu le regretteras, pauvre type !
Ses cris perçants déchirèrent la paix du petit matin tandis qu'il s'enfuyait.
Brett soupira. Son passé le hantait.
Margaret avait raison.
Il l'avait regretté. Terriblement regretté.
Toute la maisonnée était accourue voir ce qui se passait, et Margaret l'avait tout bonnement accusé de tentative de viol. Seule son incapacité à expliquer ce qu'elle faisait là en pleine nuit avait évité à Brett d'être lynché sur-le-champ.
Ce même jour, Haskill Laubache avait convoqué Brett et son père dans son bureau.

Le visage dur, et luttant visiblement pour ne pas frapper Brett, Laubache déclara que si jamais on les apercevait encore sur ses terres, on les tirerait à vue.

Leo avait piqué une grosse colère, car il ne savait rien des frasques de son fils. C'était la meilleure place qu'il ait jamais eue et il avait supplié Laubache de le garder. Mais celui-ci n'avait rien voulu entendre.

Cette nuit-là, Leo avait battu son fils comme plâtre. Brett n'avait pas rendu les coups, mais il s'était juré de ne jamais plus recevoir de raclée.

— Ne t'inquiète pas ! avait-il dit en crachant le sang. Je m'en vais et je ne reviendrai pas.

Il était parti le lendemain et avait vagabondé une bonne année avant de réussir à se faire engager sur un baleinier. Trois années durant, il avait bourlingué sur les mers du globe. De retour au pays, il avait décidé d'aller revoir sa mère.

Une fois arrivé dans le Mississippi, il s'était rendu compte que ses parents avaient déménagé, et il avait fini par retrouver leur trace en Louisiane. Il était arrivé juste à temps pour les funérailles de sa mère. Son père lui avait relaté avec indifférence ses derniers mois et comment elle avait succombé à une étrange maladie. Leo avait même dû emprunter pour payer le cercueil.

Brett posa sa gourde de vin. Bien trop énervé pour rester assis, il se mit à marcher sans but dans la nuit.

Son père se plaisait à BelleClair. Il avait été promu contremaître et il avait affirmé à son fils qu'Elton Sinclair lui proposerait un jour un bon job. Mais la seule chose qui intéressait Brett, c'était de rembourser les dettes familiales et de s'en aller. D'ailleurs, il gardait ses distances avec son père car, au fond de lui, il le méprisait.

Sortant de ses rêveries, il aperçut des lumières le long du fleuve. Il était allé beaucoup plus loin qu'il ne l'imaginait. Il se trouvait sur la levée, tout près du saule sous lequel il avait suivi Angela un peu plus tôt.

Il sourit au souvenir de leur rencontre. Angela n'était absolument pas la fille gâtée qu'il croyait, mais une personne au caractère entier et généreux, avide d'expérimenter ce que la vie lui offrait.

Il s'apprêtait à faire demi-tour quand quelque chose retint son regard. Une silhouette émergeait de la nuit et traversait la pelouse qui descendait du manoir. La lune jaillit de derrière un nuage. Quand il vit les tresses flamboyantes, il comprit aussitôt qu'il s'agissait d'Angela Sinclair.

Il la regarda disparaître dans son sanctuaire.

Une petite voix lui soufflait de partir. Que diable ! il n'était plus un gamin innocent, mais un homme qui avait bourlingué autour du monde.

Quel mal y aurait-il à parler à Angela ?

Il se dirigea vers le saule.

Angela s'était terriblement ennuyée toute la soirée. Raymond et ses parents étaient venus dîner, et sa mère avait insisté pour qu'elle joue du piano. Elle n'en avait nulle envie, mais personne n'avait écouté ses protestations.

Les hommes avaient fini par passer au fumoir, impatients de discuter politique. Abraham Lincoln, député républicain de l'Illinois, avait profité de sa campagne contre Stephen Douglas pour dévoiler sa position anti-esclavagiste, se mettant à dos une partie de ses partisans.

Angela aurait préféré les écouter critiquer Lincoln plutôt que d'entendre sa mère et sa future belle-mère jacasser sur les préparatifs de son mariage.

Sur le perron et avant que tout le monde ne se sépare, Ida prit date pour une autre soirée afin de revoir une dernière fois l'ensemble du programme.

— Noël arrive, rappela-t-elle joyeusement en saluant ses hôtes.

— Vous auriez quand même pu trouver une meilleure date pour vous marier qu'en pleine saison du broyage de la canne ! maugréa Elton, une lueur moqueuse dans les yeux.

— Mais écoutez-le donc ! se moqua Twyla. À l'entendre, on pourrait croire que nous avons des périodes de tranquillité à BelleClair.

— C'est bien pour cela que je suis ravie d'avoir épousé un médecin, remarqua Ida. Je préfère de beaucoup l'agitation de La Nouvelle-Orléans.

Elle se tourna vers Angela.

— Bientôt, vous pourrez vous installer en ville.

Angela se força à lui sourire car elle était malade à l'idée de quitter BelleClair. Vivre en ville était la dernière chose qu'elle désirait, mais qui se souciait de ses désirs ? Tout se passait comme si elle n'avait rien à dire au sujet de son avenir.

Elle put enfin regagner sa chambre. Et quand la maison fut plongée dans le silence, elle se glissa le long du treillis et marcha jusqu'au saule.

Ici au moins, elle pouvait rêver d'une autre existence dont elle était maîtresse.

Elle suivit du regard un bateau illuminé dont les lumières se réverbéraient dans l'eau. Comme elle aurait voulu être à son bord ! Si elle avait été un homme, jamais elle n'aurait pu se fixer quelque part. L'envie de découvrir le vaste monde l'aurait poussée à voyager.

Elle entendit un craquement et lança sur un ton inquiet :

— Qui est là ?

Brett écarta les branchages et surgit.

— Je n'avais pas l'intention de vous effrayer. Je vous ai aperçue à l'instant alors que je me promenais. Puis-je vous tenir compagnie ?

Elle était heureuse de le voir. En dépit de toutes ses résolutions, elle n'avait cessé de penser à lui.

— Pourquoi pas ! acquiesça-t-elle en riant. Je suis tout étonnée qu'après toutes ces années quelqu'un surprenne mon secret.

— Je ne le dirai à personne.

Il s'assit à côté d'elle.

— Je suis stupéfait que personne ne l'ait encore découvert. Jolie comme vous l'êtes, vous devez être le point de mire de nombreux regards.

Elle sentit une insidieuse chaleur l'envahir et s'écarta de lui de peur qu'il ne remarque l'effet qu'il produisait sur elle.

— Alors, qu'est-ce qui vous amène dehors à cette heure tardive ? demanda-t-elle en s'efforçant d'adopter un ton léger. Auriez-vous trouvé de nouveaux vêtements ?

— En auriez-vous caché d'autres ?

— Non, on m'a interdit de retourner dans le bayou, vous ne vous le rappelez pas ? Et je n'oserais jamais désobéir à un valeureux tueur d'alligators.

Il s'allongea à ses pieds et la dévisagea. Une légère brise montait de la rivière, jouant avec les branches, et la lune en profitait pour nimber les feuilles de ses rayons dorés.

— Vous vous moquez de moi !

— Je n'y aurais pas été obligée si vous m'aviez dit votre vrai nom.

— Cela n'en vaut pas la peine.

— Cela me paraît étrange de discuter avec quelqu'un dont j'ignore l'identité.

Il haussa les épaules.

— Il y a peu de chance pour que nous nous rencontrions tous les jours, bien que cette idée soit loin de me déplaire, se hasarda-t-il à ajouter.

Angela appréciait le badinage, consciente que ce genre d'intermède ne lui arriverait guère à l'avenir.

— Et que ferions-nous si cela se produisait ? s'enquit-elle avec provocation. Vous avez dit que je n'étais pas à ma place dans le bayou. Où m'emmèneriez-vous, alors ?

— Est-ce une obligation de vous emmener quelque part ?

De nouveau il fut frappé par la beauté de son visage baigné par les rayons de la lune et par celle de ses yeux verts brillant d'excitation.

— Je pourrais peut-être vous faire voyager simplement en vous décrivant un pays. Où voudriez-vous que je vous emmène ?

La jeune fille ne chercha pas à cacher son enthousiasme.

— Où êtes-vous allé ? demanda-t-elle.

— Un peu partout. J'ai passé trois années en mer, j'ai sans doute vu presque tous les ports d'importance du monde.

— Alors, parlez-moi de ce que vous avez préféré, le pressa-t-elle en regrettant que la pénombre ne lui permette pas de discerner la fossette qui se creusait au coin de sa bouche quand il souriait.

Tout lui avait plu, déclara-t-il et il lui décrivit les ports du Pacifique où il avait fait de nombreuses escales. En Arctique, le jour ne se couchait jamais, aussi occupait-il son temps à pêcher. Son travail consistait à barrer l'une des légères chaloupes au bord desquelles les pêcheurs poursuivaient la baleine, armés de harpons pour la fatiguer. Quand elle était à bout de forces, ils l'achevaient avec une lance.

Elle poussa une exclamation affolée avant de demander :

— C'était très risqué ?

— Les cachalots peuvent être dangereux. J'en ai vu une fois sauter hors de l'eau et couper un canot en deux avec ses mâchoires.

Angela referma ses bras autour d'elle et frissonna.

— Je comprends que vous ayez quitté ce métier.

— Oh, ce n'était pas à cause du danger. Je…

Il marqua une pause, le temps de se ressaisir. Il s'était juré de ne jamais donner sur lui plus de renseignements que nécessaire. Il acheva avec brusquerie :

— Peut-être qu'un jour je retournerai en mer.

— Je vous envie, reconnut-elle avec mélancolie. Si cela m'était possible, je voyagerais autour du monde au lieu de me marier.

Il était au courant de ses fiançailles. La nouvelle avait circulé parmi les ouvriers agricoles et les esclaves.

— Je croyais que les filles voulaient se marier, la taquina-t-il, et particulièrement avec des hommes riches.

— Raymond n'est pas riche. Son père l'est, mais lui n'a jamais rien fait de sa vie. Il est plutôt beau garçon et gentil, mais il a toujours eu ce qu'il voulait et...

Elle s'interrompit, embarrassée par sa propre candeur.

— Je suis désolée de vous ennuyer avec mes problèmes.

— Une fille aussi jolie que vous ne devrait pas avoir de problèmes, mademoiselle Sinclair, et j'imagine que vous ne manquez pas d'admirateurs, dit-il avec une franchise qui le déconcerta. Alors, pourquoi épousez-vous quelqu'un qui manifestement ne vous plaît pas ?

Angela se confia à lui.

— Ce n'est pas moi qui ai choisi Raymond Duval. On l'a choisi pour moi. Ce sont nos parents qui ont décidé pour nous. C'est ainsi que cela se passe.

Il acquiesça d'un signe de tête.

— Peut-être que votre mariage sera heureux, dit-il platement.

— Peut-être, répéta-t-elle sans conviction.

Ils restèrent quelques instants silencieux. Angela n'avait jamais passé un moment aussi agréable avec un homme et Brett était tout étonné de ne pas s'être ennuyé un seul instant.

Il se leva à contrecœur et lui tendit la main. Quand elle la saisit, elle sentit un picotement la parcourir. Dans la lumière tamisée de la lune, leurs regards se croisèrent. Submergée par l'émotion, Angela était incapable de parler.

Brett s'éclaircit la gorge, lâcha sa main et finit par murmurer :

— Je crois qu'il vaut mieux nous dire bonsoir, mademoiselle Sinclair, avant que quelqu'un ne s'aperçoive de votre absence et ne donne l'alerte.

— Cela ne risque pas de se produire. Je viens ici presque tous les soirs.

Oh, mon Dieu, allait-il croire que c'était une invitation !

C'est exactement ce qu'il comprit.

Résistant à l'envie de la presser contre lui et de l'embrasser à perdre haleine, il remarqua :

— En fait, je n'ai pas l'habitude de m'aventurer aussi loin du bayou la nuit, mais cela pourrait en devenir une.

Il laissa son doigt courir sur sa joue avant de disparaître dans la nuit.

Angela resta immobile un long moment, bouleversée de découvrir que plus rien n'était pareil dans sa vie depuis qu'elle avait rencontré Gator.

5

Angela ne cessait de penser à lui. Elle repassait dans sa mémoire les moindres détails de leur rencontre et se demandait ce qu'elle aurait éprouvé s'il l'avait embrassée. Tout cela était stupide. Elle le savait. Mais son cœur refusait d'écouter sa raison.

Melora Rabine, assise à côté d'elle sur la banquette du piano, poussa un soupir exaspéré.

— Mais non, Angela ! Ce morceau n'est pas une marche militaire. Au contraire, Bach l'a conçu comme un divertissement, léger et aérien. Vous n'êtes pas à ce que vous faites.

— Je suis désolée. Je ne me sens pas bien aujourd'hui. Vous savez, les filles ont leurs mauvais jours.

Elle lui fit un clin d'œil et se retint de pouffer : Melora Rabine avait les joues toutes rouges.

— Bon, eh bien, je suppose qu'il vaut mieux écourter la leçon.

Melora se leva et entreprit de rassembler ses affaires.

— Je vous conseille de boire un peu de limonade et de vous étendre, ajouta-t-elle.

Dès qu'Angela entendit le buggy s'éloigner, elle éclata de rire et se mit à jouer de mémoire une des chansons qu'elle avait entendues cette fameuse nuit dans le bayou.

Soudain Claudia entra dans la pièce précipitamment et se mit à crier :

— Où diable as-tu appris cet air de sauvage ? Tu vas désaccorder le piano !

Angela continua à jouer en se balançant d'avant en arrière au rythme de la musique sans lui prêter la moindre attention.

— Ça suffit !

Claudia se jeta sur elle comme une furie, et Angela réussit à lui saisir le poignet avant qu'elle ne lui referme le couvercle du piano sur les doigts.

— Mais enfin, qu'est-ce qui te prend ? Tu aurais pu me faire mal.

— Tu l'aurais bien mérité ! Maintenant, cesse de nous casser les oreilles

C'en était assez. Angela était lasse de ces cris incessants.

— Arrête de me dire toujours ce que je dois faire !

Elles se mesurèrent du regard.

Claudia tremblait de rage.

— Tu vas le regretter, chuchota-t-elle entre ses dents. Tu te crois mieux que moi parce que tu n'as pas été adoptée, mais c'est moi qui vais hériter de BelleClair. Attends un peu et tu verras ! Un jour, j'aurai aussi Raymond. Et toi, tu n'auras rien.

Angela n'avait jamais vu Claudia dans un tel état, à croire qu'elle était devenue folle furieuse.

Kesia apparut sur le seuil et s'époumona :

— A'êtez de vous disputer, les filles, vous m'entendez ? Sinon je vais aller che'cher maît'esse Twyla et…

— Ce ne sera pas nécessaire, Kesia, décréta Twyla, d'une voix sévère. Je les entendais de ma chambre.

Son regard alla de l'une à l'autre.

— Alors ? De quoi s'agit-il encore ? Je ne supporte plus vos chamailleries.

Kesia retourna à son travail tandis que Claudia se mettait à geindre :

— Elle abîmait mon piano en tapant dessus de toutes ses forces. Je lui ai demandé d'arrêter, elle a refusé et s'est mise à me traiter de tous les noms, comme d'habitude. Elle a dit que ce n'était pas mon piano.

— Il est à vous deux, voyons ! soupira Twyla.

— Elle a déclaré qu'il était à elle, que rien ne m'appartenait dans cette maison parce que j'étais adoptée, que je n'avais aucun droit d'être ici et que, de toute façon, quand vous seriez morts, papa et vous, elle me chasserait de cette maison. Elle est méchante et cruelle. Oh, je préférerais ne jamais être née !

Sur ce, elle fit semblant d'éclater en sanglots et s'enfuit, laissant Angela seule face à sa mère.

— Comment peux-tu être aussi odieuse avec ta sœur ? Qu'est-ce qui t'a pris de lui dire de telles horreurs ?

— Elle a menti ! protesta Angela.

Twyla porta les mains à ses tempes. Cela ne finirait donc jamais ? Tant qu'Angela n'aurait pas déménagé pour La Nouvelle-Orléans, cette maison ne connaîtrait pas la paix. Claudia était parfois difficile, mais la pauvre enfant était bien à plaindre.

Comme elle devait souffrir d'être le témoin des préparatifs du mariage de sa sœur avec Raymond, qu'elle croyait aimer !

— Je suis vraiment fatiguée de toutes ces histoires, commença-t-elle lentement. Et si cela ne cesse pas, je serai obligée de demander à Ida de t'accueillir chez elle avant le mariage.

— Oh, non ! protesta Angela.

Elle voulait passer ces derniers mois à Belle-Clair, surtout maintenant qu'elle s'était découvert un ami aussi passionnant. Elle courut vers sa mère et se jeta dans ses bras.

— Je suis désolée. Cela n'arrivera plus. Je vous le jure. Mais ne m'envoyez pas à La Nouvelle-Orléans ! Pas tout de suite ! Je veux passer encore une saison ici. Quand je serai mariée, tout sera différent. Vous ne pouvez pas faire cela, maman. Je vous en prie, ne me demandez pas de partir !

Twyla soupira de nouveau. Un sourire flotta sur ses lèvres alors qu'elle essuyait les larmes de sa fille.

— Très bien, fit-elle à contrecœur. Mais une autre scène de ce genre, et je n'aurai pas le choix ! Voyons, ajouta-t-elle en s'écartant d'Angela, où est donc Mme Rabine ? Et que jouais-tu donc pour mettre Claudia dans cet état ?

— Elle est partie tôt, se déroba Angela. Et je jouais une mélodie cajun.

— Eh bien, évite d'en jouer à l'avenir. Si Claudia pense que cela désaccorde le piano…

C'était la chose la plus ridicule qu'Angela ait jamais entendue. Elle se tut pourtant, plus que jamais déterminée à éviter toute confrontation avec sa sœur adoptive.

Elle s'installa devant le piano et se mit à jouer un morceau de Bach. Au bout d'un moment, Twyla quitta la pièce.

Angela était repartie dans ses rêveries. Elle se demandait ce qui avait bien pu pousser Gator à travailler à BelleClair. Beau, brillant, intelligent et plein d'esprit, il gâchait sa vie dans les champs, comme elle allait gâcher la sienne en se mariant.

Ce soir-là, elle resta sur sa véranda en appelant de tous ses vœux la tombée de la nuit. La sirène d'un bateau résonna dans le silence. Sans plus résister à la tentation, elle se laissa glisser le long du treillis et courut vers le fleuve.

Mais il n'était pas sous le saule.

Elle attendit. Au fur et à mesure que le temps passait, la conscience de sa bêtise la submergeait. Cela n'avait aucun sens ! Ils appartenaient à deux mondes différents, chose qu'il ne s'était pas privé de souligner.

Elle retourna se coucher, mais resta longtemps les yeux ouverts dans le noir sans trouver le sommeil.

Les jours suivants, Gator mobilisait toujours toutes ses pensées. Elle resta enfermée dans la maison à lire et à jouer du piano. Bien que le temps fût radieux, l'idée de sortir la rendait malade.

Un matin, elle se leva aux aurores, s'habilla rapidement et descendit. Comme elle s'y attendait, son père prenait une tasse de café avec des œufs et du jambon frit dans la salle à manger.

Il fut agréablement surpris de la voir.

— Cela fait une éternité que tu n'as pas pris ton petit déjeuner avec moi, Ange. Que me vaut ce plaisir ?

— Je m'ennuie à mourir.

Kesia déposa devant elle un jus de fruits et des toasts.

— Je vous jure, papa, si je dois passer une journée de plus enfermée, je vais perdre la raison. C'est déjà bien assez triste de devoir emménager en ville après mon mariage. Alors pourquoi est-ce que je n'arrive pas à profiter du temps qui me reste à passer ici ?

— Tu dis cela comme si tu étais sur le point de mourir, remarqua son père en riant.

— Peut-être bien.

La tristesse voila les yeux d'Elton Sinclair.

— Raymond est un garçon bien. Je suis sûr qu'il fera de son mieux pour te rendre heureuse.

— Alors il devrait être prêt à s'installer à Belle-Clair. C'est le seul endroit où je pourrai jamais être heureuse.

— Ta mère ne le désire pas, et tu le sais. Elle préfère que tu t'établisses en ville. Au moins, le temps que tu t'habitues à ta nouvelle condition de femme mariée. Je ne devrais pas te dire cela, poursuivit-il à contrecœur, mais nous savons tous les deux que Claudia se croit amoureuse de Raymond et, si vous vous installez ici, cela risque de poser des problèmes.

— Au moins, vous ne me donnez pas toujours tort comme maman, remarqua Angela avec reconnaissance. Voilà qui me fait plaisir.

— Tu sais comme moi qu'elle ne changera pas. C'est difficile à accepter, mais il le faut.

— Puis-je venir avec vous aujourd'hui ? implora Angela, profitant de ses bonnes dispositions. S'il vous plaît ! Cela fait si longtemps que je ne vous ai pas accompagné dans les champs et il fait si beau !

— Cela ne va pas plaire à ta mère, tu le sais, n'est-ce pas ?

— Quelle importance ! déclara Angela en ajoutant rapidement pour atténuer son insolence : Vous venez de dire qu'il fallait l'accepter comme elle est, et nous savons tous les deux qu'elle sera contrariée quoi que je fasse. Et puis, qu'est-ce qu'une journée ?

Il sourit et leva les mains en signe de reddition.

— D'accord, tu peux venir. Mais si ta mère est furieuse, ne t'en prends qu'à toi-même ! D'ailleurs, je ne te garderai qu'un petit moment.

Il lui saisit la main alors qu'elle se levait de table.

— Il n'y a pas un nuage ce matin et il risque de faire très chaud. À dix heures, il faudra que tu rentres. Tu sais que c'est la saison des fièvres.

Elle déposa un baiser sur son crâne chauve en lui promettant qu'elle ne courait aucun danger et se précipita aux écuries pour demander à Sam de seller sa jument.

Peu après, le père et la fille étaient tous les deux en selle. Elle avait toujours éprouvé une grande fierté à suivre son père dans ses tournées. En cavalier émérite, il était assis bien droit sur son magnifique étalon noir et chaque fois qu'il s'arrêtait pour parler aux contremaîtres et aux ouvriers, ceux-ci enlevaient leur chapeau de paille pour le saluer bien bas.

On le considérait comme un homme bon et juste, même s'il lui arrivait de se montrer sévère. En dehors de ses activités de planteur, elle savait qu'il s'intéressait aussi à la politique et soutenait les démocrates, plus favorables à l'esclavage. Il y voyait la seule solution pour le Sud. Il le lui avait longuement expliqué.

Ils traversèrent d'abord les champs de coton où il stoppa sa monture pour échanger quelques mots avec chacun de ses contremaîtres. Le père d'Angela les choisissait avec grand soin, et c'était sans doute ce qui avait fait de BelleClair la plus belle plantation de la région.

Il était presque dix heures quand ils atteignirent le dernier champ. À perte de vue, les plantes ployaient sous les fruits qui ressemblaient à de petits nuages duveteux. Les esclaves avançaient entre les rangées, courbés sous le poids des énormes sacs attachés à leurs épaules.

Un homme lourdement chargé traversa les rangées pour venir à leur rencontre, et Elton remarqua :

— Il est temps que tu te mettes à l'ombre, Ange. Ce soir, nous irons faire une promenade, si tu veux, quand la température aura baissé.

Si stupide que cela puisse paraître, Angela dut reconnaître qu'elle espérait atteindre les champs de cannes dans l'espoir de croiser Gator.

Son père sauta à terre pour aller parler avec le contremaître. À son retour, elle fut surprise de l'entendre récriminer :

— J'ai toujours essayé de ne pas avoir de préjugés contre les Cajuns, mais cet homme ne m'inspire plus confiance. C'était un bon contremaître autrefois, mais je le soupçonne maintenant de maltraiter certains des journaliers, bien que je ne puisse rien prouver.

— Si c'était le cas, ils se plaindraient, non ?

— Pas si on les menace de représailles. Il faut que je l'aie à l'œil.

Angela se retourna pour observer l'homme dont il était question. Propre et mieux habillé, il aurait pu être attirant. Mais il y avait quelque chose de déplaisant chez lui. Sans doute, ses yeux noirs et froids… presque méchants.

— Comment se fait-il que vous ayez accueilli si bien les Cajuns alors que les autres planteurs les considèrent comme de pauvres Blancs ?

— Certains prétendent que cela démoralise les esclaves de voir que ces hommes sont payés, mais ce n'est pas mon opinion. D'ailleurs, dans ce cas, il faudrait traiter les Irlandais de la même manière. Je crois plutôt qu'on les voit comme des vagabonds, chassés de leur propre pays. Et puis, ils sont assez fermés et restent entre eux. Bon, et maintenant, file ! ordonna-t-il gaiement.

Faisant faire demi-tour à son cheval, il alla s'abriter du soleil sous une petite construction où il pouvait aussi se désaltérer. Angela reprit le chemin de la maison.

Prise d'une soudaine impulsion, elle décida de longer les champs de cannes. Elle avait peu de chance de croiser Gator, et elle tenta de se persuader que telle n'était pas son intention. Elle désirait simplement prolonger la promenade.

Elle fut ravie d'apercevoir Emalee qui agitait la main au bout d'une rangée. Elle alla la rejoindre.

— Où étais-tu passée ? s'enquit la jeune Cajun en essuyant de son bras la transpiration qui coulait sur son front. Personne ne t'a vue depuis le jour où Gator nous a sorties de l'eau. Le lendemain, il nous a juste dit que tu étais bien rentrée. Et ensuite, chaque fois qu'on lui a posé des questions, il nous a fait une grimace de ce genre, fit-elle en l'imitant.

Angela éclata de rire.

— Tu ne te moquais pas de lui cette nuit-là si je m'en souviens bien. Au contraire, il te faisait peur !

Emalee haussa les épaules.

— Oh, c'est du passé ! Alors, réponds-moi ! Pourquoi on ne te voit plus ?

— À cause des préparatifs du mariage.

Angela mit sa main en visière au-dessus de ses yeux et observa le champ de cannes, mais les tiges étaient trop hautes pour qu'on puisse voir entre les rangées.

— Qui cherches-tu ? s'enquit Emalee, soupçonneuse. Gator ? Ne t'inquiète pas. Il est sûrement là quelque part. Veux-tu que je lui dise que tu désires le voir ?

— Bien sûr que non ! s'insurgea Angela, furieuse de s'être trahie. Je cherchais Simona.

— Elle n'est pas là. Elle est malade.

— Malade ? répéta Angela alarmée. Qu'est-ce qu'elle a ?

Un sourire mystérieux étira les lèvres d'Emalee.

— Elle te le dira elle-même.

Angela saisit cette excuse pour ne pas rentrer.

— Je vais aller la voir. De jour, je ne risque pas de me perdre.

L'idée l'excitait. Elle avait été jusqu'au marais un nombre incalculable de fois avec ses amies et, en bateau, on était vite rendu. Avec une bonne perche pour faire avancer l'embarcation et un minimum de prudence à cause des souches de cyprès, il n'y aurait aucun problème.

Emalee ne partageait pas son optimisme.

— Ce n'est pas une bonne idée. Tu vas te perdre.

— Sornettes ! L'autre jour, c'est parce qu'il faisait nuit que nous avons eu des problèmes ! Qui plus est, jamais plus je n'aurai l'occasion de me promener dans le bayou ou de m'amuser un peu.

Emalee secoua la tête, compatissante.

— Oh, Angela ! Quand je te vois aussi malheureuse, je suis vraiment contente d'être une Cajun...

À cet instant, Angela était prête à lui donner raison.

Après avoir quitté son amie, elle se dirigea vers la lisière de la forêt. Puis, vérifiant qu'il n'y avait personne alentour, elle sauta à terre et attacha la jument à un tronc dans un endroit ombragé. Autant la laisser là et rejoindre le marais à pied. Elle craignait que les odeurs et les bruits si particuliers du bayou ne l'effraient et qu'elle ne fasse un écart.

Le chemin serpentait au milieu des arbres. Angela fut comme toujours émerveillée par la variété des espèces. Dès qu'elle eut atteint le marigot, elle grimpa sur le premier bateau venu, s'empara d'une perche et se mit à zigzaguer parmi les nénuphars. L'eau se ridait sur son passage. Des hérons bleus s'envolèrent à grand bruit d'ailes.

Éblouie par ce monde sauvage, Angela ne s'aperçut pas que le léger esquif commençait à dériver. Il se rapprochait insensiblement des berges plantées de palmiers nains. Quand des bouquets de palmes balayèrent son front, elle se recula brutalement, perdit l'équilibre et tomba au fond du bateau. Sous le choc, la fragile embarcation fut projetée dans une sorte de coude où les déchets végétaux s'étaient accumulés au point que la surface paraissait ferme.

Angela, encore ébranlée par la brutalité de la collision, crut qu'elle avait atteint la terre. Sa robe était mouillée et les moustiques passaient à l'attaque. Elle décida d'abandonner la barque et de poursuivre sa route à pied. Le village ne pouvait être loin.

— Ne bougez pas ! Ce sont des sables mouvants ! rugit une voix masculine au moment où elle allait sauter hors du bateau.

Tremblante, elle se retourna. Gator glissait silencieusement à sa rencontre.

— Je vous avais demandé de me prévenir quand vous auriez envie de vous promener ici, n'est-ce pas ?

Son ton sévère était démenti par la lueur d'amusement qui brillait dans ses yeux noirs.

— C'était un caprice !

Elle accepta la main qu'il lui tendait pour monter à son bord, espérant qu'il n'entendrait pas son cœur tambouriner dans sa poitrine.

— Mais puisque vous ne me lâchez pas d'une semelle, ce n'était même pas la peine !

— C'est une chance pour vous ! En allant boire, je vous ai vue quitter Emalee et vous diriger vers les bois. Quand j'ai appris que vous alliez rendre visite à Simona, j'ai tout de suite compris que vous vous précipitiez vers les ennuis... une fois de plus.

— Peut-être aimeriez-vous être embauché comme garde du corps ? suggéra-t-elle innocemment.

Il fit mine de considérer sérieusement la question en se frottant le menton avant de refuser en secouant énergiquement la tête.

— Non. Je crois que je préfère garder mon travail. C'est certainement moins épuisant que de vous empêcher de commettre des bêtises.

— L'autre nuit, sous le saule, je n'avais pas l'air de vous poser de problème, lui rappela-t-elle.

— Non, certainement, reconnut-il comme le souvenir de leur rencontre revenait hanter son esprit.

Ce n'était qu'au prix d'un terrible effort de volonté qu'il avait pu résister à l'envie de la serrer dans ses bras. Il secoua la tête pour chasser ce souvenir, trop conscient du désir qui embrasait ses reins.

Angela expérimentait elle aussi un délicieux trouble.

— Pourtant, vous me prenez pour une petite fille riche et gâtée, rappelez-vous ? Aussi que pourriez-vous bien attendre de moi ? dit-elle sur le mode de la plaisanterie pour détendre l'atmosphère.

Il secoua de nouveau la tête et se mit à rire.

— Gâtée, c'est difficile à savoir ! Mais riche, ça c'est sûr. Je crois que je vais garder mon job.

Ils avaient atteint le village et il désigna du doigt un chemin qui obliquait à gauche.

— Vous trouverez Simona un peu plus loin. C'est la troisième maison sur la gauche. Je vous attends ici pour vous ramener et vous me rendriez service en vous dépêchant. Si on s'aperçoit de mon absence, c'est moi qui vais avoir des ennuis.

En prenant la direction indiquée, elle lança par-dessus son épaule :

— Pas vous, Gator ! Il paraît que votre père est contremaître.

— Cela ne me concerne pas, marmonna-t-il amèrement.

Simona accueillit Angela avec des cris de joie.

— Oh, cela fait si longtemps ! Mais comment es-tu venue ? Rentre que je te donne quelque chose à boire.

— Non, non, je ne peux pas rester longtemps. Gator m'attend pour me ramener. J'ai appris que tu étais malade et je m'inquiétais.

Elle jeta un coup d'œil autour d'elle et tâcha de cacher sa répulsion devant la pauvreté de la cabane. Pour tout mobilier, il y avait un matelas posé à même le sol et une table encadrée de deux chaises.

— Je sais que ce n'est pas beaucoup, remarqua Simona, consciente de ce qu'Angela pensait, mais Frank travaille dur et ton père a promis de lui donner une prime à la fin de la saison. Nous allons chercher un endroit plus grand et plus agréable. Nous en aurons besoin pour le bébé, annonça-t-elle d'un air heureux en portant instinctivement la main à son ventre.

— Un bébé ? répéta Angela surprise et ravie en la serrant contre son cœur. Oh, Simona, c'est merveilleux. Quand doit-il naître ?

— Sans doute à la fin de l'hiver. Nous avons tout le temps pour nous installer. Mais pour le moment, je vomis beaucoup et Frank ne veut pas que je sorte quand il fait trop chaud. Puisque je mange pour deux, il est prêt à travailler pour deux.

Un large sourire illumina son visage tanné. Puis, soudain, elle plissa les yeux d'un air intrigué.

— Mais si j'ai bien compris, Gator t'attend ? Qu'est-ce qui se passe ? La dernière fois que je lui ai parlé, il était furieux que tu sois venue ici. Tu ne vas pas me dire que c'est lui qui t'a amenée ?

Elles prirent place autour de la table branlante, et Angela expliqua comment il était arrivé juste à temps pour lui éviter de s'enliser dans des sables mouvants.

— J'ai de la chance qu'il m'ait suivie.

— Oui, mais cela ne m'étonne pas.

— Pourquoi ?

— Parce que tu es la seule fille dont il ait demandé des nouvelles. Cela veut dire qu'il t'aime bien. On ne l'a jamais vu avec une fille et pourtant elles sont folles de lui. Il est beau, c'est vrai, mais un peu étrange, non ? Il reste toujours seul. Dis-moi, poursuivit-elle, les yeux brillants, c'est la première fois que tu le revois depuis cette nuit où il t'a repêchée ?

Angela avoua la vérité et raconta comment elle l'avait vu deux fois sous le saule.

Simona applaudit, ravie.

— Tu vois ? Tu lui plais.

Elle alla à la fenêtre et jeta un coup d'œil rapide à l'extérieur.

— Il est bien là. Et je vais t'avouer quelque chose. Si je n'étais pas déjà mariée, je ne résisterais pas à son charme, moi non plus.

Angela se tut. Qu'aurait-elle pu dire ? Simona racontait des bêtises. Et de toute façon, même si c'était vrai, qu'est-ce que cela changeait ? À la minute où elle était née, son sort était déjà scellé.

Simona ébaucha une moue pensive, puis elle retourna s'asseoir.

— Tu sais, commença-t-elle d'une voix rêveuse, quand j'ai su que j'allais avoir un bébé, j'étais tellement heureuse et tellement fière ! Dire que les choses si belles que nous avons faites avec nos corps, Frank et moi, peuvent produire un tel miracle. J'en ai pleuré de joie.

Elle prit la main d'Angela entre les siennes.

— Quand nous sommes ensemble, Frank et moi, nous faisons chanter nos corps avec nos baisers et nos caresses, et quand il vient en moi, c'est comme si nous étions une seule personne. C'est merveilleux ! Toi aussi, tu connaîtras ces sensations un jour.

Angela se mordit les lèvres, déterminée à ne rien dire de son désarroi.

— Peut-être, murmura-t-elle enfin.

Puis elle se leva et esquissa un sourire.

— Je crois que je ferais mieux d'y aller maintenant. Gator a peur d'avoir des ennuis si on s'aperçoit de son absence, ajouta-t-elle.

— Bah ! Qui oserait lui dire quelque chose ? Tout le monde le craint, avec ses muscles et son air pas commode.

— Pas commode ? Je ne comprends pas pourquoi les gens pensent ça de lui. C'est vrai, il est bien bâti, et on n'a pas envie de lui chercher querelle, mais je le trouve chaleureux et sensible ; il est aussi plein d'esprit, de charme, et...

Elle s'interrompit en remarquant que Simona la regardait comme si elle se retenait d'éclater de rire.

— Qu'est-ce qui te prend ? s'enquit-elle avec surprise.

Simona gloussa.

— Rien. Sinon que tu as l'air amoureuse.

— C'est la chose la plus ridicule que j'aie jamais entendue. Pour l'amour du ciel, je me marie dans quelques mois et...

— Quelle importance !

Simona était redevenue sérieuse. Elle passa son bras autour des épaules d'Angela et prit un air de conspiratrice.

— Tu n'y peux rien, poursuivit-elle. C'est ta famille qui a décidé ce mariage. Mais tu peux prendre le reste de ta vie en charge. Ce qui inclut aimer un autre homme si cela vous rend tous les deux heureux.

Angela était habituée à la franchise parfois brutale de Simona, mais cette fois-ci, elle la trouvait carrément stupide, ce qu'elle ne se gêna pas de lui dire.

— Très bien, très bien, tu n'es pas d'accord avec moi, je sais, concéda Simona. Mais quel mal y aurait-il à ce que vous preniez du bon temps, Gator et toi, avant que tu partes. Qui le saura ? Emalee et moi, nous resterons muettes. Accorde-toi donc un peu de plaisir. Cela te fera des bons souvenirs pour plus tard. Gator sait que tu dois épouser quelqu'un d'autre, non ?

Angela acquiesça d'un air misérable.

— Alors, il comprendra que tu veux simplement t'amuser et il n'en sera pas blessé pour autant. Va donc le trouver. Dis-lui ce que tu ressens et demande-lui s'il veut t'aider à te créer des souvenirs pour l'avenir.

Angela éclata de rire, traita son amie de folle et la serra sur son cœur avant de s'en aller.

Elle sentait le regard de Simona dans son dos tandis qu'elle se dépêchait de rejoindre Gator.

— Un de ces jours, il faudra que je vous apprenne à vous servir d'une perche, déclara-t-il d'un air moqueur en l'aidant à monter dans la barque. Comme cela, vous pourrez vous promener dans les marais sans risquer de vous échouer quelque part ou de chavirer.

— Pourquoi pas maintenant ? remarqua Angela, espérant que cela l'aiderait à chasser ses idées noires.

Elle se déplaça vers l'arrière pour prendre une perche.

— D'accord. J'appareille, et ensuite vous m'imitez en l'enfonçant et en poussant alternativement.

L'esquif se mit à glisser sur les eaux noires.

— Pourquoi utilisez-vous des perches ? interrogea Angela. Pourquoi pas des rames ? J'ai été souvent à la pêche avec papa sur le fleuve et il se sert de rames.

— L'eau y est plus profonde. Ici, il faut tâter le fond pour être sûr de ne pas s'envaser et éviter les souches de cyprès... et les alligators. Alors, enchaîna-t-il, ça vous plaît la pêche ?

— J'ai adoré. Ce sont sans doute mes meilleurs souvenirs.

Et elle entreprit de lui décrire avec fougue comment son père et elle partaient avant l'aube avec un panier de provisions préparé par Kesia. Ils se hâtaient pour atteindre leur endroit favori avant le lever du soleil et s'y attardaient jusqu'au milieu de l'après-midi. Parfois, ils restaient sur le bateau, mais le plus souvent ils s'installaient sur la berge à l'ombre des saules et des bananiers à attendre que le poisson morde. Sa mère et Claudia venaient les rejoindre pour le pique-nique.

— Si je n'avais pas connu ces moments-là, je n'apprécierais pas autant BelleClair. Papa m'a tout expliqué sur la propriété même si maman estime qu'on ne doit pas parler de ces choses-là aux enfants.

— Vous n'êtes plus une enfant, Angela ! l'interrompit-il en lui décochant un rapide coup d'œil.

— Papa ne partage pas l'avis de maman, continua-t-elle comme si elle n'avait pas entendu. Il m'a raconté les origines de BelleClair, comment se fabrique le sucre, la culture du coton. Enfin, tout. J'imagine que si j'y étais obligée, je pourrais diriger la propriété toute seule et...

Elle s'aperçut qu'elle s'était laissée emporter par son enthousiasme.

— Excusez-moi, je vous ennuie.

— Au contraire !

Encouragée, elle lui expliqua comment ils faisaient frire le poisson dans une poêle. Ensuite, Kesia étendait une nappe sous un des vieux chênes et ils s'asseyaient par terre.

— Bien entendu, ça ne plaisait jamais à Claudia qui finissait toujours par rentrer à la maison avec maman. Nous terminions le poisson avec papa. Puis nous nous étendions sur l'herbe pour regarder le soir tomber et il me racontait des histoires.

Ces merveilleux souvenirs lui firent monter les larmes aux yeux.

— Pourquoi n'allez-vous plus pêcher ? s'enquit-il, comprenant sa tristesse.

— Parce que j'ai grandi. Et maman estime que ce n'est pas une distraction convenable pour une jeune fille. D'ailleurs, c'est ridicule de se lamenter sur son enfance. Maintenant que je vais me marier, je devrais avoir d'autres soucis en tête.

— Ce n'est pas ridicule et, honnêtement, je ne vois rien de mal à cela.

Il réfléchit un instant, puis proposa :

— Vous ne voudriez pas me montrer votre endroit de pêche favori ? Je pourrais m'échapper un matin. Ces rangées de cannes sont tellement hautes que c'est difficile de compter les têtes.

Angela se demanda si elle oserait, mais les paroles de Simona hantaient son esprit. N'était-ce pas le moment d'engranger quelques bons souvenirs pour les jours à venir ?

— Eh bien, si cela ne vous ennuie pas, nous devrons nous éclipser discrètement, déclara-t-elle pour éviter tout malentendu. Je veux dire que j'ai un fiancé et même si nous sommes seulement amis, il vaut mieux que ni lui ni personne d'autre ne se fasse des idées fausses.

— Bien sûr, je comprends...

Soudain, il ne put résister à l'envie d'ajouter sur un ton acide :

— Et de toute façon, je doute que votre père apprécie que vous me fréquentiez.

— J'en doute aussi, reconnut-elle à contrecœur.

Ils poursuivirent leur chemin en silence jusqu'à l'endroit où elle avait attaché son cheval.

La tension les enfermait dans un invisible étau.

— Merci d'être venu à ma rescousse... une nouvelle fois, fit-elle avec un sourire timide.

— C'était un plaisir, *ma chère*, dit-il avec une bonne humeur forcée. Nous irons pêcher un de ces jours.

Ces paroles sonnaient faux, et elle éprouva une immense déception.

— Bien sûr, acquiesça-t-elle en s'efforçant de paraître désinvolte. Je ferais mieux de rentrer.

Brett savait qu'il devait s'en aller sur-le-champ, car il mourait d'envie de la prendre dans ses bras et de la couvrir de baisers.

— Oui, sans doute. Au revoir !

Angela était désappointée. Mais réflexion faite, cela valait peut-être mieux ainsi.

— Et que diriez-vous de demain ?

— Pa... pardon ? bégaya-t-elle.

Son cœur se mit à battre la chamade.

— Demain, répéta-t-il. Est-ce que demain vous conviendrait ?

Elle se retint de crier de joie.

— Cela m'étonnerait que je puisse vous rejoindre dès l'aube. Midi me semble plus indiqué. Sous le saule. À cette heure-là, l'endroit est désert. Papa accorde à tout le monde une heure pour déjeuner à cause de la chaleur. Le poisson risque de ne pas mordre, mais…

Elle s'interrompit, embarrassée de s'être encore laissé entraîner à parler plus que nécessaire. Mais il ne semblait pas lui en tenir rigueur. Au contraire, il la dévorait du regard.

Brett serra et desserra ses mains, brûlant du désir de l'étreindre.

— Quel âge avez-vous, Angela ? finit-il par demander.

— Seize ans.

Il se rappela à quel point il était naïf à cet âge-là.

— Je viendrai à midi, promit-il, et il s'en alla rapidement avant que quelqu'un ne les surprenne ensemble.

Angela galopa jusqu'à la maison, ses cheveux flottant joyeusement dans le vent, le cœur empli de joie.

6

Angela fut réveillée par la voix excitée de sa mère qui résonnait dans le couloir juste devant sa chambre. Mue par la curiosité, elle sauta de son lit et alla écouter à la porte.

— Elton, c'est merveilleux ! Nous n'avons pas vu Delilah et Stephen depuis des années. Vous savez qu'il a presque le même âge que les filles. À quelques mois près. Je me demande s'il est devenu bel homme. Cela arrive souvent avec les petits garçons sans charme, ajouta-t-elle avec optimisme.

— Qui sait ! répondit Elton. Mais ce qui m'inquiète davantage c'est comment vous allez faire pour les accueillir demain. Sa lettre a mis un temps fou à nous parvenir. Connaissant Delilah, elle sera confuse de découvrir que nous avons appris son arrivée si tard.

— Nous ne lui dirons rien. D'ailleurs qu'y a-t-il donc à préparer ? Nous pouvons l'installer dans la chambre d'amis de l'aile ouest et Stephen occupera une des garçonnières. Je me réjouis de les avoir tout un mois.

Angela sourit. Des invités ! Et pour tout un mois ! À moins qu'elle ne se trompe, Delilah Pardee cherchait une épouse pour Stephen. Ce qui n'était pas une mince affaire, car Angela ne partageait pas l'espoir de sa mère de voir le vilain petit canard transformé en cygne. Si au moins il avait été riche… Mais ce n'était pas le cas !

De toute façon, la raison de leur venue lui importait peu, songeait Angela qui exultait à l'idée que sa mère n'aurait plus une minute de libre et que Claudia serait réquisitionnée pour accompagner Stephen.

Persuadée que personne ne la remarquerait, Angela quitta la maison juste avant le déjeuner. Sa mère était si occupée à établir les menus et à dresser une liste d'invitations qu'elle s'était fait monter un plateau dans sa chambre. Claudia s'était jointe à elle, emportée par le tourbillon des préparatifs.

Gator n'était pas sous le saule quand elle arriva, et elle ne put s'empêcher d'être déçue, mais quelques minutes plus tard, elle l'aperçut qui remontait de la rivière où il avait attaché sa barque.

— Eh bien ! Voyons donc si vous savez mieux pêcher que nager dans les sables mouvants ! la salua-t-il d'un ton moqueur.

Elle fronça le nez avec défi et courut avec lui jusqu'à la barque.

Lorsqu'ils eurent atteint la crique isolée, Angela prépara sa canne et accrocha elle-même un asticot à son hameçon. Voyant l'expression stupéfaite de Gator, elle ne put s'empêcher de rire.

— Remettez-vous ! Vous n'avez jamais vu de filles se débrouiller avec leurs lignes ?

En fait, Brett n'avait jamais rencontré de filles qui ressemblaient à Angela.

— Non, pas dans mon souvenir. Et je me disais justement que vous étiez sans doute bonne à rien à la pêche.

— Vous me tenez en haute estime ! Et moi qui commençais justement à m'inquiéter de votre opinion, cher monsieur, après avoir échappé à la noyade et aux sables mouvants grâce à vous.

— La noyade ? Vous exagérez ! Vous risquiez tout au plus de vous faire arracher une jambe par un crocodile affamé. Quant aux sables mouvants, le banc n'est pas profond. On vous en aurait sortie tôt ou tard. Mais si vous voulez m'être éternellement reconnaissante, je ne dis pas non !

Il prenait plaisir à ce badinage et ses yeux noirs brillaient d'amusement.

Angela n'avait pas fini de l'étonner. Elle réussit à prendre plusieurs poissons alors que lui-même restait bredouille. Mais le temps filait et il fut bientôt l'heure de rentrer.

— Prenez donc ces poissons ! lui proposa-t-elle, gentiment.

Il accepta et l'invita à les partager avec lui un peu plus tard.

— Cela m'aurait vraiment plu, mais c'est impossible, dit-elle, navrée de refuser son invitation.

Elle lui expliqua que Raymond venait dîner.

Pour se faire pardonner, elle lui annonça l'arrivée prochaine de leurs invités, ce qui lui permettrait de s'échapper plus facilement pendant que sa mère et Claudia seraient occupées à des mondanités.

— Angela, je ne peux pas m'absenter souvent de mon travail, lui rappela-t-il. Ce serait plus facile le soir.

— J'aurai du mal à quitter la maison avant que tout le monde soit au lit et cela risque d'être parfois fort tard car maman a prévu de nombreuses réceptions pour nos invités.

— Ce n'est pas grave, nous trouverons bien une solution.

Il prit sa main qu'il serra entre les siennes.

— Cela me sera égal de vous attendre sous le saule si je sais que vous faites votre possible pour venir.

— Je ferai de mon mieux. C'est promis !

Leurs regards se croisèrent, et Brett engagea une nouvelle bataille sur lui-même pour se retenir de la prendre dans ses bras.

C'est à ce moment-là que la ligne se tendit brusquement. Surpris, il ferra trop tard et sa proie lui échappa. Cette occasion ratée détendit l'atmosphère et le danger s'éloigna.

La conversation du dîner tourna autour de l'arrivée des invités, qui étaient attendus le lendemain. Claudia, tout excitée par les réjouissances qui se préparaient, en oublia même de regarder Raymond avec adoration et de boire ses paroles comme elle le faisait d'ordinaire. Le jeune homme semblait plus détendu qu'à son habitude et proposa même d'emmener les Pardee à une course de chevaux quand il serait de retour du Kentucky.

— Vous partez en voyage d'affaires ? s'enquit Elton.

Il comprenait mal pourquoi Raymond passait son temps à des futilités au lieu de s'établir dans une profession honorable.

Raymond ne remarqua pas le froncement de sourcils désapprobateur de son futur beau-père tandis qu'il expliquait qu'il allait acheter des chevaux et qu'il s'absenterait près d'un mois.

— Il y a plusieurs élevages que je voudrais voir. Le Kentucky est une région superbe et c'est la meilleure période pour la visiter.

— Je ne le saurai jamais, observa sèchement Elton. Je travaille.

Raymond haussa les épaules. Il était habitué au dédain des planteurs et cela lui était parfaitement égal.

— Si vous vous installiez ici, Raymond, vous n'auriez pas besoin de mettre vos chevaux en pension, intervint Angela.

— Mère aurait une attaque. D'ailleurs, je ne veux pas vivre avec mes chevaux. Je veux seulement aller les voir de temps à autre. Je crains de ne jamais pouvoir être heureux ailleurs qu'en ville.

Mais peu lui importe ce que je ressens, songea Angela avec amertume.

Elle sentit que son père la regardait et se tourna vers lui. Il lui tapota la main pour lui témoigner sa sympathie et elle fut submergée de gratitude. Il l'avait toujours comprise et soutenue.

La maison reluisait de propreté et des vases de fleurs fraîchement coupées éclataient de couleurs dans chaque pièce. On avait préparé des rafraîchissements et un cake aux figues. Claudia et Angela étaient tirées à quatre épingles. Même les domestiques portaient leur plus bel uniforme.

Il était presque midi quand Claudia qui faisait le guet devant la maison depuis le matin déboula en criant :

— Les voilà ! Les voilà ! J'aperçois la voiture dans l'allée.

Angela qui lisait dans le salon fronça les sourcils en regardant la pendule. Si Gator avait pu s'échapper quelques instants ce matin, il avait certainement renoncé à l'attendre. Elle n'avait pas osé le rejoindre. Tout le monde aurait trouvé étrange qu'elle ne soit pas là pour accueillir leurs hôtes.

Le petit William, le fils de Kesia, attendait dans sa livrée de velours rouge pour prendre les rênes aussitôt qu'on les lui tendrait et les attacher dans l'anneau du perron.

Malcolm, le maître d'hôtel, lui aussi resplendissant en velours bleu, ouvrit la portière tandis que les valets de pied se précipitaient pour prendre les ordres.

Delilah Pardee était trois fois plus grosse que dans le souvenir d'Angela. Son visage était bouffi et ses doigts boudinés. Elle agita la main pour saluer Twyla.

Un jeune homme qu'Angela reconnut immédiatement la suivait. Il n'avait pas changé, seulement grandi. Ses oreilles étaient toujours aussi décollées et son nez paraissait encore plus crochu. Mais son air chaleureux lui plut tout de suite.

Claudia arborait son plus beau sourire. Elle s'était certainement persuadée que le vilain petit garçon s'était transformé en prince charmant. Angela qui la savait capable de manifester sa déception en tournant les talons espéra qu'elle ferait bonne contenance.

Apercevant Angela, Delilah poussa un soupir qui se voulait désespéré et gémit :

— Alors, vous êtes fiancée et vous allez bientôt partir, petite diablesse. Et moi qui vous avais gardé mon Stephen !

— Voyons, voyons ! fit Twyla avec un rire forcé. Tu as toujours su qu'Angela était promise au fils d'Ida et de Vinson, mais nous avons encore Claudia.

Pauvre Stephen, il ne mérite pas ce sort ! pensa Angela compatissante.

Ce soir-là, comme ses parents étaient en grande conversation avec leurs hôtes et que Claudia, à son étonnement, tournait autour de Stephen, personne ne se formalisa quand Angela annonça qu'elle avait mal à la tête et qu'elle préférait se retirer.

— Vous avez réussi à vous échapper ! lança Brett en tentant d'étouffer la note joyeuse de sa voix.

— Vous attendez depuis longtemps ?

— Non, mentit-il plutôt que de reconnaître qu'il était là depuis le coucher du soleil.

— Nous... nous avons des invités, lui rappela-t-elle, soudain troublée par sa proximité.

— Je sais, se contenta-t-il de répondre, légèrement mal à l'aise lui aussi.

Il devait à tout prix trouver une diversion pour ne pas céder à la tentation.

— Avez-vous déjà vu un raton laveur ? demanda-t-il subitement.

Elle rit.

— Non, mais j'en ai déjà entendu...

— Venez !

Il l'attrapa par la main et l'entraîna à sa suite dans la forêt. La lune, toute ronde, brillait d'un éclat magique.

— Il va falloir que vous restiez totalement silencieuse, dit-il en s'arrêtant au bord d'une mare. Ils sont habitués à moi, mais vous êtes une étrangère pour eux.

Il lui montra un arbre couché en travers de l'eau qui formait un pont.

Angela ne put retenir un cri de surprise en apercevant les drôles de petites bêtes qui s'agitaient dessus. L'une d'elles se retourna en l'entendant. Son expression était si comique que la jeune fille dut se faire violence pour ne pas éclater de rire.

Ils regardèrent fascinés le plus gros raton plonger une patte dans l'eau et la retirer en poussant un petit cri.

— C'est merveilleux ! murmura-t-elle. J'ai l'impression de rêver.

— Venez. J'ai bien d'autres choses à vous montrer.

Angela perdit la notion du temps comme il la guidait vers ses points d'observation favoris. Elle réussit à apercevoir une biche, un renard roux et une mère opossum avec deux bébés cramponnés à son dos.

— Jamais je n'ai vu autant d'animaux, chuchota-t-elle. Comment connaissez-vous si bien la forêt ?

— Je me promène beaucoup la nuit. J'ai l'impression de perdre mon temps quand je dors. Vous vous rendez compte : passer un tiers de sa vie à dormir, c'est fou ! Aussi, la nuit, j'en profite pour explorer la nature.

— Je vous envie car vous êtes libre. J'ai appris beaucoup de choses grâce à vous. Vous n'imaginez pas à quel point je vous en suis reconnaissante ! Merci du fond du cœur. Je ne comprends vraiment pas pourquoi Simona et Emalee disent que les gens ont peur de vous. C'est complètement stupide !

Mal à l'aise, car il n'avait pas l'habitude de ce genre de compliments, il finit par marmonner qu'il avait passé lui aussi un agréable moment en sa compagnie et se décida à dire ce qui l'avait tracassé toute la soirée.

— J'ai peur que nos expéditions nocturnes ne soient pas du goût de votre fiancé. Ni de vos parents non plus.

— Ils n'en sauront rien, répliqua-t-elle en relevant le menton avec détermination. C'est notre secret.

— En avez-vous parlé à Simona et à Emalee ?

Elle secoua la tête.

— Je ne les ai pas revues. Mais quand je les verrai, je ne leur dirai rien, même si je suis certaine qu'elles n'en souffleraient mot à personne. Je ne veux pas qu'elles soient impliquées dans cette affaire.

— Quand on fait quelque chose dont on a honte, il vaut mieux ne pas le crier sur les toits, n'est-ce pas ? remarqua Brett, incapable de taire son amertume. Évidemment, si on apprend que la fille d'Elton Sinclair se glisse dehors la nuit pour retrouver un Cajun, personne n'appréciera.

— Je souhaiterais tant qu'il en soit autrement, Gator, je vous assure, plaida-t-elle, surprise par son agressivité. Si cela ne dépendait que de moi, je ne me cacherais pas d'être votre amie. J'aimerais que vous veniez me voir au grand jour. Je ne suis pas comme ma famille. Je n'approuve pas l'esclavage et…

Elle leva les mains d'un air impuissant.

— Oh, et quelle différence cela fait-il, de toute façon ? Il ne nous reste que l'été. Dans quelques mois, je serai mariée et je vivrai à La Nouvelle-Orléans, et si Claudia trouve quelqu'un qui veut bien d'elle, elle reprendra la plantation qui périclitera lorsque papa ne sera plus là. Vous resterez dans les champs jusqu'à ce que vous soyez trop vieux et on continuera à acheter et à vendre des êtres humains comme si c'était du bétail. Pourquoi donc avons-nous entamé cette conversation ? demanda-t-elle enfin avec des larmes plein les yeux. La soirée avait si bien commencé.

La lune allumait des reflets dorés dans ses cheveux qui flottaient librement sur ses épaules et ses larmes brillaient comme de petits diamants sur ses joues. Il les chassa du bout des doigts.

— Sans doute fallait-il en parler. Cela vaut mieux ainsi. Ne vous inquiétez pas pour mon avenir. Je n'ai pas l'intention de continuer à travailler dans les champs. J'ai mes raisons pour rester ici encore un moment, après je m'en irai.

Ces paroles attristèrent la jeune fille.

— Mais pourquoi ? Où irez-vous ? Vous devez vraiment aimer cette terre pour en parler avec tant d'amour. Alors, pourquoi voulez-vous la quitter ?

Sans répondre, il lui prit la main et déclara :

— Il est temps de rentrer.

Mais Angela ne se laissait pas désarçonner si aisément.

— Si nous devons être amis, j'aimerais en savoir davantage sur vous, Gator. Dites-moi pourquoi vous voulez partir alors qu'il est clair que vous aimez cet endroit ?

Il secoua la tête tout en continuant à avancer et Angela fut bien obligée de le suivre.

Quand ils atteignirent la lisière du bois, les champs de coton leur semblèrent d'une blancheur spectrale sous la lumière argentée de la lune. Les longues tiges des cannes s'agitaient sous la brise nocturne. Plus loin, la rivière serpentait comme un long ruban noir et, dominant le paysage, le manoir ressemblait à un château endormi par quelque maléfice.

— Ce n'est pas la peine de m'accompagner plus loin, déclara-t-elle un peu sèchement car son silence l'avait vexée.

Pourtant, elle n'avait aucune envie de le quitter. Jamais elle n'avait été aussi bien avec quelqu'un, hormis son père.

Gator restait immobile, attendant qu'elle parte. Angela ne put supporter l'idée de le quitter sans savoir si elle le reverrait.

— Demain, nous organisons un pique-nique dans le jardin. Il y aura beaucoup de monde et j'ai peur de n'être libre que très tard.

— De toute façon, j'ai besoin d'un peu de repos. Nous travaillons dur en ce moment.

Angela se mordit la lèvre, pour éviter de pleurer. Il lui faisait savoir qu'il ne voulait plus la voir. Et alors ? Après tout, c'était stupide de prendre tant de risques dans le seul but d'engranger quelques souvenirs pour les jours difficiles !

Malgré sa déception, elle demanda d'un ton insouciant :

— Jamais je n'ai passé une aussi bonne soirée, Gator. Quand nous reverrons-nous ?

Il soupira, se passa la main dans les cheveux et se détourna. Comment lui faire comprendre qu'il était trop dangereux de se revoir sans qu'elle se vexe ? Mon Dieu, si elle savait qu'il tenait à elle au point de franchir le point de non-retour !

Angela devina qu'il était contrarié et s'approcha de lui. Elle lui toucha gentiment l'épaule en chuchotant :

— Si vous avez vraiment peur d'avoir des ennuis, je comprends, et je suis désolée d'avoir insisté autant. Je…

— La barbe ! s'emporta-t-il. Je serai là demain.

Puis, il l'attira à lui, incapable de résister plus longtemps à la tentation. Angela s'enflamma sous ses baisers passionnés. Elle n'avait jamais rien expérimenté de comparable. Son cœur lui semblait près d'éclater, ses lèvres s'entrouvraient sous la poussée de sa langue, sa peau s'embrasait sous son souffle.

Gator fut comme enivré par la violence de sa réponse. Il sentait sa poitrine pressée contre son torse. Il ne put s'empêcher de prendre l'un après l'autre dans sa main ses seins qui palpitaient.

Elle gémit en s'accrochant à lui. Encore quelques instants, et il ne jurait plus de rien. Il la relâcha si brutalement qu'elle recula en titubant.

— Cette fois-ci, déclara-t-il d'une voix enrouée, vous ne me ferez pas dire que j'ai eu tort.

— Mais ce n'est pas dans mes intentions ! Loin de là...

7

Claudia appréciait l'image que lui renvoyait son miroir. Ses cheveux dorés cascadaient autour d'un visage parfait. D'immenses cils soulignaient le bleu de ses yeux et la robe de soie lavande, coupée près du corps, mettait en valeur ses formes harmonieuses.

Claudia sourit à son reflet. Ce soir, Stephen Pardee ne pourrait pas lui résister. Elle avait mis à profit ces trois dernières semaines à courtiser le jeune homme. Maintenant, il était temps d'annoncer officiellement leur engagement. Elle ne l'aimait pas, mais peu lui importait. Elle était arrivée à la conclusion que puisqu'elle ne pouvait pas avoir Raymond, elle devait concentrer ses efforts sur un autre objectif, et cet objectif était la plantation. Elle se voyait déjà à la tête de BelleClair après la mort de Twyla et d'Elton.

Elle pourrait avoir deux enfants, par exemple. De préférence, des garçons. Faire l'amour avec Stephen pour avoir des bébés ne l'enchantait pas, mais elle ne manquerait certainement pas d'admirateurs heureux de partager son lit de temps à autre.

Elle n'en était pas moins ulcérée d'être obligée d'épouser quelqu'un comme Stephen pour récupérer ce qui lui appartenait de droit.

Si vraiment Elton et Twyla la considéraient comme leur fille, c'était elle qui aurait dû devenir la femme de Raymond en sa qualité d'aînée. Ce petit fait montrait bien que Twyla, en dépit de ses manifestations d'amour maternel, n'était qu'une hypocrite.

Et voilà que le mariage d'Angela l'obligeait à envisager une autre possibilité : si jamais celle-ci avait un fils et qu'Elton en faisait son héritier, elle pouvait dire adieu à ses beaux rêves.

Plus elle y réfléchissait, plus Stephen se présentait comme l'homme providentiel. La plupart des bons partis dans le voisinage possédaient une propriété. Si elle épousait l'un d'entre eux, elle serait obligée de suivre son mari et de quitter BelleClaire. L'horreur ! Ce qui étonnait Claudia, cependant, c'était le manque d'enthousiasme de Stephen. Elle ne s'était pourtant pas privée de lui faire des avances. Sans doute était-il timide...

Elle se pinça les joues pour se donner bonne mine et rejoignit rapidement la terrasse où des tables couvertes de victuailles attendaient les invités qui commençaient à arriver.

Elle aperçut immédiatement Delilah qui, comme à son habitude, était en train de se goinfrer, et lui demanda où était Stephen. Delilah, la bouche pleine, se contenta de désigner du doigt la pelouse derrière la maison.

C'est l'occasion ou jamais de le surprendre seul au clair de lune, songea Claudia en se mettant à sa recherche. Lorsqu'elle l'aperçut, elle s'arrêta, surprise.

Stephen n'était pas seul. Il souriait d'un air béat à Angela.

Claudia fonça vers eux, furieuse.

— Eh bien, c'est heureux que Raymond revienne dans une semaine ! Cela t'évitera de te jeter à la tête de n'importe quel mâle !

Angela blêmit et jeta un coup d'œil à Stephen qui levait les yeux au ciel.

— Que fais-tu ici ? poursuivit Claudia, les poings sur les hanches. Stephen n'est pas pour toi !

Si cela n'avait tenu qu'à elle, Angela aurait battu en retraite. Elle tenait à tout prix à éviter toute confrontation avec Claudia surtout depuis que sa mère l'avait menacée de l'envoyer chez les Duval. Mais elle ne pouvait se laisser traiter ainsi en présence de Stephen. Elle soutint le regard glacial de Claudia.

— Excuse-toi, Claudia. Tu sais bien que ce que tu dis n'a aucun sens.

Claudia secoua ses boucles blondes.

— Certainement pas ! Quelle autre raison aurais-tu d'être ici avec lui dans le noir si ce n'est pour t'offrir à lui comme une catin ?

Angela résista à l'envie de la gifler et fut reconnaissante à Stephen de s'interposer.

— Vous allez trop loin, Claudia. Vous n'avez aucun droit de parler ainsi à Angela. Nous ne faisions rien de mal et, de toute façon, ce que nous faisons ensemble dehors ne vous regarde pas.

Claudia manqua s'étouffer en constatant qu'il prenait la défense d'Angela.

Stephen adressa un sourire à Angela en lui présentant le bras pour la reconduire vers la terrasse.

Claudia les suivit du regard. Plus tard, elle lui

expliquerait qu'elle n'avait pas pu supporter de le voir avec une autre femme.

C'était mieux ainsi, se réconforta-t-elle. Après quelques verres de champagne, il serait de meilleure humeur et Angela se retirerait tôt comme d'habitude. Claudia ne doutait plus qu'avant la fin de la soirée ses fiançailles avec Stephen Pardee d'Atlanta seraient officielles.

— Je suis désolée, Stephen, remarqua Angela, essayant d'atténuer la mauvaise impression produite par Claudia. Parfois, elle s'emporte et dit n'importe quoi. J'espère que vous ne lui en tiendrez pas rigueur.

— Nous savons tous les deux que c'est une odieuse pimbêche. Dieu vienne en aide au malheureux qui s'y laissera prendre ! Ces dernières semaines ont été un cauchemar. Je déplore tant que vous soyez promise à Raymond, poursuivit-il en la regardant avec adoration. Je crois que je vous ai toujours aimée, Angela.

— Oh, Stephen ! Vous êtes si gentil, chuchota-t-elle en caressant sa joue dans un geste de compassion.

Il saisit sa main et la pressa contre ses lèvres.

— Souvenez-vous que je serai toujours votre ami et que je ne souhaite que votre bonheur.

Claudia qui regardait la scène de loin se promit de trouver un moyen d'écarter définitivement Angela de BelleClair.

Il était presque dix heures, et tous les invités avaient depuis longtemps gagné la salle de bal. Gator doit se morfondre, songea Angela, désolée de n'avoir encore pu s'échapper. Stephen, épouvanté à l'idée de se retrouver en tête à tête avec Claudia, ne la lâchait pas d'une semelle.

L'occasion tant attendue se présenta enfin grâce à Delilah. Elle entraîna son fils pour danser avec lui et quand il promit d'être de retour rapidement, Angela l'en dissuada.

— Stephen, ne vous faites pas de souci pour moi. Amusez-vous bien. Je suis si fatiguée que je vais me coucher. À demain !

Et elle s'enfuit avant qu'il puisse la retenir.

Il n'y avait personne dans l'entrée. Elle contourna l'escalier et sortit par la porte de derrière. Prenant soin de rester dans l'ombre, elle releva ses jupes et se mit à courir.

Claudia qui la surveillait quitta l'encoignure où elle s'était dissimulée.

Elle avait observé Angela tout le temps qu'elle était avec Stephen, attendant avec impatience qu'elle le quitte. Quand elle l'avait vue se diriger vers le vestibule, elle l'avait discrètement suivie pour s'assurer qu'elle regagnait bien sa chambre.

Et voilà qu'elle s'enfuyait par-derrière. Elle ne perd rien pour attendre. Je découvrirai bien de quoi il en retourne, se promit Claudia en rejoignant la salle de bal… et Stephen Pardee.

Il était là, et il l'attendait.

Dès qu'il entendit son pas, il sortit de l'ombre du saule et lui ouvrit les bras.

— Mon Dieu, c'est fou ce que vous m'avez manqué ! souffla-t-il en l'écrasant contre lui.

Sur la pointe des pieds, elle enfonça ses doigts dans ses épaules tout en l'observant intensément.

— J'attendais cet instant avec impatience.

Alors elle l'embrassa effrontément tout en se pressant contre lui.

Cela faisait trois semaines qu'ils se rejoignaient presque toutes les nuits. Leur relation s'était transformée sans même qu'ils s'en rendent compte. Ils ignoraient où tout cela les mènerait. Seul le présent comptait.

Il l'attira sous les branches et l'allongea sur le sol. Ses mains se glissèrent sous son corsage. Sa langue se mit à explorer sa bouche. Il s'arrêtait régulièrement pour mordiller ses lèvres tout en lui répétant encore et encore combien il la désirait.

Le cœur de Brett l'avait emporté sur sa raison et il ne s'inquiétait plus de ce qui était bien ou mal. Aucun retour en arrière n'était plus envisageable. Ne comptaient plus maintenant que leurs corps brûlants de désir. Il avait pris le parti de ne pas la bousculer. Cela n'arriverait que quand elle le désirerait autant que lui, et alors il n'y aurait ni reproches ni regrets.

Il laissa descendre ses lèvres le long de sa gorge jusqu'à ses seins dont il saisit une des pointes entre ses dents. Elle sursauta et enfouit ses doigts dans ses cheveux pour l'attirer plus près.

Il roula sur elle et elle ouvrit les jambes pour l'accueillir. Il releva sa jupe et ses jupons pour qu'elle puisse sentir la force de son désir.

Angela gémit doucement, arquant le dos. C'était ainsi que cela devait se passer, c'était là ce que Simona lui avait décrit : un désir qui la rendait folle, une délicieuse chaleur qui l'envahissait et le sentiment que s'il ne venait pas en elle, elle en mourrait.

Chaque fois qu'ils étaient ensemble, leurs caresses se faisaient plus hardies, et jusqu'à présent elle avait réussi à résister. Il ne protestait jamais et n'essayait pas de la persuader de se donner à lui. Il la regardait simplement avec une mine de supplicié et disait d'une voix sourde :

— Attendez d'être prête, Ange. C'est merveilleux quand on le veut tous les deux.

Elle le voulait, oui... Mais après chaque rendez-vous, l'indécision la torturait pendant des heures et des heures. Nuit après nuit, elle restait allongée à revivre chaque baiser, chaque caresse, à savourer chaque mot. L'émerveillement devant un tel amour se transformait en angoisse quand elle songeait à l'avenir.

Elle sentit qu'il glissait sa main à l'intérieur de ses pantalons de batiste.

Une vague de joie l'envahit, et elle eut conscience que dans quelques instants son sort serait fixé, qu'aucun des deux ne serait plus en mesure de s'arrêter. Tout son être lui criait qu'une fois que Gator l'aurait faite sienne, elle ne pourrait plus épouser ni Raymond ni aucun autre homme.

Réunissant toutes ses forces, elle se libéra de son étreinte et cria :

— Non, je ne peux pas !

Il la lâcha en poussant un juron et s'éloigna pour respirer à pleins poumons l'air frais de la rivière, comme si l'incendie qui brûlait en lui pouvait s'éteindre.

Angela resta un moment immobile, déchirée par les spasmes du désir. Puis elle se leva pour le rejoindre. Elle referma ses mains autour de sa taille en appuyant la tête contre son dos et elle chuchota :

— Vous savez bien que je le veux, Gator, mais...

Il tapota ses mains et se retourna pour la regarder.

— Je le sais, Ange, mais il faut que vous soyez prête, aussi bien dans votre tête que dans votre corps. Il y a une chose que vous devez savoir, ajouta-t-il. Je vous aime. Je ne voulais pas que cela se produise. J'étais sûr même que c'était impossible parce que nous sommes trop différents. Vous n'imaginez pas le nombre de fois où j'ai lutté pour ne pas venir vous rejoindre. Désormais, c'est trop tard et il ne me reste plus qu'à souffrir.

— Pourquoi souffrir, Gator ? Ce n'est pas nécessaire. Nous trouverons un moyen pour rester ensemble. Maintenant que je sais que vous m'aimez, je n'ai plus peur.

Il plongea son regard dans le sien et il y lut une telle adoration qu'il l'attira contre lui.

Soudain ils entendirent des voix et ils se séparèrent. Brett mit un doigt sur sa bouche en l'entraînant vers les bois. De là, ils aperçurent un couple qui marchait le long de la rivière.

— C'est Claudia, chuchota Angela étonnée, avec notre hôte, Stephen Pardee.

Ils restèrent silencieux à observer Claudia et Stephen se diriger vers la jetée et s'asseoir sur un banc.

Angela annonça à contrecœur qu'elle devait rentrer.

— Si je retourne maintenant à la maison, je pourrai me fondre parmi les invités.

Il comprenait. Il ne voulait pas qu'elle parte mais il savait que c'était dangereux pour elle de s'attarder.

— À demain, promit-il en l'embrassant une dernière fois. Je vous montrerai combien je vous aime et ensuite rien ne nous séparera.

Persuadée qu'ils arriveraient à trouver un moyen pour rester ensemble, elle s'enfuit dans la nuit.

Stephen était terriblement mal à l'aise. Quand Claudia lui avait demandé devant ses parents de l'emmener se promener au bord de la rivière, il n'avait pas pu refuser. Elle ne s'était même pas excusée pour sa conduite de tout à l'heure et jacassait à propos de tout et de rien. Il n'appréciait aucunement ce tête-à-tête. Il en était même secrètement inquiet.

Et voilà qu'elle minaudait, se désespérant qu'il ait dû quitter la Louisiane où elle était sûre qu'il aurait préféré vivre plutôt qu'à Atlanta.

— Je n'aime pas les grandes villes, mentit-elle. Même pas La Nouvelle-Orléans. Bien sûr, j'y vais de temps en temps pour écouter des concerts et faire quelques emplettes, mais rien ne remplace la paix de la campagne, vous ne trouvez pas, Stephen, mon cher ?

Il déglutit avec difficulté, comme si son col le serrait trop.

— Oui, bien sûr. Maintenant, il faut rentrer. Il est tard.

Il tenta de se lever, mais elle le tira par la manche.

— Je vous ai proposé une promenade pour que nous puissions discuter, Stephen, et nous n'avons pas parlé…

— Vous n'avez pas cessé de papoter pourtant, remarqua-t-il sans mâcher ses mots.

— Oui, de choses sans importance. Pas de nous.

Il déglutit de nouveau. Cette fois, il avait une boule dans la gorge.

— Que… que voulez-vous dire ? réussit-il à articuler d'une voix blanche.

Elle gloussa et se blottit contre lui.

— Tout le monde jase à notre propos, Stephen. Ne me dites pas que vous ne l'avez pas remarqué.

— Non… je n'ai rien remarqué.

Il se tortilla sur le banc et parvint à s'écarter mais elle ne le lâcha pas pour autant.

— Mais si ! Tout le monde s'attend à ce que nous officialisions nos fiançailles, et je me demandais si nous ne pourrions pas les annoncer demain à nos parents afin de pouvoir préparer dès maintenant la cérémonie. Vous partez dans une semaine. Il nous reste à peine assez de temps, et…

Il se libéra d'un geste sec et sauta sur ses pieds.

— Non, Claudia, nous n'allons pas nous marier, s'écria-t-il. Je ne sais pas ce qui a pu vous mettre une idée aussi folle dans la tête !

Elle eut l'impression d'avoir reçu un seau d'eau glacée en pleine figure. Elle se redressa lentement.

— Une idée folle ? Voyons, Stephen, vous savez bien que vous êtes venu accompagné de votre chère maman pour chercher une épouse et vous devriez me remercier d'être volontaire parce qu'il me semble que vous ne soulevez pas l'enthousiasme des jeunes filles à marier.

Ce n'est pas tout à fait exact, songea-t-il. Sa mère l'avait obligé à courtiser des filles de la haute société qui ne le trouvaient pas assez riche. De toute façon, il n'avait pas à se défendre.

— Ce n'est pas votre affaire. Et si jamais j'avais songé à vous faire la cour, j'aurais immédiatement changé d'avis en découvrant que vous êtes restée la petite pécore odieuse d'autrefois. Maintenant, je rentre, déclara-t-il en tournant les talons, et comme je suis un gentleman, je vais oublier cette conversation.

— Allez au diable ! jeta-t-elle d'une voix déformée par la rage.

Il se retourna, stupéfait.

— C'est à cause d'Angela, n'est-ce pas ? poursuivit Claudia d'une voix mauvaise. Vous êtes trop aveugle pour comprendre ce que vous pourriez gagner en m'épousant. Elle vous a ensorcelé. Vous vous glissez dans sa chambre la nuit, n'est-ce pas ? C'est pour cela que vous êtes pressé de me quitter, pour la rejoindre !

Il était horrifié. Devant lui se dressait une étrangère, une folle qui lui faisait soudain peur.

— Claudia, cela suffit. Vous n'êtes pas dans votre état normal. Pour dire de pareilles insanités sur votre sœur et moi-même, il faut que vous ayez perdu l'esprit. Nous partirons avec ma mère demain à la première heure.

Elle le regarda s'enfuir dans la nuit où il disparut bientôt.

— Très bien, hurla-t-elle dans son dos. De toute façon, je ne veux pas épouser un horrible crapaud comme vous.

J'ai peut-être échoué, se dit-elle en se dirigeant vers la maison, mais Angela me le paiera.

8

Angela avait pris sa décision. Gator avait juré qu'il l'aimait, et elle n'avait aucun doute quant à ses propres sentiments. Épouser Raymond maintenant était impensable. Tôt ou tard, ses parents devraient accepter son choix.

Il était tôt ce dimanche matin-là et tout le monde semblait encore dormir. Debout depuis l'aube, Angela s'était installée sur la véranda dans un fauteuil en osier et regardait rêveusement du côté du bayou Perot. Il était là-bas, elle le savait, puisque personne ne travaillait dans les champs à BelleClair le jour du Seigneur.

Angela sursauta en entendant des voix s'élever tout près de la maison. Elle se leva et aperçut Delilah et Stephen. Elle s'apprêtait à rentrer dans sa chambre par discrétion quand elle entendit le nom de Claudia.

— Je n'y peux rien. Mais c'est comme cela : je suis à bout, remarquait Stephen sur un ton exaspéré. Elle ne m'a pas lâché d'une semelle depuis que je suis ici et, la nuit dernière, c'est la goutte d'eau qui a fait déborder le vase. Elle a fait exprès de me mettre dans une situation compromettante.

Que va-t-il se passer si elle fait croire à son père que j'essayais de la séduire ? Honnêtement, je préférerais mourir que d'épouser Claudia Sinclair.

Delilah lui demanda de baisser le ton.

— Je crois vraiment que tu dramatises, chéri. Peut-être que Claudia t'aime pour de bon, la pauvre petite. Garde-toi de ne rien faire pour l'encourager.

— Je vous l'ai dit. Je veux partir aujourd'hui.

— C'est hors de question. Que penseraient Elton et Twyla ? Ils ont mis sur pied tout un programme pour la semaine prochaine. Ce serait terriblement embarrassant. Non ! déclara-t-elle après avoir réfléchi un moment. Nous ne pouvons pas partir avant la date prévue – c'est-à-dire vendredi.

— Très bien ! Si vous ne voulez pas me suivre, je m'en irai seul. Je me fiche éperdument du qu'en-dira-t-on. Je vous attendrai dans un hôtel de La Nouvelle-Orléans.

— Voyons, chéri ! gémit Delilah. Ce n'est pas sérieux. Je ne suis pas encore bien réveillée. Laisse-moi un peu de temps pour trouver une solution et promets-moi de ne pas agir sur un coup de tête. Tu pourrais le regretter.

Angela qui s'était cachée derrière un palmier les vit disparaître par la porte-fenêtre de la chambre de Delilah. Que s'était-il donc passé avec Claudia pour que Stephen soit dans cet état-là ?

En se retournant pour gagner sa chambre, elle aperçut Claudia qui l'observait à l'autre bout de la véranda et elle se demanda depuis combien de temps elle se tenait là.

Claudia lui tira la langue avant de rentrer.

Quand Angela descendit au salon après s'être lavée et habillée, elle fut accueillie chaleureusement par sa mère qui semblait d'excellente humeur

— Angela, entre, ma chérie. Delilah a eu une excellente idée. Nous allons passer la semaine sur un bateau, n'est-ce pas merveilleux ?

Angela haussa les sourcils, convaincue d'avoir mal entendu. Puis se souvenant des propos de Delilah, elle remarqua :

— Je ne comprends pas. N'aviez-vous pas organisé des distractions pour chaque soir jusqu'à vendredi ?

— J'en ai tenu compte, intervint Delilah. Nous avons repris le programme et comme il s'agissait juste de soirées intimes, nous allons prévenir nos amis de nous retrouver sur le bateau. Votre père a déjà envoyé quelqu'un à La Nouvelle-Orléans pour s'en charger. Avec cette chaleur, poursuivit-elle en se tournant vers son fils, cette croisière vient à point pour profiter de la fraîcheur du fleuve, n'est-ce pas, Stephen ?

— En effet ! J'attends avec impatience d'embarquer.

Et Angela devinait la raison de cet empressement. La mère et le fils avaient donc fini par trouver un compromis. Et Claudia aurait du mal à arranger des apartés sur un bateau. Mais pour Angela, c'était une catastrophe.

— C'est une merveilleuse idée. Mais si cela n'ennuie personne, je préférerais rester ici. Je ne suis pas fanatique de bateau et...

— Si cela n'ennuie personne ! s'écria Stephen d'une voix vibrante. Comment pouvez-vous dire une chose pareille ! Vous allez nous manquer terriblement. Nous serions désolés que vous ne nous accompagniez pas, Angela.

— Il a raison, approuva Twyla. Cela ne nous viendrait pas à l'idée de vous abandonner ici, Claudia ou toi.

Posté devant la fenêtre, Stephen fronça les sourcils.

Indifférent à tout ce qui l'entourait, Elton était plongé dans son journal. La polémique entre Abraham Lincoln et Stephen Douglas s'intensifiait. La position anti-esclavagiste de Lincoln agaçait de plus en plus de gens. Douglas, s'il ne soutenait pas l'esclavage, défendait au moins le droit de chacun de s'exprimer. Ce qui, aux yeux d'Elton, paraissait la moindre des choses.

S'apercevant de l'air préoccupé de son mari, Twyla le gronda gentiment.

— Voyons, chéri, peut-être pourriez-vous attendre pour lire le journal ? Nous avons des invités, vous ne l'avez pas oublié, n'est-ce pas ?

Il posa son journal avec un sourire contrit. Le babillage incessant de Delilah et sa goinfrerie commençaient à lui porter sur les nerfs.

Claudia entra en coup de vent dans la pièce.

— J'ai manqué quelque chose ? roucoula-t-elle en allant se placer d'un air possessif à côté de Stephen. Qu'est-ce qui se trame ?

Twyla l'informa du changement de programme.

Malgré son dépit, Claudia se força à sourire.

— Quelle bonne idée !

Elle regarda Angela.

— Qui donc a eu cette excellente initiative ?

Ce n'est pas moi ! avait envie de hurler Angela, mais elle se tut. Une croisière sur le fleuve était bien la dernière chose qu'elle désirait. Comment allait-elle prévenir Gator ?

Twyla annonça que tout le monde partirait pour

La Nouvelle-Orléans après le déjeuner. Angela sentit des larmes d'impuissance lui monter aux yeux et elle sortit sur la terrasse en se demandant comment Gator réagirait quand elle lui annoncerait qu'ils ne pourraient pas se voir pendant une semaine.

— Je compte sur votre aide pendant la croisière, dit Stephen qui l'avait suivie.

Il lui raconta alors ce qui s'était passé sur la jetée et leva les mains avec désespoir en expliquant :

— Vous voyez ! Je n'ai pas le choix. Je ne peux pas prendre le risque de me retrouver dans une situation compromettante. Cela n'arrivera pas si vous restez avec moi.

Angela acquiesça. Après tout, pourquoi serait-il malheureux lui aussi ? Gator comprendrait certainement quand elle le lui expliquerait.

La semaine s'écoula avec une lenteur désespérante. Dès que Claudia eut compris ce qui se tramait, elle se retira dans sa cabine. Twyla craignit d'abord qu'elle ne soit malade, puis se dit qu'elle boudait et la laissa tranquille.

Le vendredi, Stephen et sa mère prirent congé de leurs hôtes en les remerciant pour ce délicieux séjour. Angela attendait avec impatience de reprendre le chemin de BelleClair.

Claudia remarqua sa nervosité. Pendant le trajet du retour, elle réfléchit à l'étrange conduite d'Angela ces derniers jours. Son attitude rêveuse le dimanche précédent sur la véranda, les yeux perdus dans le vide, lui revint à la mémoire et elle ne put s'empêcher de s'interroger. Ce n'était pas Raymond qui lui manquait. Elle n'avait pas une seule fois prononcé son nom sur le bateau ni même mentionné qu'il rentrait au début de la semaine. C'était comme s'il n'existait pas. Alors pourquoi avait-elle tellement hâte de rentrer ?

Claudia songea à la manière dont Angela s'était enfuie la nuit précédant leur départ en croisière. Convaincue qu'elle avait rendez-vous avec Stephen, Claudia n'avait pas lâché ce dernier d'une semelle. Mais comme il n'avait manifesté à aucun moment le désir de se retirer, elle en avait déduit qu'elle s'était trompée. Si ce n'était ni Raymond ni Stephen qui troublait Angela, qui était-ce ?

Les éclairs striaient le ciel et le roulement sourd du tonnerre se répercutait dans la nuit.

Angela regardait les éléments déchaînés debout devant sa porte-fenêtre ouverte. Le déluge menaçait de s'abattre à tout instant. Rejoindre le saule par un temps pareil lui paraissait bien risqué. Pourtant, elle attendait cet instant depuis une semaine, une éternité.

Son père, qui ne les avait pas accompagnés sur le bateau du fait de ses occupations, s'était retiré avec sa femme immédiatement après le dîner pour échanger les dernières nouvelles. Claudia, prétextant la fatigue, avait elle aussi gagné sa chambre. Et Angela tergiversait depuis une bonne heure. C'était ridicule : elle devait prendre une décision !

Le vent hurlait quand elle sortit sur la véranda. Elle ferma soigneusement la porte pour éviter que l'eau ne pénètre dans la chambre. Le ciel était traversé par une traînée blanche, et elle regarda le treillis avec appréhension. La perspective de voir Gator la poussa à surmonter ses craintes. Une fois au sol, elle releva ses jupes, et se mit à courir. Des feuilles tourbillonnaient, lui fouettant le visage. Un nouvel éclair illumina le ciel au moment où elle atteignait la berge. Les branches du saule s'agitaient dans une véritable danse macabre.

Il n'était pas là.

Comment avait-elle pu imaginer qu'il viendrait par une tempête pareille ! Même la rivière semblait prête à s'échapper de son lit. Angela allait faire demi-tour quand elle l'entendit l'appeler. Son nom se répercuta dans la tourmente, dominant les hurlements du vent. Elle se retourna et se précipita à sa rencontre, le cœur battant. Il la pressa contre lui avec une force qui lui coupa le souffle, puis il la souleva dans ses bras et la couvrit de baisers.

— Je n'arrive pas à croire que vous êtes là, cria-t-il pour se faire entendre malgré la tempête. Je suis venu ici chaque nuit. Aujourd'hui, j'avais presque perdu espoir...

Elle lui raconta ce qui s'était passé, et avant qu'elle ait fini, il riait et l'embrassait, délivré d'un grand poids, car il avait fini par se convaincre qu'elle ne le rejoindrait plus.

— Oh, non ! chuchota Angela en prenant le visage bien-aimé entre ses mains. Je n'ai pas cessé de penser à cet instant. Jour et nuit.

— Nous ne pouvons pas rester ici.

Un éclair déchira le ciel, illuminant les contours de la raffinerie. Il la serra contre lui et courut avec elle vers le bâtiment. À l'intérieur, une odeur douceâtre imprégnait l'air. Brett déposa Angela sur une pile de sacs vides trouvée dans un coin et s'allongea à ses côtés en murmurant :

— Dieu que je vous aime, Angela ! Je ne cessais de me répéter que vous ne m'aviez pas menti et que vous aussi vous m'aimiez.

— Je vous aime.

Il la prit dans ses bras et la serra très fort.

— Ne me mentez jamais, Angela. Si c'est juste un jeu pour vous, il vaut mieux me l'avouer maintenant avant qu'il ne soit trop tard.

Il relâcha son étreinte et enfouit son visage dans sa chevelure.

— Vous n'avez rien à craindre, ma chérie. Je veux être avec vous pour toujours. Nous trouverons bien un moyen.

La passion les submergea avec la même violence que les flots déchaînés de la rivière.

Les lèvres d'Angela s'ouvrirent pour accueillir sa langue tandis qu'il se battait avec sa robe. Aussi pressée que lui, elle l'aida à retirer les derniers vêtements qui cachaient sa nudité.

Il caressa chaque partie de son corps, laissant courir ses doigts sur sa peau satinée. Puis il s'arracha à la douceur de sa bouche pour mordiller ses seins dressés, traçant un sillon de feu sur son passage.

Frémissante, elle referma les mains sur ses reins comme si elle voulait l'engloutir. Elle gémit doucement quand elle sentit son sexe gonflé. Il se libéra de son pantalon. Toute sa chair frémit à son contact et ses veines se mirent à charrier du feu.

Il roula sur le dos en l'entraînant avec lui.

— Je ne veux surtout pas vous faire mal.

À califourchon sur son compagnon, Angela était stupéfaite de constater que toutes ses inhibitions fondaient comme neige au soleil.

Il la prit par la taille pour la guider lentement vers lui. Elle retint une plainte. Les descriptions de Simona ne l'avaient pas préparée à cela. Elle ressentit comme un coup de poignard quand il la pénétra, et poussa un cri. Il l'attira alors contre son torse et la couvrit de baisers en murmurant des paroles apaisantes.

— Ce n'est rien.

Avec douceur, il l'allongea sur le dos. Instinctivement, elle replia ses jambes contre ses flancs musclés.

Dans un éclair de lumière, elle aperçut son visage et elle ne put s'empêcher de lui demander :

— Est-ce que vous m'aimez, Gator ? Est-ce que vous me désirez autant que je vous désire ? Dites-moi que cela durera toujours.

— Toujours et pour l'éternité, répéta-t-il avec fougue car il luttait pour prolonger ces moments de pur délice.

Elle n'avait jamais imaginé qu'un jour elle ressentirait un tel paroxysme. Elle cria sous le choc, et son corps tout entier fut secoué de spasmes. Le plaisir les submergea alors comme un raz de marée.

Pendant un long moment, ils restèrent serrés l'un contre l'autre, trop émerveillés pour parler.

Angela revint lentement sur terre. Et le feu qui coulait dans ses veines se transforma en un fleuve de glace. Mon Dieu, qu'avait-elle fait ? Et s'il ne l'aimait pas vraiment ! Si elle n'était pour lui qu'une aventure sans lendemain ? Jamais elle ne le supporterait !

Il sentit la tension qui s'était emparée de son amante. Il lui demanda avec une grande douceur :

— Vous avez des regrets, Angela ?

Il lui prit tendrement la main.

Angela se mordit la lèvre et acquiesça d'un signe de tête bien qu'il ne pût la voir dans le noir. Une fois la vague de la passion passée, les obstacles resurgissaient aussi violents que les éclairs qui jetaient une lueur fugitive à l'intérieur de la raffinerie.

— Que se passe-t-il ? demanda-t-il, alarmé.

Peut-être s'était-il trompé après tout, et ne désirait-elle que prendre du bon temps pendant l'été avant de se marier ? En dépit de ses efforts, Brett n'arrivait pas à écarter totalement les avatars du passé.

— Vous croyez que nous pourrons nous aimer sans nous cacher ? souffla Angela d'une toute petite voix. Est-ce que nous réussirons un jour à abattre les murs invisibles qui nous séparent ?

Il se souleva sur un coude, espérant rencontrer ses yeux pour y lire sa détermination.

— Seulement si nous le voulons. Ce ne sera pas facile de nous retrouver et nous risquons gros si nous nous faisons prendre.

La panique submergea la jeune fille. Le roulement du tonnerre se répercuta comme un avertissement lugubre dans son cœur. Que se passerait-il si on les surprenait ? Elle s'était donnée tout à lui et les conséquences de son geste la terrorisaient.

Elle sauta sur ses pieds et chercha ses vêtements dans la pénombre. Il fallait qu'elle réfléchisse calmement.

Brett ne chercha pas à l'arrêter. Si elle avait des doutes, elle devait les affronter seule. Il aurait aimé lui expliquer pourquoi il travaillait sur la plantation et pourquoi bientôt il partirait. Il aurait voulu lui dire qu'elle était libre de partir avec lui. Mais ce serait pour la prochaine fois.

Angela gagna la porte à tâtons. Comme il ne la suivait pas, elle bafouilla :

— Il vaut mieux que je rentre. Il ne pleut pas encore.

Il la rejoignit alors et, s'immobilisant derrière elle, l'attira contre lui.

— Je serai sous le saule demain soir.

Elle se retourna et déposa un baiser sur ses lèvres avant de s'enfuir dans la nuit.

Les premières gouttes de pluie s'écrasèrent sur son visage brûlant. Que lui cachait-il ? Pourquoi ne lui avait-il jamais dit son vrai nom ? Avait-il une femme quelque part ? S'il l'aimait pour de bon, n'aurait-il pas fait des plans pour l'avenir plutôt que de s'inquiéter d'être surpris ! Vraiment, elle s'était comportée comme une imbécile...

Malgré les questions qui la taraudaient, Angela était sûre d'une chose : demain et toutes les nuits qui suivraient, elle trouverait un moyen d'être avec lui.

Elle était encore jeune et naïve. Pourtant elle osait croire que puisqu'elle aimait de tout son être et de toute son âme, cet amour ne pouvait être que partagé.

Brett se demandait s'il n'avait pas commis une erreur. Une erreur fatale. Peut-être aurait-il dû encore patienter ? Angela était encore une enfant qui s'ouvrait tout juste à l'amour, et il ne savait pas avec certitude ce qu'elle attendait de lui ? En la regardant partir, il eut un sinistre pressentiment.

Elle était affolée. Il n'y avait aucun doute là-dessus. Il espérait seulement qu'une fois calmée, elle verrait les choses sous un autre jour. Pourvu que ses parents ne remarquent rien !

Il sortit sous la pluie qui tombait maintenant à grosses gouttes.

Demain, il lui expliquerait et, tout en essayant de ne pas l'influencer, il lui demanderait si elle l'aimait assez pour le suivre une fois qu'il aurait réglé ses dettes.

Claudia tremblait de la tête aux pieds, stupéfaite de la scène qu'elle venait de surprendre. Elle s'était glissée dans la raffinerie par la porte de derrière et les avait épiés à la lumière des éclairs. Elle l'avait même reconnu, lui. Un Cajun plutôt bel homme. Elle s'était arrêtée une fois pour lui parler. Mais il s'était montré d'une telle froideur qu'elle en avait éprouvé de l'humiliation. Et maintenant, pour son plus grand dépit, voilà qu'il lui avait préféré Angela. Encore un homme qu'elle lui volait !

C'est seulement quand ils furent tous les deux sortis qu'elle éclata d'un rire hystérique, un rire qui la secoua de la tête aux pieds.

Pauvre Angela ! Elle venait de lui offrir sur un plateau l'opportunité qu'elle attendait depuis si longtemps. Quand Raymond découvrirait qu'elle avait couché avec un ouvrier comme une chienne en chaleur, il ne voudrait plus d'elle. Et Claudia le ferait manger dans sa main.

Elle allait d'abord tout raconter à Twyla et, ensuite, ce qu'elle avait toujours espéré se réaliserait.

9

Twyla fixa Claudia avec horreur et incrédulité.

Ce que lui racontait sa fille adoptive ne pouvait être vrai.

— Ma chérie, commença Twyla en s'armant de patience, je sais que tu es déçue. Mais si Stephen n'a pas demandé ta main, ce n'est pas la faute d'Angela. Elle n'a rien fait pour…

Exaspérée, Claudia se mit à taper du pied. Twyla, encore au lit, prenait son café du matin. Claudia n'avait pas fermé l'œil de la nuit tant elle avait hâte de révéler ce qu'elle avait vu.

— Cela n'a rien à voir avec Stephen, protesta-t-elle avec fureur. Je suis en train de vous raconter ce que j'ai surpris cette nuit, mais vous ne m'écoutez pas.

Twyla commença à perdre sa belle assurance.

— Je t'écoute ! Mais je n'arrive pas à te croire. Ce n'est pas possible qu'il s'agisse d'Angela. Tu as dû te tromper et…

— Eh bien, allez donc voir dans sa chambre. Ses vêtements sont sûrement encore mouillés, comme les miens. Je la suivais quand elle est rentrée et il pleuvait à verse. Je vous assure que je n'ai pas pu me tromper

Elle leva les bras dans un geste théâtral et prit un air horrifié.

— Et je n'ai aucun doute sur ce qu'ils faisaient ! C'était pire que des animaux ! À chaque éclair, je pouvais les voir comme en plein jour. Elle était nue et…

Elle trembla, comme si elle était dégoûtée et horrifiée.

— C'était immonde. J'aurais voulu m'enfuir, mais j'avais peur qu'ils ne découvrent ma présence si je faisais le moindre mouvement. Vraiment, j'en suis encore bouleversée. Je suis restée éveillée toute la nuit, cherchant le courage de venir vous trouver. Il me semblait que vous deviez savoir ce qui se passait.

Claudia était fière de ses talents de comédienne. Elle avait même réussi à verser quelques larmes.

Twyla posa son plateau, repoussa le couvre-lit et se précipita vers sa fille adoptive.

— Oh, ma pauvre chérie ! chuchota-t-elle, au bord de la crise d'hystérie. Tu aurais dû venir me trouver sur-le-champ. Cela a dû être une terrible épreuve pour toi.

Tout en serrant Claudia dans ses bras, elle se demandait désespérément ce qu'elle devait faire.

Quand Claudia parut plus calme, elle l'entraîna vers le lit et s'assit à son côté.

— Et maintenant, essaie de réfléchir ! la pressa-t-elle en lui prenant la main. Crois-tu que c'était la première fois qu'elle le retrouvait ?

Claudia secoua la tête.

— Oh, non ! À mon avis, cela fait un moment que cela dure. Pendant le séjour des Pardee, elle s'excusait chaque soir bien avant la fin de la soirée et regagnait sa chambre, vous vous souvenez ?

Twyla acquiesça. Elle n'y avait pas prêté attention sur le moment.

— Et je l'ai vue se faufiler dehors la nuit juste avant la croisière. Elle a dû le rejoindre cette nuit-là aussi. Non, ils avaient vraiment l'air de bien se connaître ! ajouta-t-elle avec un ricanement.

— Reconnaîtrais-tu cet homme si tu le revoyais ? Il y a tant de Cajuns qui travaillent ici.

Claudia saisit l'occasion pour se venger de la froideur de Gator.

— Oh, certainement ! Un jour que je me promenais à cheval du côté des champs, mentit-elle, il...

Elle se tut, feignant d'être incapable de continuer.

— Il n'a pas essayé de te toucher au moins ? hoqueta Twyla.

— Non. C'est plutôt la manière dont il me regardait. Et il a dit quelque chose à son voisin que je n'ai pas entendu, mais cela devait être obscène, car ils se sont mis à rire.

— Tu aurais dû me prévenir.

— À quoi cela aurait-il servi ? Il aurait tout nié. Mais, en tout cas, je sais qui c'est.

Tyla lui pressa tendrement l'épaule.

— Tu connais son nom ? Dis-le-moi !

— Je ne connais pas son vrai nom. On l'appelle Gator car il s'est battu contre un alligator. J'ai entendu dire que son père était contremaître. Il se prénomme Leo, je crois.

Twyla poussa un profond soupir. Elle savait pertinemment qui était Leo, car Elton lui avait confié qu'il soupçonnait cet homme d'être cruel envers les esclaves. Elle n'était pas surprise d'apprendre que son fils était aussi ignoble que lui.

— Maintenant, écoute-moi bien, dit-elle en forçant Claudia à croiser son regard. Tu ne dois souffler mot de tout cela à personne. Tu m'as bien comprise ?

Claudia continua à simuler l'embarras.

— Je n'ai aucune envie que cette histoire s'ébruite ! J'ai tellement honte. Si on l'apprend, aucun garçon convenable n'osera plus me faire la cour. Et Raymond ?

Elle feignit de se souvenir subitement de lui.

— Si jamais il a vent de...

— Il n'en saura rien, la coupa Twyla. Et les autres non plus. Je te demande de faire comme si tout cela n'avait pas eu lieu. Tu as bien saisi ?

Elle lui lança un regard d'avertissement.

— Même si tu es furieuse contre ta sœur, je ne veux surtout pas qu'elle découvre que tu es au courant. C'est compris ?

Claudia n'hésita pas à mentir de nouveau.

— Croyez-moi, maman, je serai muette comme une carpe. Mais qu'allez-vous faire ?

Twyla se leva et la poussa gentiment vers la porte.

— C'est mon problème ! Quant à toi, fais comme si rien n'était arrivé.

Quand elle fut seule, Twyla se mit à arpenter sa chambre. Pourquoi ? Pourquoi, pour l'amour du ciel, Angela s'était-elle conduite ainsi ? Qu'est-ce qui l'avait poussée à prendre un amant quelques mois avant son mariage ?

Il fallait qu'elle réfléchisse. Comment allait-elle faire pour éviter le scandale ? Pis encore : Angela pouvait s'imaginer amoureuse et avait peut-être déjà prévu de s'enfuir !

Comme d'habitude, Elton était parti dès l'aube mais il devait rentrer pour le déjeuner. Twyla demanda à Kesia de le lui envoyer dès qu'il rentrerait et s'enferma dans sa chambre de peur de croiser sa fille et d'être incapable de lui dissimuler sa colère, qu'elle avait d'ailleurs bien du mal à contenir. Elle avait toujours trouvé Angela volontaire et entêtée, contrairement à son mari qui la jugeait indépendante et dotée d'un caractère entier.

Avancer la date du mariage était hors de question. Twyla devait regarder les choses en face. Avant de se marier, Angela avait encore beaucoup de choses à apprendre.

Avec un soupir, Twyla finit par se rendre à l'évidence. La seule solution était d'envoyer Angela dans un pensionnat en Angleterre. Cela se pratiquait fréquemment dans la bonne société. Et si certains s'étonnaient que la date du mariage soit repoussée, elle pourrait toujours alléguer qu'Angela devait parfaire son éducation avant d'épouser Raymond. Elle n'avait que seize ans, après tout.

Les choses importantes d'abord ! songea tristement Twyla lorsqu'elle entendit enfin Elton monter l'escalier.

Son époux l'écouta, pâle comme un mort. Quand elle eut fini, il se laissa tomber sur un siège et murmura d'une voix rauque :

— Ce n'est pas vrai ! Claudia ment.

— Je crois qu'il est possible qu'elle exagère, reconnut Twyla, mais elle ne ment pas. La pauvre petite était sous le choc. Voir sa sœur…

Elle secoua la tête, refusant d'imaginer un spectacle aussi répugnant.

La douleur d'Elton se transforma rapidement en rage et il se mit à trembler de tous ses membres. Il agrippait les bras du fauteuil avec une telle force que les jointures de ses doigts en étaient blanches.

Twyla le mit au courant de ses plans et expliqua :

— Je ne l'ai pas vue ce matin. Elle ignore qu'elle a été surprise. J'attendais de vous avoir parlé. Nous devons nous montrer prudents, poursuivit-elle en se mettant à marcher de long en large. Avant tout, si elle se croit amoureuse de cet homme et s'il tient à elle, il ne faut surtout pas les laisser se revoir. Il faut qu'ils se méprisent.

Elton acquiesça, livide. Imaginer qu'un homme, quel qu'il soit, avait ravi sa fille bien-aimée... Il serra les poings. Seigneur, il serait capable de le tuer de ses mains nues !

— Vous savez de qui il s'agit ? s'enquit-il.

— Il paraît que son père est contremaître. Il s'appelle Leo.

Elton laissa échapper un sifflement.

— Leo ! J'étais décidé à me débarrasser de lui. Voilà qui résout mon problème. Je vais le renvoyer et...

Il s'était levé et s'apprêtait à quitter la pièce. Twyla le fit se rasseoir et s'agenouilla devant lui. Elle prit ses mains dans les siennes.

— Nous ne devons pas agir sous le coup de la colère, Elton. Maintenant, écoutez-moi. Nous allons faire croire à cet homme qu'Angela est venue nous trouver la nuit dernière en larmes en racontant que son fils l'avait violée.

Son regard la transperça comme une lame et elle ne put réprimer un mouvement de recul.

— C'est ce qui s'est passé ? demanda-t-il d'une voix blanche. Parce que, dans ce cas, je vais tuer ce salaud.

— Non, non, ce n'était pas un viol ! Vous direz à Leo qu'Angela prétend avoir été violée, ainsi son fils ne pourra que la détester d'avoir menti. Vous comprenez ce que j'essaie de faire ?

Il inclina la tête, pitoyable.

— Et je m'arrangerai pour qu'Angela croie qu'elle n'est qu'une de ses nombreuses conquêtes. Il faudrait que je trouve un moyen pour qu'elle l'apprenne...

Elle s'interrompit et réfléchit un instant, puis claqua des doigts.

— Mais oui, ces amies acadiennes, bien sûr. Simona et Emalee. Elle les croira.

— Allez trouver Simona, lui conseilla-t-il. Elle attend un bébé. J'ai promis à son mari une prime à la fin de la saison afin qu'ils puissent déménager. Dites-lui que si elle refuse de coopérer, non seulement je ne lui donnerai pas d'argent, mais je les renverrai tous les deux du bayou. Elle se chargera de persuader Emalee. Et je vais immédiatement arracher ce damné treillage de mes propres mains, rugit-il en se relevant si brutalement que Twyla faillit tomber.

Elle se précipita pour l'empêcher de sortir.

— Vous ne pouvez pas faire cela. Angela ne doit rien savoir avant que cet homme ait disparu de nos terres. Vous ne comprenez pas ? Il faut qu'elle l'attende plusieurs fois en vain. Entre-temps, je me serai arrangée pour que Simona sème la bonne parole. Ensuite, ce sera un jeu d'enfant de l'envoyer en Angleterre.

Elton n'acceptait pas sans regrets l'idée de se séparer de sa fille bien-aimée, mais il ne voyait pas d'autre solution.

— Très bien ! Je vais me débarrasser de ce salaud

et pendant ce temps vous vous débrouillerez pour qu'Angela ne se doute pas du scénario que nous avons monté.

Dès qu'il apprit que le maître voulait le voir, Leo se dirigea vers le bureau en courant. Il n'osait espérer que ses vœux d'être transféré dans les champs de cannes où le travail était moins pénible fussent enfin comblés.

Dès qu'il entra dans le bureau où Elton l'attendait, avec une expression glaciale, il devina que son rêve ne se réaliserait pas encore.

— Vous avez un fils, n'est-ce pas ? s'enquit Elton d'une voix coupante. Il travaille dans les champs de cannes.

Leo était stupéfait. Il voyait rarement Brett. Ils n'avaient jamais été proches et depuis qu'il était revenu, le fossé entre eux s'était encore creusé. Brett avait toujours été un bon ouvrier et il avait du mal à imaginer ce qu'on pouvait lui reprocher.

— Oui, monsieur, j'ai un fils, reconnut-il. Mais personne ne s'est jamais plaint de lui. Je ne comprends pas pourquoi vous paraissez aussi contrarié.

Elton abattit ses poings sur son bureau.

— Ma fille affirme qu'il l'a violée. La nuit dernière. À la raffinerie. Lorsqu'elle est rentrée à la maison, ses vêtements étaient déchirés et elle était couverte de bleus. C'est votre fils le coupable.

Leo recula de quelques pas. Ses mains tremblaient et il tripotait nerveusement son chapeau.

— Non, monsieur. Non, pas mon garçon. C'est un bon fils. Il n'a jamais rien fait de mal. Ce n'est pas lui.

Elton écrasa de nouveau ses poings sur le bureau et se planta devant Leo.

— Eh bien, si ! Et si jamais je l'aperçois, je vous préviens, je le tue. Alors, faites en sorte que cela ne se produise pas. Si ce salopard ne se balance pas déjà au bout d'une corde, c'est uniquement pour que l'affaire ne s'ébruite pas, par égard pour ma fille. Je veux que vous sachiez que j'ai songé à vous pendre vous aussi. Personne ne vous regretterait. Vous maltraitez les esclaves à ce qu'on m'a dit ! Je suis étonné que vous n'ayez pas encore servi d'appât aux crocodiles. Tout le monde vous déteste. Faites en sorte que je ne vous revoie jamais sur mes terres !

Il saisit brutalement Leo par le collet et l'envoya valser à travers la pièce.

— Prévenez votre minable de fils que s'il n'a pas quitté le bayou avant l'aube, je le tue.

Leo protégeait son visage avec ses bras.

— Oui… oui, monsieur, je lui dirai, pour sûr. Mais vous n'avez aucune raison de me mettre dans le même sac que lui.

D'une violente poussée, Elton le projeta jusqu'à la porte et lui fila un coup de pied. Le contremaître roula dans la poussière. Elton sortit le pistolet dont il ne se séparait jamais.

— Si jamais je vous revois sur mes terres ou si j'apprends que vous avez répété un mot de notre conversation à qui que ce soit, vous êtes un homme mort, Leo.

Leo se releva péniblement puis il détala aussi vite que ses jambes le lui permettaient. Il n'osa ralentir que lorsqu'il eut atteint les marais. Il était hors d'haleine et son cœur battait à grands coups dans sa poitrine. La haine avait remplacé la peur. Sinclair n'avait pas le droit de le traiter comme un malpropre. Il n'était pour rien dans cette affaire.

Il avait travaillé dur toute sa vie. Et s'il avait poussé quelques esclaves dans les buissons pour leur donner une leçon, ce n'était pas bien méchant ! Il n'avait pas utilisé le fouet comme ils le méritaient mais uniquement ses poings. Il est vrai que c'était pour ne pas laisser de traces.

Non, Sinclair s'était montré injuste. Leo était fou de rage contre son fils et il allait le lui faire payer.

Il marcha jusqu'à la cabane qu'il partageait avec une grosse femme du nom d'Adèle. Elle ne payait pas de mine, mais c'était une bonne cuisinière et elle ne refusait jamais ses avances. Il attrapa une bouteille de vin sur les étagères et la déboucha.

Leo but jusqu'à ne plus rien sentir. D'abord, il allait se venger sur Gator. Mais Sinclair ne perdait rien pour attendre. Un jour, il paierait !

Empoignant sa bouteille, il se dirigea vers la barque de Gator pour attendre son retour des champs.

Le son métallique de la cloche résonna à travers la plantation. Les esclaves et les ouvriers cajuns en sueur et fourbus quittèrent les champs.

La journée avait paru interminable à Brett. Il avait tellement envie de revoir Angela qu'il en avait regretté de ne pas posséder de montre.

Quand il atteignit sa barque, il faisait nuit. Il alluma un feu, retira ses vêtements et grimpa dans le tonneau où il recueillait l'eau de pluie pour se laver.

Son estomac criait famine, mais il était trop pressé de serrer Angela entre ses bras pour prendre le temps de préparer quelque chose. Il devait tout lui raconter pour qu'aucun fantôme ne se glisse entre eux.

La façon dont elle s'était enfuie l'autre nuit le tracassait. Ce soir, il lui montrerait qu'elle n'avait aucune raison d'être inquiète, ni de craindre le futur.

Il enjamba le tonneau et au moment où il attrapait la serviette, un fouet claqua dans le silence de la nuit. La fine lanière s'enroula autour de son torse. La douleur fut si intense qu'il tomba sur les genoux. Il n'eut pas le temps de réagir que déjà la mèche de cuir s'abattait de nouveau. Il était en sang quand il réussit à saisir le bout du fouet. Il tira d'un coup sec. Son agresseur poussa un cri et s'écroula en trébuchant devant le feu.

— Papa, c'est toi !

Brett le dominait de toute sa taille.

— Mais qu'est-ce qui te prend ?

Leo se releva :

— Est-ce que tu as perdu l'esprit, triple imbécile ? Violer la fille de Sinclair ! J'aurais dû te tuer pour lui éviter cette peine.

Brett chancela sous l'attaque. Il en oublia ses blessures et plaqua son père contre un arbre.

— De quoi parles-tu ? Explique-toi et vite !

Leo lui répéta les propos de Sinclair.

— Tu ferais mieux de quitter le bayou avant que je ne prenne une bonne cuite et que je te tue, le menaça-t-il. Tu viens de me faire perdre le meilleur travail que j'aie jamais eu. Tout cela parce que tu n'es pas capable de te maîtriser, ajouta-t-il en lui décochant un coup de genou bien placé.

Brett s'écroula, et son père en profita pour se saisir du fouet. Brett roula sur le côté juste avant que la lanière ne lui cingle le visage. Il se défendit à grands coups de pied, et son père tomba.

Brett réussit à se relever malgré la douleur et d'une voix qui lui parut à lui-même étrangère, il murmura :

— Je ne veux pas te tuer, mais si tu me frappes encore, je n'hésiterai pas.

— Tu ferais mieux de foutre le camp, hurla Leo, trop soûl pour se relever. Je te le dis, tu es un homme mort.

Brett attrapa quelques affaires : son fusil, des vêtements, un reste de lard, un paquet de chicorée, qu'il enfourna dans un sac à dos. Il faisait nuit noire, il était harassé et la douleur à l'entrejambe était lancinante. Mais il savait qu'il fallait qu'il parte – et vite.

Ce n'était ni son père ni Elton Sinclair qu'il fuyait ainsi, mais Angela. Si jamais il la croisait, il ne répondait de rien. Tout était clair maintenant. Sa passion avait été aussi éphémère qu'un feu follet, et l'affolement avait rapidement pris la relève. Sans doute l'avait-on surprise, et elle avait immédiatement crié au viol pour se protéger.

Il se maudissait de sa bêtise. Comment avait-il pu recommencer deux fois la même erreur ? Il s'enfonça dans le bayou en brandissant sa rage comme un flambeau au milieu des ténèbres.

Assise sous le saule, les genoux repliés sous son menton, Angela passa en revue toutes les raisons qui avaient pu retarder Gator avant d'oser regarder la vérité en face : il ne viendrait pas.

Il n'était pas question de partir à sa recherche dans le bayou – ce serait non seulement dangereux mais humiliant. Aussi n'avait-elle pas le choix. Elle redressa ses épaules, prit une profonde inspiration pour se donner du courage et, retenant ses larmes, elle se dirigea vers la maison.

10

Simona tendait une louche d'eau à un ouvrier quand Emalee la tira brusquement par la manche et se pencha pour lui chuchoter :

— Qui est cette femme sur le cheval blanc là-bas près du pacanier ?

Simona mit sa main en visière.

— Je crois bien que c'est maîtresse Twyla.

— Que fait-elle donc ici ? On ne la voit jamais durant l'été.

Simona haussa les épaules.

— Je l'ignore, mais nous n'allons pas tarder à le savoir. Elle se dirige droit vers nous.

Elles se trouvaient à l'extrémité d'une rangée de cannes et posèrent leur seau sur le sol. La chaleur était étouffante et elles avaient déjà fait quatre voyages jusqu'au tonneau d'eau.

Twyla sauta à terre et, sans rendre ni sourires ni salutations, s'adressa directement à Simona d'un ton cassant :

— Vous attendez un bébé, je crois.

Simona déglutit avec difficulté et inclina la tête. L'appréhension lui nouait l'estomac.

— Mon époux est très content du travail de votre mari, Simona. Il lui a promis une prime, si j'ai bien compris.

Simona acquiesça de nouveau. Son inquiétude augmentait de minute en minute car maîtresse Twyla paraissait hors d'elle. Que lui voulait-elle ? Elle n'avait rien à lui reprocher, s'agissait-il d'Angela. Ni elle ni Emalee n'avait vu la jeune fille depuis des semaines.

Twyla se tourna vers Emalee.

— Et vous, vous avez deux frères qui travaillent à BelleClair, n'est-ce pas ? Ainsi que vos parents ?

Emalee reconnut craintivement qu'il en était bien ainsi. Twyla les considéra l'une après l'autre sans aménité.

— J'ai bien peur d'avoir de mauvaises nouvelles pour vous, Simona, commença-t-elle en levant le menton d'un air autoritaire. Votre mari n'aura pas de prime. Vous pouvez même l'avertir de passer sur-le-champ au bureau pour retirer sa dernière paye. Et la vôtre aussi. Vous ne faites plus partie du personnel. Vous non plus, Emalee, ni votre famille, conclut-elle.

Emalee se mordit la paume pour tenter de retenir ses sanglots, mais Simona attrapa la manche de Twyla d'une main tremblante et murmura :

— Pourquoi ? Pourquoi faites-vous cela ? Que nous reprochez-vous ? Je sais que vous n'aimez pas nous voir avec Angela mais justement nous ne l'avons pas croisée depuis très longtemps. S'il vous plaît, dites-nous de quoi il s'agit et donnez-nous une seconde chance.

C'était exactement ce que Twyla attendait. Elle repoussa la main de Simona avec dégoût et fit mine de réfléchir.

— Il y a peut-être quelque chose que vous pouvez faire, déclara-t-elle enfin. Que savez-vous d'un dénommé Gator ?

Simona était complètement désorientée, mais elle répliqua rapidement :

— Rien du tout ! Personne ne sait rien sur lui d'ailleurs. Il paraît qu'il n'est pas venu travailler ce matin. Mais qu'est-ce que cela a à voir avec nous, maîtresse Twyla ?

Elle passa sa main sur l'arrondi de son ventre comme pour protéger son enfant.

— Vous ne saviez pas qu'il rencontrait secrètement Angela ?

— Oh non, maîtresse !

Elle secoua la tête plusieurs fois, imitée par Emalee.

Twyla fut surprise mais comprit qu'elle disait la vérité.

— Si vous voulez bien coopérer avec moi toutes les deux, vous pourrez rester à BelleClair avec vos familles. Si vous refusez…

Elle laissa sa phrase en suspens pour rendre la menace plus palpable.

— Nous acceptons ! cria Simona, prête à faire n'importe quoi, car elle savait que ni Frank ni elle ne pourraient trouver un travail comparable dans tout l'État.

Emalee acquiesça elle aussi avec vigueur.

Alors Twyla leur expliqua avec minutie ce qu'elle attendait d'elles.

— Et vous avez intérêt à être convaincantes, les avertit-elle. Angela ne doit se douter de rien.

Simona et Emalee échangèrent un regard inquiet, puis Emalee, prenant son courage à deux mains, posa la question qui les tracassait :

— Et Gator ? Que se passera-t-il s'il nous traite de menteuses ? Il niera tout, c'est sûr.

— Ce n'est pas près d'arriver ! jeta Twyla avec un rire dur. Il n'osera plus jamais se montrer à Belle-Clair, ni dans le bayou Perot. Ne vous faites de souci ni pour lui ni pour son père. Tous les deux ont compris que leur intérêt était de déguerpir en vitesse. Alors, j'ai votre promesse ?

— C'est d'accord, dit Simona avec réticence. Mais je n'aime pas faire ça. Angela est mon amie. Ce n'est pas bien de mentir à une amie.

— Moi non plus, déclara craintivement Emalee.

— Vous devez me croire toutes les deux, dit Twyla, perdant pour la première fois son air hautain, c'est pour son bien. Personne ne sait rien. Et personne ne doit jamais savoir.

Elle tenait un mouchoir dans la main. Elle le déplia et en sortit un rouleau de billets qu'elle tendit à Simona.

— Tenez, c'est pour vous. Mais promettez-moi encore une chose.

— Tout ce que vous voudrez, s'empressa Simona qui n'avait jamais vu autant d'argent et roulait des yeux stupéfaits.

— Si vous revoyez ce Gator ou si vous entendez parler de lui, prévenez-moi immédiatement. C'est compris ? Et surtout pas un mot de notre conversation.

C'était bien la dernière chose à faire, songea Simona qui, après un coup d'œil à Emalee, comprit que son amie était de son avis. Pour soulager sa conscience, elle se dit que maîtresse Twyla avait raison et qu'elle rendait service à Angela.

Elles regardèrent en silence Twyla remonter à

cheval et s'éloigner. Alors seulement Emalee gémit d'une voix plaintive :

— Je ne sais pas si j'y arriverai, Simona. Angela va tout de suite voir que je mens, c'est sûr.

Simona posa les yeux sur l'argent qu'elle tenait serré au creux de sa main.

— Moi, j'y arriverai. Pour cette somme et pour l'avenir du bébé, je ferais n'importe quoi. Bien entendu, tu en auras la moitié. Alors, laisse-moi parler, tu te contenteras d'approuver. Tu peux faire ça, non ?

Emalee acquiesça. Après tout, c'étaient son avenir et celui de sa famille qui étaient en jeu.

Angela retourna sous le saule la nuit suivante. Comme Gator ne venait pas, elle se mit à envisager le pire. Elle essayait de se rappeler chacun de ses mots et d'y découvrir un sens caché qui puisse expliquer son absence, mais en vain. Ils avaient passé ensemble des moments merveilleux. Les soirs de lune, Gator lui faisait découvrir la vie secrète du bayou. Parfois, tout simplement, ils restaient à bavarder sous le saule, Gator lui racontant ses voyages en mer.

De véritables liens d'amitié s'étaient noués entre eux, et jamais il ne serait parti sans un mot d'explication, surtout après qu'elle se fut donnée à lui.

Désespérée, Angela comprit que ce n'était pas la peine de s'attarder plus longtemps. Il ne viendrait pas cette nuit. Et elle avait le pressentiment qu'il ne viendrait jamais plus. Pourtant elle était déterminée à découvrir la vérité. Demain, elle irait le trouver.

Elle n'avait aucune envie de regagner sa chambre. Une nouvelle nuit sans sommeil l'attendait, et elle risquait de ne pas être très en forme demain matin si Raymond débarquait dès la première heure, comme il en avait l'habitude quand il rentrait de voyage. Elle dut s'avouer avec un certain malaise qu'il ne lui avait même pas manqué.

Une chose, en revanche, avait retenu son attention ces derniers temps, maintenant qu'elle y réfléchissait, c'était la conduite mystérieuse de Claudia. Sa sœur adoptive l'ignorait avec ostentation, en dehors des sourires narquois qu'elle lui adressait parfois comme si elle avait découvert quelque noir secret. D'ailleurs, sa mère aussi était bizarre depuis quelques jours, pour ne rien dire de son père. Ils semblaient tous les deux l'éviter.

Elle leva les yeux machinalement pour agripper le treillis. Il avait disparu. Tout se passa alors très rapidement. Elle n'était pas encore remise de sa surprise que sa mère surgit de derrière un massif d'hortensias pour se planter devant elle.

— Maman ? Que… que faites-vous là ? bégaya-t-elle, soudain glacée.

— C'est à toi qu'il faut poser la question, ma chérie.

Elle était emmitouflée dans un châle, ses longs cheveux noirs retenus sur la nuque. Quand Claudia avait averti son père qu'Angela s'était de nouveau glissée dehors, il avait fait retirer le treillis par un des jardiniers et Twyla avait monté la garde, installée dans un fauteuil derrière la maison.

— Je crois que nous devrions rentrer, poursuivit Twyla. Ton père t'attend dans son bureau.

Angela comprenait maintenant les raisons de leur conduite mystérieuse. Claudia l'avait vue s'enfuir et s'était fait un malin plaisir de la dénoncer. Il ne lui restait plus qu'à affronter l'inévitable.

Derrière son bureau, son père faisait manifestement des efforts pour garder son calme. Il attendit qu'elles soient assises pour s'enquérir d'une voix neutre :

— D'où viens-tu, Angela ?

— J'ai été me promener, répondit-elle en se persuadant que ce n'était pas tout à fait un mensonge.

— Tu descends le long du treillis uniquement pour aller te promener ? Pourquoi ne pas utiliser l'escalier ?

Sans lui laisser le temps de répondre, il se leva et cria :

— Je vais te dire pourquoi : tu avais rendez-vous avec un homme, n'est-ce pas ?

Il se rassit et jeta un coup d'œil à sa femme qui lui fit un signe d'approbation. Il suivait le scénario à la perfection.

Angela fixa ses mains qu'elle tenait croisées sur ses genoux.

— J'avais peur que vous ne m'entendiez et m'empêchiez d'aller me promener si tard, dit-elle, espérant encore travestir la vérité.

Elton regarda de nouveau Twyla. C'était au tour de sa femme maintenant. Mon Dieu, comme il haïssait cette mascarade !

— Nous ne te croyons pas, déclara-t-elle, et nous sommes persuadés que tu ne te rends pas compte de la gravité de ton geste. Si jamais Raymond l'apprend, il ne voudra plus de toi pour femme. Tu dois nous dire qui tu allais retrouver pour que ton père s'assure de son silence.

Angela resta muette.

Twyla poussa un soupir à fendre l'âme avant d'annoncer à l'intention d'Elton :

— En s'apercevant qu'elle ne vient plus, il devinera qu'elle s'est fait surprendre et comprendra qu'il vaut mieux se taire. Il y a encore une chance pour que le scandale soit étouffé.

Avec des larmes qui n'étaient pas feintes, elle se tourna vers sa fille.

— Comment as-tu pu nous faire cela ? Comment as-tu pu déshonorer ainsi ta famille ? Tu nous as brisé le cœur, Angela, dit-elle avant d'enfouir son visage entre ses mains.

— Je suis désolée, murmura Angela avec sincérité. Je n'avais pas l'intention de vous faire de la peine.

— Voyons ! Alors, quels étaient donc tes plans si on ne t'avait pas surprise ? rugit Elton. Avais-tu l'intention de continuer à prendre du bon temps jusqu'à ton mariage ?

À quoi bon expliquer qu'elle était tombée amoureuse de Gator et qu'elle espérait l'épouser. Son univers venait de s'effondrer, et elle avait désespérément besoin de réfléchir. Du moins tant qu'ils ignoraient son nom, son amant n'avait rien à craindre. À ce cauchemar s'ajoutait la disparition inexplicable de ce dernier.

— Depuis combien de temps êtes-vous au courant ? s'enquit-elle subitement, se demandant si tout cela n'était pas un coup monté et s'ils ne l'avaient pas déjà renvoyé.

Twyla n'attendait que cela pour s'exclamer :

— Voyons, mais cette nuit, bien entendu ! Comment peux-tu imaginer que nous t'aurions laissée poursuivre !

Elton fit chorus :

— Pour ça, crois-moi ! J'aurais bien aimé te voir te sauver par ce satané treillis. Je t'aurais suivie avec un fusil et j'aurais descendu ce sale type. Dire qu'il a réussi à te convaincre de le retrouver la nuit comme une vulgaire prostituée !

— Elton ! hoqueta Twyla.

— C'est bien ainsi que les choses se présentent, non ? déclara-t-il sans ambages.

— Comment as-tu pu faire une chose pareille ?

Honteuse et misérable, Angela était incapable de répondre quoi que ce soit.

Twyla s'agenouilla devant sa fille et prit ses mains tremblantes entre les siennes.

— Ton père et moi, nous avons discuté en t'attendant et nous avons pris une décision.

Angela leva un regard inquiet sur sa mère.

— Tu ne manifestes aucun enthousiasme pour le mariage. Je dirais même que depuis tes fiançailles, tu es en rébellion ouverte. Tu as été odieuse avec Claudia. Il est manifeste que tu es malheureuse. Aussi avons-nous pensé avec ton père que le mieux serait de t'éloigner pour quelque temps.

— Non ! cria Angela en libérant ses mains. Je ne veux pas aller m'installer chez Ida Duval. Pas maintenant. Je n'aurai sans doute plus mon mot à dire une fois mariée, mais pour l'amour du ciel, ne permettez pas que ce supplice commence plus tôt que prévu.

— Nous n'avons pas l'intention de t'envoyer chez Ida.

Angela se tourna vers son père, mais il était incapable de soutenir le regard désespéré de sa fille. Elle s'adressa de nouveau à sa mère.

— Mais alors où me...

— En Angleterre. Dans un très agréable pensionnat aux environs de Londres. Tu y recevras une excellente éducation et là-bas on fera de toi une parfaite femme du monde. À ton retour, toute cette affaire sera oubliée. Ne t'inquiète pas pour Raymond.

Twyla réussit à sourire d'un air encourageant.

— Je suis sûre qu'il sera très heureux d'avoir une femme aussi bien éduquée. Et il pourra te rendre visite là-bas. Entre-temps, nous aurons évité le scandale.

Angela secoua la tête d'un air farouche.

— Non, je n'irai pas, et vous ne pourrez pas m'y forcer. Je m'enfuirai. Cette nuit, s'il le faut !

Elle tremblait de tout son corps. Elle se sentait incapable d'affronter la situation tant qu'elle ne saurait pas ce qu'était devenu Gator. Elle était toujours persuadée qu'il l'aimait et que seul un empêchement majeur pouvait l'avoir retenu loin d'elle.

Ayant anticipé sa réaction, Elton était prêt à faire des concessions.

— Très bien. Nous en reparlerons demain. Nous sommes tous épuisés. Va donc te coucher, Angela !

Elle monta les marches de l'escalier en courant et ne fut pas surprise de tomber sur Claudia qui l'espionnait du palier.

— Tiens, tiens ! s'écria cette dernière avec un ricanement triomphal. Le petit ange de papa a mal tourné, on dirait. Je me demande pourquoi ils sont aussi surpris. Moi, je savais tout.

Elle pivota sur ses talons d'un air hautain et regagna sa chambre.

Angela se moquait éperdument de ce que Claudia et les autres pouvaient dire. Elle attendait avec impatience que le jour se lève pour partir à la recherche de Gator.

Elle s'endormit juste avant l'aube et ne se réveilla qu'en fin de matinée. Elle s'habilla rapidement sans cesser de se demander comment elle allait échapper à la surveillance maternelle.

Question inutile. Car quand elle descendit, Kesia l'avertit que Twyla et Claudia s'étaient rendues à La Nouvelle-Orléans pour saluer maître Raymond.

— Je comp'ends pas pou'quoi elles étaient aussi p'essées. Il se'ait ce'tainement venu ici de lui-même de bon matin.

Pour Angela, tout était clair. Sa mère craignait que Raymond ne s'aperçoive de quelque chose et elle préférait lui laisser le temps de se reprendre avant sa venue. Voilà qui lui simplifiait la vie, songea-t-elle en se précipitant aux écuries.

C'est Emalee qui l'aperçut la première. Les deux jeunes Cajuns étaient debout près du grand tonneau d'eau en bordure d'un champ.

— La voici, chuchota-t-elle. Elle saute à bas de son cheval.

— Ne la regarde pas, siffla Simona. Continue à remplir ton seau. Et surtout, tu acquiesces à tout ce que je dis.

— Je meurs de peur. Elle va sûrement s'apercevoir que nous mentons. Mon Dieu, pourquoi devons-nous mentir ?

— C'est pour son bien comme maîtresse Twyla a dit. Elle n'aurait pas dû se laisser bêtement entraîner dans cette histoire.

Simona prit une profonde inspiration pour se donner du courage et jeta à haute voix :

— Ce Gator, vraiment, il s'est moqué de tout le monde, hein ? Quel imbécile de choisir une femme mariée ! Comme s'il n'avait pas assez de toutes les filles du bayou. Il était un peu trop gourmand, tu ne trouves pas ? C'est comme s'il avait voulu toutes les essayer !

Elle se força à pousser un rire égrillard.

Le rire d'Emalee sonna faux, même à ses propres oreilles, mais elle n'eut pas le temps de s'en inquiéter car Angela était déjà là.

Simona se retourna avec une surprise feinte.

— Ah, c'est toi ! Je n'arrive pas à y croire. Cela fait si longtemps.

Son ton joyeux la surprenait elle-même. Quand elle serra son amie contre elle, elle s'aperçut qu'elle était très tendue et devina qu'elle avait entendu leur conversation.

— Nous parlions de Gator. Tu te souviens de lui ?

Prenant son courage à deux mains, Emalee décida d'intervenir :

— Tu te rappelles, c'est lui qui nous a tirées de l'eau.

— Et un jour il t'a emmenée chez moi.

Simona se frappa le front comme si la discussion d'alors lui revenait subitement.

— J'espère que tu ne m'as pas écoutée ! Dire que je t'ai dit de prendre du bon temps avec lui ! Mais toi, tu es intelligente. Tu as tout de suite compris qu'il cachait son jeu.

— Je ne sais pas de quoi tu parles, déclara Angela en feignant l'indifférence. Nous étions simplement amis et cela fait une éternité que je ne l'ai pas vu. Comme je passais par là, je me suis arrêtée pour vous saluer. Il travaille dans le coin ?

— Gator ? s'esclaffa Simona. Il est probablement loin à l'heure qu'il est, vu la vitesse à laquelle il a détalé sous les balles.

Angela sursauta.

— De quoi parles-tu ? Qui lui tirait dessus ?

Mon Dieu ! Son père ne pouvait pas avoir déjà découvert son identité !

— Carl Norville ! Il l'a trouvé dans son lit avec sa femme.

Simona fit mine de s'inquiéter.

— Ça ne va pas ? Tu es toute blanche. Ce n'est pourtant pas la première fois qu'un homme tente de tuer l'amant de sa femme. Et ce ne sera pas la dernière. Maintenant qu'il est parti, on en a appris de drôles sur lui. Boss Farrand a dit à Frank que Gator était dans les bois tous les soirs avec une fille différente.

Angela chancela. Emalee l'attrapa par le bras de peur qu'elle ne tombe et conseilla :

— Tu ferais peut-être mieux de t'asseoir à l'ombre.

— Non. Non, tout va bien.

Angela secoua la tête. Elle ne devait surtout pas éveiller les soupçons. Pour le moment, ses parents savaient uniquement qu'elle avait eu un rendez-vous avec un homme. Ils ne devaient surtout rien apprendre d'autre.

Elle se dirigea vers son cheval.

— Tu pars déjà, cria Simona. Tu viens d'arriver. Reste et on ira…

Angela sauta en selle sans un regard derrière elle et s'éloigna.

Elles la fixèrent un moment, puis Emalee s'écria d'un ton désespéré :

— C'est vraiment dommage ! Je ne l'ai pas quittée des yeux et je suis sûre qu'elle l'aime. Qu'est-ce qu'il est devenu ?

Simona lui répondit qu'elle l'ignorait. D'ailleurs personne n'en savait rien. Elle souleva le seau et se dirigea vers les rangées de cannes.

— Cela n'a pas d'importance Emalee, murmura-t-elle. Et le mieux, crois-moi, c'est de tout oublier.
Emalee acquiesça avant de la suivre.

Angela était étendue sur son lit quand elle entendit sa mère monter et se diriger vers sa chambre. Elle se leva et attendit un instant avant d'aller frapper à sa porte.

— Oui. Qui est là ? demanda Twyla avec appréhension car elle s'attendait à cette visite.

Angela ouvrit la porte et entra.

Twyla remarqua tout de suite la mine désespérée de sa fille et comprit que son plan avait fonctionné.

— Nous sommes allées rendre visite à Raymond ce matin avec Claudia afin qu'il ne vienne pas ici, dit-elle. J'avais peur que tu ne sois pas en état de le recevoir. Mais il est très impatient de te revoir. Il veut venir prendre le thé cet après-midi. Si tu ne te sens pas prête, je trouverai un prétexte.

— Non, ce n'est pas la peine, déclara Angela avec détermination. Je serai heureuse de le voir. Je dois lui expliquer pour quelle raison le mariage est repoussé.

Twyla retenait sa respiration.

Angela ferma un instant les yeux, et quand elle les rouvrit, son regard exprimait une terrible souffrance.

— J'ai décidé d'aller dans cette école en Angleterre, et le plus tôt sera le mieux.

Twyla sursauta. C'était exactement ce qu'elle désirait entendre et pourtant elle ne ressentit nul triomphe. En ce moment même, Elton était en train de surveiller le déménagement de Simona et d'Emalee avec leurs familles. Il les envoyait sur la plantation d'un ami en Alabama. C'était la seule manière de s'assurer que personne ne saurait jamais rien de cette affaire.

Pourtant, devant l'air malheureux de sa fille, elle éprouva l'envie de tout lui dire. Mais elle se retint et tenta de la consoler comme elle put.

— Oh, ma chérie, dit-elle d'une voix douce en se levant pour la serrer dans ses bras, tu vas tellement me manquer ! Mais c'est préférable pour toi. Tu verras.

Angela ne put retenir ses larmes et s'accrocha à sa mère en chuchotant :

— Je vous aime, maman.

Twyla l'entraîna vers le lit où elles s'assirent côte à côte. Elle éprouva le besoin de la rassurer.

— Même si tu as parfois le sentiment du contraire, tu es mon premier amour, déclara-t-elle en lui prenant les mains. Je sais que je donne parfois l'impression de privilégier Claudia, mais c'est parce que je suis désolée pour elle, et…

— Ce n'est pas la peine, maman, l'interrompit Angela. Je comprends, bien que cela m'ait paru dur de temps en temps, mais je n'ai jamais douté de votre amour. J'aimerais…

Elle s'interrompit et déglutit avec difficulté.

— J'aurais aimé que cela ne soit jamais arrivé.

Twyla repoussa tendrement une mèche de cheveux du front d'Angela, puis glissa son bras autour de ses épaules pour l'attirer encore plus près d'elle.

— En grandissant, tu t'apercevras qu'il y a des tas de choses que tu aurais préféré ignorer. C'est la vie. Souviens-toi de toujours regarder devant toi et jamais derrière. Un jour, tout cela sera oublié. Et surtout, conclut Twyla, les larmes aux yeux, rappelle-toi que Dieu t'aime, et moi aussi.

Et tandis que sa mère la serrait contre elle, Angela se disait : « Où que tu sois, Gator, j'espère que tu sais que je t'aime. »

Brett frissonna. Pourquoi avait-il si froid alors qu'il faisait une chaleur accablante ? C'était sans doute à cause de ses blessures. Certaines étaient profondes et mettraient du temps à cicatriser.

Il s'approcha du bastingage et fixa les eaux tumultueuses et boueuses de la rivière. Exactement comme ma vie, songea-t-il. Une vie menée sans but précis et assombrie par des erreurs stupides. Comme cette idée de tomber amoureux.

Un passager s'accouda à la rambarde à côté de lui.

— Où vous rendez-vous, mon ami ? s'enquit-il avec affabilité.

Brett marmonna qu'il n'en savait rien.

L'étranger posa une main amicale sur son épaule, mais s'empressa de la retirer car Brett lui jeta un regard glacial.

— Je me demandais si vous ne cherchiez pas par hasard du travail.

Brett haussa les épaules. Il pensait retourner en mer.

— Je peux vous proposer un job qui rapportera gros. Permettez-moi de me présenter. Gilbert Samuels, de Saint-Louis.

Il tendit la main, mais Brett se contenta d'incliner la tête.

— Je travaille pour une compagnie qui désire ouvrir une ligne postale vers l'ouest. Du Missouri jusqu'à la Californie. C'est dangereux, et c'est pour cela que nos salaires sont élevés. Vous paraissez fort et courageux et nous avons besoin de types comme vous.

L'intérêt de Brett s'éveilla. Du Missouri à la Californie. Une contrée vierge. Violente et sauvage. Un défi. De bons gages. Et surtout une chance d'oublier son chagrin en se battant pour rester en vie. Que pouvait-il demander de mieux ?

— Si nous prenions un verre pour en discuter ? proposa-t-il.

Et il se dirigea vers le bar, l'étranger sur les talons.

11

11

Angleterre, 1862

Mlle Deagon entra dans la pièce. Elle tenait une enveloppe qu'elle garda pressée contre sa poitrine en s'asseyant derrière le bureau de noyer.

Angela redoutait cet entretien avec la directrice.

— Mademoiselle Deagon, commença-t-elle, la gorge serrée, je veux m'excuser pour ce qui s'est passé. Je sais que je n'aurais pas dû être dans la cuisine à cette heure, mais quelques-unes d'entre nous avaient faim. J'ignorais que ce cake était pour votre thé. Je croyais que c'était un reste. Vraiment, je suis désolée d'avoir agi d'une façon aussi stupide. Je n'ai plus que quelques mois à passer ici et je ne voudrais pas…

— Peut-être resterez-vous davantage, répondit Mlle Deagon en palpant l'enveloppe.

— De quoi parlez-vous ? Je rentre dans quelques mois à la maison. Mes parents m'attendent. Vous n'avez pas l'intention de me punir en me gardant plus longtemps, j'espère ? Ils vous en empêcheront.

Angela se pencha en avant et s'agrippa au rebord du bureau.

Mlle Deagon soupira et contempla par la fenêtre le paysage noyé de pluie. Garder Angela plus longtemps que prévu était bien la dernière chose qu'elle désirait. Elle était déjà restée davantage que la plupart des élèves, à la demande de ses parents qui n'avaient pas lésiné sur le prix à payer, il fallait bien l'admettre. Mais cela n'empêchait pas Mlle Deagon de compter les jours jusqu'à son départ. Cette petite n'avait aucun respect de la discipline et troublait la paix du pensionnat par son esprit d'indépendance.

Si elle attendait avec impatience son départ, elle n'en regrettait pas moins d'avoir à lui annoncer l'affreuse nouvelle. Pour atténuer le choc, elle entreprit de récapituler la situation outre-Atlantique.

— Une horrible guerre déchire votre patrie.

— C'est vrai. Mais je ne vois pas le rapport avec vos insinuations. Il n'y a aucune raison pour que je m'attarde plus longtemps ici.

— Il est à craindre que la guerre n'ait déjà touché La Nouvelle-Orléans, poursuivit la directrice qui n'osait toujours pas en venir aux faits.

— Mon père m'a écrit à ce sujet, répliqua Angela. Le président Davis est inquiet. Les Yankees occupent une île au large des côtes du Mississippi d'où ils menacent d'attaquer soit La Nouvelle-Orléans soit Mobile. Mais nos troupes sont prêtes à riposter, aussi je ne me fais aucun souci. Je voudrais juste rentrer le plus vite possible pour être avec ma famille et l'aider à défendre BelleClair si besoin était.

L'idée d'une jeune fille engagée dans le combat fit grimacer Mlle Deagon.

— La reine Victoria a affirmé que nous resterions neutres, remarqua-t-elle, prête à tout pour gagner du temps.

Angela savait tout cela. Elle en savait même certainement davantage sur la guerre que Mlle Deagon. Exaspérée, elle insista :

— Voudriez-vous bien me dire ce qui se passe ?

La directrice poussa un soupir de résignation.

— Oui, je...

La porte s'ouvrit et Mlle Maples se pencha par l'entrebâillement pour annoncer :

— Mademoiselle Deagon, je suis désolée, mais on a besoin de vous à la cuisine. Une des employées s'est fait une vilaine coupure à la main et les autres sont hystériques. Voudriez-vous venir, s'il vous plaît ?

— Oh, pour l'amour du ciel !

Mlle Deagon se leva et sortit.

Angela se laissa aller avec lassitude contre le dossier de son siège. Elle n'avait pas d'autre choix qu'attendre. Mais si Mlle Deagon s'imaginait qu'elle allait la punir en la gardant plus longtemps, elle se faisait des illusions. Au besoin, Angela était résolue à s'enfuir.

Elle se remémora la brève visite de ses parents l'année passée. Son père lui avait raconté comment à La Nouvelle-Orléans, comme partout ailleurs en Amérique, la grande question consistait à savoir si les États du Sud feraient sécession. Et effectivement, peu après leur retour, le processus s'était enclenché et la Louisiane avait été le sixième État à se rebeller en janvier 1861.

Dans une lettre, il lui annonçait que Ship Island, au large des côtes de l'État du Mississippi, était occupée par les forces nordistes, ce qui signifiait le durcissement du blocus des ports du Sud. Malgré tout, quelques bateaux arrivaient encore à passer. Et, bien que les prix fussent exorbitants, sa mère écrivait qu'elle continuait à acheter des chaussures en fine peau venant de France ou de la soie pour une robe.

Dans sa dernière missive datant du mois de février, le père d'Angela rapportait que la tension avait beaucoup monté. De nombreux esclaves se révoltaient ou même s'enfuyaient. Mais à Belle-Clair, tout était calme.

Angela n'avait pas peur de rentrer à cause de la guerre. Même si elle n'était d'aucune utilité là-bas, elle désirait plus que tout au monde rejoindre ceux qu'elle aimait. Surtout maintenant qu'elle avait appris le mariage de Raymond et de Claudia.

Sa mère lui avait fait part de la nouvelle quelques mois après son arrivée en Angleterre. Twyla espérait qu'elle n'en ressentirait aucune amertume. Claudia avait toujours aimé Raymond et celui-ci s'était aperçu qu'il l'aimait en retour, écrivait-elle.

L'explication n'avait pas convaincu Angela. De toute évidence, Claudia n'avait pas perdu de temps pour raconter à Raymond les scandaleuses escapades de sa fiancée. Et elle avait profité de son désarroi pour le persuader de l'épouser.

Dieu lui vienne en aide ! songea Angela. Le malheureux n'a rien fait pour mériter un tel sort.

Dans la même lettre, Twyla l'avait incitée à profiter des thés dansants de Mlle Deagon pour faire de nouvelles connaissances, l'assurant qu'une union avec un gentleman anglais les comblerait de bonheur. Mais le mariage ne faisait pas partie des projets d'Angela. Son seul désir était de retourner à BelleClair.

La porte s'ouvrit, et Mlle Deagon entra dans le bureau, l'enveloppe toujours à la main. Angela l'observa en contenant mal son impatience tandis qu'elle s'asseyait et ajustait ses lunettes. Elle sortit enfin une feuille de papier de l'enveloppe et la déplia.

Angela reconnut l'écriture de son père.

— C'est une lettre de mon père. Pourquoi ne me l'avez-vous pas donnée ?

Elle se leva et voulut saisir la missive, mais Mlle Deagon l'en empêcha.

— C'est à moi qu'elle est adressée, Angela, pas à vous. Et si vous voulez savoir ce qu'elle contient, asseyez-vous et restez tranquille.

Les jambes tremblantes, Angela se laissa choir sur son siège.

— Je regrette d'avoir à vous annoncer cela maintenant, alors que je vous avais convoquée pour parler de votre conduite inqualifiable...

— Je sais, mademoiselle Deagon, l'interrompit Angela. Mais voudriez-vous bien me dire enfin le contenu de cette lettre ? Vous êtes cruelle !

Mlle Deagon ne put retenir un mouvement d'humeur devant l'insolence de la jeune fille. Jamais elle ne pourrait la supporter une année de plus !

— Votre mère est morte, annonça-t-elle sans prendre de gants.

Mlle Deagon lut la lettre d'une voix monotone qu'Angela entendait comme dans un brouillard. Sa mère avait été emportée brutalement par une pneumonie sans avoir le temps de souffrir. Puis Angela entendit des mots terrifiants qui la firent sortir de sa torpeur.

— « ... et à mon grand regret, je pense qu'il serait préférable que ma fille demeure chez vous jusqu'à ce que la situation évolue positivement. La guerre fait rage ici, et je préfère la savoir en sécurité en

Angleterre. Assurez-la de mon amour et dites-lui que je ne tarderai pas à lui écrire. »

Angela se raidit pour ne pas hurler. Elle savait que Mlle Deagon guettait sa réaction. Dans les combles du collège, il y avait une pièce réservée aux fortes têtes qui, selon l'expression de la directrice, avaient besoin de méditer. Angela y avait passé plusieurs jours et elle devinait que si elle manifestait la moindre opposition, elle risquait bien d'y retourner.

— Je crois qu'il a raison, trouva-t-elle l'énergie de murmurer d'une voix neutre. Ce n'est pas le moment de retourner là-bas.

Le soulagement se peignit sur le visage de Mlle Deagon.

— Nous prenons tous part à votre peine, Angela. Perdre sa mère est une tragédie, et j'espère que vous honorerez sa mémoire en vous conformant désormais à nos règlements.

Les autres pensionnaires comprirent qu'Angela avait besoin de solitude et la laissèrent pleurer tout son soûl. Une fois que ses larmes se furent taries, elle demeura prostrée.

Puis avec une froide résolution, elle prit ses dispositions pour s'enfuir. En tout premier lieu, elle aurait besoin d'argent et elle n'avait pas un sou puisque sa pension était directement versée à Mlle Deagon.

Elle se souvint alors des bijoux qu'elle avait portés tout récemment pour une soirée à l'Opéra et elle alla vérifier que le collier et les boucles d'oreilles étaient toujours dans le tiroir du haut de sa coiffeuse. Mlle Deagon exigeait qu'ils soient enfermés dans le coffre en dehors des manifestations mondaines, mais elle n'était pas encore venue chercher ceux d'Angela. Et ils valaient bien le prix d'un billet de retour.

La journée s'écoula avec lenteur. Angela était proche des larmes chaque fois qu'elle songeait à sa mère. En fin de journée, elle rejoignit ses camarades au réfectoire. Alors qu'elle recevait leurs condoléances, elle se sentait particulièrement émue à l'idée qu'elle ne les reverrait jamais.

L'aube se levait quand Angela se glissa hors de son lit et s'habilla rapidement. Ne voulant pas se faire remarquer en emportant une valise, elle décida qu'elle verrait ultérieurement comment se procurer des vêtements de rechange.

Elle enfouit ses bijoux dans sa bourse de velours et descendit par l'escalier en colimaçon jusqu'au rez-de-chaussée. L'horloge du hall sonnait six heures.

On était déjà en milieu d'après-midi quand elle atteignit enfin l'immeuble de Byron Rozelle. Elle l'avait rencontré la première année de son séjour en Angleterre à l'un des thés de Mlle Deagon, et Byron n'avait fait aucun mystère de son attirance. Mais elle avait fini par lui faire comprendre qu'elle n'avait aucune envie de se marier. Ils étaient devenus amis et elle comptait maintenant sur son aide.

Il s'était mis à tomber une petite pluie froide et pénétrante, et elle tremblait de froid et de faim.

Byron lui ouvrit presque immédiatement et éclata de rire en l'apercevant.

— Non, mais vous avez vu à quoi vous ressemblez ?

Il la prit par le bras et l'entraîna à l'intérieur.

— Venez vous réchauffer près du feu. Je vais

vous servir un verre de porto et vous pourrez me raconter ce qui vous est arrivé.

Angela le laissa la débarrasser de son manteau trempé et s'approcha de la cheminée où brûlait un délicieux feu de bois. Byron disparut derrière un rideau. Elle regarda autour d'elle. Il y avait peu de meubles, mais ils étaient tous somptueux.

Bientôt, grâce au porto, Angela se sentit mieux. Elle informa Byron que sa mère était morte et qu'elle avait pris la décision de retourner en Amérique malgré la volonté de son père.

Byron l'écouta sans l'interrompre sinon pour manifester sa sympathie par quelques exclamations désolées.

— Vous devez trouver que je ne manque pas de toupet pour venir ainsi vous demander votre aide, murmura-t-elle une fois qu'elle eut fini son récit, mais je suis si seule.

— Oh, très chère Angela ! s'exclama-t-il en repoussant tendrement une mèche humide de son front. Vous ne saurez malheureusement jamais combien vous auriez été heureuse si vous m'aviez épousé. Et je crains qu'il ne soit hors de question de vous persuader de partager mon lit pour vous donner un échantillon de mes talents dans ce domaine. En revanche, je peux vous donner un échantillon de ma générosité. Je vous promets que dans quelques jours, vous voguerez vers les colonies.

Elle ne put s'empêcher de pouffer.

— Les colonies ? Les Américains ont gagné la guerre, Byron, ne l'oubliez pas !

— C'est certain, mais je n'arrive pas à comprendre pourquoi vous préférez retourner là-bas en pleine guerre, plutôt que de m'épouser.

— Je ne me le pardonnerai sans doute jamais, dit-elle d'un ton pince-sans-rire.

— Probablement pas ! répliqua-t-il, moqueur.

Elle sortit le collier et les boucles d'oreilles de son sac et les lui tendit.

— Prenez-les. Ainsi, vous pourrez vous rembourser.

Il refusa d'un geste nonchalant.

— Gardez-les. Vous penserez à moi quand vous les porterez. Ce sera un réconfort pour moi de savoir que vous ne m'avez pas totalement oublié.

Angela, touchée, l'assura qu'elle se souviendrait toujours de lui avec émotion.

[illegible] parfaitement sans doute, mais, [illegible] d'un bon [illegible].

Il se saisit le collier et les boucles d'oreilles de sur sa table et les lui tendit.

Il refusa d'un geste [illegible].

[illegible] Tessa, quelle [illegible]

[illegible]

12

Elton Sinclair fixait la grille de fer forgé qui entourait le majestueux tombeau. Il n'avait aucune idée de l'identité de celui qui reposait là et cela lui importait peu. Il s'était rendu au cimetière Saint-Louis uniquement pour voir un échantillon du travail de George Masson.

— Alors qu'en pensez-vous, monsieur Sinclair ? s'enquit George.

Il poussa la grille ouvragée et lui fit signe de le suivre en agitant la liasse de dessins qu'il tenait à la main.

— J'ai imaginé un très beau motif pour la tombe de votre épouse.

Il présenta différentes esquisses. Sculpté dans du marbre, le sépulcre de Twyla ressemblait à une petite cathédrale avec des vitraux de couleur et des doubles portes en acajou. George désirait ajouter une grille en fer forgé pour donner encore plus de solennité au site.

— Le vert tendre est en vogue actuellement, déclara-t-il en désignant sa dernière œuvre du doigt. Tenez, en voici un échantillon.

— J'aime le vert, murmura Elton d'une voix sans timbre, et celui-ci me convient tout à fait.

Il tendit la main vers un motif de longues tiges entremêlées de fleurs de magnolias.

— Faites-moi cela sur une hauteur d'un mètre cinquante, poursuivit-il en avalant sa salive pour chasser la boule qui lui nouait la gorge, et je voudrais que vous posiez des grilles aux fenêtres. Si ces maudits Yankees arrivaient jusqu'à BelleClair, je suis sûr qu'ils n'hésiteraient pas à piller les tombeaux.

George retint un sourire de satisfaction en songeant à la facture. Il savait que l'argent ne comptait pas pour Elton Sinclair. Du moins, pas pour le moment ! Personne, en effet, ne pouvait prévoir le futur et les conséquences du blocus sur les affaires. D'ailleurs, si lui-même n'avait pas stocké un certain nombre de matériaux dans sa cave à la barbe des Confédérés, où en serait-il maintenant ? Sans doute ne pourrait-il même plus travailler !

— Je m'en occupe, monsieur Sinclair, assura-t-il en prenant des notes.

— Bon. C'est parfait ! Le plus tôt sera le mieux, jeta Elton, avant de s'éloigner d'une démarche traînante.

George hocha la tête avec commisération. Visiblement, la mort de sa femme l'avait complètement abattu. Il roula ses dessins, désolé pour Sinclair – mais pas assez cependant pour baisser ses prix.

Il remarqua alors qu'Elton Sinclair, au lieu de sortir, errait sans but entre les tombes. George, lui, se dirigea droit vers la grille. Les cimetières le rendaient nerveux. Tout spécialement quand les tombes étaient cernées par la végétation. L'idée des racines s'enroulant autour des squelettes lui donnait la chair de poule. Il frissonna et hâta le pas.

Elton était fatigué. Il avait l'impression d'avoir vieilli de vingt ans depuis la mort de Twyla. Il se laissa tomber sur un banc et fixa les branches dénudées d'un chêne noueux. Les premiers bourgeons sortaient, annonciateurs du printemps, mais il n'en éprouva aucune joie. Plus rien ne lui importait aujourd'hui. Heureusement, Angela était en sécurité. Il espérait de tout son cœur qu'elle trouverait un bon mari et resterait là-bas, car la Louisiane s'enfonçait dans les profondeurs de l'enfer avec les autres États du Sud, et…

— Elton, vous êtes impossible à joindre !

Ce dernier releva les yeux et aperçut la face barbue de Millard Dubose, son avoué et ami de longue date.

Elton se raidit.

— Qui me cherche ?

Millard s'assit, avec un coup d'œil alentour pour vérifier que personne ne les écoutait. C'était une triste journée grise et les visiteurs étaient rares.

— Nous vous cherchons tous, Elton, poursuivit-il, rassuré. Nous avons besoin de savoir si vous êtes toujours des nôtres.

— Dieu du ciel ! s'emporta Elton. Je viens de perdre ma femme. Je suis en deuil. Je n'ai pas le cœur à combattre les Yankees. Laissez donc les jeunes s'en occuper.

— Nous sommes tous impliqués dans cette guerre, Elton, et vous le savez. Nous en avons parlé à notre première rencontre chez vous il y a près de trois ans, vous vous en souvenez ?

— Je m'en souviens, soupira Elton.

— Vous, Vinson Duval et moi, rappela Millard. Et Seth White, et Hardy Maxwell, et Tobias Radford, et Whitley Coombs. Nous étions tous d'accord pour reconnaître que nous pouvions combattre les Yankees autrement que par les armes. Et nous avons réussi. C'est nous qui avons pris les ministères fédéraux.

— Oui, c'est parfait, remarqua Elton. Je viens d'entendre dire à l'instant que Farragut quittait Ship Island et se dirigeait vers Fort Saint-Philip. S'il s'en empare avec Fort Jackson, rien ne l'arrêtera.

— Raison de plus pour vous joindre à nous ! insista Millard en posant sa main sur le genou d'Elton pour appuyer son propos. Si par malheur La Nouvelle-Orléans tombait aux mains de l'ennemi, nous devons être prêts à travailler dans la clandestinité. Nous n'allons tout de même pas nous rendre à cette bande de salauds !

— Comme Whitley ?

Whitley était un des meilleurs amis d'Elton et il savait qu'il avait été profondément affecté lorsque son fils unique s'était enrôlé du côté de l'Union. Mais de là à imaginer que lui aussi tournerait casaque !

Un pli barra le front de Millard.

— C'est malheureux, en effet. Mais quand son fils a été tué à Manassas, il s'est senti incapable de vivre sous le drapeau responsable de sa mort.

— Ce n'en est pas moins un traître.

— Peut-être. Raison de plus pour que ceux qui restent soient d'autant plus unis. Nous ne pouvons pas accorder notre confiance à n'importe qui. C'est pourquoi vous êtes si important. Le Seigneur sait combien nous compatissons à votre douleur, mais vous n'avez assisté à aucune de nos réunions depuis l'automne dernier.

— J'étais occupé.

Les cloches de la cathédrale de Jackson Square se mirent à sonner, et Elton se leva. Millard l'imita avec une expression de dépit.

— Ce n'est pas par hasard si je suis ici, finit-il par lâcher, perdant patience. Je vous ai suivi pour vous prévenir qu'il y avait un rendez-vous ce soir, ici même. Nous serions contrariés si vous ne veniez pas.

— Ici ?

Elton regarda les monuments funéraires avec stupéfaction.

— Pourquoi donc ici ?

— Personne ne nous verra, et avec les Yankees qui se pressent aux portes, nous devons être très prudents. Dès qu'ils seront rentrés dans la place, les traîtres seront légion. Si nous nous réunissons dans un café, nous prenons le risque d'être reconnus et en nous rencontrant chez les uns ou les autres, celui d'impliquer nos familles. Le cimetière est donc l'endroit idéal. Nous devons nous retrouver devant le caveau de la famille Tutwiler. On ne peut le manquer quand on emprunte la grille est. Il se trouve à la troisième rangée. J'étais l'administrateur de leurs biens et maintenant qu'ils sont tous morts, c'est moi qui détiens la clé du mausolée. Il est assez grand pour nous abriter. Mme Tutwiler voulait pouvoir méditer auprès du cercueil de son mari. Il y a même un rocking-chair, dit-il avec un gros rire, mais le vieux Tutwiler lui a survécu et je n'ai jamais entendu dire qu'il soit venu lui rendre visite.

Elton le félicita de sa prudence, avant d'ajouter :

— Je ne pourrais rien vous apporter à cette réunion, Millard. Maintenant, si vous voulez bien m'excuser.

— Vous devriez réfléchir, Elton ! cria Millard derrière lui d'un ton exaspéré. Si chacun faisait comme vous, nous pourrions aussi bien nous rendre tout de suite.

Elton resta imperturbable. Pourtant, il était loin de se désintéresser de la question. Bien au contraire. Quand on avait commencé à parler de sécession, il avait été un des premiers à se décider. Il s'était même rendu à Baton Rouge à la première réunion pour faire de la propagande. Et quand la Louisiane avait pris fait et cause pour le Sud, dans sa joie, il s'était joint aux manifestants pour occuper les ministères publics.

Et c'était à ce moment-là, se souvint-il, une ride barrant son front, qu'il s'était laissé entraîner plus loin qu'il ne l'avait voulu.

Ils venaient d'investir l'Hôtel de la Monnaie et il était en train de compter les billets quand il avait remarqué un jeu de plaques. En les examinant de plus près et en lisant l'ordre qui les accompagnait, il avait découvert que le gouvernement fédéral voulait imprimer de nouveaux billets. Le même processus était certainement en cours ailleurs.

Comprenant sur-le-champ la valeur de ces plaques pour les Confédérés, il les avait glissées dans son manteau après s'être assuré qu'il était seul. Plus tard, nourrissant des doutes sur la loyauté de certains de ses compagnons, il les avait cachées en attendant des jours meilleurs.

Un an s'était écoulé depuis, et pour autant qu'il sache, nul n'avait remarqué la disparition des fameuses plaques. Lui-même n'en avait touché mot, et elles se trouvaient dans un endroit où personne n'aurait jamais l'idée d'aller les chercher.

Elton s'estimait un loyal partisan de la Confédération, et pas seulement à cause de la question de l'esclavage. Il combattait pour le droit de chaque État à se déterminer. Ce n'était pas l'affaire des Nordistes d'apprendre au Sud comment vivre. Lui-même n'avait subi aucune défection à BelleClair. Il était d'ailleurs tout à fait prêt à payer ses esclaves, mais eux-mêmes ne le désiraient pas, sachant les avantages en nature dont ils bénéficiaient.

Si ces derniers mois il avait pris ses distances vis-à-vis de la clandestinité, c'est parce qu'il soupçonnait la présence d'un traître dans leur groupe. Un homme qu'il avait toujours aimé et admiré. Elton espérait qu'il se trompait. Le temps le lui dirait. En attendant, il ne soufflerait mot des précieuses plaques.

Il marchait maintenant d'un pas vif, pressé d'en finir avec les affaires qui l'attendaient en ville. S'il rentrait avant la nuit, il pourrait rendre visite à Twyla. Angela lui manquait terriblement. Elle était la seule avec laquelle il aurait pu partager son chagrin. Et cependant, il était préférable qu'elle demeure en Angleterre.

Il quitta le cimetière et se dirigea vers Jackson Square sans remarquer l'homme en haillons affalé contre la grille. Les mendiants étaient légion en ville dont une bonne partie d'ivrognes. Elton évitait leurs mains tendues. Mais celui-ci omit de demander la charité. Elton n'y fit pas attention, pas plus qu'il ne remarqua l'éclair de haine dans le regard de l'homme.

Leo Cody ricana en fixant le dos voûté qui s'éloignait. Il attrapa une bouteille de whisky dans la poche de son manteau usé jusqu'à la trame et en avala une bonne rasade.

— Fils de pute ! murmura-t-il.

S'il en avait eu la force, il se serait précipité sur lui pour l'étrangler. Mais Leo était tellement soûl qu'il aurait difficilement pu se lever, aussi se contenta-t-il de hurler des injures qu'Elton n'entendit même pas.

C'était bien la faute d'Elton s'il était tombé dans le ruisseau. Sinclair ayant refusé de le recommander auprès des planteurs, il n'avait pas réussi à se faire engager comme contremaître. Aussi, de petit boulot en petit boulot, il était tombé toujours plus bas. Il était aujourd'hui un véritable clochard doublé d'un ivrogne patenté. Il jeta la bouteille qui s'écrasa sur les pavés.

— Je t'aurai un de ces jours ! Je te ferai payer ce que tu as fait à Leo Cody. C'est promis !

Elton entendit le bruit du verre brisé, mais il ne se retourna pas. Il était trop absorbé par son chagrin pour remarquer ce qui se passait autour de lui.

Mais Millard Dubose avait tout vu et tout entendu. Il secoua la tête et poursuivit sa route, pressé de rapporter à ses amis qu'ils ne pourraient plus compter sur Sinclair.

13

Dès que la diligence eut passé le tournant, Brett aperçut un homme qui agitait le bras. Vérifiant d'un coup d'œil rapide que son fusil était à ses pieds, il commença à ralentir l'attelage. Il n'aimait pas prendre de passagers sur la route. Les embuscades étaient en effet monnaie courante. Et aujourd'hui, il devait être d'autant plus prudent qu'il était seul. Son coéquipier, Seth Barlow, ne s'était pas présenté au moment du départ et, incapable de trouver un remplaçant à la dernière minute, Brett avait pris la décision de quitter San Francisco sans lui.

Tout en s'approchant, il inspecta le paysage dénudé. En dehors de quelques buissons, la végétation n'offrait aucun abri permettant à des bandits de s'embusquer.

Un des passagers passa la tête par la fenêtre pour demander ce qui se passait. Il repéra immédiatement l'homme sur la route et protesta :

— Il n'y a plus de place. Nous pouvons à peine bouger.

Brett l'ignora. Il offrirait à l'inconnu de partager son siège et, de toute façon, il ne devait d'explication à personne, surtout pas à cette bande d'enquiquineurs. D'habitude, il en avait un sur le râble par voyage, mais cette fois-ci, aussi bien les deux femmes que leurs quatre compagnons n'avaient cessé de se plaindre.

À peine eut-il arrêté les chevaux que les six passagers se précipitèrent dehors pour se dégourdir les jambes et examiner l'arrivant. Avant que Brett ait pu descendre, Alton Jacobs, celui-là même qui ne voulait pas s'arrêter, bombardait déjà l'inconnu de questions.

— Comment vous appelez-vous ? Que faites-vous à des kilomètres de la moindre bourgade ? Vous savez, nous ne prenons pas n'importe qui !

Brett écarta Jacobs et comprit aussitôt qu'il n'y avait rien à craindre du nouveau venu. Il n'avait pas plus d'une quarantaine d'années, mais on voyait à son regard qu'il n'avait plus aucun ressort. Grand, musclé et apparemment habitué aux travaux physiques, il semblait pourtant vieux, et sa voix avait quelque chose de fragile.

— Je m'appelle Adam Barnes. Je dois me rendre à Saint-Louis. J'ai de quoi payer le voyage.

Brett s'empara de son sac usé et le jeta avec les autres sur l'impériale.

— Montez vite. Nous n'avons pas de temps à perdre.

— Faut-il que nous partions à la minute, monsieur Cody ? protesta Florence Isadore. Je vous jure que s'il faut que je reste encore assise avec mes genoux coincés contre un homme, je vais me mettre à hurler.

— Faites changer Mme Turnbow de place, lança-t-il sans la regarder.

Il avait découvert dès la première étape que cette femme était une véritable calamité. Elle s'était glissée auprès de lui ce soir-là pendant qu'il dormait dans la grange et elle ne lui avait jamais pardonné son indifférence.

— Mais je sens leurs cuisses contre les miennes ! gémit-elle.

Brett se retint de lui rétorquer que cela ne devait pas lui déplaire tant que ça et ordonna :

— Tout le monde en voiture !

En chemin, Brett indiqua à Barnes le prix du billet mais ne chercha pas à engager la conversation. Il n'aimait pas bavarder et gardait ses distances avec les passagers. Plongé dans ses réflexions, il ne réalisa que son voisin lui adressait la parole qu'en l'entendant répéter sa question.

— Avez-vous des nouvelles de la guerre ? demandait-il craintivement comme s'il redoutait la réponse.

Brett secoua la tête. Il essayait d'éviter d'y penser, car il ignorait lui-même à quel camp allaient ses faveurs. Après ce qui s'était passé en Louisiane quatre ans plus tôt, il avait du mal à éprouver des affinités pour le Sud. Cependant, il avait été élevé là-bas et pouvait difficilement prendre les armes contre son pays. Pour l'instant, songeait-il, il valait mieux continuer à faire la navette entre San Francisco et Saint-Louis sans se poser de questions. Quand le *pony express* fonctionnait encore, il passait pour l'un des cavaliers les plus aguerris de la compagnie. Ni les Indiens ni les hors-la-loi ne lui faisaient peur. Mais à la fin de l'année dernière, la ligne télégraphique promise avait enfin relié l'Atlantique au Pacifique et les employés des messageries avaient été licenciés. Il était alors retourné travailler pour *Overland Stage*.

— Je vais chercher mon garçon pour le ramener à la maison, annonça Adam Barnes en fixant la route. Vous avez déjà entendu parler d'un endroit nommé Pittsburg Landing, dans le Tennessee ?

Brett secoua la tête.

— On parle aussi de la bataille de Shiloh. Un vrai bain de sang. Mon garçon... Il combattait avec le général Grant. Quand je suis allé faire des courses en ville hier, j'ai trouvé un télégramme. Il a été tué à ce qu'il paraît. Alors j'ai décidé d'aller le chercher pour que, au moins, il repose auprès de sa mère.

Il sortit un mouchoir de sa poche et se moucha avec bruit en s'excusant :

— Je ne pensais pas pleurer comme une femmelette. Mais je n'avais plus que lui, voyez-vous. Nous nous sommes installés là-bas pour faire de la prospection. C'est Martha qui est partie la première. Elle n'aimait pas la chaleur, la pauvre. Et Ted non plus. Il est parti dès que cette foutue guerre a éclaté. Mais moi, je suis resté. Et c'est une sacrée chance.

Il regarda Brett, et sa voix s'anima pour la première fois quand il ajouta :

— Je ne peux pas en dire davantage. C'est que je n'ai pas encore revendiqué le filon. Je l'ai découvert la veille de ce maudit télégramme.

Brett rompit son silence pour souligner :

— Vous auriez dû faire valoir vos droits avant de quitter le Colorado. Quelqu'un risque de vous le souffler sous le nez avant que vous soyez de retour.

Adam secoua la tête d'un air confiant.

— Personne ne le dénichera jamais, vous pouvez me croire ! Si je n'avais pas fait un plan de l'endroit, je n'aurais aucune chance de le retrouver.

Brett ne dit rien. Il se fichait éperdument de l'or de cet homme. À vrai dire, plus rien ne l'intéressait réellement.

Adam continuait à parler sans se soucier de l'indifférence de Brett. Il réussit cependant à provoquer un bref échange en lui demandant quel était son camp.

— Je n'en ai pas.

— Vous avez sûrement des préférences ! remarqua Adam avec incrédulité. D'où êtes-vous ?

L'homme lui plaisait, sans doute à cause de sa sincérité. Aussi Brett répondit-il avec franchise :

— Du pays cajun. Mississippi et... Louisiane, ajouta-t-il à contrecœur.

— Les États du Sud. J'imagine que vous vous joindriez à eux si vous étiez obligé de vous battre.

Brett haussa les épaules.

— Cette guerre n'a aucun sens. Depuis le début, les Nordistes savaient qu'ils seraient obligés d'envahir le Sud. Quant aux Sudistes, il ne leur reste plus qu'à se cramponner.

— Et ce n'est pas si facile, souligna Adam. Le blocus commence à faire son effet. Le Sud s'essouffle.

— La force du Sud est dans sa foi. C'est leur foyer que les Confédérés ont conscience de défendre. Et n'oubliez pas que, dans l'ensemble, le paysan du Sud sait se servir d'une arme et monter à cheval mille fois mieux que ces citadins de Yankees.

— Aux dernières nouvelles, ils sont sur le point de prendre La Nouvelle-Orléans. C'est un coup à paralyser tout le Sud !

Adam remarqua la tension soudaine de Cody et il eut peur de l'avoir contrarié en annonçant la fin prochaine du Sud.

— Faites pas attention à ce que je dis. D'ailleurs, qu'est-ce que j'en sais ? Je ne suis qu'un pauvre type qui écoute les racontars quand il va faire ses courses en ville. Y a probablement pas un mot de vrai dans tout ça.

Mais Brett ne l'entendait plus, absorbé par les souvenirs pénibles que l'évocation de La Nouvelle-Orléans avait réveillés en lui.

Adam, trop heureux que Cody ne se soit pas mis en colère, se rencogna à l'autre bout du banc et n'ouvrit plus la bouche.

Les jours filaient, entrecoupés par quelques arrêts pour se restaurer et satisfaire aux besoins de la nature. La nuit, ils logeaient dans des relais où ils avalaient leur seul vrai repas de la journée.

Saint-Louis n'était plus qu'à quatre jours de route quand le patron d'une auberge avertit Brett qu'il avait hébergé la nuit précédente une bande de cavaliers qui ne lui disaient rien qui vaille.

— Ça pourrait bien être des déserteurs, précisa-t-il. Ils étaient six et ils ont détalé de bon matin sans payer. Mais je ne me plains pas, ils auraient aussi bien pu m'égorger et me voler. Aussi je vous conseille d'ouvrir l'œil.

Brett remercia l'homme et l'assura qu'il redoublerait d'attention.

L'échauffourée eut lieu dès le lendemain matin.

Ils ne roulaient que depuis quelques heures quand Adam aperçut ce qui ressemblait à un corps allongé sur la route.

— Dieu du ciel ! Regardez donc ! Est-ce qu'il est mort ? s'égosilla-t-il, alarmant les passagers de la voiture.

Déjà, Brett avait saisi son fusil d'une main tout en tirant légèrement sur les rênes de l'autre. Il voulait être paré à toute éventualité. Les gros rochers disséminés au milieu des broussailles de chaque côté de la piste pouvaient dissimuler des bandits.

— Arrêtez-vous donc ! hurla frénétiquement un passager par la fenêtre. Vous ne voyez pas qu'il a besoin d'aide ?

Brett n'en était pas si sûr. Aucun vautour ne tournoyait dans le ciel. Et par cette chaleur, ils n'auraient pas manqué de sentir très vite l'odeur de la mort. Le corps ne devait donc pas être là depuis longtemps. Il décida de le contourner et de s'arrêter un peu plus loin. Il irait seul vérifier de quoi il retournait après avoir donné l'ordre à Adam de lancer les chevaux au galop s'il entendait tirer.

Florence se mit alors à pousser des cris hystériques.

— Espèce de salaud ! Stoppez donc ! Il est peut-être encore en vie !

Adam l'observait du coin de l'œil, surpris qu'il ne ralentisse pas. Puis, il s'accrocha des deux mains au banc quand la voiture fit un écart sur la gauche pour éviter l'homme couché sur le chemin. Celui-ci ressuscita soudain et roula sur le côté au moment où les premiers coups de feu retentissaient.

Brett se baissa tandis que les balles sifflaient au-dessus de sa tête. Des cris de terreur éclatèrent à l'intérieur de la voiture tandis qu'il jetait les rênes à Adam en ordonnant :

— Prenez-les et décampez !

Il se tourna alors dans la direction des coups de feu, mais il n'eut pas le temps de tirer. L'impact de la balle dans son épaule l'envoya rouler sur le toit de la diligence et il perdit connaissance.

Les rires diaboliques des bandits lui parvenaient comme de très loin. La douleur était insupportable, mais il s'apprêtait malgré tout à tenter de bouger quand il se figea sur place.

— Tu es sûr que le conducteur est mort ? Tu ferais peut-être mieux de lui mettre une balle dans la tête ? jeta l'un des hors-la-loi.

— Allons donc ! Il était mort avant de tomber par terre, répondit son interlocuteur. Pas besoin de gaspiller des munitions. Ils sont tous morts. Mieux vaut fiche le camp !

— C'est un beau coup ! déclara alors un troisième larron. La vieille avait une broche en diamants. De quoi me payer du whisky et des putes pendant un an.

— On va pas moisir ici, les gars ! Allez, en route ! La Californie, c'est pas le bled d'à côté !

Quelqu'un rit.

— On aura l'air malin de s'être débinés si le Sud gagne !

— En attendant, ça vaut toujours mieux que les champs de coton.

Ils s'éloignèrent en ricanant.

Une douleur fulgurante avertit Brett que son bras gauche était hors d'usage. Il se débattit pour retirer sa chemise d'une seule main et serra les dents en la pressant contre sa blessure pour essayer de stopper l'hémorragie. Ce faisant, il regarda autour de lui.

Le spectacle était effroyable ! Florence gisait par terre dans une position grotesque, ses vêtements arrachés et ses yeux vitreux tournés vers le ciel. L'autre femme était étendue un peu plus loin, raide morte. Deux des hommes avaient été traînés hors de la voiture et tués d'une balle dans la tête, les autres avaient été abattus dans l'habitacle.

Les assassins étaient six, Brett en était sûr. Il les avait vus entre ses paupières mi-closes. Certainement les déserteurs annoncés par l'aubergiste. Tout s'était passé trop vite. Peut-être que si Seth avait été là, l'issue aurait été différente.

En songeant à Seth, Brett se souvint de l'homme qui était assis à sa place. Il réussit à se lever au prix de mille efforts et fit le tour de la diligence. Adam était couché face contre terre, le dos ensanglanté. Brett s'apprêtait à faire demi-tour quand il entendit une vague plainte. Il s'agenouilla auprès d'Adam et le fit basculer sur le dos. Il était encore vivant, mais certainement plus pour longtemps.

Brett remarqua qu'il essayait désespérément de bouger les lèvres.

— N'essayez pas de parler ! ordonna-t-il. Ils n'ont pas volé l'attelage. Nous allons retourner ensemble au relais.

Il tenta de se relever mais, avec une force surprenante étant donné son état, Adam lui attrapa son bras valide.

— Non. On a pas le temps. Je vais mourir mais ça m'est égal. Martha et Ted m'attendent. Faut que vous le preniez. Là où je vais, il ne me servira pas à grand-chose. Il paraît que les rues sont déjà pavées d'or…

Il voulut rire, mais son rire se transforma en toux sanglante. Rassemblant ses dernières forces, il indiqua ses pieds.

— Bottes… carte…

Puis, il suffoqua. L'instant d'après, Adam Barnes était mort.

Brett se leva et retourna aux chevaux d'une démarche traînante. Il entreprit de détacher le harnais de la bête la plus proche. C'est seulement au moment où il se hissait péniblement sur sa selle qu'il se demanda s'il n'allait pas regretter de passer à côté d'une offre pareille.

Il retourna s'agenouiller auprès du cadavre. Barnes avait désigné ses pieds et murmuré le mot : « bottes ». Brett retira celle du pied gauche et fouilla à l'intérieur sans rien trouver. Il recommença lentement la difficile manœuvre de sa seule main valide avec l'autre botte et, cette fois-ci, il en retira un papier. Quand il le déplia, il s'aperçut qu'il s'agissait d'une carte malhabile. Comme Adam s'en était vanté, personne ne risquait de tomber sur l'endroit par hasard. Il était bien caché.

Brett se promit sans conviction d'aller y faire un tour un jour. Mais pour l'heure, il devait absolument se procurer du secours sinon il ne survivrait pas de beaucoup à ses compagnons.

Et il ne voulait pas mourir.

Pas maintenant, alors qu'il se sentait soudain investi d'une mission.

Se battre pour l'Union contre le Sud était peut-être la seule revanche qu'il pourrait jamais prendre sur les Sinclair.

Le capitaine John Drew soupira et regarda la ravissante jeune fille à côté de lui appuyée au bastingage. La détermination brillait dans ses yeux verts, et il comprit qu'il n'arriverait jamais à la faire changer d'avis. Ils étaient arrivés à Philadelphie la veille et, en entendant les nouvelles, il avait essayé de la persuader de retourner avec lui en Angleterre.

Elle releva le menton d'un air résolu.

— Maintenant que je suis ici, je peux aussi bien continuer toute seule, mais vous avez promis à M. Rozelle que vous m'aideriez à rejoindre La Nouvelle-Orléans.

— Je sais, je sais, et je vous ai déniché la nuit dernière un capitaine prêt à vous faire franchir le blocus. La marine laisse passer les pêcheurs après avoir vérifié qu'ils ne transportent aucune marchandise. Mais là n'est pas le problème, mademoiselle Sinclair, et vous le savez. Le problème, c'est que les deux forts qui verrouillent l'embouchure du Mississippi sont sur le point de tomber, ce qui livrerait la ville aux Nordistes. Ce n'est vraiment pas le moment de traîner là-bas. Si vous ne voulez pas retourner en Angleterre, acceptez au moins que je vous installe dans un bon hôtel où vous pourrez attendre en toute sécurité un moment plus favorable.

Angela refusa jusqu'à l'idée de considérer une pareille éventualité. L'approche des côtes lui avait fait réaliser combien elle était impatiente de rentrer chez elle. Si La Nouvelle-Orléans et BelleClair devaient tomber, elle voulait être aux côtés de son père quand cela se produirait.

Elle prit une profonde inspiration et, le regardant droit dans les yeux, elle déclara :

— J'ai pris ma décision et rien ne pourra me faire changer d'avis.

Le capitaine Drew roula des yeux et, levant les mains au ciel dans un geste théâtral, ne put s'empêcher d'ajouter :

— Et malheur aux Yankees s'ils essaient !

14

Leo leva haut le coude pour avaler la dernière goutte de vin. Il était soûl. Autrement, il ne se trouverait pas enfermé dans le cimetière. Il avait volé la bouteille et s'était bêtement laissé surprendre au moment où il la glissait dans sa poche. Il avait alors pris ses jambes à son cou et avait atterri au cimetière. En fait, il régnait une telle agitation en ville qu'il se demandait si le marchand avait même pris la peine de le poursuivre. Prenant son mal en patience, il s'était confortablement installé contre une pierre tombale pour siffler la bouteille. Que les Yankees s'emparent de La Nouvelle-Orléans était le cadet de ses soucis du moment qu'il avait quelque chose à boire !

Mais la bouteille était maintenant vide. Le tintement lugubre du tocsin résonnait furieusement dans la nuit, couvrant les cris de panique. Le ciel était sanguinolent, comme embrasé par la lueur des flammes. Il se rappelait vaguement avoir entendu dire qu'on allait incendier les entrepôts de sucre et de tabac pour ne pas les laisser aux Yankees.

Leo s'en fichait. Cette maudite ville pouvait bien brûler de fond en comble, il s'en souciait comme d'une guigne. Il ferma les yeux en espérant que sa tête cesserait de tourner et qu'il finirait par s'endormir. Quand il se réveillerait, il retournerait là-bas et, la panique ambiante aidant, peut-être pourrait-il voler une autre bouteille.

Seth White poussa la porte de fer du tombeau qui céda en grinçant légèrement. Les autres étaient déjà là.

— C'est l'hystérie dehors, annonça-t-il sans s'adresser à personne en particulier. La Nouvelle-Orléans est un véritable brasier. Les gens sont devenus fous.

— Cela n'a rien d'étonnant, remarqua sèchement Millard Dubose. À quoi vous attendiez-vous donc ? Sans les troupes de Lovell, nous sommes fichus.

— Sapristi, c'est bien vrai ! approuva Hardy Maxwell. Et tous nos soldats ont été envoyés en Virginie le mois dernier.

Installé dans le rocking-chair qu'Alma Tutwiler n'avait jamais pu étrenner, le Dr Vinson Duval fouillait des yeux la crypte des yeux pendant que les autres vitupéraient la crise actuelle. Deux cercueils de pierre sculptée occupaient le centre du caveau. Les vitraux laissaient filtrer un peu de lumière dans la journée, mais il n'y avait aucune ventilation et l'atmosphère était confinée, presque fétide. Quel endroit sinistre ! songea-t-il. Puis se joignant à la conversation générale, il remarqua :

— Nous savions dès le début qu'une fois les deux forts tombés, La Nouvelle-Orléans était condamnée, tout comme nous savions que le général Lovell préparait l'évacuation de ses troupes. Dieu du ciel ! Il a tout pris sauf les canons sur les quais, mais ils sont inutilisables sans munitions. Je ne vois pas ce que nous pourrions faire d'autre que de nous rendre. Au moins pour éviter une effusion de sang !

— Avez-vous été sur les quais ? jeta Tobias Radford. L'un de vous a-t-il vu ce spectacle ?

Il scruta fiévreusement la pénombre afin de voir les visages de ses comparses.

— Des femmes, des enfants, armés de couteaux et de pistolets, et quelques pauvres vieux. Ils savent qu'ils n'ont aucune chance, mais c'est leur manière de manifester leur mépris à ces maudits Yankees.

Seth donna un coup de pied dans l'un des cercueils et grimaça de douleur.

— Et tout cela, c'est le résultat de notre présomption, de notre manque de préparation, de notre lâcheté, de la stratégie débile de nos forces et de l'entêtement de Richmond à protéger la Virginie, maudit soit-il ! pesta-t-il.

— Malheureusement, nous ne pouvons rien y faire, messieurs, intervint Millard Dubose, sinon nous rappeler le motif de cette convocation et nous mettre immédiatement à l'ouvrage afin d'en finir au plus vite.

— Grand bien nous fasse ! déclara Hardy avec un ricanement. Même si nous réussissons à faire parvenir des informations aux Confédérés, quelle différence cela fera-t-il ?

— Voyons, nous ne pouvons pas demeurer coupés du reste du monde, Hardy, rappela le Dr Duval. Il faut que nos forces sachent ce qui se passe ici. D'ailleurs, je n'ai pas abandonné l'espoir d'une éventuelle contre-attaque. Millard a raison, ajouta-t-il, mettons-nous tout de suite au travail. Nous ne sommes pas à l'abri de la délation. Si quelque traître informait l'ennemi qu'un groupe d'éminents hommes d'affaires s'est réuni dans le cimetière à la nuit tombée, il n'aurait aucun mal à deviner le but de notre entreprise.

— C'est certain ! approuva Seth avec véhémence, avant de se rappeler l'ivrogne qu'il avait aperçu en arrivant. À propos, quelqu'un a-t-il vu cet homme affalé contre une tombe ? Il avait l'air soûl. Mais c'est tout de même bizarre de cuver son vin dans un cimetière !

— Oui, je l'ai vu, acquiesça Millard. Il est inoffensif. C'est Leo Cody. Il était contremaître chez Elton il y a quelques années. Il s'est passé quelque chose entre eux, mais je n'ai jamais su quoi.

— Je m'en souviens, intervint alors Tobias. Il est venu me demander du travail mais comme Elton m'avait donné un avis négatif, je ne l'ai pas embauché. Il y a belle lurette de cela. Depuis, je l'aperçois de temps en temps. Il est toujours rond comme une queue de pelle. Il n'a pas le profil d'un espion, conclut-il en riant.

— Il déteste Elton, remarqua Millard. Je vous ai raconté comment j'avais suivi Elton jusqu'ici pour le convaincre de venir à notre réunion ? Eh bien, Leo était là cette fois-là aussi. Elton ne l'a pas remarqué, mais Leo l'a vu. Il l'a traité de tous les noms et a jeté une bouteille dans son dos. C'est peut-être une chance qu'Elton ne soit pas venu, après tout !

Décidant qu'ils n'avaient rien à craindre de Leo, les hommes se mirent au travail.

Quelques travées plus loin, Leo avait sombré dans un sommeil éthylique. Il se réveilla en sursaut. Essayant de se rappeler où il était, il se redressa et regarda anxieusement autour de lui. Ce ne pouvait être qu'un rêve, personne ne l'avait appelé. Sa pauvre tête le faisait terriblement souffrir. Il décida de s'éloigner du cimetière aussi vite que ses jambes pourraient le porter.

— Mais oui, Leo, je te parle.

Il se figea sur place. La voix provenait de derrière une pierre tombale qui se dressait en face de lui, masse sombre contre le ciel rougeoyant. L'air était saturé de suie. Leo toussa, puis il dit d'un ton suppliant :

— Laissez-moi. Je n'ai rien fait…

— Personne ne te fera de mal, Leo, si tu m'écoutes. Si tu t'enfuis, je te retrouverai où que tu sois et je te tuerai.

Leo n'était pas superstitieux. Il ne croyait pas aux fantômes. Mais il n'aimait pas les cimetières et encore moins cette voix qui s'élevait de derrière une tombe, qui l'appelait par son nom et qui menaçait de le tuer.

La gorge serrée, Leo répondit avec circonspection :

— C'est bon, j'écoute. Qui diable êtes-vous et que me voulez-vous ?

— Peu importe qui je suis. Ce qui importe, c'est que j'ai du travail pour toi.

Leo ricana.

— Du travail ? La Nouvelle-Orléans est en feu. Demain à cette heure, la ville sera aux mains des Yankees. Ma tête explose. Et il faudrait que je croie une voix qui me propose du travail de derrière une tombe !

— Personne ne te fera de mal, si tu écoutes.

— Mais je vous écoute !

Leo détourna la tête. Il ne voulait pas regarder la tombe, sinon il finirait par croire que la voix en sortait.

— Tu connais Elton Sinclair.

Ce n'était pas une question, mais une affirmation. Leo se retourna vers la voix malgré ses résolutions.

— Pour sûr que je le connais. Qu'est-ce que ce salaud vient faire là-dedans ?

— Pourquoi lui reproches-tu de t'avoir empêché de retrouver du travail ?

— Il prétend que je battais ses esclaves et il s'arrange pour que personne ne m'embauche. Qu'a-t-il à voir dans le travail que vous me proposez ?

— Je veux que tu le suives. Je veux savoir le moindre de ses mouvements, savoir à qui il parle. Jour et nuit. Mais il ne faut pas qu'il sache que tu l'espionnes.

— Ça, c'est quelque chose que je peux faire, déclara Leo avec satisfaction. Mais à quoi ça va vous servir ?

— Cela ne te regarde pas, répliqua sèchement la voix. Contente-toi de le surveiller et de me rapporter ses faits et gestes une fois par semaine.

— Combien cela me rapportera-t-il ?

— Je suis prêt à te payer vingt dollars par semaine.

Leo avait la tête qui lui tournait de nouveau, mais cette fois ce n'était pas à cause du vin.

— Vous avez bien dit vingt dollars ?

— C'est exact. Mais surtout ne t'avise pas de me tromper, je le verrais tout de suite. Je connais bien ses habitudes. Ce que je cherche, c'est justement un fait inhabituel. Je t'attendrai chaque dimanche à minuit. Tu iras jusqu'au caveau des Tutwiler, la troisième rangée à partir de la porte est. Avant de parler, tu t'assureras qu'il n'y a personne pour t'entendre. Mais surtout ne rentre jamais à l'intérieur du monument.

— Pour ça, ne vous inquiétez pas ! C'est bien la dernière chose qui me viendrait à l'esprit... à moins d'être obligé d'aller chercher mon argent, ajouta-t-il d'un ton plein de sous-entendus.

— Ce ne sera pas nécessaire. Je mettrai l'argent sur la corniche au-dessus de la porte. Si je suis satisfait, tu seras payé la semaine suivante et ainsi de suite. Il ne sera pas difficile à surveiller, poursuivit la voix. Depuis que sa femme est morte, il bouge très peu. Dans ces conditions, tu devrais remarquer tout de suite quelque chose d'insolite dans son emploi du temps.

— Je savais pas que sa femme était morte, marmonna Leo, puis il osa demander : À propos, comment dois-je vous appeler ?

— Ne te préoccupe pas de cela et pars sur-le-champ pour BelleClair. Je veux un rapport dès dimanche prochain.

Leo sourit. Il commençait à se sentir vraiment bien. Il allait enfin avoir un peu d'argent, et l'idée d'espionner un homme qu'il détestait n'était pas pour lui déplaire. Il allait fêter cela. Tout à coup, il eut faim. Il trouverait bien quelque chose à manger et surtout à boire. Il suffisait d'y mettre le prix.

— Hé... que diriez-vous d'une avance ? Ça fait un bout de temps que j'ai rien avalé de solide.

Seul le silence lui répondit.

Il répéta sa question. Comme il n'obtenait toujours aucune réponse, il alla sur la pointe des pieds jeter un coup d'œil derrière la tombe qui lui faisait face. Il n'y avait personne.

Bien avant de s'engager dans le bras du Mississippi, ils connaissaient déjà la nouvelle. Au large des côtes de Floride, un bateau qu'ils croisaient leur avait appris le carnage. Les Confédérés avaient perdu huit vaisseaux dans une dérisoire tentative pour arrêter la flotte de Farragut.

— Ils ne vont pas nous laisser passer, annonça le capitaine Brannigan. Si mon équipage et moi n'étions pas aussi vieux et si nous n'arborions pas le drapeau blanc, nous serions au fond de l'eau à l'heure qu'il est. Nous avons déjà rencontré trois bateaux de l'Union.

Loin de se laisser décourager, Angela remarqua d'un air déterminé :

— Tout ce que je vous demande, c'est d'essayer, capitaine ! C'est pour cela que je vous ai payé aussi généreusement. Mais si vous avez peur, débarquez-moi, je ferai le reste de la route seule.

— Écoutez, je suis prêt à aller aussi loin qu'il sera possible ! Mais si on me force à rebrousser chemin, je n'aurai pas le choix. Il sera temps alors que vous sautiez par-dessus bord pour rejoindre la côte à la nage !

Au bout d'un moment, d'épaisses fumées obscurcirent le ciel au-dessus de leurs têtes et l'odeur âcre du feu les saisit à la gorge. Plusieurs bateaux mouillaient autour d'eux. Sans doute les empêchait-on de rentrer dans l'estuaire. C'étaient des pêcheurs comme le capitaine Brannigan et, puisqu'ils n'avaient pas pris part à la bataille, ils gardaient bon espoir d'être bientôt autorisés à lever l'ancre.

Angela se tenait à la proue, ses longs cheveux flamboyants déployés sur ses épaules. Elle sursauta en entendant le capitaine Brannigan jurer.

— Que se passe-t-il ? demanda-t-elle, mais il lui suffit de suivre le regard du marin pour apercevoir la canonnière yankee qui venait droit sur eux.

— Ce sont des *Parrott Guns*, observa Brannigan. D'un seul coup de canon, ils peuvent nous envoyer par le fond. Jetez l'ancre ! cria-t-il par-dessus son épaule. Maintenant !

Angela regarda la canonnière manœuvrer afin de se placer bord à bord avec leur embarcation. Quand les deux bateaux furent suffisamment près pour installer une passerelle, un officier et deux marins armés montèrent à bord.

L'officier se présenta comme le capitaine Durham et demanda ce qu'un bateau de pêche venait faire dans ces eaux troubles.

— Au cas où vous ne l'auriez pas remarqué, nous sommes en guerre, déclara-t-il à Brannigan sur un ton sarcastique.

— C'est moi qui ai engagé M. Brannigan, annonça Angela en s'avançant, et elle expliqua rapidement la situation. Ainsi, comme vous pouvez le constater, conclut-elle, nous ne sommes une menace pour personne. Il faut absolument que vous nous laissiez passer car je dois rejoindre mon père.

Le capitaine Durham prit le parti de sourire devant une requête aussi incongrue.

— Hier, notre marine a réduit à néant les dernières défenses de La Nouvelle-Orléans, l'informa-t-il avec une patience exagérée. Le capitaine

Farragut a envoyé une vedette pour exiger la reddition de la ville. Il paraît que le maire a refusé, et nous attendons de voir ce qui va suivre. Aussi, il est hors de question que je vous laisse passer.

— Je comprends votre position, capitaine, acquiesça Brannigan. Dans ces conditions, nous ne pouvons aller plus loin. Mais que va-t-il se passer ? Vous n'allez tout de même pas bombarder la ville ?

— Ce ne sera pas nécessaire ! ricana le capitaine Durham. Quand Farragut a proposé de faire évacuer les femmes et les enfants, le maire a répondu qu'il ne voulait pas d'effusion de sang, car en dehors des femmes et des enfants, il ne restait personne pour défendre la ville. Le capitaine l'a prévenu que si jamais on tirait un seul coup de feu, il ferait raser La Nouvelle-Orléans.

Angela se hérissa.

— Allez au diable ! proféra-t-elle entre ses dents tandis que ses yeux verts lançaient des éclairs. Allez au diable tous tant que vous êtes, Yankees sanguinaires !

Brannigan grommela tout bas et s'écarta. Il ne voulait pas paraître cautionner sa conduite devant cet officier.

— Nous avons perdu beaucoup d'hommes, mademoiselle Sinclair, lui rappela ce dernier avec dureté. Il y a des victimes des deux côtés.

— Alors, rentrez chez vous ! s'emporta-t-elle. Fichez le camp du Sud et occupez-vous de vos affaires. Nous n'avons pas besoin de vous pour résoudre nos problèmes. Avec un peu de temps, nous aurions réglé cette question de l'esclavage. Ce n'était pas nécessaire d'en arriver là. À quoi cela aura-t-il servi, de toute façon ?

Impassible, le capitaine Durham se tourna vers Brannigan et ordonna :

— Je vous conseille de faire demi-tour. Si votre bateau est encore là demain, je ne pourrai plus garantir votre sécurité.

Quand ils furent partis, le capitaine Brannigan alla rejoindre Angela qui fusillait la canonnière du regard debout contre le bastingage. Il essaya de détendre l'atmosphère en jetant sur le ton de la plaisanterie :

— Eh bien, vous voilà enfin obligée de sauter à l'eau pour rejoindre la côte. Mais mieux vaut attendre la nuit. Vous vous êtes fait des ennemis et j'ai peur qu'ils ne vous prennent comme cible si vous tentez une traversée à la nage.

— Nous ne sommes pas encore battus.

— Oh que si, mademoiselle !

Il donna l'ordre de lever l'ancre.

— Ils ne nous verront pas la nuit, supplia Angela avec des accents désespérés en l'agrippant par le bras.

Il se gratta le front d'un air pensif et demanda, de ce ton qu'on prend pour s'adresser aux enfants récalcitrants :

— Et où voulez-vous que nous allions, mademoiselle Angela ?

— Nous ne sommes pas obligés de passer par La Nouvelle-Orléans. Nous pouvons remonter le fleuve jusqu'à la maison. Il passe à ses pieds et...

— Non ! Ce serait une folie ! Vous pensez bien qu'il est truffé de bateaux nordistes.

— Alors, nous pouvons traverser le fleuve à Main Pass et remonter par Barataria Bay. Je connais bien ce passage. Papa payait parfois des bateliers pour nous ramener à la maison par ce chemin.

Et je sais exactement où il faut que vous me laissiez pour que je puisse rentrer chez moi à pied. Oh, je vous en prie, capitaine Brannigan ! implora-t-elle. Vous ne comprenez donc pas que c'est ma seule chance ?

— D'accord ! finit-il par concéder, furieux de sa faiblesse. Et s'ils nous attrapent et m'enlèvent mon bateau ou le torpillent, je n'aurai à m'en prendre qu'à moi et à me maudire d'être un pareil imbécile.

Elle se mit sur la pointe des pieds et déposa un baiser sur la joue broussailleuse en priant pour que tout se passe bien.

15

Cela faisait deux jours que la Flotte fédérale encombrait le fleuve, et pourtant Claudia ne s'habituait toujours pas à ce spectacle. Maintenant que Raymond venait de rapporter la nouvelle de la reddition de la ville, elle avait la gorge nouée en songeant à l'avenir de la propriété.

— Ce ne sera peut-être pas si terrible, déclara-t-il avec optimisme. La situation financière de votre père est bien meilleure que celle de la plupart des planteurs. Il a eu l'intelligence de prendre la guerre en compte, augmentant sa production en céréales et réussissant à écouler les surplus au Texas quand le blocus s'est durci. C'est une véritable planche de salut et il n'a pas à s'en faire. Il peut continuer à nourrir et à vêtir ses esclaves et, comme il les a toujours bien traités, les risques de rébellion sont nuls. Eh oui, ajouta-t-il en levant son verre, Elton Sinclair peut être fier de lui. Il ne lui reste plus qu'à prêter serment d'allégeance à l'Union pour que BelleClair soit épargnée.

— Eh bien, tout cela est heureux, contre-attaqua Claudia avec des accents pleins d'amertume, car il ne nous sert plus à rien maintenant. Et vous n'êtes pas plus utile que lui. Regardez-vous ! Vous ne faites que boire. Que va-t-il se passer si les Yankees nous attaquent ? Je me demande bien qui les empêchera de me violer ?

Il éclata d'un rire amer.

— Vous ne courez aucun risque, ma chère, je vous l'assure. Harcelez-les, comme vous le faites avec moi, et ils s'empresseront de prendre leurs jambes à leur cou.

— Allez au diable ! s'emporta-t-elle en se retournant dans un bruissement de soie. Vous n'êtes qu'un paresseux et un ivrogne doublé d'un lâche.

Il vida son verre avant de répondre.

— Paresseux, pour l'unique raison qu'il n'y a rien à faire. Ivrogne, parce que je ne vois pas comment vous supporter autrement. Quant à être un lâche…

Il laissa échapper un ricanement en étendant sa jambe blessée à la bataille de Bull Run l'été dernier. Depuis, il boitait bas et avait été déclaré inapte.

— Je vous rappelle, ma chère, que je ne fuyais pas quand j'ai été touché, je marchais au combat, aussi peut-on difficilement me traiter de lâche.

— Si vous n'êtes pas lâche, que faites-vous ici à boire au lieu d'être à La Nouvelle-Orléans comme votre père qui tente encore de retenir les Yankees ?

Il attrapa la bouteille et se versa un autre verre.

— La Nouvelle-Orléans est perdue. D'ailleurs, il ne reste plus là-bas que les femmes et les enfants. Les combattants se sont regroupés ailleurs. Quant à mon père, c'est seulement par intérêt qu'il s'y trouve actuellement. Il y a longtemps qu'il s'est déclaré neutre et il sera le premier à se soumettre à l'ennemi dans l'espoir de se créer une clientèle de Nordistes.

— Il est temps que vous commenciez à songer à l'argent vous aussi, siffla Claudia. Nos contremaîtres blancs sont à la guerre et les nègres qui ont pris leur place sont incompétents. Elton est plongé dans son chagrin et ne s'aperçoit de rien. Pourtant, j'ai besoin d'aide.

Surpris, Raymond ne put s'empêcher de demander :

— Pourquoi ne parlez-vous jamais de lui comme de votre père ?

— Parce que ce n'est pas mon père !

— Ils vous ont pourtant élevée, Twyla et lui, comme leur propre fille. Vous avez même été privilégiée par rapport à Angela, et vous le savez.

— Ils ont promis à vos parents de vous accorder la main de leur première fille, et s'ils m'avaient considérée comme telle, je n'aurais pas eu besoin de vous courir après, n'est-ce pas ? Mais la vérité, déclara-t-elle en venant se placer devant lui et en le toisant d'un regard haineux, c'est que vous continueriez à soupirer après cette garce encore maintenant, si je ne vous avais pas ouvert les yeux. Vous ne m'auriez jamais épousée, n'est-ce pas ?

Il ne vit pas de raison de lui mentir. Peut-être l'aurait-il fait pour ménager sa susceptibilité en ce temps où, furieux d'apprendre la conduite d'Angela, il s'était laissé convaincre de l'épouser. Mais depuis, ses yeux s'étaient dessillés et il se maudissait de sa sottise.

— Non, dit-il au bout d'un moment d'un ton déterminé en lui rendant son regard. Je ne l'aurais sûrement pas fait.

Elle lui arracha son verre des mains et lui en jeta le contenu à la figure.

— Espèce de salaud ! Je vous déteste ! Restez donc ici à croupir si cela vous chante.

Elle quitta la pièce en coup de vent, dégringola les escaliers et entra comme une furie dans le bureau où elle fut surprise de trouver Elton.

Assis dans son fauteuil, il regardait par la fenêtre d'un air absent.

— Je suis surprise que vous ne soyez pas au mausolée ! En fait, ajouta-t-elle avec une note sarcastique dans la voix, ce qui m'étonne, c'est que vous ne vous soyez pas installé auprès d'elle.

Elton l'ignora.

Tout à coup, incapable de se dominer davantage, elle frappa le bureau du plat de la main et lança :

— Il serait temps que vous cessiez de vous apitoyer sur vous-même. La vie continue. Je ne peux pas m'occuper de tout. La Nouvelle-Orléans est tombée. Il faut vous renseigner sur l'identité du commandant des Nordistes et lui faire savoir que nous sommes dans son camp.

Il resta silencieux.

— C'est le cadet de vos soucis, n'est-ce pas ? l'accusa-t-elle. Depuis la mort de Twyla, plus rien ne vous intéresse. Ni BelleClair, ni moi.

Il lui jeta un coup d'œil, puis fronça les sourcils. C'était une petite égoïste imbue d'elle-même. Elle n'avait pas versé une larme à la mort de Twyla. Il était désolé pour Raymond et furieux de s'être montré assez faible pour lui permettre de se réinstaller ici.

Mais il n'en garda pas moins le silence.

— Vous avez complètement perdu la tête ! Je

pense demander au Dr Duval de vous envoyer dans un asile, le menaça-t-elle.

— J'ai toute ma raison, Claudia, dit-il enfin. Mais si vous désirez vous rapprocher des Yankees, retournez donc à La Nouvelle-Orléans – si du moins Ida Duval veut bien vous loger chez elle, ajouta-t-il sur un ton dubitatif.

— Je n'ai aucunement l'intention de partir, déclara-t-elle en redressant le menton avec insolence. C'est ici ma maison et je ne laisserai pas votre faiblesse être cause de sa ruine.

— Que voulez-vous faire ? Ce qui doit arriver arrivera. Mes esclaves savent qu'ils sont libres de rester ici ou de partir. Je n'ai pas l'intention d'opposer aux Yankees la moindre résistance. Et maintenant, sortez d'ici ! Retournez à La Nouvelle-Orléans, allez où cela vous chante, mais surtout que je ne vous voie plus ! La manière dont vous me traitez déshonore la mémoire de votre mère.

Claudia quitta la pièce la tête haute et attendit d'être dans le couloir pour crier :

— Ce n'était pas ma mère et vous n'êtes pas non plus mon père !

La méchanceté de Claudia ne le blessa nullement. Au contraire, il fit le vœu qu'elle se souvienne de ses propres paroles lorsqu'il mourrait. Au moins, elle comprendrait pourquoi il avait refait son testament en faveur d'Angela.

Angela ! Elle lui manquait terriblement. La décision de la laisser en Angleterre n'avait pas été facile à prendre. Comme il serait heureux qu'elle soit ici ! Jamais il ne s'était senti si seul. Avec la chute de La Nouvelle-Orléans, l'avenir semblait si incertain.

Son visage se durcit, lorsqu'il songea aux plaques cachées qui seraient si utiles aux Confédérés.

Une fois le calme revenu, il trouverait bien un moyen de les faire passer aux personnes adéquates.

Claudia s'affala dans un rocking-chair en osier devant la maison. Peut-être devrait-elle se rendre en personne à La Nouvelle-Orléans pour témoigner de sa loyauté envers les Nordistes ? Depuis longtemps, elle avait décidé que le vainqueur lui importait peu du moment que BelleClair restait épargnée. Elle était aussi déterminée à reprendre peu à peu les rênes de la maisonnée, sans attendre la mort d'Elton. Ce qui ne saurait tarder, songea-t-elle avec satisfaction, étant donné la manière dont il dépérissait depuis la disparition de Twyla.

Quant à Raymond, elle se jurait de lui apprendre rapidement où était sa place. Quand les choses avaient commencé à mal tourner entre eux, elle avait eu peur qu'il ne la quitte. Puis elle avait découvert que, ses parents lui ayant coupé les vivres après leur mariage, il restait uniquement pour des questions financières.

Après une semaine chez les Duval, Claudia n'avait pu supporter Ida plus longtemps. Twyla ayant refusé de l'accueillir sous prétexte que Raymond préférait vivre en ville, elle s'était alors installée à l'hôtel, occupant tout un étage et envoyant la note à Elton. Raymond avait dû se résoudre à vendre ses chevaux pour assurer leur subsistance. Dieu merci, au moment où Claudia commençait à s'inquiéter de l'avenir, Twyla avait eu la bonne idée de mourir, ce qui lui avait permis de regagner BelleClair. Et maintenant, elle n'était pas près de s'en laisser chasser !

Elle entendit le bruit d'une voiture qui approchait. Protégeant ses yeux du soleil avec sa main, elle reconnut le buggy d'Ida Duval. Elle poussa une exclamation de dépit et rentra dans la maison pour demander à Kesia d'aller prévenir Raymond. Il y avait sûrement un problème.

Une fois l'attelage à l'arrêt, Ben, le cocher des Duval, sauta à terre pour aider sa maîtresse à sortir de voiture. Ida n'était pas seule. Sa femme de chambre l'accompagnait et elle entreprit de passer des bagages au cocher pour la plus grande fureur de Claudia.

— Mais enfin, qu'est-ce qui vous prend ?

— Les Yankees ! jeta Ida en gravissant le perron.

Claudia se précipita sur ses talons tout en fulminant :

— En voilà un toupet…

Ida ne l'entendit pas, car Elton et Raymond faisaient leur apparition. L'un venait de jaillir de son bureau tandis que l'autre débouchait de l'escalier en faisant claquer sa canne.

— Que se passe-t-il, mère ?

Il la prit par les épaules pour mieux scruter son visage.

— Les Yankees ! répéta-t-elle en s'arrachant à son étreinte et en se ruant dans le salon où elle s'effondra sur le sofa après avoir ordonné à Kesia de lui apporter une limonade glacée. Ils sont partout. Ils s'emparent des maisons et jettent les habitants dehors. C'est affreux. Vraiment affreux ! poursuivit-elle avant de se mettre à s'éventer frénétiquement avec son mouchoir de dentelle.

— Nous savions bien que cela allait arriver, mère, murmura Raymond dans un futile effort pour la calmer. Reprenez-vous, voyons.

— C'est inimaginable, cette façon qu'ils ont de chasser les gens de chez eux ! gémit-elle en se recroquevillant dans son fauteuil.

Ses lèvres remuaient comme si elle récitait ses prières. Elle lança un regard éperdu autour d'elle et cria :

— Au moment où je partais, je les ai vus hisser leur drapeau sur l'Hôtel de Ville. Vous vous rendez compte ? Et toute la ville est sens dessus dessous. On dirait un véritable asile de fous. Personne ne sait ce qui va se passer. Je ne pouvais pas rester là-bas.

— Ce n'était pas une raison pour venir ici ! siffla Claudia. Nous avons bien assez de problèmes comme cela sans que vous y ajoutiez les vôtres.

Raymond grimaça.

— Claudia, je vous en prie…

Il boitilla jusqu'à Ida et, s'asseyant auprès d'elle, demanda :

— Où est père ? Pourquoi ne vous a-t-il pas accompagnée ?

Après avoir décoché un regard noir à Claudia, Ida répondit :

— Tu connais ton père. Il préfère rester à son cabinet pour le cas où on aurait besoin de lui. Je suis allée le prévenir que je venais ici, et il était absolument submergé.

Elle se souvint tout à coup du message qu'il lui avait confié pour Elton et se tourna vers lui :

— Il m'a demandé de vous dire que si vous aviez besoin de lui plus tard, vous saviez où le trouver.

Elton comprit que Vinson voulait lui rappeler leur rendez-vous clandestin au cimetière. Mais il n'avait aucune intention d'y aller.

Ida s'épancha un long moment sur la situation cauchemardesque puis, épuisée, finit par demander à Elton :

— Dans quelle chambre puis-je m'installer ?

— Vous n'imaginez tout de même pas que nous allons vous loger ici ? hoqueta Claudia sans laisser à son père le temps de répondre. Ce n'est pas un hôtel ici ! Et si le bruit se répand que nous logeons n'importe qui, ce sera l'affluence. Vous feriez mieux de partir.

— Il n'en est pas question, intervint Raymond, et il regarda Elton dans l'espoir d'avoir son soutien. Vous n'êtes pas d'accord, monsieur ? Si les familles ne s'entraident pas par les temps qui courent...

Elton haussa les épaules. Plus rien ne le touchait.

— C'est l'heure de ma ronde, se contenta-t-il de déclarer en quittant la pièce, le dos voûté.

— Cela fait des semaines qu'il ne fait plus de rondes, ricana Claudia. Sans les contremaîtres, aussi inefficaces soient-ils, rien ne se ferait, et qui les tient à l'œil ? Certainement pas vous ! accusa-t-elle.

Raymond leva les mains avec impuissance.

— Je ne suis pas planteur, Claudia, et vous le savez.

Il se leva en s'appuyant lourdement sur sa canne.

— Je vais montrer sa chambre à mère.

— Il n'est pas question qu'elle reste, répéta Claudia sur un ton glacial. Nous n'hébergeons pas les fuyards.

— Ce n'est pas mon cas. Je veux seulement être auprès de mon fils, gémit Ida. Qu'y a-t-il de mal à cela ?

Des larmes coulèrent sur ses joues, pour son plus grand désarroi, car montrer à cette pimbêche qu'elle avait le pouvoir de la faire pleurer était bien la dernière chose qu'elle désirait.

— Claudia, vous n'avez pas le droit de vous conduire ainsi ! s'emporta Raymond. Je vous rappelle que cette maison est aussi la mienne, et ma mère y est la bienvenue.

Claudia releva le menton d'un air méprisant.

— Je ne me suis pas sentie la bienvenue chez elle. C'est pour cela que je suis partie.

— C'est vous seule qui avez pris cette décision. On ne vous a pas demandé de partir.

— On ne m'a pas demandé de rester non plus.

Après toutes les émotions de la journée, la conduite odieuse de sa belle-fille était plus qu'Ida ne pouvait en supporter. Rassemblant ses forces, elle se leva.

— Je crois que je vais rentrer... commença-t-elle, mais Raymond ne l'entendait pas de cette oreille.

— Sûrement pas ! Et si père ne rentre pas cette nuit, j'irai voir demain comment il va. Maintenant, venez. Je veux que vous vous reposiez avant le dîner. Tout se passera bien, je vous le promets.

Hors d'elle, Claudia alla s'enfermer à clé dans le bureau. Elton était encore au mausolée. Elle l'avait surpris un jour là-bas en train de parler tout haut. C'était le monologue d'un homme dérangé. Il était fou, c'était certain, et elle était plus que jamais déterminée à prendre les rênes. Elle décida de profiter de son absence pour parcourir les livres de comptes.

Elle avait à peine commencé que Raymond tambourinait à la porte, furieux de la manière dont elle avait traité sa mère.

— Fichez-moi la paix ! cria-t-elle. Ce que pense votre mère est le cadet de mes soucis. Allez donc noyer votre ressentiment dans l'alcool, c'est tout ce que vous savez faire !

Il resta derrière la porte un moment et finit par faire exactement ce qu'on attendait de lui.

Il était tard quand Elton rentra. Ida était descendue pour le dîner à contrecœur et uniquement parce que Raymond avait insisté. Quand elle vit Elton traverser le hall et monter les escaliers, elle donna un coup de coude à son fils.

— Essaie de le persuader de venir nous rejoindre. Il va finir par mourir de chagrin.

Raymond acquiesça, mais Claudia déclara avec humeur :

— C'est la dernière chose à faire. Il cherche seulement à attirer l'attention. Laissez-le donc tranquille. Quand il aura faim, il descendra tout seul.

Raymond monta chercher son beau-père tandis qu'Ida la considérait avec stupéfaction.

— Pourquoi me regardez-vous comme cela ?

Ida inspira à pleins poumons et relâcha lentement sa respiration. Elle savait qu'elle aurait dû se taire, mais la coupe était pleine.

— Comment pouvez-vous parler ainsi de votre père ? Vous devriez avoir honte, Claudia.

— Ce n'est pas mon père.

— Il vous a élevée. Il vous a aimée…

Claudia ricana.

— Qu'est-ce que vous en savez, Ida ? En tout cas, vous, vous me détestez. Vous auriez bien voulu que Raymond épouse Angela, n'est-ce pas ?

— C'est certain, répliqua Ida sans hésiter. Angela

est une fille délicieuse. Ce n'est pas une peste comme vous.

Claudia lui décocha un regard noir en se retenant de la gifler.

Quand Raymond revint, il accrocha sa canne au dossier de sa chaise et s'assit. Sentant que l'atmosphère était tendue, il les scruta l'une après l'autre.

— Que se passe-t-il encore ?

— Votre mère était justement en train de me dire combien elle aurait aimé que vous épousiez Angela, déclara Claudia. Mais ce n'est pas un secret. Je l'ai toujours su.

Ida secoua la tête et posa sa main sur celle de son fils.

— Cela ne s'est pas passé exactement ainsi, mon chéri. Elle m'a posé la question, et excuse-moi si j'ai eu tort, mais je lui ai dit la vérité.

Raymond secoua à son tour la tête et attrapa la carafe de vin pour se servir un verre.

— Vous buvez plus que vous ne mangez, remarqua Claudia avec mépris.

Il but son verre d'une traite et se resservit.

Ida finissait par regretter de ne pas être restée à La Nouvelle-Orléans. Elle s'excusa et quitta la table.

Maintenant qu'Elton s'était retiré pour la nuit, Claudia avait la voie libre pour étudier les livres de comptes. Elle s'apprêtait à se lever quand Kesia arriva en courant et annonça :

— Y a un cavalier qui a''ive, maît'e 'aymond.

— C'est à moi qu'il faut le dire, pas à lui, aboya Claudia en se ruant sur Kesia pour la secouer. C'est moi qui commande, ici.

Kesia était habituée au caractère de Claudia et

elle ne fit pas attention à elle. Tendant sa canne à Raymond, elle l'aida à se lever.

— Vous voulez que je p'évienne maît'e Sinclai'?

— Non. Je suis sûr que les contremaîtres ont entendu et sont prêts à intervenir en cas de besoin.

Il traversa le vestibule en clopinant et sortit par les portes que Claudia avait déjà ouvertes toutes grandes. Il n'aimait pas qu'elle s'expose ainsi. Cela pouvait être dangereux et il s'apprêtait à le lui dire quand il reconnut son père. Une vague d'appréhension l'envahit.

— Que se passe-t-il ? s'enquit-il avec inquiétude. Est-ce que les Yankees approchent ?

— Pas encore. Il faut d'abord qu'ils tiennent solidement La Nouvelle-Orléans avant de songer à s'étendre. Cela peut prendre des semaines, sinon des mois.

Il sauta de cheval, jeta les rênes à l'esclave qui s'était approché, et gravit les marches du perron quatre à quatre sans prendre la peine de saluer Claudia qu'il détestait. Il passa un bras autour des épaules de son fils.

— Rentrons, le pressa-t-il. Il faut que je te parle. Où est Elton ? Cela le concerne aussi.

Claudia s'élança à leur suite.

— Attendez une minute. J'ai le droit de savoir ce qui se passe.

— Plus tard, Claudia.

Vinson poussa son fils dans le bureau et referma la porte au nez de sa belle-fille.

— Allez au diable ! cria-t-elle et elle courut à la salle à manger.

Le cagibi où l'on rangeait la vaisselle s'ouvrait à la fois sur les deux pièces. Elle colla son oreille contre le battant de la porte et écouta attentivement.

Et ce qu'elle entendit la figea sur place.

— Elle est de retour, annonçait Vinson à son fils d'une voix excitée. Angela est de retour. Quelqu'un l'a reconnue alors qu'on la conduisait à l'Hôtel de Ville et est venu me prévenir. Je m'y suis précipité, mais on n'a pas voulu que je la voie. Il faut aller chercher Elton et retourner là-bas pour essayer de la faire sortir.

— La faire sortir ? répéta Raymond stupéfait. Je ne comprends pas.

Vinson hésita, désolé d'être le porteur d'une aussi troublante nouvelle.

— Angela est en prison. Les Yankees la retiennent prisonnière.

16

Le major Hembree n'était pas dans son bureau. Seul s'y trouvait un planton qui, en fait de travail, regardait Angela d'un air égrillard.

Assise les mains croisées sur les genoux, celle-ci faisait un effort surhumain pour se dominer.

Le capitaine Brannigan prétendait que si elle avait tenu sa langue quand la canonnière les avait interpellés, ils n'en seraient pas là. Maintenant, par sa faute, son équipage et lui-même se trouvaient en état d'arrestation jusqu'à ce que les Yankees puissent déterminer s'ils étaient des rebelles ou d'innocents pêcheurs. Son bateau lui avait été confisqué, et le capitaine craignait qu'on ne le lui rende jamais. Encore heureux s'ils ne moisissaient pas tous en prison.

— Et c'est uniquement de votre faute ! se lamentait-il. Qu'aviez-vous besoin de dire des choses pareilles sur leurs mères ?

La première surprise avait été Angela. Elle ne se serait jamais crue capable d'être aussi mal embouchée, mais les insinuations grossières des soldats nordistes l'avaient poussée à bout. Son coup d'éclat lui avait valu des menottes et un voyage des plus inconfortables jusqu'à La Nouvelle-Orléans.

Ils y étaient arrivés en fin de journée, et elle avait été soulagée d'être séparée du capitaine et de son équipage qui ne cessaient de lui faire des reproches.

À la lueur des incendies, Angela avait découvert le désastre. Cette vision d'horreur n'avait fait qu'accroître son désir de retrouver son père et de partager son sort.

On l'avait emmenée à l'Hôtel de Ville où un officier désagréable avait à peine écouté son histoire tant il était persuadé qu'elle mentait.

— Ces soi-disant pêcheurs sont des espions, s'entêta le major avec un regard méprisant. Et vous, vous n'êtes qu'une prostituée.

— C'est ridicule ! protesta Angela avec indignation. Si vous envoyez chercher mon père, il vous confirmera mes dires.

— Nous verrons cela demain, déclara-t-il en faisant signe à un garde. Mon dîner m'attend.

On l'avait enfermée dans une petite cellule dépourvue de tout lieu d'aisances. Elle avait dû attendre l'aube pour se soulager et faire un brin de toilette. Et en guise de petit déjeuner, elle n'avait eu droit qu'à un quignon de pain dur et une tasse d'eau.

Enfin, vers midi, on l'avait ramenée dans le bureau du major Hembree. Il en était absent et Angela comptait les minutes sous le regard vicieux de cet insolent soldat.

— Pourquoi me fixez-vous ainsi ? explosa-t-elle enfin, excédée. C'est la première fois que vous voyez une femme ? Ou toutes les femmes nordistes sont-elles aussi repoussantes que vous ?

— Sale garce ! marmonna-t-il en se détournant.

Quelques minutes plus tard, il se leva et sortit, sans doute pour rapporter sa conduite au major Hembree. Quand la porte s'ouvrit, elle s'attendait à voir apparaître un nouvel uniforme bleu. Quelle ne fut pas sa joie en découvrant son père ! Elle se rua dans ses bras.

— Papa ! Oh, papa ! Dieu merci, c'est vous ! C'est bien vous !

— Ma petite fille, laisse-moi te regarder, murmura Elton, la gorge nouée et les yeux pleins de larmes.

Caressant ses cheveux en désordre, il ajouta sur un ton qu'il voulait désapprobateur :

— Qu'est-ce qui t'a pris de t'enfuir ainsi et de venir me rejoindre ? Tu te rends compte des dangers que tu as courus ? Grâce à Dieu, tu es saine et sauve.

— Comment pouviez-vous imaginer que je resterais là-bas, papa ? Avec maman partie et la guerre... Il fallait que je rentre à la maison pour être auprès de vous.

— Et tu t'es mise dans de beaux draps ! Peux-tu me dire pourquoi ils prétendent que tu étais avec des espions ? Et je te passe les horreurs qu'ils débitent sur ton compte !

Angela répéta son histoire et il la crut tout de suite, ajoutant qu'avec l'aide du Dr Duval, il avait bon espoir de modifier l'opinion des Nordistes.

— Le Dr Duval est ici ? s'enquit Angela, soudain embarrassée à l'idée que le récit de sa mésaventure se répande.

— C'est lui qui m'a prévenu. Il l'avait été lui-même par un de ses patients qui t'a reconnue. Il est en train de parler avec le major Hembree. Vinson, poursuivit-il avec ressentiment, a décidé qu'il valait mieux collaborer et a offert ses services aux Yankees. Claudia est du même avis pour BelleClair, mais il sera toujours temps d'en parler. Le plus important est de te sortir de là.

En attendant de savoir si le Dr Duval avait réussi à retourner la situation, Angela raconta toutes les péripéties de son voyage à son père que son courage stupéfiait.

— Mais où as-tu trouvé l'argent ?

— Je vous l'expliquerai plus tard, dit-elle car la porte s'ouvrait et elle avait hâte de connaître son sort.

Devant le visage souriant du Dr Duval, ses craintes furent balayées. Le major Hembree le suivait.

— Vous êtes libre, déclara-t-il sans commentaire.

— Allons-nous-en ! fit Elton en lui prenant le bras.

— Attendez une minute ! protesta-t-elle en se libérant.

Le major Hembree avait repris sa place derrière son bureau et elle alla se placer devant lui.

— Est-ce tout ce que vous avez à dire ?

Il haussa les sourcils.

— Que voulez-vous de plus ?

Elton l'attrapa de nouveau, mais elle l'écarta.

— Vous avez maintenant la preuve que je ne mentais pas. Il me semble que vous me devez des excuses.

Il se dressa comme un diable de sa boîte et sa chaise bascula en arrière avec fracas. Angela recula instinctivement, mais il se pencha de façon à être à quelques centimètres de son visage. Les yeux lui sortaient de la tête, ses narines étaient dilatées et elle sentait son souffle contre sa joue.

— Laissez-moi vous dire quelque chose, mademoiselle Sinclair. Vous-même comme tous les autres citoyens de La Nouvelle-Orléans et des paroisses environnantes êtes sous la juridiction de l'Union. Je ne vous dois rien. Vous avez été vaincus. C'est vous qui devriez me manifester de la gratitude de ne pas vous avoir pendue pour votre irrévérence. Et, maintenant, sortez avant que je ne change d'avis ! glapit-il en indiquant la porte du doigt.

Angela resta un moment immobile, ignorant la supplication muette de son père et du Dr Duval. Puis avant de quitter la pièce, elle s'arrêta un instant sur le seuil et déclara d'un ton calme :

— Je ne suis pas vaincue, major Hembree. Vous pouvez m'emprisonner, m'enchaîner, jamais vous ne conquerrez mon âme. Tout comme vous autres, Yankees, ne serez jamais capables de conquérir l'âme du Sud. Et c'est cela qui compte.

— Je ne vous oublierai pas ! hurla-t-il comme Elton et le Dr Duval entraînaient la jeune fille hors de la pièce. Quand le général Butler arrivera, vous pouvez être sûre que votre nom sera en tête de la liste des rebelles sur lesquels il faudra avoir l'œil…

Une fois dehors, Angela salua le Dr Duval.

— Merci de tout ce que vous avez fait pour moi. Je ne m'attendais pas à un retour aussi mouvementé et je n'ai pas réussi à me maîtriser.

— En effet, acquiesça-t-il, et il se tourna vers Elton. Merci d'avoir pris soin d'Ida. J'irai la chercher le plus tôt possible, mais il y a tant à faire. Beaucoup de soldats sont malades et ils manquent de médecins.

— Vous ne soignez pas les Yankees, tout de même, docteur Duval ! s'exclama Angela.

Il lui décocha un regard dur.

— Je suis médecin, lui rappela-t-il sèchement. Je soigne tous ceux qui sont malades, quel que soit leur uniforme.

— Je vois.

Ses lèvres serrées et son regard flamboyant ne laissaient aucun doute sur ses sentiments.

— Regardez enfin les choses en face ! s'emporta-t-il. Il n'est plus temps d'enfourcher vos grands chevaux.

— Cela m'est égal, répliqua-t-elle entre ses dents. Je n'ai pas l'intention de causer des ennuis, mais jamais je ne m'inclinerai devant ces porcs. Nous sommes chez nous. Ils n'ont pas le droit de venir nous donner des leçons.

Le Dr Duval secoua la tête. Essayer de lui faire entendre raison était peine perdue, décida-t-il et, après avoir salué Elton, il s'en alla.

Comme ils traversaient la ville, Elton conseilla à Angela de ne pas regarder le spectacle affligeant autour d'eux. Pour chasser ce cauchemar de son esprit, elle demanda :

— Comment cela se passe-t-il à BelleClair ?

Elton lui expliqua que rien n'avait vraiment changé.

— Comme les esclaves ont toujours été bien traités, je n'ai aucun problème avec eux. Tout continue comme par le passé.

Angela l'écoutait, devinant qu'il ne désirait pas parler de sa mère. Ils étaient presque arrivés quand Elton lui annonça comme à regret :

— Claudia est là. Elle est venue s'installer avec Raymond après...

Il hésita avant de dire doucement :

— Après la mort de ta mère. J'espère que leur présence ne t'ennuie pas.

Angela étreignit sa main.

— Claudia a toujours été difficile. Et pour vous dire la vérité, je n'ai jamais désiré épouser Raymond.

— Je le savais, dit-il en lui adressant un adorable sourire. Et tu sais quoi ? Je suis heureux que tu sois de retour, Angela.

Ida l'attendait devant la maison. Contrairement à Vinson, elle ne la tenait pas pour responsable du mariage hâtif de Raymond. Elle avait toujours soupçonné quelque mystérieuse raison à son départ brutal, mais Twyla s'était constamment dérobée dès qu'elle abordait la question. Elle serra Angela sur son cœur.

— Dieu merci, vous êtes saine et sauve. Nous nous sommes fait beaucoup de souci.

Comme elles rentraient dans la maison, Ida passa son bras autour de la taille d'Angela et lui annonça qu'en fait elle attendait son retour avant de repartir chez elle.

— Vous rentrez à La Nouvelle-Orléans ? fit Angela surprise. Mais c'est épouvantable là-bas. Les Yankees n'hésitent pas à confisquer les maisons et vous risquez de vous retrouver à la rue.

— Je sais, je sais, mais Vinson pense que dans la mesure où il soigne les soldats, nous n'avons rien à craindre.

Ne voulant pas lui raconter l'odieuse scène avec Claudia, elle déclara :

— S'il doit rester là-bas, ma place est auprès de lui.

Mammy Kesia et toute la domesticité accueillirent chaleureusement Angela. Il n'y avait aucun signe de Claudia ni de Raymond et elle traversa les pièces une à une, retrouvant les lieux et les objets de son enfance avec émotion.

Ida insista pour partir sur-le-champ, et Angela fut étonnée que Raymond ne vienne pas la saluer, mais elle n'en fit rien remarquer. Elle était épuisée et, après une rapide collation, elle décida de monter dans sa chambre prendre un peu de repos avant de rejoindre son père.

Claudia, le visage fermé, était assise devant la fenêtre. Avant qu'Angela ait pu ouvrir la bouche, elle jeta :

— Pourquoi es-tu revenue ?

— C'est ma maison, lui rappela Angela. Écoute, nous ne nous sommes pas vues depuis presque quatre ans, nous pourrions peut-être essayer de nous entendre ? Faut-il que nous commencions à nous disputer dès la minute où je passe la porte ?

— Je te déteste, annonça froidement Claudia. Et je ne veux pas de toi ici.

— Cela ne m'empêchera pas de rester.

Angela fit le tour de la pièce, heureuse de la retrouver telle qu'elle l'avait laissée.

— Pas pour longtemps ! déclara Claudia dans son dos.

Angela se retourna et fut horrifiée par la méchanceté de son expression.

— Maman n'est plus là pour prendre ton parti. Et papa n'a jamais été dupe de ta comédie. Tu risques d'avoir du mal à l'emporter désormais. Et maintenant, sors de ma chambre, ordonna-t-elle en se plaçant à côté de la porte.

Claudia ne bougea pas.

— Je ne m'en irai pas tant que nous n'aurons pas réglé la question de Raymond.

— Qu'y a-t-il à régler ? Vous êtes mariés tous les deux. Et je ne vous souhaite que du bien. Crois-moi !

— Ça, certainement pas ! Je ne suis pas folle ! Tous les hommes sont partis à la guerre. Surtout ne t'avise pas d'essayer de me prendre Raymond !

Angela fut sur le point de lui rétorquer que si elle n'en avait pas voulu quatre ans plus tôt, elle en voulait encore moins maintenant, mais elle eut peur que Claudia ne le répète à Raymond et elle ne voulait pas le blesser.

— Tu n'as rien à craindre, Claudia. Je t'assure. Maintenant, veux-tu bien sortir ?

Claudia ne bougeait toujours pas.

— Je crois plutôt que c'est toi qui devrais partir. Va donc t'installer dans un hôtel à La Nouvelle-Orléans. Tu trouveras sans doute un soldat pour s'occuper de toi.

— Ah, pour l'amour du ciel ! J'en ai assez de ces idioties !

Angela se précipita hors de sa chambre, dégringola l'escalier, traversa le vestibule et sortit dans l'après-midi printanier. Il fallait vraiment trouver une solution, Claudia était plus impossible que jamais.

— Mademoiselle Angela ! C'est vous ?

Elle se retourna et bien qu'il lui fût familier, elle fut incapable de mettre un nom sur le visage de son interlocutrice.

— Vous ne vous souvenez pas de moi ? Je suis Annabelle.

La vieille femme quitta le puits où elle remplissait des seaux et s'approcha en souriant.

C'était une des Cajuns qui apportaient de l'eau aux ouvriers avec Simona et Emalee. Angela était heureuse de la revoir et, après lui avoir annoncé qu'elle était de retour depuis peu, elle orienta la conversation sur ses deux amies.

— Vous les avez vues ? Où travaillent-elles ? Je meurs d'envie de leur parler. Cela fait quatre ans, maintenant.

— Vous ne le saviez pas ? Elles sont parties depuis longtemps.

— Vous en êtes sûre ? demanda Angela, déçue.

— Oh, oui ! Je les aidais. Elles sont parties quelque part en Alabama. Depuis, je n'ai eu aucune nouvelle. Mais la plupart d'entre nous sont encore là. Certains sont à la guerre. Les autres guident les rebelles dans les marais. Personne ne les connaît mieux que nous.

Angela n'écoutait plus, désolée à l'idée qu'elle ne verrait plus jamais ses amies. Mais une phrase retint soudain son attention.

— Vous vous rappelez ce garçon avec lequel elles vous taquinaient ? On l'appelait Gator. Mon cousin qui a été blessé est revenu à la maison et il a raconté qu'il l'avait vu dans une bataille, mais sous l'uniforme de l'Union. Il n'arrivait pas à en croire ses yeux.

— J'imagine bien ! fut tout ce qu'Angela réussit à dire tant elle luttait contre ses émotions.

Sans un mot de plus, elle tourna les talons et regagna la maison.

— Prenez soin de vous ! cria Annabelle dans son dos.

Angela ne voulait pas penser à Gator, pas maintenant, plus jamais, parce que la blessure était toujours vive.

— Bienvenue à la maison ! jeta Raymond comme elle gravissait les marches du perron, la tête baissée, plongée dans ses pensées.

Elle releva les yeux et croisa son regard triste. Pendant un moment, elle fut incapable de rien dire. La dernière fois qu'elle l'avait vu, ils étaient fiancés. Et maintenant, il était marié à une autre. Elle s'efforça de sourire en lui tendant la main. Puis remarquant comme il s'appuyait sur sa canne, elle demanda :

— Vous souffrez beaucoup ? Maman m'a écrit que vous aviez été blessé. J'en ai été désolée.

— Je ne souffre plus, mais à l'époque cela a été vraiment dur. La balle s'est logée dans l'os de la jambe. Elle est maintenant plus courte que l'autre. Je m'y suis fait. Cela aurait pu être pire. Mais parlez-moi plutôt de vous. J'ai entendu dire que vous aviez fait une arrivée remarquée à La Nouvelle-Orléans.

Elle s'assit dans un rocking-chair et il l'imita. Soulagée qu'il ne cherche pas à revenir sur le passé, elle lui raconta sa capture en détail.

Il l'écoutait en hochant la tête avec admiration.

— Vous n'avez jamais pu résister à un défi, Angela ! Si quelqu'un était capable de faire la route depuis l'Angleterre jusqu'ici en pleine guerre, c'était bien vous.

Ils bavardèrent comme des amis de longue date, échangeant les souvenirs du bon vieux temps. Kesia apporta de la limonade. Une brise fraîche soufflait de la rivière et le parfum des chèvrefeuilles embaumait l'air. Pendant un instant, ils oublièrent la guerre.

Claudia les observait de la fenêtre du salon, étouffée par la fureur.

— Ah, elle croit qu'elle va l'emporter facilement cette fois-ci ! ne put-elle s'empêcher de maugréer tout bas. Si elle veut la guerre, elle l'aura !

Brett serrait la Grosse Ruby contre lui. C'était sa poitrine généreuse qui lui avait valu ce surnom, mais, aux yeux de Brett, sa poitrine n'était rien comparée à l'immensité de son cœur. Et il savait que, sans elle, il ne serait plus de ce monde.

Il avait tenté de regagner l'auberge après l'odieuse tuerie, mais il avait perdu tellement de sang qu'il s'était évanoui, laissant son cheval retrouver seul le chemin. Brett était au bord de la mort quand il avait enfin rejoint un hameau. Il n'y avait pas de médecin. Mais la Grosse Ruby était là, et elle avait décidé qu'il ne mourrait pas.

Et il n'était pas mort.

La fièvre l'avait consumé pendant des jours et des jours. Quand il s'était enfin réveillé, de grands yeux bruns étaient plantés dans les siens et la généreuse poitrine l'enveloppait.

La Grosse Ruby aurait bien voulu qu'il se fixe là, mais elle ne put le faire démordre de son idée de s'engager dans l'armée de l'Union. Il était maintenant sur le point de partir et elle s'accrochait à lui.

— Moi aussi d'une certaine façon, je t'aime, dit-il.

Et il le pensait, tout en sachant que ce n'était pas ainsi qu'elle voulait être aimée. Il éprouvait une immense gratitude et beaucoup d'amitié pour elle.

Il sauta en selle et porta les doigts à son chapeau pour un dernier adieu.

— Prends soin de toi !

— Toi aussi, soldat. Et j'espère que tu trouveras cet ange que tu cherchais !

Il fronça les sourcils, étonné.

— De quoi parles-tu ?

Elle haussa les épaules, comme si cela n'avait pas d'importance.

— J'espérais bien que tu allais rester, alors je n'ai rien dit. Mais quand tu délirais sous l'effet de la fièvre, tu ne cessais d'appeler quelqu'un « ange ». Si elle compte tant pour toi, tu dois l'aimer. Et si tu l'aimes... concéda-t-elle de mauvaise grâce, alors j'espère que tu la retrouveras.

Brett secoua la tête comme s'il ne savait pas de quoi elle parlait. Et agitant la main une dernière fois, il s'éloigna.

« Ange » vraiment, se moqua-t-il amèrement en éperonnant son cheval, c'était plutôt un petit démon. Mais la Grosse Ruby avait raison sur un point. Il l'aimait.

17

Au cours des semaines qui suivirent le retour d'Angela, il devint évident que la guerre n'était pas le seul problème. Elton perdait pied chaque jour davantage. Il partageait rarement les repas familiaux et passait le plus clair de son temps enfermé dans son bureau ou auprès de la tombe de Twyla. Angela ne l'avait jamais vu boire autant. Plus rien ne semblait l'intéresser.

Afin de réveiller l'intérêt défaillant de son père, elle le força à rencontrer chaque jour les contremaîtres pour vérifier le bon fonctionnement de la plantation. Claudia s'accrochait à leurs basques et Angela craignait toujours qu'elle ne provoque leur départ par quelque esclandre. Depuis que tous les hommes blancs de dix-huit à trente-cinq ans avaient été obligés de s'enrôler, on trouvait difficilement des contremaîtres à recruter.

Mais comme les journées devenaient étouffantes, Claudia avait de plus en plus de mal à s'arracher à la fraîcheur de la maison. Elle prit bientôt l'habitude de se rendre chaque après-midi à La Nouvelle-Orléans. Au dîner, elle racontait comment l'atmosphère changeait peu à peu en ville et se vantait de se faire des amies parmi les femmes d'officiers qui venaient d'arriver.

Angela l'écoutait, consternée. Un soir, Claudia annonça qu'elle revenait de chez Elisabeth Hembree.

— C'est la femme du major ? s'informa Angela.

Claudia haussa les sourcils.

— Oui, bien sûr. Mais comment le sais-tu ?

Angela, l'appétit soudain coupé, repoussa son assiette de gombo.

— C'est l'officier qui a été si désagréable avec moi.

— C'était certainement de ta faute, rétorqua Claudia. Je sais par Elisabeth qu'on leur demande d'être particulièrement courtois, jusqu'à une certaine limite bien entendu. J'ai moi-même été très bien traitée.

— Cela ne m'étonne pas. Tu leur baises le cul !

— Angela, surveille ta langue ! la gronda Elton dont c'était une des rares apparitions à table.

— Excusez-moi, papa ! Je ne voulais pas être grossière. Mais je n'ai pas trouvé d'autres mots pour décrire sa conduite. Je suis sûre que vous ne l'approuvez pas, vous non plus.

Il se retint de dire qu'il se fichait éperdument de ce que faisait Claudia et qu'il serait ravi si elle s'installait à La Nouvelle-Orléans avec ces maudits Yankees. Mais pour maintenir la paix, il suggéra de changer de sujet.

— Votre mère tenait à ce que la conversation à table ne dégénère pas en pugilat.

— Ce n'est pas moi qui ai commencé ! protesta Claudia, déterminée à avoir le dernier mot.

Elton tendit sa tasse à Kesia. Mais à peine eut-il avalé une gorgée de café qu'il fit la grimace.

— Je me demande pourquoi je bois cet horrible breuvage. Je ne me rappelle même plus du dernier vrai café que j'ai bu.

— Moi j'ai pris un vrai café cet après-midi, et il était délicieux. Un bateau de ravitaillement a accosté hier. Les Yankees ont leurs placards pleins à craquer.

— Je vous en apporterai, intervint Raymond. Un officier en a donné à père pour le remercier d'avoir passé la nuit auprès de sa femme malade.

Angela avait du mal à retenir sa colère. Elle frappa la table du plat de la main.

— Il n'en est pas question ! Plutôt crever que de manger dans la main de cette vermine !

Claudia gloussa.

— Tu es vraiment ridicule ! Quand comprendras-tu donc que c'est à toi seule que tu fais du tort ?

— Peut-être devrais-tu te montrer un tout petit peu plus tolérante, Angela, suggéra son père avec circonspection. Il faut penser à BelleClair.

Consciente qu'ils la considéraient tous d'un air accusateur, Angela se raidit.

— Que voulez-vous dire ?

Il annonça, mal à l'aise, qu'il avait eu l'après-midi même la visite de John Carraway, un planteur voisin.

— Les esclaves des paroisses proches de La Nouvelle-Orléans sont impossibles à maîtriser, paraît-il. Seule la proximité des troupes de l'Union les fait tenir tranquilles.

— Je ne vois pas en quoi cela nous concerne. Nous n'avons pas de problèmes ici.

— Mais nous risquons d'en avoir, souligna Elton. Les fuyards peuvent donner des idées à ceux qui se tiennent tranquilles. Il y a des bandes qui traînent un peu partout.

— Qu'espèrent-ils ? demanda Angela.

— Ils n'étaient pas prêts…

Un regard glacial de Claudia réduisit Raymond au silence.

— C'est un problème qui ira grandissant, poursuivit Elton, et le jour viendra où nous serons obligés de demander la protection de l'armée. Comme John, je pense qu'il nous faut rencontrer le général Butler et lui faire savoir que nous sommes neutres. Nous nous engagerons à n'abriter ni soldats confédérés ni rebelles et, en échange, il nous prêtera main-forte en cas de besoin.

Angela secoua la tête d'un air buté.

— Jamais je ne signerai un tel serment d'allégeance !

— Tu n'y seras pas obligée, dit-il.

— Vous êtes décidé à signer ? intervint Claudia sur un ton animé. Vraiment ?

— Oui, je crois que c'est la meilleure solution. Inscrire mon nom sur un bout de papier ne change rien au fait que mon cœur demeure du côté des Confédérés. C'est une manière de me servir des Yankees à des fins personnelles, tu ne comprends pas ?

Il posa sa main sur celle d'Angela.

Elle ne comprenait pas et elle ne comprendrait jamais, mais elle était heureuse qu'il sorte enfin de son apathie.

— Faites comme bon vous semble, mais moi je ne signerai pas, papa.

— Personne ne t'y oblige, siffla Claudia. Tout ce qu'on te demande c'est de ne pas faire d'histoires et de te taire. Avec un peu de chance, les Yankees ne te remarqueront pas. Dieu merci, tu n'es pas invitée au bal donné en l'honneur du général. Tu ne nous aurais apporté que des ennuis !

— Tu n'as tout de même pas l'intention d'aller à ce bal, Claudia ! protesta Angela, accablée.

— Mais si ! Et je vais même y étrenner une nouvelle robe, se vanta-t-elle. Comme toutes les couturières de La Nouvelle-Orléans, Effie Lauteur avait retiré son enseigne, refusant de coudre pour les Yankees. Et toutes ces dames étaient désespérées de ne trouver personne pour les aider à renouveler leur garde-robe. Aussi, continua-t-elle avec un sourire triomphant, quand j'ai parlé d'Effie à Elisabeth, elle était si contente qu'elle lui a commandé une robe pour moi.

Angela était écœurée.

— Effie ne te le pardonnera jamais et je la comprends. Comment as-tu pu la trahir ?

— J'y ai gagné non seulement une nouvelle robe mais aussi une invitation au bal. Maintenant, toutes les femmes d'officiers m'adorent.

— N'en sois pas si sûre ! marmonna Angela entre ses dents.

Elton saisit l'occasion au vol et se tourna vers Claudia.

— Tu aurais été invitée de toute façon !

Et croisant le regard d'Angela, il ajouta :

— J'ai reçu une invitation pour tout le monde.

— Je n'ai pas l'intention d'accepter quoi que ce soit des Yankees.

— Je t'en prie, déclara Elton à la surprise générale. Je voudrais que tu viennes à la place de ta mère.

— Moi, je ne veux pas d'elle ! Elle inventera sûrement quelque chose pour tout gâcher. Le général Butler sera obligé de raser la maison, de ruiner la plantation... protesta Claudia en éclatant en sanglots.

Dégoûté, Raymond secoua la tête.

Angela promit d'y réfléchir.

Elton s'excusa sans avoir pratiquement touché à son assiette. Dès qu'il eut quitté la pièce, Claudia se répandit en invectives contre Angela.

— Je te préviens, si jamais tu oses faire du scandale au bal, tu le regretteras. J'ai l'intention de m'intégrer dans la nouvelle société et je te conseille de ne pas me mettre de bâtons dans les roues.

Sans un mot, Angela se leva et gagna la véranda. Le fleuve étincelait sous les derniers feux du soleil et le ciel se teintait de pourpre et de rose. La brise apportait des senteurs de terre humide. Tout était si calme. Elle inspira à pleins poumons comme pour s'enivrer de ce court instant de répit dans un monde en décomposition.

Précédé par le martèlement de sa canne, Raymond fit bientôt son apparition. Il s'assit dans un fauteuil d'osier à côté d'elle.

— Si Kesia n'était pas aussi bonne cuisinière, je crois que je préférerais mourir de faim plutôt que de supporter un autre dîner comme celui-ci.

— Papa avait raison, remarqua tristement Angela. Maman n'aurait jamais toléré ce genre de scène à table.

— Claudia ne sait pas vivre autrement !

Angela ne répondit rien. Elle se sentait toujours mal à l'aise quand il critiquait Claudia devant elle.

— Vous vous rappelez le jour où vous êtes revenue ? Je n'étais même pas là pour vous accueillir ! poursuivit-il sans faire attention à son silence.

Vous êtes-vous demandé pourquoi ? Eh bien, Claudia était folle de rage de votre retour et elle a tempêté tant et si bien que je n'ai pas osé me montrer. D'autant plus que ma mère venait de subir une de ses odieuses scènes.

Il marqua une pause et poussa un soupir à fendre l'âme.

— C'est vrai que la malheureuse a dû s'habituer aux sautes d'humeur de Claudia durant le court laps de temps où nous avons logé chez elle. Croyez-moi ! Ce fut un véritable soulagement quand je suis parti au combat.

Du coin de l'œil, Angela aperçut son père qui se dirigeait vers le cimetière familial. Elle saisit l'occasion pour quitter Raymond.

— Je vous prie de m'excuser, mais j'aimerais faire quelques pas avec mon père.

Et elle s'enfuit non sans entendre le malheureux pousser un nouveau soupir.

Le jardin de roses s'étendait jusqu'au cimetière installé sur une petite éminence dominant la propriété. Le père d'Angela sortit de la roseraie et s'engagea sur l'allée qui menait aux tombes. Au moment où elle allait l'appeler, un homme émergea du bois. Dès qu'il la vit, il disparut aussitôt dans les feuillages. Bien qu'elle n'ait fait que l'entrevoir, son visage avait quelque chose de familier, mais elle n'arriva pas à mettre de nom dessus. Pressée de rejoindre son père, Angela oublia l'incident.

Elton déverrouillait la nouvelle grille qui protégeait la porte du mausolée, quand il aperçut sa fille. Son regard s'éclaira.

— Je voulais te proposer de m'accompagner, mais je n'étais pas sûr que tu sois prête à accepter.

— J'attendais que vous me le demandiez et me voilà. C'est tout ce qui compte.

Il tira la grille, fit tourner la clé dans la serrure et la porte de fer s'ouvrit.

— Je cache les clés dans la cheminée de mon bureau, sous la troisième brique de la deuxième rangée en partant de la gauche. Ainsi tu pourras venir ici dès que le cœur t'en dira.

À la surprise d'Angela, l'intérieur du tombeau ressemblait à un petit salon avec un rocking-chair et une carpette que sa mère avait réalisée au crochet. Son père s'agenouilla et pria quelques instants avant de s'asseoir dans le fauteuil. Il se mit alors à lui raconter comment sa mère était partie en quelques jours sans que le Dr Duval ait pu tenter quoi que ce soit pour la sauver. Il l'avait veillée nuit et jour jusqu'à ce qu'elle rende le dernier soupir.

Angela s'agenouilla à côté de lui et posa sa tête sur ses genoux.

— Elle t'aimait, tu sais, chuchota Elton en lui caressant les cheveux. Et tu lui manquais beaucoup.

— Jamais je n'ai voulu vous blesser, ni l'un ni l'autre ! Je suis désolée…

Angela ne put poursuivre sa phrase tant elle avait la gorge nouée.

— Laissons cela ! C'est inutile de revenir sur le passé.

Ils restèrent dans le silence du mausolée jusqu'à ce que le soleil plonge derrière l'horizon. Elton annonça alors qu'il était préférable de rentrer.

Il verrouilla la grille et la porte, avant de jeter une exclamation stupéfaite.

— Regarde ! Là ! Ces fleurs sauvages qui ont

poussé dans les interstices. Et le cercueil de ta mère qui est juste de l'autre côté !

Angela suivit son regard et vit une multitude de petites fleurs multicolores qui paraissaient jaillir des pierres du tombeau. Il caressa les pétales délicats d'une main tremblante.

— Tu vois ? murmura-t-il avec admiration. C'est la vie qui jaillit de la mort.

Leo s'approcha à pas prudents de la crypte. Le carillon de Jackson Square venait de sonner les douze coups de minuit. Personne ne l'avait vu pénétrer dans le cimetière. Au moment où il tendait la main pour attraper l'argent au-dessus de la porte, la voix se manifesta. Il sursauta et lâcha l'argent.

— Zut, alors ! s'exclama-t-il en s'accroupissant pour ramasser les pièces. Arrêtez donc de me faire peur !

— Est-ce que tu as du nouveau ?

Comme d'habitude, la voix semblait émaner des murs gris et froids.

— Non, rien ! Sinclair erre autour de la maison ou reste des heures à l'intérieur du mausolée de sa femme. Moi, je commence vraiment à en avoir assez des cimetières.

— Tais-toi ! siffla la voix. Tu es bien assez payé pour ce que tu fais. Tu es sûr que personne n'est venu le voir ?

Leo raconta la visite de Carraway en ajoutant qu'il ne savait pas ce dont ils avaient parlé.

La voix ne s'intéressait pas à Carraway. Ce n'était pas le genre d'homme à travailler secrètement pour les Confédérés. Et il n'était sûrement pas au courant pour les plaques d'imprimerie.

— Écoute-moi ! dit-il alors en prenant un ton sévère. Elton Sinclair a une chose qui appartient au gouvernement de l'Union. J'espérais que tu le surprendrais en train de remettre cette chose à quelqu'un. Mais apparemment, ce n'est pas le cas, n'est-ce pas ?

— En effet. Il ne s'occupe même plus de ses champs. Il reste des heures auprès de cette tombe.

— Il est temps que nous agissions. Je veux que tu te débrouilles pour lui faire dire où il a caché ce que je cherche.

Leo, qui n'attendait que cela, était aux anges.

— Dites-moi donc ce que vous cherchez.

— Je ne veux pas d'ennuis, insista la voix. Débrouille-toi pour qu'il soit seul et mets un masque pour qu'il ne te reconnaisse pas. Dis-lui que tu sais ce qu'il a pris à l'Hôtel de la Monnaie et que tu sauras bien le lui faire rendre.

— Le mieux, c'est de le coincer dans le mausolée.

— Peu m'importe l'endroit. Ce que je veux c'est que tu agisses avant samedi soir. Et ensuite, apporte-moi ce qu'il te donnera.

— De quoi s'agit-il ?

— De plaques pour imprimer les billets utilisés par le gouvernement yankee, révéla la voix. Si elles tombent entre les mains des Confédérés, ce sera un désastre.

Leo éclata de rire.

— C'est bien le cadet de mes soucis ! Mais vous me donnerez bien une rallonge si je réussis à les lui prendre ?

— Si le travail est bien fait, tu auras une récompense. Maintenant, file ! Je compte sur toi !

— Vous serez pas déçu !

Leo fourra l'argent dans sa poche et fila sans demander son reste. Il avait d'abord eu l'intention de se dissimuler pour découvrir l'identité de l'homme qui se cachait derrière la voix. Mais il venait de comprendre qu'il valait peut-être mieux pour lui ne rien savoir.

18

Angela n'avait jamais imaginé qu'elle fréquenterait un jour les Yankees. Si son père ne lui avait pas demandé de prendre la place de Twyla, jamais elle n'aurait accepté. Et pour couronner le tout, la nouvelle amie de Claudia, Elisabeth Hembree, et l'ennemi personnel d'Angela, le major, s'étaient approprié la maison de Drusilla et de Hardy Maxwell, de vieux amis de la famille.

— Où sont partis les Maxwell ? demanda Angela à son père tout en gravissant le perron de leur hôtel particulier.

Claudia, qui suivait, houspillait Raymond trop lent à son goût.

— Ils vivent au sous-sol, répondit-elle avant qu'Elton puisse ouvrir la bouche. Elisabeth a pris Drusilla comme intendante. Elle ne fait pas confiance aux nègres. Hardy, si j'ai bien compris, travaille toujours à la banque. Mais, maintenant, il ne manipule plus que de l'argent fédéral, ajouta-t-elle, amusée par l'ironie de la chose.

Angela devina que son père s'était raidi.

— Nous ne resterons que le temps nécessaire, lui souffla-t-il. Il paraît que le général Butler ne sera pas là et je me demande même s'il a jamais été prévu qu'il vienne. Tout cela n'était qu'une manœuvre des Yankees pour nous humilier en nous forçant à assister à ce bal.

— J'en connais une qui est ravie d'être invitée !

— Écoute, peu importe ! Quant à toi, Angela, surtout ne rentre pas dans leur jeu. Ils cherchent seulement à nous faire sortir de nos gonds pour nous accuser ensuite d'être des fauteurs de troubles.

La jeune fille lui promit de ne pas leur donner satisfaction.

Le major se tenait à l'entrée en grand uniforme. Une large ceinture rouge lui ceignait la taille et le fourreau d'argent de son épée pendait à son côté gauche. Angela retint une grimace en reconnaissant la patte d'Effie Lauteur dans la ravissante tenue de taffetas d'Elisabeth Hembree.

Le major Hembree reconnut aussitôt Angela. Il glissa quelques mots à l'oreille de sa femme avant de la saluer en remarquant :

— J'espère que vous êtes plus agréable comme invitée que comme prisonnière.

— Et moi, j'espère que vous êtes plus agréable comme hôte que comme geôlier.

Quelques instants plus tard, elle implorait son père :

— Est-ce que nous pourrions partir ? C'est plus que je ne peux en supporter.

— J'ai bien peur que non. Ce serait impoli. Allons plutôt prendre un verre...

Il se figea en reconnaissant Drusilla Maxwell, en livrée d'intendante, en train d'arranger des plateaux sur le buffet.

— Dieu du ciel !

— Est-ce que nous ne risquons pas de l'embarrasser ? murmura Angela en le retenant par le bras au moment où il s'apprêtait à aller la saluer.

Drusilla les aperçut au même instant. Après s'être assurée que personne ne la voyait, elle leur fit signe de la suivre dans le vestibule des domestiques. Les larmes aux yeux, elle les serra sur son cœur avant de chuchoter :

— Dites à nos amis de ne pas se sentir gênés pour moi, mais il vaut peut-être mieux qu'ils m'ignorent. Ce... ce sera plus facile pour moi. Et tout ce que veulent ces maudits Yankees, c'est de saper notre moral.

— Comment cela se passe-t-il ici ? demanda anxieusement Elton. Nous ne venons presque plus en ville et nous manquons d'informations.

— Oh, il y a bien quelques veuves qui fraternisent avec l'ennemi de peur de tout perdre, dit-elle d'un ton dur. Et d'après Hardy, les planteurs recherchent les bonnes grâces des prévôts fédéraux. Ils voudraient s'assurer leur aide pour maintenir la discipline parmi les esclaves. Tout le monde sait pourtant que dès que le général Butler sera installé, il exigera que les ouvriers agricoles reçoivent des gages. Vous savez, je suppose, qu'il a fait pendre cet homme qui a déchiré le drapeau de l'Union.

Angela qui l'ignorait poussa une exclamation horrifiée, mais Elton acquiesça d'un signe de tête.

— Oui, c'est très triste.

Drusilla en vint à la raison pour laquelle elle les avait attirés dans un coin retiré.

— Hardy aimerait que vous descendiez le rejoindre au sous-sol. Il souhaite vous parler. C'est important, paraît-il.

Elton soupira et acquiesça à contrecœur.

— Retourne au salon, enjoignit-il à Angela. Je te promets que je ne serai pas long.

Il n'avait aucune envie de voir Hardy mais s'il refusait, Hardy était bien capable de se rendre à BelleClair et de le compromettre. Il espérait que s'il faisait le mort, les Yankees le laisseraient tranquille. Peut-être ne cherchait-il qu'à s'aveugler. Mais depuis le retour d'Angela, il envisageait différemment l'avenir.

Il savait comment rejoindre le sous-sol car une de leurs réunions clandestines s'était tenue là. Il sortit par-derrière et gagna la porte de la cave.

L'escalier était raide et l'air sentait le moisi. Hardy, qui l'avait entendu descendre, l'attendait. Elton grimaça en songeant à son ami obligé de vivre ici.

Il lui serra la main en lui rappelant qu'il n'avait pas beaucoup de temps.

— Cela ne sera pas long. Ils posent des questions sur la prise de l'Hôtel de la Monnaie. Je voulais vous en avertir.

Elton se raidit.

— Quelle drôle d'idée ! Je ne vois pas pourquoi ils recherchent les responsables de cette affaire maintenant. D'ailleurs, qu'aurions-nous à craindre ? Nous portions tous des masques !

— Ils ont fait l'inventaire.

— Et alors ? Nous n'avons pas volé d'argent, remarqua Elton. Le but de l'opération, c'était de manifester notre opposition et notre appartenance au Sud.

— Je sais. Mais ils prétendent qu'un jeu de plaques a disparu. S'ils s'en étaient aperçus plus tôt, ils n'auraient pas commencé à imprimer les nouveaux billets verts. Il est maintenant trop tard pour en arrêter la circulation. Si les plaques tombent entre les mains des Confédérés, cela pourrait être désastreux sur le plan économique.

— Grands dieux ! rugit Elton. Mais de quel côté êtes-vous donc ?

— Ce n'est pas vous qui vivez dans une cave, Sinclair, répondit Harry sans se laisser impressionner. Et votre femme ne sert pas les Yankees dans sa propre maison. Le combat que nous menons depuis des mois n'a servi à rien. Il est trop tard pour aider les Confédérés. Que nous le voulions ou non, nous appartenons à nouveau à l'Union. Nous n'avons plus aucune chance de les battre, continua-t-il en baissant la voix comme s'il se rappelait la fête donnée au-dessus de leurs têtes. Maintenant, il faut trouver un moyen de nous joindre à eux tout en préservant notre dignité. Certains planteurs parlent même de former une aile conservatrice qui permettrait de rattacher la Louisiane au gouvernement du Nord avant l'écroulement total du Sud.

— C'est absurde !

— Pas quand on y réfléchit. Ils sont tombés d'accord sur deux points : maintenir l'esclavage et proposer une représentation de toute la population. Évidemment, dans ce cas, la majorité noire l'emporterait. Mais cela ne donnerait que plus de pouvoir aux propriétaires des esclaves.

— Voyons, cela n'a aucune chance d'aboutir ! pronostiqua Elton.

— Pourquoi pas ? Il faut seulement éviter qu'ils nous considèrent comme des rebelles. Ce qui nous pend au nez s'ils découvrent que nous étions à l'Hôtel de la Monnaie et que l'un de nous a volé ces plaques.

— Il y a longtemps que je ne me mêle plus de cela. Si jamais l'un de vous ose me compromettre dans cette affaire de plaques, je nierai tout en bloc.

— Vous ne serez pas le seul ! dit Harry d'un ton sarcastique. Je voulais seulement vous tenir au courant et j'imaginais bêtement que cela vous importait. Mais je vois que je me suis trompé.

— En effet. Et maintenant, si vous n'avez rien d'autre à me dire, je voudrais remonter avant qu'on ne s'aperçoive de mon absence.

— Non, je ne vois rien d'autre, déclara Harry, vexé.

Si Angela trouvait le temps horriblement long, Claudia, elle, passait de bras en bras et s'amusait follement. Raymond ne semblait pas, lui non plus, apprécier la soirée. Il se tenait à côté d'Angela, lourdement appuyé sur sa canne.

— Regardez-moi cela ! finit-il par cracher. Tous ces freluquets me narguent parce qu'ils ont leurs deux jambes et que j'en ai laissé une dans la bataille !

— Voyons ! Ne prenez donc pas la mouche ! C'est tout ce qu'ils cherchent. Faites comme si cela vous était égal.

— Mais cela m'est parfaitement égal. Vous êtes la seule femme avec laquelle j'ai jamais désiré danser, murmura-t-il d'une voix entrecoupée. J'ai été un bel imbécile. J'ai toujours pensé que votre amour m'était acquis au lieu de chercher à le gagner. Ah si…

— Cela suffit, Raymond ! protesta-t-elle, contrariée et compatissante à la fois. Le passé est le passé. Vous ne pouvez rien y changer et moi non plus. Pourtant Dieu sait si je voudrais…

— Vraiment, Angela ! Vous voulez dire que…

— Non ! se récria-t-elle pour ne pas lui laisser de faux espoirs. Vous m'avez mal comprise !

— Je suis désolé que tu aies une telle migraine ! déclara bien fort son père qui venait d'arriver à leur hauteur. Apparemment, cela ne s'arrange pas. C'est navrant, mais je crois qu'il vaut mieux rentrer à la maison !

Angela mordit immédiatement à l'hameçon et porta ses mains à ses tempes avec une grimace.

— C'est terriblement douloureux ! Je crois en effet que c'est malheureusement ce que nous avons de mieux à faire.

Glissant le bras de sa fille sous le sien et, après avoir fait signe à Raymond, Elton se dirigea vers leur hôtesse et se confondit en excuses.

Un éclair de méfiance passa dans les yeux d'Elisabeth Hembree.

— Je regrette que vous ne vous sentiez pas bien, déclara-t-elle à Angela avec une fausse compassion. Sauvez-vous vite !

— Merci pour cette délicieuse soirée ! susurra Angela, se mettant au diapason de la maîtresse de maison. Vous êtes une merveilleuse hôtesse. Nous autres, Sudistes, avons beaucoup à apprendre des gens du Nord.

Elles échangèrent un regard qui en disait long sur leurs véritables sentiments.

Raymond était allé informer Claudia qu'ils partaient et elle arriva en courant pour protester :

— Nous ne pouvons pas partir déjà ! Ce serait mal élevé.

— Votre sœur ne se sent pas bien, expliqua Elisabeth Hembree.

— Cela ne signifie pas que *nous* devions partir, Raymond, déclara Claudia en se précipitant sur lui. Nous pouvons emprunter une voiture à votre père et rentrer plus tard.

— J'ai peur que ce ne soit guère prudent de rentrer tous les deux seuls si tard, intervint Elton en feignant d'être désolé.

Claudia parut dépitée et sa lèvre inférieure se mit à trembler. Elisabeth passa un bras réconfortant autour de sa taille.

— Vous pouvez rester tous les deux ici pour la nuit.

Claudia applaudit des deux mains en sautillant.

— C'est merveilleux. Quelle bonne idée ! Si vous voulez m'excuser, j'ai promis cette danse au capitaine Barlow, annonça-t-elle en regagnant la salle de bal sans un regard derrière elle.

— Je ne peux pas l'abandonner, dit Raymond une fois qu'Elisabeth Hembree les eut quittés. Mais nous ne resterons pas dormir ici. Nous irons chez mes parents.

Contrariée pour lui, Angela lui plaqua impulsivement un baiser sur la joue. Claudia leva les yeux à cet instant précis et poussa un soupir exaspéré.

Bercée par les oscillations de la voiture, Angela s'endormit. Elle ne se réveilla que quand son père lui annonça qu'ils étaient arrivés.

Wilbur, le maître d'hôtel, les attendait comme à l'accoutumée et il prit leurs manteaux. Elle se dirigeait vers l'escalier quand elle entendit son père le congédier :

— Je vais rester un moment dans mon bureau, mais vous pouvez rentrer chez vous, Wilbur. Je n'ai plus besoin de vous.

— Il est très tard, papa, intervint Angela. Vous feriez peut-être mieux d'aller au lit ?

Elton ne répondit pas, de nouveau perdu dans son chagrin. Angela ressentit une immense tristesse, mais elle ne pouvait rien pour lui.

Elton gagna son bureau et s'installa derrière sa table. Se carrant contre son dossier, il ferma les yeux et les souvenirs affluèrent bientôt, ressuscitant sa bien-aimée Twyla et lui faisant revivre les jours de splendeur d'autrefois.

Caché au milieu des hortensias qui ornaient la façade, Leo Cody s'était réjoui de voir Elton rentrer seul avec sa fille. Enfin, il allait pouvoir mettre son plan à exécution et récupérer ces maudites plaques.

Le vieux maître d'hôtel avait regagné le quartier des esclaves et la lumière de la chambre à l'étage venait de s'éteindre. Une seule lampe brûlait encore chez Elton. Le dos tourné à la fenêtre, il semblait assoupi dans son fauteuil.

Leo prit son mouchoir et l'attacha de façon à couvrir le bas de son visage. Puis il grimpa sur l'appui de la fenêtre et sauta sans bruit dans la pièce.

Elton, plongé dans ses souvenirs, ne bougea pas.

Leo sortit son couteau et pressa la lame contre la gorge du planteur.

— Un seul geste et tu es un homme mort, fit-il tout contre son oreille.

Le cœur d'Elton se serra d'angoisse. Il sentait la pointe glacée de la lame contre son gosier et aucun son ne sortait de sa bouche.

— Prenez ce que vous voulez et laissez-moi ! Parvint-il enfin à articuler d'une voix à peine audible.

— Je sais que tu as un coffre-fort quelque part.

Leo accentua légèrement la pression de la lame.

— Dis-moi où il est ou je te tranche la gorge et je passe la maison au peigne fin.

Elton savait qu'il ne pouvait espérer aucune aide. De toute façon, il n'était attaché ni à l'argent ni aux bijoux.

— Derrière le tableau.

— Quelle est la combinaison ?

Elton la lui donna, se maudissant d'avoir oublié de prendre le pistolet qui était dans la poche de son manteau.

— J'espère pour toi que tu n'as pas menti. Maintenant, assieds-toi et reste tranquille ! ordonna Leo en reculant vers le coffre.

— Non... non, c'est la vérité, dit nerveusement Elton qui sentait le sang couler le long de son cou mais n'osait pas l'essuyer. Je vous en prie ! Prenez ce que vous voulez et partez !

Leo retira la toile qui cachait le coffre aux regards. Puis tenant le couteau de sa main droite, il fit la combinaison de la main gauche. Du coin de l'œil, il surveillait Elton.

La porte finit par céder. Des sacs s'entassaient dans le coffre. Leo découvrit avec stupéfaction tout un assortiment de colliers et de pendants d'oreilles dans le premier sac. Il méritait bien un petit bonus. Et la voix n'y verrait pas d'inconvénient puisque seules les plaques l'intéressaient. Il se mit à fouiller frénétiquement dans le coffre, envoyant les papiers promener.

Elton porta une main tremblante à sa gorge. Cela saignait à peine ; sans doute n'était-ce qu'une entaille. Mais mieux valait se débarrasser de ce rôdeur avant que l'envie de le tuer ne le prenne.

Il prit appui sur les bras du fauteuil et se leva silencieusement, cherchant du regard ce qui pourrait lui servir d'arme. Le tisonnier était à sa place habituelle contre la cheminée. Elton s'en saisit et s'approcha prudemment du voleur.

Leo poussa un juron. Le coffre était maintenant vide et il n'avait pas trouvé trace des plaques.

— Sapristi, où sont-elles...

Il se retourna au moment où Elton allait le frapper et évita le coup de justesse. Le tisonnier frappa bruyamment le sol. Elton attrapa alors d'un mouvement brusque le bras qui tenait le couteau et arracha le masque de son autre main.

— Leo !

Interdit, Elton lâcha prise, et Leo en profita pour le poignarder. Elton roula des yeux stupéfaits en refermant ses mains sur sa poitrine d'où le sang coulait déjà à flots. Il s'effondra par terre.

Leo s'accroupit à côté de lui.

— Dites-moi où vous avez caché les plaques et je vais chercher de l'aide.

Elton toussa, crachant du sang.

— Va au diable...

Angela se dressa sur son séant et essaya de percer l'obscurité autour d'elle. Elle avait entendu quelque chose. Elle se leva et attrapa sa robe de chambre qu'elle enfila tout en courant vers la porte. Elle l'ouvrit à la volée, longea le couloir d'une traite et descendit rapidement l'escalier.

Tout était calme en bas. Peut-être avait-elle rêvé, mais mieux valait en avoir le cœur net. La porte du bureau était fermée et un rai de lumière filtrait en dessous.

— Tout va bien, papa ?

N'obtenant aucune réponse, elle fit tourner doucement la poignée et jeta un coup d'œil à l'intérieur. Son père gisait au sol, un couteau enfoncé jusqu'à la garde dans la poitrine.

— Mon Dieu, ce n'est pas possible... gémit-elle en s'effondrant à côté de lui.

Épouvantée, elle porta ses mains à sa gorge, puis tout doucement elle les posa sur le visage chéri. Elton ouvrit les yeux et remua les lèvres dans un effort inutile pour prononcer son nom.

— Restez tranquille ! commanda-t-elle. Je vais appeler quelqu'un.

Elle voulut se lever, mais avec ses dernières forces, il réussit à articuler :

— C'est trop tard. Écoute-moi...

Elle glissa un bras sous sa tête pour le soulever légèrement.

— Vite que je puisse aller chercher de l'aide.

Caché derrière la porte, Leo tendait l'oreille tout en se maudissant d'avoir cru Sinclair mort. Personne ne devait connaître son identité. Il s'empara silencieusement du tisonnier et s'avança sur la pointe des pieds.

Le regard d'Elton devenait vitreux. Malgré tous ses efforts, aucun son ne sortait de sa bouche. Angela posa son oreille contre ses lèvres, tentant de saisir ce qu'il cherchait si désespérément à lui dire.

— Fleurs sauvages... murmura-t-il d'une voix rauque avant de renoncer à la lutte.

Angela n'avait pas encore réalisé l'affreuse réalité lorsqu'elle entrevit du coin de l'œil quelque chose qui bougeait. Paniquée, elle se retourna et son regard engloba le visage menaçant et le tisonnier qui se balançait au-dessus de sa tête, prêt à frapper…

Ce visage lui était familier. Elle l'avait déjà vu auparavant, mais où, qui…

Le tisonnier s'abattit sur sa nuque.

Et ce fut le noir.

19

Il était presque neuf heures quand les Duval arrivèrent à BelleClair. L'esclave envoyé par Kesia pour prévenir le docteur avait galopé tout le long du chemin.

Vinson prenait son petit déjeuner quand Hannah était venue l'avertir que quelqu'un de BelleClair le demandait à la porte de service, et que ce quelqu'un n'avait pas l'air bien. Le médecin avait traversé la maison en courant, Ida sur les talons. Le jeune esclave tournait son chapeau entre ses mains en répétant d'une voix entrecoupée de sanglots :

— Le maît'e est mo't… Le maît'e est mo't…

Devant l'impossibilité d'en apprendre davantage, Vinson ordonna qu'on prépare sa voiture et alla chercher sa trousse. Ida réveilla Raymond qui s'habilla tout en courant rejoindre son père.

Quand ils arrivèrent à la plantation, une foule d'esclaves et de domestiques était déjà rassemblée devant la maison. Ida s'arrêta pour demander à Kesia ce qui s'était passé tandis que Vinson se précipitait à l'intérieur, suivi de Raymond.

Dans le vestibule, ils tombèrent sur Wilbur. Incapable de parler tant il était secoué, le majordome indiqua le bureau du doigt. Vinson parcourut le reste du chemin au pas de course et se figea sur le seuil devant l'horrible spectacle. Le bureau avait été mis à sac et le médecin comprit, avant même de s'accroupir auprès de lui, qu'Elton était mort. Le couteau était toujours planté dans sa poitrine. Vinson ferma les yeux vitreux du malheureux et sursauta en entendant Raymond pousser un cri.

— Oh, mon Dieu, non...

Il était agenouillé auprès d'Angela qu'on avait déposée sur le canapé. Vinson l'écarta. Le visage de la jeune fille était maculé de sang.

— Elle est vivante, annonça-t-il après l'avoir rapidement auscultée. Mais apparemment, le choc a été violent.

Raymond recouvrit le corps d'Elton d'un plaid et, anéanti, se mit à marcher de long en large. Il remarqua alors le coffre ouvert et le désordre qui régnait dans la pièce, et dit :

— Elton a dû surprendre le voleur et Angela, entendant du bruit, s'est précipitée en bas.

— Montons-la dans sa chambre. Je ne veux pas qu'elle voie le corps à son réveil.

Raymond, que sa jambe handicapait, appela Wilbur.

Ils avaient commencé à monter l'escalier quand ils entendirent une cavalcade à l'extérieur. Raymond jeta un coup d'œil par la porte ouverte et grogna :

— Ce sont des soldats nordistes !

— Comment sont-ils déjà au courant ? grommela Vinson. Nous n'avons besoin de personne ici. Surtout pas de Yankees !

Raymond avait envoyé Hannah informer Claudia que quelque chose était arrivé à son père et qu'elle devait rentrer.

— Je pensais bien que les Hembree la feraient raccompagner, mais pas par toute une patrouille.

— Pourquoi l'as-tu laissée là-bas la nuit dernière ? Tu aurais dû lui botter les fesses et la forcer à rentrer avec toi.

— D'abord, je n'ai qu'un pied valide et en aurais-je eu une douzaine, cela n'aurait servi à rien. Claudia n'en fait qu'à sa tête. Et je me moque d'elle pour le moment. Ce qui m'importe, c'est Angela.

— Quant à moi, j'ai perdu mon meilleur ami, remarqua Vinson avec brusquerie. Peut-être est-ce une bonne chose que ces maudits Yankees soient là, après tout. Ils pourront se lancer tout de suite à la poursuite du salaud qui a fait le coup. J'irai leur parler aussitôt que j'en aurai fini avec Angela.

Il envoya Wilbur demander à Kesia d'aller chercher de l'eau et des serviettes pour nettoyer la blessure.

Un hurlement ébranla la maison.

— C'est Claudia, déclara Raymond avec lassitude. Je ferais mieux de descendre.

Vinson mit un moment à nettoyer la plaie. Quand il eut fini, il fit plusieurs points de suture avec du fil de soie. Heureusement qu'Angela était inconsciente, songeait-il. Au moins, elle ne sentait pas la douleur. Ensuite, il sortit de son sac une fiole contenant un mélange de raifort et de vinaigre. Tout en appliquant la solution, il demanda à Kesia de découper les draps pour faire des bandages.

— Restez auprès d'elle, ordonna-t-il à Kesia une fois qu'il eut fait tout ce qui était en son pouvoir. Je ne veux pas qu'elle reste seule. Je descends. Si jamais elle a l'air de se réveiller, venez me chercher.

La colère le saisit à la vue de la foule rassemblée dans le vestibule. Par la porte ouverte, il aperçut des attelages qui montaient l'allée.

Repérant Wilbur dans un coin, Vinson fondit sur lui.

— Faites sortir ces gens et fermez la porte. Nous n'avons pas besoin de ce défilé dans la maison.

— Je ne suis pas là en badaud, docteur Duval, déclara le major Hembree en s'avançant. Il y a eu un meurtre et je dois poser quelques questions à Mlle Sinclair.

— Mlle Sinclair est inconsciente. Quand elle aura recouvré ses esprits, vous serez le premier prévenu. D'ici là, pourquoi n'envoyez-vous pas vos hommes faire des recherches ?

— Ils s'en occupent, mais c'est plutôt difficile quand on n'a aucune idée de ce qui s'est passé.

— Eh bien, faites pour le mieux, major, déclara Vinson en le quittant pour rejoindre Claudia dont on entendait les sanglots hystériques.

Assise dans le bureau, elle fixait d'un regard hagard la couverture qui cachait le corps. Raymond essayait vainement de la calmer. Vinson s'installa auprès d'elle et sortit une fiole d'opium de son sac. Il l'obligea à en prendre. L'effet fut instantané et il poussa un soupir de soulagement.

Maintenant que le problème de Claudia était réglé, Ida prit les choses en main. Elle entraîna tout le monde dans le salon et demanda aux domestiques de se reprendre et d'aller préparer des boissons.

Elisabeth Hembree fit alors son apparition et insista pour ramener Claudia à La Nouvelle-Orléans. Personne ne protesta. Pas même Raymond.

Ce dernier retourna dans le bureau pour mettre un peu d'ordre. Le contenu du coffre était éparpillé par terre. Apparemment, l'assassin n'avait pas pris le temps d'emporter son butin, une fois son forfait perpétré.

Il remettait les choses à leur place quand il aperçut une enveloppe sur laquelle était inscrit : « Dernières volontés et testament ».

Incapable de résister, Raymond l'ouvrit. Il parcourut rapidement les quelques feuillets et sourit.

À contrecœur, Ida fit remarquer à Vinson qu'il était grand temps de s'occuper du corps. Plongée dans ses pensées, il acquiesça d'un air absent. Elle prit alors les choses en main et ordonna aux esclaves qui roulaient des yeux effarés de transporter le corps dans la buanderie où elle supervisa sa dernière toilette.

Malgré ses ordres, la maison s'emplissait. Dégoûté et abattu, Vinson s'enferma dans la chambre d'Angela.

Millard Dubose vint prendre de ses nouvelles, très secoué par ce qui était arrivé.

— Je me demande ce que cherchait le voleur, dit-il.

Vinson secoua la tête.

— C'est sans importance comparé à la perte d'Elton.

Les heures passaient et Angela ne bougeait toujours pas.

Tard dans la soirée, le major Hembree vint demander s'il y avait du nouveau.

— Rien, répondit laconiquement Vinson qui n'avait aucune envie d'engager la conversation.

Le major n'en expliqua pas moins comment ses hommes avaient passé la plantation au peigne fin.

— Ils ont emmené un esclave avec eux pour les guider et n'ont rencontré aucun étranger. Aucun suspect non plus. Personne n'a rien vu ni rien entendu. Et nous n'avons aucun espoir d'attraper le coupable à moins qu'en se réveillant, elle – il fit un signe de tête en direction d'Angela – ne se souvienne de quelque chose.

— Si elle se réveille, rectifia Vinson.

— Vous pensez qu'elle peut mourir ?

— Je suis surpris qu'elle soit encore en vie après le coup qu'elle a reçu. Pour le moment, il faut attendre. Mais j'ai l'intention de prévenir d'autres confrères et de leur demander de l'ausculter pour avoir leur avis.

Le major se dirigea vers la porte.

— Eh bien, envoyez-moi quelqu'un si elle se réveille. Je dois rentrer en ville, maintenant, dit-il avant de sortir.

— Faites donc !

Vinson se leva et s'étira, puis il se tourna vers Kesia qui attendait dans un coin au cas où on aurait besoin d'elle.

— Je ne veux pas qu'elle reste seule. Pas même une seconde. Si jamais il y a le moindre changement, envoyez-moi chercher. Sinon, je serai là à la première heure demain matin.

Raymond veillait dans le couloir et il protesta quand son père annonça qu'il devait rentrer lui aussi pour organiser les funérailles avec Claudia.

Il grimaça en apercevant par l'entrebâillement de la porte Angela étendue, inconsciente.

« Mon Dieu, pria-t-il silencieusement, faites que nous n'ayons qu'un seul enterrement ! »

Leo s'accroupit devant le mausolée.

Sapristi, il n'avait pas voulu que cela tourne ainsi, mais Sinclair n'aurait pas dû essayer de lui sauter dessus. Plus tôt il en finirait, mieux cela vaudrait. Aussi prit-il une profonde inspiration et cria-t-il d'une voix enrouée :

— C'est moi. Est-ce que vous êtes là ?

La voix résonna dans le silence sépulcral.

— Où sont les plaques ?

Leo se passa la main dans les cheveux.

— Je n'ai pas pu les trouver. Il y a eu un accident. Sinclair m'a sauté dessus. Il a arraché mon masque et m'a reconnu. J'ai été forcé de le tuer. Sa fille est arrivée, et j'ai dû la tuer elle aussi. Mais j'ai pas pu mettre la main sur les plaques.

Leo attendit un long moment que son interlocuteur réagisse, mais comme le silence s'éternisait, il demanda d'une voix hésitante :

— Vous avez entendu ?

La voix lourde de menaces et vibrante de colère répondit :

— Oui, j'ai entendu. Dis-moi exactement ce qui s'est passé. Sans rien omettre.

Leo raconta tout du début à la fin et assura qu'il avait cherché les plaques partout, mais qu'elles n'étaient pas dans le bureau. Il n'avait pas eu le temps de passer la maison au peigne fin.

— Bien entendu ! Et il n'était pas mort quand sa fille l'a trouvé ?

— Non. Je le croyais mort, mais quand elle est arrivée en courant, il a essayé de lui dire quelque chose. C'est à ce moment que j'ai décidé de m'occuper aussi d'elle.

— Que disait-il ? demanda alors brutalement la voix. Tu as entendu ?

— Non.

— C'est un vrai gâchis, Leo.

— Je sais, je sais.

La tête de Leo oscilla d'avant en arrière et il se sentit malade à la pensée des bijoux qu'il avait bêtement laissés.

— La fille n'est pas morte.

Leo redressa la tête et fixa la tombe d'un air hébété.

— Ce n'est pas possible. Je lui ai flanqué un sacré coup avec le tisonnier.

— Je t'assure qu'elle est toujours en vie. Je l'ai appris par un membre de sa famille. Pour combien de temps ? Personne ne le sait.

— À... a-t-elle dit que c'était moi ?

Leo se mit à trembler.

— Elle est inconsciente. Elle risque de mourir sans avoir repris ses esprits.

— Ça serait une bonne idée, déclara Leo. Comme ça, elle ne parlera plus.

— Tais-toi donc, espèce d'imbécile ! As-tu jamais songé qu'Elton lui a peut-être révélé dans son dernier souffle où étaient cachées ces plaques ? Alors arrête de t'inquiéter pour toi et occupe-toi donc des plaques si tu ne veux pas être accusé de meurtre.

— Qu'est-ce que vous racontez ?

— Je te préviens, Leo, si tu essaies de filer, je me débrouillerai pour te faire accuser du meurtre de Sinclair. C'était un homme important, et il va sûrement y avoir une enquête.

— Vous n'allez pas me faire du chantage, tout de même ! se hérissa Leo.

— Je t'ai embauché pour faire un travail mais, non content d'avoir échoué, tu t'es mis dans un fichu pétrin. Je t'offre une possibilité de te racheter. Imaginons qu'Angela n'ait gardé aucun souvenir de toi à son réveil. Bon, supposons aussi qu'elle soit au courant pour les plaques. C'est une chance à saisir. Je veux que tu la surveilles.

— Ouais, voilà une idée épatante! s'exclama Leo. Et si en se réveillant elle hurle que c'est moi qui ai tué son père? Où cela me conduit?

— Cela te conduit à avoir suffisamment d'argent pour quitter la Louisiane aussi vite que possible. J'y veillerai. Sinon, nous savons tous les deux que tu n'as pas un sou et que tu n'iras pas loin.

— Vous ne m'avez pas laissé d'argent ce soir. Vous me devez...

— Je ne te dois rien du tout. Et tu as intérêt à saisir la chance que je t'offre. Je veux que tu viennes ici tous les soirs. Je laisserai un gant blanc sous la barrière si je suis là. Et ne t'avise pas de rentrer à l'intérieur. J'ai un pistolet et je n'hésiterai pas à te tuer.

Leo se mordillait nerveusement la lèvre inférieure. Il n'avait pas vraiment le choix, mais avant qu'il ait eu le temps d'acquiescer, la voix lui fit une autre proposition.

— Si Angela Sinclair survit et si tu obtiens ces plaques, je te promets un bonus de mille dollars.

Le moral de Leo grimpa en flèche.

— Marché conclu.

— File, maintenant, commanda durement la voix. Et surtout, pas un mot de tout cela.

— Faut pas vous inquiéter pour ça, lança Leo en quittant le cimetière. Faut pas vous inquiéter.

20

Elisabeth Hembree avait insisté pour garder sa nouvelle amie à La Nouvelle-Orléans, ce qui n'arrangeait nullement Raymond, et la couvrait d'attentions. C'est chez elle que Claudia recevait les femmes des officiers venues lui présenter leurs condoléances, tandis que les amis de son père préféraient se retrouver chez les Duval.

Raymond passa la voir en revenant de Belle-Clair. Allongée sur un canapé dans le boudoir d'Elisabeth, Claudia écoutait d'une oreille distraite les nouvelles d'Angela en dégustant une limonade bien fraîche. À vrai dire, se disait-elle, les choses seraient beaucoup plus simples si Angela avait la bonne idée de mourir. Les Yankees l'aideraient à maintenir l'ordre sur la propriété et, une fois la guerre finie, elle compterait parmi les survivants. Une survivante fortunée même, songea-t-elle avec un léger sourire.

— Je sais que vous vous fichez éperdument de ce qui peut lui arriver, déclara soudain Raymond. Alors, venons-en tout de suite à l'ordre du jour : l'enterrement de votre père. Peut-être cela vous est-il aussi égal ?

Claudia lui décocha un regard glacial.

— Faites attention à ce que vous dites. Quelqu'un pourrait nous entendre.

Il éclata d'un rire moqueur.

— Et cela, nous ne le voulons pas, n'est-ce pas ? Enfin, regardez-vous ! Votre hôtesse vous traite comme une princesse, mais aucune autre femme de La Nouvelle-Orléans ne s'est compromise autant que vous. Pas une n'a donné le nom de sa couturière ou d'autres artisans qui refusaient de servir ces gens.

— C'est pour leur bien. Ils ont besoin d'argent et les Yankees les paient généreusement. Aussi calmez-vous, s'il vous plaît. Je n'ai pas l'intention de supporter vos récriminations.

— Et qu'allez-vous faire ? Crier ? Demander à votre hôtesse d'envoyer des soldats pour me jeter en prison ? Votre conduite met ma famille dans l'embarras. Compte tenu de l'état d'Angela, tous les proches se réunissent chez mes parents. Votre place est là-bas. C'est une insulte à la mémoire de votre père, conclut-il en secouant sa canne pour marquer sa réprobation.

— Vous ne savez pas de quoi vous parlez. Je sais très bien ce que je fais. Et maintenant, allez-vous-en !

— Je suis venu pour discuter des funérailles.

— Que votre famille s'en charge ! D'ailleurs, elle a déjà pris les choses en main, si je ne m'abuse.

— Il faut bien que quelqu'un le fasse, siffla-t-il. Bon, j'imagine que c'est à moi de me débrouiller. Dès que père rentrera avec des nouvelles d'Angela, nous aviserons.

— Très bien. Peut-être devriez-vous aussi prévoir deux enterrements ?

La dureté de son épouse l'interloqua, mais il ne fit pas mine de se retirer.

— Qu'attendez-vous ? s'enquit Claudia avec impatience. Tout est arrangé. C'est vous qui organiserez les funérailles avec votre famille. Je ne suis pas en état de le faire.

— Je veux que vous rentriez à la maison avec moi pour recevoir les condoléances des visiteurs.

— Je reçois des condoléances ici aussi.

— Celles des Yankees, ricana-t-il. Les amis de votre père ne mettront jamais les pieds ici et vous le savez.

Elle secoua ses boucles blondes d'un air hautain.

— Ils se laissent emporter par leur fierté, voilà tout.

— La fierté ? Mais vous ne connaissez même pas le sens de ce mot.

Un éclair de colère passa dans les yeux de Claudia.

— Surveillez votre langue, Raymond Duval, sinon vous risquez de rentrer définitivement chez vos parents. Vous ne m'accompagnerez pas à BelleClair quand j'y retournerai avec une patrouille de l'Union pour maintenir l'ordre. Je serai riche et vous, comme tous ces soi-disant fiers Sudistes, vous crèverez de faim.

— De quoi parlez-vous, petite imbécile ! se moqua-t-il. Vous croyez vraiment que BelleClair est à vous ? Que votre père vous l'a laissée en totalité après la manière dont vous l'avez traité ?

Claudia avait songé à la question. Mais Angela était en piteux état. Et si jamais elle se rétablissait, peut-être finirait-elle par comprendre où était son intérêt. De toute façon, Claudia ne renoncerait jamais à l'idée de l'écarter, qu'importe le moyen.

— J'y réfléchirai plus tard, finit-elle par décréter sèchement.

Bien qu'elle tentât de le cacher, Raymond n'avait jamais vu Claudia aussi déroutée, et il en était ravi.

— Peut-être que pour Angela, c'est tout réfléchi. Peut-être a-t-elle décidé de gérer la propriété toute seule.

— J'ai mon mot à dire.

— Pas si elle est l'unique propriétaire.

— Jamais Elton n'aurait...

— Si, c'est ce qu'il a fait.

— Ce n'est pas possible ! s'emporta Claudia, abasourdie. Vous mentez. Vous avez inventé cette histoire pour me blesser.

— J'ai vu son testament. Son nouveau testament. Il laisse la totalité de ses biens à Angela. Vous n'avez absolument rien, ma chère.

Claudia chancela, proche de l'évanouissement.

— Je... je veux le voir de mes yeux. Je ne vous crois pas. Pas tant que maître Dubose n'aura pas confirmé vos dires.

— Il va sûrement le faire. Je lui ai porté moi-même le document ce matin.

Ils se défièrent du regard.

— Je m'en vais maintenant, dit Raymond, que cet entretien fatiguait. Je vous ferai savoir la date des funérailles.

Au moment où il s'apprêtait à quitter la pièce, Elisabeth Hembree entra.

— Oh, vous partez, dit-elle à Raymond avec un sourire forcé. Nous avons de nombreuses visiteuses en bas venues présenter leurs condoléances à votre femme. Vous savez, elle est devenue une véritable amie pour nous, ajouta-t-elle, consciente de l'hostilité de Raymond.

— Les amis sont si importants dans ces moments-là, répondit-il avec politesse.

Elisabeth alla s'asseoir auprès de Claudia.

— Dans ces moments-là, mais aussi par la suite. J'ai eu une longue conversation à votre sujet avec le major Hembree, ce matin. Il m'a promis que vous auriez toute l'aide nécessaire pour que la plantation continue à tourner.

— Claudia n'est pas seule en cause, madame Hembree, ne put s'empêcher de remarquer Raymond, je suis moi-même concerné, et il ne faut pas oublier Angela.

Elle lui décocha un regard cinglant.

— Quand vous signerez le serment d'allégeance, peut-être serez-vous partie prenante, monsieur Duval. Quant à Angela, étant donné son attitude, mon mari n'est pas près d'en tenir compte.

Sans prêter attention à Claudia qui lui faisait signe de partir, Raymond poursuivit :

— J'ai bien peur qu'il y soit obligé, madame, puisque son père en a fait son unique héritière.

— Il me semble que vous oubliez un élément important ! remarqua Elisabeth sans se laisser démonter. C'est au gouvernement fédéral de décider si les Sudistes peuvent garder leurs terres.

Elle donna une petite tape amicale sur le genou de Claudia.

— Aussi je pense que ma petite amie n'a rien à craindre.

Raymond sortit en claudiquant, écœuré comme jamais il ne l'avait été.

Brett tenait la main du mourant. Il ne pouvait rien faire pour lui sinon écouter ses divagations.

Après s'être engagé, Brett était resté un solitaire. Pourtant Billy Bob Hawley, le soldat dont le regard devenait vitreux, ne s'était pas laissé rebuter par sa froideur.

À force de vaillance, il avait réussi à gagner l'estime de Brett et ils avaient fini par devenir bons amis. Après avoir combattu au coude à coude dans la bataille décisive de McDowell, ils avaient été incorporés avec les rares survivants à l'Armée du Potomac. Et voilà que lors d'une mission de reconnaissance, ils étaient tombés sur des Sudistes. Billy Bob en avait descendu deux avant d'être abattu à son tour, et Brett s'était chargé du reste de la troupe.

— J'aime... rais être enterré à la maison, bredouilla Billy Bob. Mais... y a peu... de chan... ce qu'ils veuillent de moi. Maintenant que... je suis un traître.

Brett s'efforça de le réconforter.

— Tu n'es pas un traître. Tu te bats pour ce en quoi tu crois. Comme moi.

Billy Bob voulut sourire, mais il ne réussit qu'à grimacer misérablement.

— Et en quoi je crois, Cody? Jésus, je le connais pas. Pères contre fils. Frères contre frères. À quoi elle rime cette guerre? Pour quoi est-ce que je meurs, moi?

— Ton Dieu te le dira quand tu arriveras au paradis, avança Brett qui ne savait trop quoi dire.

— Si mon nom est inscrit dans le Livre de l'Agneau. Sinon, je suis bon pour l'enfer.

— Je suis sûr que ton nom y sera, le rassura Brett qui ignorait ce que son ami voulait dire.

Soudain, Billy Bob fut pris d'une violente quinte de toux et se mit à cracher du sang. Quand il reprit enfin son souffle, il attrapa Brett par la chemise et l'attira contre lui avec ses dernières forces.

— Rentre chez toi, Cody, rentre tout de suite. Tu n'as rien à faire ici. Ce n'est pas notre guerre. Ce n'est…

Il poussa un dernier hoquet et relâcha son étreinte.

Pour Billy Bob, la guerre était terminée.

Brett lui ferma les yeux et inclina la tête. Mais il ne priait pas. Il essayait de trouver un sens à tout cela. Dans des moments comme celui-là, il regrettait de s'être engagé au lieu d'essayer de retrouver la mine d'or d'Adam Barnes. Peut-être serait-il riche à l'heure qu'il était ?

Il chassa ces inepties d'un revers de la main, alla chercher une couverture et l'enroula autour de Billy Bob, puis il le coucha en travers de sa selle et se mit en route pour la Virginie.

Refusant de s'apitoyer sur son ami, il concentra son attention sur la guerre. Le général McClellan avançait sur Richmond en Virginie et Brett espérait le rattraper avant qu'il n'engage le combat. Norfolk avait été évacué.

D'après ses informations, il y avait eu un accrochage près de Corinth dans le Mississippi. Ayant remarqué son intérêt pour ce coin du Sud, Billy Bob le taquinait souvent, prétendant qu'il avait certainement laissé une fille là-bas.

Brett fronça les sourcils.

Non, il n'avait pas laissé de fille là-bas ; il avait laissé son cœur.

— Bon sang de bonsoir, ça suffit ! jeta-t-il en secouant la tête pour chasser ces maudits fantômes.

Peine perdue. Le visage d'Angela revint le narguer. Dieu qu'elle était belle ! Avec ses longs cheveux soyeux de la couleur du coucher de soleil sur le bayou. Des yeux capables de consumer un homme avec leur vert profond noyé d'ombres.

Il s'était efforcé de la haïr pour sa faiblesse et ses mensonges, mais l'amour avait triomphé.

Malgré tous ses efforts, Brett savait qu'il aimait Angela Sinclair... pour toujours. Voilà pourquoi il se tenait au courant de la situation en Louisiane. Il avait appris avec inquiétude la chute de La Nouvelle-Orléans et espérait qu'Angela était saine et sauve. Il se sentait ridicule de réagir ainsi d'autant plus qu'elle avait un père pour veiller sur elle et sans doute aussi un mari.

C'était de la sottise de se laisser miner ainsi, songeait-il, mais c'était plus fort que lui.

C'était le prix à payer pour sa folie.

Vinson Duval repoussa les cheveux flamboyants du front de la jeune fille.

— Vous êtes sûre qu'elle s'est réveillée ? demanda-t-il à Kesia.

Dans son dos, Kesia se tordait nerveusement les mains.

— Oh, oui, docteu', je suis sû'e. Quand je suis venue ce matin pou' 'emplacer Missy, qui 'este p'ès d'elle la nuit, elle m'a dit que mademoiselle Angela avait gémi cette nuit. Aussi je lui ai baigné le visage et c'est là qu'elle s'est 'éveillée et a appelé son papa. Puis elle s'est mise à pleu'er et s'est 'endo'mie. Pauv'e petite ! gémit-elle, les yeux pleins de larmes. Je suis heu'euse qu'elle se soit 'endor'mie. J'au'ais pas voulu avoi' à lui di'e que son papa était mo't.

— Vous n'avez pas intérêt à le lui dire. C'est moi qui le ferai ! la rabroua Vinson. Maintenant, allez me chercher une cuvette d'eau, plus elle sera fraîche, mieux cela vaudra, et une serviette pour que je lui bassine le visage.

Kesia se hâta d'obéir. Vinson plongea alors le tissu dans l'eau et le passa sur les joues et le front d'Angela. Elle resta immobile encore quelques instants, puis elle se mit à rouler imperceptiblement la tête d'un côté à l'autre.

— Est-ce que vous m'entendez, Angela ? demanda-t-il de nouveau. C'est moi, Vinson Duval. Je suis auprès de vous. M'entendez-vous, mon petit ?

Angela battit des cils.

— Dieu soit loué, elle se 'éveille ! se réjouit Kesia en battant des mains.

Il l'écarta.

— Voyons, vous allez l'effrayer ! Sortez donc, je vous appellerai si j'ai besoin de vous.

Kesia ne se le fit pas dire deux fois tant elle était pressée d'aller répandre la nouvelle que mademoiselle Angela allait se remettre.

— Parlez, Angela ! répétait Vinson inlassablement.

Angela flottait dans une sorte de nuage. Mais quelque chose l'empêchait de goûter cette paix qui l'environnait. Elle se concentrait de toutes ses forces sans arriver à aucun résultat. Des images dansaient dans son esprit. Son père. Quelque chose qui avait trait à son père.

— Papa… gémit-elle sans comprendre pourquoi elle avait une telle hâte de le voir, de l'entendre, c'était comme un poignard qui lui transperçait le cœur. Papa… s'il vous plaît…

Elle tendit les mains devant elle comme si elle cherchait quelque chose. Vinson les prit entre les siennes.

— Angela, ne pensez pas à cela maintenant. Est-ce que vous souffrez ? Je veux vous aider.

Il avait diminué les calmants, craignant qu'ils ne la maintiennent dans un état de semi-conscience et il se rendait compte maintenant qu'il avait eu raison. Mais il ne voulait pas pour autant qu'elle souffre.

Du sang formait comme un rideau cramoisi devant son cerveau. Puis le rideau s'ouvrit lentement, et elle vit son père… et sut qu'il était mort. Elle se mit à pleurer toutes les larmes de son corps.

— Pleurez, pleurez tout votre soûl ! l'exhorta doucement le Dr Duval en la prenant gentiment dans ses bras.

Il la serra un long moment contre lui et l'aurait gardée ainsi si on n'avait frappé à la porte. Quelqu'un fit irruption sans attendre d'y être invité. Le Dr Duval se retourna pour voir de quel malotru il s'agissait.

C'était le major Hembree qui venait d'apprendre la nouvelle et était impatient de savoir si Angela pouvait l'aider à retrouver le meurtrier de son père.

— Écoutez attentivement, Angela, la pria le Dr Duval en essuyant ses larmes avec une serviette mouillée. Je sais que vous êtes terriblement secouée, mais il faut nous aider. On n'a pas retrouvé le meurtrier de votre père. Vous souvenez-vous de quelque chose ?

— Non. Je ne me rappelle rien, sauf le sang.

Elle serra les dents et sentit sa tête battre douloureusement.

— Non, je n'y arrive pas… Je suis désolée.

— Votre père vous a-t-il dit quelque chose, Angela ? Je répugne à vous harceler ainsi, mais il faut tenter de vous rappeler. On vous a retrouvée affaissée sur lui et il est certainement mort dans vos bras. Peut-être a-t-il murmuré quelque chose, le nom du meurtrier, par exemple. Ou autre chose. Essayez de vous souvenir.

— Je n'y arrive pas, répéta-t-elle d'une voix rauque. Je me souviens juste d'avoir descendu l'escalier. Ensuite, je l'ai vu étendu dans une mare de sang, et puis c'est le noir.

Déçu, Vinson se voûta imperceptiblement.

— Très bien. Peut-être qu'un détail vous reviendra à l'esprit plus tard. Il faut que vous dormiez maintenant. Vous avez besoin de repos.

— Non, je ne veux pas dormir. J'ai l'impression de n'avoir fait que cela depuis des jours.

Elle voulut se redresser, mais l'effort lui fit tourner la tête. Elle se laissa alors retomber avec désespoir contre son oreiller.

— Allumez une lampe, implora-t-elle soudain. Je ne veux plus rester dans le noir.

Vinson et le major échangèrent des regards inquiets.

Il était presque midi. Les rideaux étaient ouverts et le soleil entrait à flots dans la pièce.

Vinson se pencha pour lui examiner les yeux. Elle ne cilla pas. Il passa rapidement sa main devant son regard. Elle ne réagit pas non plus. Elle fixait le vide droit devant elle.

Il regarda de nouveau le major Hembree en secouant la tête.

Angela était aveugle.

21

Les différents médecins interrogés par le Dr Duval partagèrent son opinion. Il était impossible d'affirmer avec certitude qu'Angela recouvrerait la vue. Mais l'on ne pouvait certifier qu'elle resterait aveugle. De même que personne ne pouvait prévoir si elle se souviendrait un jour des derniers mots d'Elton et du visage de son agresseur.

Les yeux bandés, soutenue par Raymond d'un côté et Vinson de l'autre, Angela put assister à l'enterrement de son père. Jamais elle ne s'était sentie aussi seule que lorsqu'on plaça son cercueil à côté de celui de sa mère.

Pendant les jours qui suivirent, elle perdit la notion du temps. Quelques amis d'Elton vinrent lui présenter leurs condoléances et la plaindre à mots couverts de sa cécité. Mais leur pitié lui faisait mal.

Les visites cessèrent bientôt et elle se réjouit de se retrouver seule avec elle-même. Incapable de se déplacer, enveloppée dans une nuit sans fin, elle décida de se battre. Si elle ne récupérait pas la vue, du moins jamais elle n'accepterait de vivre comme une infirme.

Ce soir-là quand Kesia lui apporta son dîner sur un plateau, Angela insista pour se débrouiller sans aide. La tâche était difficile. Elle tâtonnait avec sa fourchette et aux soupirs de Kesia, elle devina qu'elle devait en mettre partout.

— Il faut que j'essaie, répétait-elle sans se lasser. À force d'essayer, je suis sûre que j'y arriverai.

La porte grinça et Angela releva instinctivement la tête. Elle fut déçue de reconnaître la voix de Claudia, et ses épaules s'affaissèrent.

— Oh c'est dégoûtant ! Qu'est-ce qui vous prend, Kesia ? Pourquoi ne la nourrissez-vous pas ? Il y en a plein le lit. Je devrais vous faire fouetter...

— je t'interdis ! cria Angela en écartant son plateau.

Son verre se répandit sur le couvre-lit et Claudia poussa une exclamation furieuse. Elle attrapa Angela par les épaules et la secoua violemment.

— Ne t'avise pas de te lever, tu m'entends ? Il est urgent que nous mettions certaines choses au clair. Désormais, tu feras ce qu'on te dit et tu resteras en dehors de mon chemin. J'ai une plantation à diriger et je n'ai pas le temps de te dorloter.

Angela imaginait sans peine l'expression de Claudia. Ses yeux lui sortaient sans doute de la tête et elle devait battre l'air de ses mains. Elle attendit que Claudia reprenne son souffle et déclara avec fermeté :

— Je n'ai aucune intention de me mettre sur ton chemin. Mais je ne me laisserai pas non plus traiter comme une infirme. Je vais apprendre à me débrouiller toute seule et tu ne peux pas m'en empêcher.

— Je peux faire ce que je veux, Angela. Et *toi*, tu ne peux pas m'en empêcher. D'abord, parce que tu es aveugle et sans ressources. Et si ce n'était pas suffisant, je te rappelle que nous sommes en guerre. Tous les planteurs s'enfuient, mais moi je reste. On m'a promis la protection de l'armée pour continuer à faire tourner la propriété et c'est tout ce qui m'importe.

— N'as-tu rien oublié ? s'enquit calmement Angela. Ne t'es-tu jamais inquiétée du testament de papa ? En me présentant ses condoléances, maître Dubose m'a résumé son contenu, ajouta-t-elle.

Claudia ricana.

— Tu n'imagines tout de même pas que cela a encore de l'importance ? Pauvre idiote ! Je ne me suis pas donné tout ce mal avec les Yankees pour rien. Il me suffit de demander au général Butler de confisquer BelleClair pour que la propriété m'appartienne. J'ai déjà signé le serment d'allégeance et, crois-moi, je peux faire tout ce que je veux maintenant.

Angela s'enfonça plus profondément dans ses ténèbres et son désespoir, car elle savait que Claudia avait raison.

Claudia resta un long moment silencieuse pour laisser à Angela le temps de méditer ses paroles. Puis se rappelant que Kesia était toujours là, elle lui fit signe de s'en aller.

Angela entendit la porte et, croyant que Claudia était partie, elle bredouilla d'une voix entrecoupée :

— Qu'est-ce je dois faire, Mammy ?

Le rire de Claudia sonna désagréablement à ses oreilles.

— Rien ! Sinon rester en dehors de ma route. Et aussitôt que le Dr Duval dira que tu es guérie, tu partiras d'ici. Je ne veux pas te voir traîner dans le coin à gémir et à te plaindre de ton sort. J'ai beaucoup trop à faire et j'ai l'intention de transformer BelleClair en une délicieuse retraite pour l'armée. Je ne veux pas que tu gâches notre plaisir en te déplaçant à tâtons et en renversant tout sur ton passage.

Chaque mot cruel s'enfonçait comme un dard dans le cœur d'Angela.

— C'est toujours ma maison, rappela-t-elle à sa sœur, et tu ne peux pas me jeter dehors.

— Nous verrons bien, déclara Claudia avec un nouveau ricanement.

Après son départ, Angela prit de fermes résolutions. Elle allait apprendre à se mouvoir sans assistance d'abord dans sa chambre et, ensuite, dans toute la maison. Quand elle saurait retrouver son chemin sans difficulté à l'intérieur, elle pourrait se lancer à l'extérieur.

Durant les semaines qui suivirent, elle stupéfia les domestiques par sa détermination. Une fois le programme qu'elle s'était fixé achevé, elle décida de se remettre à monter à cheval et embaucha le petit William, le fils de Kesia, pour lui servir de guide.

Bientôt, plus personne ne s'étonna de voir la dame blanche et le petit garçon noir chevaucher côte à côte. La tête haute et les épaules bien droites, Angela affichait une confiance qu'elle était loin de ressentir et nul n'aurait pu deviner son infirmité.

Claudia l'observait, persuadée qu'elle ne tiendrait pas longtemps.

Raymond s'enfonçait chaque jour davantage dans l'alcoolisme. Claudia avait menacé de le mettre à la porte si elle le surprenait en train d'aider Angela ou simplement de lui parler. Et cette perspective le terrifiait car il n'avait nulle part où aller. Depuis qu'ils avaient signé le serment d'allégeance – ce que lui-même avait refusé avec détermination –, ses parents voyaient ses visites d'un mauvais œil. Ils craignaient que, dans son état d'ébriété permanente, il ne cause un scandale. Avec sa jambe, il était incapable de travailler et encore moins de combattre. En tout cas, à Belle-Clair, il avait le vivre et le couvert. Une fois les réserves de whisky d'Elton épuisées, il se surprit lui-même en réussissant à mettre au point une distillerie secrète dans la sucrerie où il finit par passer le plus clair de ses journées.

Pendant ce temps, avec l'aide du major Hembree, Claudia maintenait la plantation en activité et parvenait même à enregistrer des bénéfices appréciables. Une fois cette question réglée, elle put enfin s'occuper de la transformer en havre de paix pour les soldats de l'Union.

Angela haïssait les Yankees. Et quand ils étaient dans les parages, elle refusait de quitter sa chambre. Mammy lui décrivait les somptueux dîners donnés en leur honneur, et elle ne pouvait s'empêcher de penser que son père devait s'en retourner dans sa tombe.

Elle avait du mal à trouver le sommeil, tourmentée comme elle l'était par les souvenirs de cette nuit fatale. Elle savait qu'il lui manquait un morceau du puzzle et elle cherchait désespérément à le retrouver. Pendant longtemps, elle ne put rien se remémorer d'autre que l'atroce scène de son père baignant dans son sang. Puis elle s'était souvenue qu'effectivement il avait murmuré quelque chose, mais, comme des plumes emportées par le vent, les mots lui échappaient, et semblaient la narguer en dansant hors de sa portée.

Après maints efforts, elle avait fini par revoir le tisonnier fendant l'air et elle se souvenait aussi d'un homme. Mais qui était-il ? Chaque fois que son visage émergeait des nuages de l'oubli, il se perdait aussitôt dans les brumes de son esprit.

Angela souffrait aussi du manque de nouvelles et, sans avoir aucune idée de la situation, elle s'accrochait à l'espoir que les forces rebelles reprendraient La Nouvelle-Orléans.

Le Dr Duval était sa seule source d'information, mais il ne faisait plus que de rares apparitions à BelleClair. Il ne cessait de lui répéter combien elle avait eu de la chance. Elle avait échappé de peu à la mort. Il ne pouvait pas lui certifier que sa vue reviendrait, mais elle ne devait pas perdre espoir. Tout était encore possible.

Il lui avait raconté les terribles affrontements qui opposaient les deux camps en Virginie, et comment, malgré l'héroïsme des forces du général Lee, les choses tournaient mal pour le Sud. Elle fut désolée d'apprendre que Jamie Rabine avait trouvé la mort avec plus de vingt mille Confédérés au cours de ce qu'on avait appelé la Campagne des Sept Jours. Melora devait être ravagée par le chagrin.

Elle fut surprise par la réaction du médecin quand elle annonça son intention de se rendre en ville exprimer ses condoléances à son ancien professeur de piano.

— Non, ce serait trop risqué pour une jeune demoiselle. Surtout dans… votre état, ajouta-t-il avec le plus de délicatesse possible.

Angela se garda bien de protester et décida de s'organiser toute seule. Deux jours plus tard, quand Mammy Kesia lui rapporta consciencieusement que Claudia était partie pour la journée chez Elisabeth Hembree, Angela ordonna qu'on attelle sa voiture.

— Vous viendrez avec moi, dit-elle à Mammy, et vous me servirez d'yeux. Nous irons d'abord chez Melora et ensuite, nous ferons un tour en ville pour que vous puissiez me décrire un peu ce qui se passe. Je veux me faire une idée de la situation à La Nouvelle-Orléans.

Mammy était inquiète. D'horribles histoires circulaient sur ce qui se passait en ville.

— Balivernes ! décréta Angela. Les Yankees contrôlent la ville, non ? Ils ne tolèrent sûrement pas les bagarres. Tout ira bien.

Les gens se pressaient dans les rues, déclara Mammy une fois qu'elles furent arrivées là-bas, et il y avait beaucoup de soldats.

— J'espère que la maison de Melora n'a pas été réquisitionnée comme tant d'autres, s'inquiéta Angela.

La voiture ralentit et s'arrêta.

— Nous allons bientôt le savoi' ca' nous sommes a''ivées, déclara Mammy. Mais nous fe'ions mieux d'attend'e un moment, ajouta-t-elle. Y a des soldats sur le t'ottoir qui nous fixent.

— Et alors ? Nous ne faisons rien de répréhensible. Aide-moi, William ! ordonna-t-elle sans s'apercevoir que le garçon était déjà descendu de voiture.

Il lui prit la main et Mammy les suivit avec circonspection en ouvrant une ombrelle pour protéger Angela du soleil.

Les soldats arrivèrent à leur hauteur. William s'arrêta mais Angela, croyant qu'il sous-estimait son agilité, poursuivit sa route et heurta un des hommes.

— Regardez donc où vous allez ! gronda-t-il. Vous l'avez fait exprès, n'est-ce pas ?

Angela ne comprit pas immédiatement ce qui se passait, car William, terrifié, avait lâché sa main et s'était réfugié derrière la voiture. Mammy Kesia, épouvantée elle aussi, murmura d'une voix faible :

— Des soldats. Laissez-les passer !

Au grand plaisir de ses compagnons, le soldat repoussa brutalement Angela qui heurta la voiture.

— Écartez-vous donc ! Vous manquez vraiment de respect !

— Qu'est-ce qui vous prend ? explosa Angela. Vous manquez de renverser une femme et vous osez parler de respect ? Maudit Yankee...

Par inadvertance, elle bouscula Mammy, et comme elle agitait les bras pour reprendre son équilibre, elle percuta l'ombrelle. Aussitôt, elle s'en empara et réussit à frapper un soldat en pleine face. Mammy se mit à crier et, William sur les talons, se précipita au milieu de la rue.

— Espèce de garce, hurla le soldat en lui arrachant l'ombrelle et en la cassant sur son genou. Je vais t'apprendre à me frapper.

— Ouais, l'aiguillonna son voisin. Rappelle-toi l'Ordre 28, Ned. Nous devons la considérer comme une prostituée. Emmenons-la dans l'impasse la plus proche et mettons-la au travail !

Angela était trop en colère pour avoir peur et quand les mains rudes s'abattirent sur ses épaules pour l'entraîner, elle se défendit comme une lionne, distribuant les coups à tout va.

Lorsqu'elle entendit le vacarme devant sa maison, Melora Rabine ouvrit sa porte et descendit les marches du perron en criant :

— Arrêtez ! Laissez cette fille tranquille.

— Ne vous mêlez pas de cela ! lança un soldat. Ou sinon nous vous appliquerons l'Ordre 28 à vous aussi !

Les gens s'attroupaient, et Melora vit avec soulagement un autre groupe de soldats s'approcher en courant pour rétablir l'ordre.

— Enfin, laissez-la donc ! hurla-t-elle. La malheureuse est aveugle !

— Aveugle ? répéta un des hommes, étonné.

Les soldats lâchèrent Angela qui n'en continua pas moins à brasser l'air de ses bras.

Melora se précipita vers elle.

— Tout va bien. C'est moi, Melora Rabine. Venez.

Elle emmena rapidement Angela à l'intérieur de sa maison et ferma la porte. Puis l'installant sur le sofa dans le salon, elle se lamenta :

— Oh, ma pauvre petite ! Le général Butler et son Ordre 28 ! Nous autres femmes ne sommes plus en sécurité dans les rues avec tous ces soldats qui ont le droit de nous traiter comme des prostituées !

Angela ne comprenait pas de quoi elle parlait.

— Comment, vous n'êtes pas au courant ? Le général Butler a fait passer un décret qui assimile les femmes à des prostituées dès lors qu'elles ont insulté un soldat.

— Mon Dieu !

Angela secoua la tête. Des larmes de rage lui montaient aux yeux, mais elle refusa de se laisser aller, bien décidée à bannir désormais toute faiblesse de sa vie.

Melora l'abandonna pour faire le thé. Quand elle revint, elle fit appel à tout son courage pour aborder sur-le-champ le drame qui venait de briser sa vie.

— Je sais que vous êtes venue pour Jamie et je vous en remercie. Je n'imaginais pas pouvoir souffrir autant. Quand Fred a été emporté par la malaria il y a dix ans, j'ai cru que rien ne pourrait plus jamais m'atteindre. Maintenant, je comprends que la perte d'un enfant est un malheur irréparable.

Angela chercha sa main dans le noir et la serra.

— C'est très douloureux aussi de perdre ses parents. Tout à coup, je réalise que je suis maintenant la fille de personne.

— Et votre propre drame, murmura Melora. C'est…

— Je vous en prie, intervint Angela. Surtout ne dites rien. Je veux bien accepter ma cécité, mais pas la pitié.

— Il paraît que vous vous débrouillez très bien. Ida Duval me disait que Vinson est très heureux de la manière dont vous avez pris votre vie en main. Mais j'avoue que je ne sais pas comment vous pouvez supporter la traîtrise de votre sœur.

— À chaque jour suffit sa peine, ajouta Angela en réponse.

Elle localisa le plateau de la main, trouva le pot de crème et se servit, heureuse que Melora ne cherche pas à l'aider.

C'est alors qu'on frappa un coup brutal à la porte. Melora se leva pour aller ouvrir.

— Ce doit être Mammy Kesia. Je l'ai vue s'enfuir, mais elle a dû s'apercevoir qu'il n'y avait plus de danger.

Angela fronça les sourcils. Mammy n'aurait jamais frappé avec une telle vigueur. Elle entendit alors des exclamations furieuses et devina que ses craintes étaient justifiées.

— Oui, elle est là, répondait Melora. Mais n'oubliez pas qu'elle est aveugle et...

— C'est notre problème.

Angela reconnut la voix du major Hembree. Il se dirigea droit vers elle et l'informa sèchement qu'elle était accusée d'avoir violé l'Ordre 28. Quand il l'avertit qu'il la conduisait au quartier général pour la lecture de l'acte d'accusation, elle se mordit les lèvres pour ne pas protester. Elle ne donnerait pas ce plaisir au major.

Sans un mot, la tête haute, elle dut subir l'humiliation d'être emmenée comme une prisonnière. Même avec son handicap, elle sentait les regards fixés sur elle.

Le général Butler était occupé quand ils arrivèrent et elle dut attendre. Le temps s'écoulait avec une terrible lenteur dans la nuit sans fin où elle était enfermée. Malgré son inquiétude, Angela gardait le menton fièrement levé et le dos droit, ne manifestant aucun signe de faiblesse.

Jamais il n'avait vu de sa vie une personne aussi entêtée, songea le major à son retour. Heureusement que tout le Sud n'était pas aussi inflexible, sinon l'Union n'aurait eu aucune chance de gagner.

— Le général Butler m'a parlé de votre cas, l'informa-t-il sans autre préambule.

— Eh bien, alors, j'attends votre jugement, major, déclara-t-elle avec un évident mépris. Avez-vous réellement l'intention de m'accuser de prostitution en accord avec le ridicule Ordre 28 de votre général ? Une courtisane aveugle, c'est de l'inédit, même pour vous Yankees, non ?

Le major se raidit.

— Je ne relèverai pas votre insolence, mademoiselle Sinclair, la mettant sur le compte de votre infirmité. Le général a bien voulu se montrer indulgent uniquement par égard pour votre sœur. Car il est comme moi persuadé que vous cherchez à tirer parti de votre cécité.

— C'est un mensonge ! protesta Angela en se retenant de lui dire ce qu'elle pensait de ses procédés.

Il poursuivit comme si de rien n'était :

— J'ai réussi pour cette fois à le dissuader de vous envoyer en prison. Il a bien voulu vous accorder une autre chance, mais jusqu'à nouvel ordre, vous n'êtes pas autorisée à quitter BelleClair, c'est compris ?

— Ce n'est pas juste. Vous n'avez pas à me dicter ma conduite !

— Dois-je vous rappeler que vous êtes prisonnière ? demanda Hembree avec un petit rire.

— Ce n'est pas ma faute si vos soldats sont mal élevés et…

Claudia entra en coup de vent dans la pièce et après avoir murmuré quelques mots d'excuses à l'intention du major, elle s'exclama :

— Oh, pour l'amour du ciel, Angela, tais-toi, veux-tu ? Je n'ai jamais été aussi embarrassée de ma vie. Je passais un délicieux moment chez Elisabeth quand des soldats sont venus m'avertir de ton arrestation. Aussi je te le jure, je n'hésiterai pas à t'enfermer dans ta chambre pour t'empêcher de récidiver.

Elle se tourna vers le major.

— Je vais prévenir tous les domestiques qu'elle

ne doit quitter BelleClair sous aucun prétexte. Je vous promets qu'elle ne causera plus d'ennuis.

— Je l'espère bien. La prochaine fois, le général Butler n'hésitera pas à l'envoyer en prison. Il en a assez de voir ses troupes traitées avec aussi peu de respect.

— À BelleClair, nous les traitons comme des princes, roucoula Claudia avec son sourire le plus charmeur. Dites au général que j'attends sa visite avec impatience.

Angela était malade devant tant de servilité.

Claudia l'attrapa par le bras et la tira derrière elle en jurant que si jamais elle recommençait une chose pareille, ses yeux lui serviraient au moins à pleurer.

Protester n'aurait servi à rien et Angela s'en garda bien. Elle attendait son heure en s'accrochant à l'espoir de retrouver un jour la vue.

Leo sentit son pouls s'accélérer en apercevant le gant blanc. Il jeta un coup d'œil autour de lui pour s'assurer qu'il était seul.

— Vous êtes là ? chuchota-t-il, sur le qui-vive.

— Je suis là, répliqua la voix.

Désireux d'en avoir le cœur net, Leo demanda sans attendre :

— Elle est morte ?

— Non ! Elle s'est réveillée et on ne craint plus pour sa vie.

Leo jura et se mordit nerveusement la lèvre avant d'oser ajouter :

— Est-ce qu'elle se souvient de moi ?

— Non. Il paraît qu'elle ne se souvient de rien sauf de son père inerte. Elle est aveugle, ajouta la voix sur un ton accusateur.

Leo poussa un soupir de soulagement.

— Alors, je n'ai plus rien à craindre.

— Tu continueras à venir ici et à attendre mon signal, poursuivit la voix.

— Votre signal pour quoi ? glapit Leo. Vous venez de me dire qu'elle est aveugle et ne se rappelle rien. Il y a plus rien à craindre !

— Tais-toi et écoute-moi, espèce d'imbécile, explosa la voix. Rien de tout cela ne serait arrivé si tu avais fait ton travail correctement. Aussi, le moment venu, tu devras terminer ce que tu as commencé, c'est-à-dire trouver ces maudites plaques. Quand je t'en donnerai l'ordre, tu utiliseras tous les moyens imaginables pour forcer Angela Sinclair à dire où son père les a cachées. Tu comprends ?

Leo acquiesça à contrecœur.

— Il y a un peu d'argent au-dessus de la porte. Suffisamment pour t'enivrer pendant un moment.

Leo se dressa sur la pointe des pieds pour l'attraper.

S'enivrer était exactement ce qu'il avait l'intention de faire.

Brett était assis devant la tente, trempé de sueur. C'était la fin juin et il faisait une chaleur étouffante. Les soldats étaient affalés par terre alentour dans l'espoir de voir se lever un peu de brise. Ils étaient enfin arrivés à Harrison's Landing sur la James River où se trouvait l'intendance des troupes fédérales. Cela n'avait pas été facile d'y parvenir et les survivants pouvaient s'estimer heureux. Malgré tout, la tristesse enveloppait le camp comme un lourd manteau depuis que la perspective de prendre Richmond au Sud s'était effondrée.

Brett, comme tous ses compagnons, ne rêvait que de dormir, mais il avait été convoqué à l'état-major et attendait son tour. Le sergent-major Peterson lui fit enfin signe. Il se redressa avec lassitude, épousseta son uniforme avant d'entrer et se mit au garde-à-vous.

Le colonel Drake se leva pour lui serrer la main par-dessus son bureau et sourit.

— Je suis heureux de vous rencontrer, Cody. Votre réputation vous précède.

Brett vit les épaulettes posées sur le bureau avec deux galons dorés. Encore une promotion... Il aurait dû ressentir une certaine fierté. Mais à quoi bon ? Il s'efforçait seulement de rester en vie dans cette maudite guerre à laquelle il ne croyait plus.

— Félicitations ! dit le colonel. Vous êtes promu au grade de capitaine.

Brett le remercia selon la formule usuelle en cette circonstance.

— Je ne vous ai pas convoqué uniquement pour cela, continua son supérieur.

Il s'assit et fit signe à Brett de l'imiter.

— Vous êtes transféré. À La Nouvelle-Orléans, le général Butler se plaint que les Sudistes utilisent les bayous pour s'infiltrer et sortir comme bon leur chante. Bien entendu, ses troupes n'osent pas s'y aventurer et il a besoin d'hommes qui connaissent le terrain pour suivre leur piste et établir des cartes du secteur. Nous savons que vous êtes acadien et que vous connaissez l'endroit parfaitement. Aussi vous envoie-t-on là-bas pour leur prêter main-forte.

Brett se renfrogna.

— J'imagine que cela ne changera rien si je dis que je ne veux pas y aller.

— Non, en effet cela ne changera rien.

Brett se redressa avec raideur, prêt à partir.

— N'oubliez pas vos épaulettes, capitaine Cody, lui rappela le colonel Drake.

Une fois dehors, Brett se dirigea vers l'endroit où il avait laissé son cheval. Il y avait une bouteille de whisky dans sa sacoche et il n'avait jamais eu autant besoin d'un remontant.

La Louisiane était bien le dernier endroit où il souhaitait se rendre, car il y avait là-bas la dernière femme qu'il désirait rencontrer.

22

Angela se mit à passer le plus clair de son temps au cimetière. Quand le soleil brillait, elle s'installait à l'ombre d'un magnolia. Et s'il pleuvait, elle se réfugiait à l'intérieur du mausolée. Elle se remémorait les temps heureux et parfois, submergée par la solitude et le désespoir, elle laissait ses larmes couler librement. Mais tout était préférable aux remarques cruelles de Claudia et à l'intrusion perpétuelle des Yankees.

Depuis que Claudia avait interdit à quiconque de l'accompagner dehors, elle avait recours à la canne de son grand-père pour repérer son chemin sur le sentier. Elle restait là-haut jusqu'à ce que la cloche annonçant la fin de la journée sonne. Alors elle regagnait la maison, et rentrant par-derrière, montait l'escalier de service jusqu'à sa chambre.

Les jours s'écoulaient lentement. Elle n'entendait plus jamais la voix de Raymond, mais Mammy lui avait avoué que lui aussi disparaissait des journées entières et qu'elle le soupçonnait de les passer à boire. Plus rien ne comptait aux yeux de Claudia sinon la bonne marche de BelleClair et ses mondanités avec l'occupant. Elle tenait table ouverte le soir et passait l'après-midi en futiles bavardages autour d'un thé avec les épouses des officiers.

Les visites du Dr Duval s'espacèrent encore. Il ne pouvait plus rien faire pour Angela, sinon répéter qu'elle avait encore une chance de retrouver la vue. Il ne manquait jamais de la féliciter sur sa bonne fortune d'être en vie. Mais elle en était à se demander s'il n'avait pas tort sur ce point.

Parfois, quand Angela avait gagné le cimetière de bon matin, Kesia lui apportait un panier pour le déjeuner avant de retourner servir les hôtes qui envahissaient la maison.

Un jour, Mammy venait de repartir après avoir déposé quelques provisions et Angela mordait dans un sandwich au jambon quand elle entendit un bruit.

— Qui est là ? demanda-t-elle, pour la première fois soudain inquiète depuis qu'elle passait ses journées là. Il y a quelqu'un ? insista-t-elle.

Elle entendit de nouveau un bruissement tout proche.

— S'il vous plaît… implora-t-elle. Allez-vous-en ! Vous n'avez rien à craindre de moi.

Elle eut un instant de panique en entendant des pas s'approcher. Attrapant sa canne, elle se leva et répéta d'une voix atone :

— Allez-vous-en. Je ne veux pas d'ennuis.

Elle sursauta quand l'inconnu qui semblait maintenant se trouver juste devant elle remarqua avec stupéfaction :

— Vous êtes aveugle ? Vous ne me voyez pas ?

Elle recula en tournant la tête de droite et de gauche.

— Je vous ai demandé de vous en aller. Partez, sinon je hurle.

— Non, par pitié, ne faites pas cela ! l'adjura-t-il immédiatement. Je m'en vais. Je m'en vais.

Elle poussa un soupir de soulagement.

— Je n'avais pas l'intention de vous effrayer, s'excusa-t-il en se dépêchant d'ajouter : J'ai juste senti une bonne odeur... de jambon et j'ai pensé que vous donneriez bien un petit morceau à un malheureux défenseur du Sud. Vous êtes certainement sudiste, vous-même. Mais je m'en vais, je ne veux pas...

Angela n'allait pas laisser repartir un malheureux soldat affamé.

— Non, restez ! Prenez cela !

Avec sa canne, elle repéra l'endroit où elle s'était assise et toucha le panier.

— Il y a des sandwichs au jambon et des biscuits. Mammy rajoute parfois des fruits quand nous en avons, ce qui est rare. Mais il me semble que j'ai senti l'odeur du raisin.

— Du raisin ! s'exclama-t-il entre deux bouchées du sandwich dont il s'était déjà emparé. Hum ! Le jambon est délicieux. Je ne me rappelle pas quand j'en ai mangé pour la dernière fois. Il est aussi bon que dans notre Mississippi.

— Vous êtes du Mississippi, remarqua-t-elle en s'asseyant. Donnez-moi des nouvelles de la guerre. Ici, on ne me dit rien. Est-ce que nous gagnons ? Allons-nous reprendre La Nouvelle-Orléans ? Est-ce pour cette raison que vous êtes ici ?

Elle se détendait, heureuse d'avoir de la compagnie.

— J'aimerais bien, mais ce n'est pas le cas et je n'ai pas le temps de vous parler de la guerre parce qu'il faut que je reparte. J'ai perdu mon régiment à Baton Rouge et depuis je cherche à le retrouver.

— Et vous vous cachez ici ? À BelleClair ? demanda-t-elle avec étonnement. Mais enfin, cet endroit grouille de Yankees, à cause de ma... sœur. Elle les courtise afin d'avoir leur protection pour la propriété et il y en a partout.

— Je n'étais pas vraiment caché ici, mais dans le coin. Je vais pouvoir rejoindre nos lignes, maintenant que j'ai mangé un morceau. J'avais tellement faim que la tête me tournait.

— Si j'avais su, j'en aurais demandé davantage.

— Davantage ? On ne meurt pas de faim chez vous comme partout ailleurs ? fit-il avec incrédulité.

— Oh, non ! Les Yankees utilisent BelleClair comme une sorte de retraite et nous avons plein de choses. Je serais heureuse d'en dérober pour vous si vous ne partez pas tout de suite.

— Vous feriez cela pour moi ?

— Bien sûr.

— Quand pourriez-vous l'apporter ? Je vous attendrai. J'aurai plus de chance de retrouver mon régiment si je n'ai pas à chiper de la nourriture en cours de route.

Enfin Angela se sentait utile à quelque chose.

— Revenez demain à l'aube, j'aurai tout ce qu'il vous faut.

— Vraiment ? insista-t-il sur un ton sceptique. Vous êtes aveugle. Vous ne pouvez pas voir si on vous suit. Et s'ils me prennent, je suis fichu.

— Ne vous inquiétez pas. Personne ne me verra. À cette heure, ils dorment encore. Et puis, je sais me débrouiller toute seule autour de la maison et jusqu'à la cuisine. Je prendrai du sucre, du café, du lard et même du jambon, ajouta-t-elle avec un sourire.

— Vous êtes un ange. Je serai là, c'est promis. Et maintenant, je vais prendre vos provisions et déguerpir avant que quelqu'un ne vienne.

— Oh non, s'il vous plaît ! protesta-t-elle. Ne partez pas. Vous ne m'avez même pas dit votre nom...

— Letchworth. Tom Letchworth.

Elle l'entendit partir.

— Tom, s'il vous plaît, implora-t-elle. Restez encore un moment. Je voudrais tant avoir des nouvelles de la guerre. Vous ne risquez rien. Personne ne vient jamais ici...

Elle se rendit compte qu'elle était de nouveau seule en entendant le bruit de ses pas décroître, et elle eut envie de pleurer de frustration.

Comment devinerait-elle que l'aube se levait ? D'ailleurs, elle était tout aussi incapable de savoir quand il faisait nuit. Il faudrait qu'elle fasse confiance à son instinct, écoutant le silence de la nuit quand les convives seraient allés se coucher. Alors seulement, elle descendrait dans la cuisine et réunirait les provisions. Elle risquait de rester des heures dans le cimetière à attendre le soldat car il lui était impossible de se repérer dans le temps. Comment faire autrement ? Du moins, pour une fois, elle pouvait rendre service à quelqu'un, ce qui était très important pour elle.

Le temps s'étirait plus que jamais. Quand Mammy Kesia lui apporta son plateau, Angela décida d'en garder une bonne partie pour ce pauvre soldat qui mourait de faim. L'odeur de la nourriture était délicieuse.

— Du poulet rôti ?

— Oui, du poulet, confirma Mammy. Avec des patates douces. Et il y a aussi de la tou'te aux mû'es.

— Claudia a invité beaucoup de monde, ce soir ?

— Comme d'habitude, grogna Mammy. Y a six de ces officiers en goguette. Et il y en a que cinq qui ont une femme. Ça a pas l'ai' joli. Avec maît'e 'aymond qui est iv'e mo't dans sa chamb'e. Ça a pas l'ai' joli, mais mademoiselle Claudia au'ait ma peau si je lui disais.

Angela acquiesça, songeant que si elle avait eu ses yeux, elle ne tolérerait pas cela sous son toit.

Elle avait monté le panier dans sa chambre au lieu de le laisser sur la table de l'office. Elle enveloppa soigneusement son dîner et le mit dedans, puis poussa le panier sous son lit.

Elle n'avait plus rien à faire qu'à attendre.

Elle somnola un moment, puis se réveilla en sursaut. Cela aurait été merveilleux de pouvoir entendre l'horloge de l'entrée sonner, mais Claudia l'avait justement fait enlever afin qu'Angela ne puisse pas savoir l'heure.

— Quelle différence cela fait-il ? avait-elle raillé. Pour toi, c'est toujours la nuit !

Angela pressa son oreille contre la porte de sa chambre. Elle n'entendit rien. Elle tourna doucement la poignée et passa sa tête par l'entrebâillement. Tout avait l'air calme.

Elle attrapa alors le panier et sa canne. Puis, suppliant le ciel de lui venir en aide, elle quitta sa chambre et s'engagea dans l'escalier, qu'elle descendit marche par marche en s'accrochant à la balustrade.

Une fois dans la cuisine, elle trouva du jambon, du pain et un sac de café en s'aidant de son odorat et de son toucher. Ensuite, elle attrapa ce qui était à sa portée pour finir de remplir le panier. Il risquait d'être un peu trop lourd pour elle, mais le seul fait de songer au malheureux soldat lui donnait de l'énergie.

« Pourvu qu'il fasse encore nuit », se dit-elle en se dépêchant. Mammy avait été avec elle au cimetière le premier jour et elle avait pu compter les pas et localiser tous les endroits dangereux. Mais elles étaient parties de la véranda et non de la cuisine.

Le chemin fut long et ardu. Angela s'arrêtait régulièrement pour reprendre son souffle, car le panier était beaucoup trop lourd. Elle devait le tenir d'une seule main car elle avait besoin de l'autre pour tenir la canne et s'assurer que rien ne se dressait en travers de son chemin.

Seuls le cri de l'engoulevent et le murmure de la brise dans les arbres rompaient le silence et, comme elle marchait péniblement vers le cimetière, elle fut tout à coup envahie par le souvenir des nuits d'antan quand elle retrouvait Gator sous le saule. Chaque fois qu'elle pensait à lui, la tristesse la submergeait. Mais même s'il avait brisé son cœur avec ses mensonges, l'immense bonheur qu'elle avait ressenti auprès de lui la payait au centuple. Les larmes lui montèrent aux yeux en repensant à leur première nuit dans le bayou quand Gator lui avait fait découvrir un monde magique sous les branches moussues des vieux arbres enveloppés par les rayons de la lune

Sa canne heurta la grille. Elle posa le panier et fit jouer le loquet. Puis elle reprit ses provisions pour parcourir les derniers mètres.

Elle repéra sans trop de difficultés son endroit favori sous le magnolia et s'assit. Pourvu que le soldat ne tarde pas, songea-t-elle en serrant son châle autour de ses épaules. Si jamais on la surprenait à cette heure matinale avec un panier de provisions, elle risquait d'avoir de sérieux ennuis.

Après ce qui lui sembla une éternité, Angela entendit enfin des bruits de pas qui venaient dans sa direction.

— Tom, je suis ici, appela-t-elle doucement en se levant et en indiquant le panier de sa canne. Attendez de voir ce que je vous ai apporté.

— C'est rudement gentil, commença-t-il, puis il cria soudain : Zut ! Vous avez été suivie...

Elle l'entendit s'enfuir en courant dans la direction opposée et elle se mit à battre l'air avec ses bras.

— Attendez ! Que se passe-t-il ? Où allez-vous ? Je suis toute seule...

Elle sursauta en entendant quelqu'un l'interpeller :

— Vous vous trompez, mademoiselle Sinclair. En fait, si vous pouviez voir, vous vous rendriez compte que vous avez de la compagnie.

Elle se laissa tomber par terre avec un gémissement, puis releva la tête en reconnaissant la voix de Claudia.

— L'avez-vous attrapé ? Il ne s'est pas enfui au moins ? demandait-elle à l'interlocuteur d'Angela.

— Mes hommes mettront la main dessus, mais ce n'est pas lui qui m'intéresse. L'important c'est que nous savons maintenant qui approvisionnait les rebelles.

— Ce n'est pas vrai ! Vous vous trompez, protesta Angela. Ce n'est pas un rebelle. C'est juste un soldat affamé qui a perdu son régiment et cherche à le retrouver. Je lui ai donné un peu de nourriture. Et c'est la première fois...

— Et la dernière, siffla l'homme. Emmenez-la !

Angela sentit des mains brutales se saisir d'elle. Elle lâcha sa canne et ils l'entraînèrent sans lui laisser le temps de la retrouver malgré ses supplications.

— Là où vous allez, vous n'en aurez pas besoin, remarqua l'un des soldats.

— Je ne pourrai pas t'aider cette fois-ci, Angela. J'espère seulement que le général Butler comprendra que je ne suis pas impliquée dans cette affaire, sinon BelleClair sera brûlée comme toutes les plantations qui donnent refuge aux rebelles. Et ce sera de ta faute.

Dès qu'ils furent arrivés devant la maison, quelqu'un donna l'ordre d'amener une voiture. On lia les mains d'Angela derrière son dos. Réveillés par le vacarme, les officiers et leurs femmes étaient sortis sous la véranda.

Angela se raidit en entendant Claudia raconter comment elle avait eu des soupçons à cause de sa conduite étrange et comment elle avait été atterrée de découvrir que sa propre sœur apportait son aide à des rebelles.

— J'espère que le général va la faire pendre ! entendit-elle quelqu'un crier.

— Oh, il ne va pas la pendre, jeta une autre voix avec force. Mais je peux vous garantir qu'elle va moisir en prison un bon moment. Au moins, elle ne risquera plus de cacher des rebelles !

Kesia contemplait la scène de loin, les joues ruisselantes de larmes. Elle n'avait pas osé intervenir car elle était maintenant à la merci de Claudia. Maître Sinclair n'était plus là pour la protéger. Mais malgré tout, elle se sentait coupable de n'avoir pas osé dire la vérité.

Elle avait aidé une femme à accoucher cette nuit-là et comme elle était trop faible pour nourrir l'enfant, Kesia était allée à la cuisine de bon matin préparer un bol d'eau sucrée et elle avait vu Angela se diriger vers le cimetière en traînant un panier. Elle s'apprêtait à la rejoindre quand elle avait remarqué Claudia en train de parler avec un soldat yankee. Aussi s'était-elle reculée sans cesser de les observer.

Dieu du ciel, comme elle aurait aimé pouvoir dire la vérité ! Le soldat n'était pas un rebelle, encore moins un soldat sudiste.

Kesia l'avait aperçu quand il revenait du cimetière. Il avait ri en croisant les hommes qui y montaient.

C'était le même soldat auquel Claudia parlait sous la véranda. On s'était joué de mademoiselle Angela.

23

— C'était inutile de venir jusqu'ici pour vous excuser au sujet de votre sœur, Claudia, dit le major Hembree, très désireux qu'elle en finisse au plus vite. J'ai beaucoup à faire, ce matin.

Il était en train de lire un courrier confidentiel du général Walbridge des Services secrets quand elle était arrivée et il avait hâte de reprendre sa lecture.

— Elisabeth m'a dit la même chose, reconnut Claudia sans remarquer son impatience, mais il me fallait venir quand même. Vraiment, major, vous ne pouvez pas savoir à quel point tout cela m'a contrariée ! Je me suis toujours efforcée d'avoir de bonnes relations avec l'armée, car Dieu sait que je n'ai pas voulu cette guerre. J'ai toujours poussé papa à libérer ses esclaves et à leur donner des gages. De toute façon, ils seraient restés car les conditions de travail à BelleClair sont meilleures que dans les autres plantations du delta et…

— Je sais, je sais, l'interrompit-il avec agacement. Bon, je suis débordé et…

— Il y a quelque chose que vous devez savoir, l'interrompit-elle. Quelque chose que je dois vous dire.

Elle sourit, aussi convaincue d'obtenir son attention qu'elle l'était d'avoir choisi la tenue adéquate pour sa visite. Sa robe de coton rose était ravissante avec son corsage ajusté et son ample jupe, et le petit bonnet de dentelle crânement posé sur ses boucles blondes lui allait à ravir.

Peut-être pourrait-elle lui fournir les informations qu'il recherchait, songea le major, avant de dire à haute voix :

— Oui ! De quoi s'agit-il ?

Elle lui adressa un regard de biais comme si elle était gênée d'aborder ce genre de sujet avec lui et annonça d'une voix timide :

— J'ai peur que ce ne soit pas la première fois qu'Angela déshonore la famille. Il y a quatre ans, j'ai eu le malheur de la surprendre avec un Cajun, un homme de mauvaise réputation connu sous le nom de Gator. On ignore son patronyme. Quoi qu'il en soit, ils étaient dans la sucrerie et, bien que les convenances ne me permettent pas de dire ce qu'ils y faisaient, j'imagine que vous me comprenez. Évidemment, j'ai dû en avertir mes parents qui en ont eu le cœur brisé.

Malgré ses lèvres pincées, il ne faisait aucun doute pour le major que Claudia prenait plaisir à lui révéler cette histoire.

— Pour éviter le scandale, poursuivit-elle, ils l'ont envoyée en pension en Europe. Ils avaient bien l'intention de la laisser là-bas à tout jamais. C'est pour cela qu'elle est rentrée de la manière que vous savez.

Elle s'arrêta, déconcertée par son attitude. Ses lèvres tremblaient comme s'il se retenait de rire. Elle demanda avec inquiétude :

— Ai-je dit une bêtise, major ? Je ne voulais pas vous mettre mal à l'aise en abordant ce sujet, mais il me semblait que vous deviez savoir. Je veux que ma position soit claire. J'espère bien, d'ailleurs, que le général Butler va sévir, même si elle est aveugle, puisqu'elle retourne cet handicap à son avantage, et...

— Oui, oui, vous avez raison. Vous n'avez rien à craindre.

Le major Hembree se leva et traversa la pièce pour aller ouvrir la porte.

— J'espère que je ne vous ai pas contrarié en vous racontant ces horreurs.

— Mais pas du tout, pas du tout. Votre sœur a eu un avertissement et, maintenant, elle doit payer le prix. Je suis sûr que, comme moi, le général estimera que sa place est en prison.

— Pour longtemps ?

Claudia décida qu'il était temps de lui faire part de ses intentions.

— En fait, je ne souhaite pas qu'elle revienne à BelleClair. Il faut qu'on la déclare incompétente et que l'on me rende les biens de mon père.

Il la poussa gentiment vers la porte et fit signe au soldat en faction dans le couloir de la reconduire.

— Soyez rassurée, Angela passera sans doute le reste de sa vie en prison.

Claudia retint son envie de chanter sa joie.

— C'est ce qu'il y a de mieux dans son cas. Elle est incapable et...

Il murmura un « au revoir » avant de refermer doucement mais fermement la porte.

De retour à son bureau, le major ouvrit la chemise contenant le rapport du général Walbridge, et relut comment les Services secrets avaient appris par un traître l'identité de la personne qu'on soupçonnait d'avoir volé les plaques à l'Hôtel de la Monnaie.

Elton Sinclair.

Avec un sourire, Hembree croisa ses mains derrière sa tête et se laissa aller contre le dossier de son siège. Il ne doutait pas que le meurtre de Sinclair avait un rapport avec ces plaques. Un tiers avait éventé le secret et essayé sans succès de le faire parler. Cependant le major était sûr que Sinclair avait mis quelqu'un dans la confidence. Et ce quelqu'un n'était certes pas Claudia.

Aussi était-ce logique que, malgré la déplaisante petite histoire qu'il venait d'entendre, Angela ait reçu, au moins in extremis, les confidences de son père.

Et maintenant qu'il avait besoin d'aide afin de retrouver ces plaques pour le gouvernement fédéral, il tenait justement la personne capable de l'aider !

Hembree sourit. Il se voyait déjà promu au rang de lieutenant-colonel.

Il alla à la porte et demanda à la sentinelle d'amener la prisonnière dans son bureau.

— Laissez-lui les mains attachées derrière le dos, rappela-t-il. Elle cherche la bagarre.

— On risque pas de la détacher, répondit le soldat avec un grand rire. Quand on l'a amenée ici, je l'ai vue décocher un méchant coup de pied à Bailey. Il peut pas pisser sans pousser des cris.

Le regard furieux qu'Hembree lui retourna refroidit le malheureux qui s'empressa d'obéir aux ordres.

Quelques minutes plus tard, Angela était introduite dans la pièce par deux soldats.

— De quoi suis-je accusée, cette fois-ci ? lança-t-elle avec une expression de profond mépris comme l'un des soldats la poussait sur une chaise. De meurtre ?

Le major fit signe aux deux hommes de sortir et attendit qu'ils aient refermé la porte pour lui répondre. Elle tourna brutalement la tête dans sa direction, car sans s'en apercevoir elle venait de s'adresser au mur.

— Pas de meurtre, mademoiselle Sinclair, mais de quelque chose de très sérieux, je puis vous l'assurer.

— Je n'ai fait que donner de la nourriture à un homme affamé, répliqua-t-elle, piquée au vif. Si c'est un crime, alors tuez-moi. Je n'implorerai pas votre clémence.

— Vous êtes accusée de recel de biens volés. Si vous coopérez et me dites où ils sont cachés, je peux vous assurer de mon indulgence pour avoir hébergé…

— C'est un mensonge ! explosa-t-elle. Je lui donnais seulement un peu de nourriture. Et j'ignore tout de cette histoire de recel ! Je ne comprends pas de quoi vous parlez. Et je me demande bien comment vous avez réussi à nous battre, vous les Yankees, bornés comme vous l'êtes ! Des biens volés, vraiment !

Elle émit une sorte de ricanement indigne d'une jeune fille bien élevée et s'enfonça dans son siège.

— Il s'agit de plaques d'imprimerie, mademoiselle Sinclair, dit-il en lui résumant l'affaire.

Angela l'écouta d'un air incrédule.

— Je ne suis pas au courant. Jamais mon père ne m'a parlé de cette affaire de l'Hôtel de la Monnaie et certainement pas de plaques à imprimer. Mais, de toute façon, même si j'étais au courant, je préférerais mourir que vous dire quoi que ce soit.

— Comme vous voulez, déclara-t-il avec fermeté. Si vous coopérez, nous nous montrerons cléments. Mais si vous refusez, je peux vous jurer que c'est la prison à vie.

Angela resta un moment silencieuse, laissant croire qu'elle considérait sa proposition. Puis elle jeta avec un ricanement :

— Voyons ! Vous croyez vraiment que cela m'importe ? Mes parents sont morts. Ma maison est envahie par vos sales Yankees. Je ne retrouverai probablement jamais la vue. Vous pensez bien que je me fiche éperdument de ce qui peut m'arriver. Faites ce que vous voulez, le défia-t-elle, et allez tous au diable !

La haine qui brillait dans ses yeux était si virulente qu'Hembree ne put retenir un mouvement de recul.

— Très bien, mademoiselle Sinclair. Vous ne me laissez pas le choix.

Il appela d'une voix tonitruante la sentinelle devant la porte.

— Prenez un détachement et emmenez la prisonnière à Ship Island.

La panique submergea Angela.

— Pourquoi là-bas ?

Hembree lui expliqua qu'une prison avait été installée près de Fort Massachusetts depuis que l'Union utilisait l'île comme base d'opérations.

— De là-bas vous ne pourrez pas aider les rebelles à trouver les plaques.

— Voyons, je vous ai déjà dit que je n'étais pas au courant !

— Peut-être que quelques semaines là-bas vous rafraîchiront la mémoire, mais je vous conseille de vous dépêcher. Si on les trouve sans votre aide, le général Butler n'aura plus aucune pitié pour vous. Il vous laissera moisir dans votre prison au régime cellulaire.

— Quel entêté vous faites ! Je ne sais rien. Quant au régime cellulaire – un sourire amer releva le coin de ses lèvres – je crois que cela ne me changera pas de mon régime habituel.

Une fois qu'on l'eut emmenée, Hembree prit dans son tiroir le dossier contenant les noms des officiers et des soldats récemment affectés. La veille, au cours d'une réception, quelques officiers racontaient combien l'affectation d'un Cajun comme guide dans le bayou les avait soulagés et le capitaine Bishop s'était alors souvenu d'une anecdote.

Les Cajuns qui travaillaient dans le camp avaient reconnu l'un des nouveaux officiers. Bishop avait écouté avec intérêt leur conversation sur Brett Cody et comment il avait vécu autrefois dans le bayou Perot.

Hier soir, cette histoire n'avait que modérément intéressé Hembree. Aujourd'hui, elle le transportait au septième ciel. Car ce Brett Cody, s'étaient souvenus les Cajuns, n'était à l'époque connu que sous le nom de Gator à cause d'un étrange combat avec un alligator.

Ce ne pouvait être une coïncidence. Le bayou Perot, il le savait, touchait à la propriété des Sinclair. Et Gator avait mystérieusement disparu quatre ans plus tôt. D'après les racontars de Claudia, c'était à la même époque qu'Angela avait été surprise à la sucrerie avec un homme du même nom. Bien évidemment, il s'agissait de la même personne et aussitôt il lui était venu une idée à l'esprit.

Hembree fit chercher Bishop pour la lui confier. Après l'avoir écouté, celui-ci se rallia à son avis. Cela valait la peine d'essayer. Aussi Hembree envoya-t-il immédiatement une estafette pour ramener Brett Cody.

Cela demanda presque une semaine.

Brett n'était pas facile à localiser car il passait la plupart de son temps à guider des patrouilles dans le bayou Vista à la recherche des rebelles. Il n'aimait pas être convoqué au quartier général et il ne se priva pas de manifester son irritation.

— De quoi s'agit-il donc, major ? demanda-t-il aussitôt après l'échange obligatoire de civilités. Vous ne pouviez pas m'envoyer un courrier ? Cela m'aurait évité bien des complications.

L'insolence de l'officier irrita beaucoup le major, mais il se rappela qu'il avait besoin de lui et que mieux valait garder des rapports cordiaux.

— Ce que j'ai à vous dire ne peut pas se mettre par écrit, annonça-t-il. Vous êtes très estimé de vos supérieurs, Cody.

Brett se contenta de le fixer dans un silence hostile. « Comme leur opinion changerait vite, songeait-il s'ils connaissaient le fond de ma pensée. » Depuis longtemps maintenant, il ne désirait plus se venger du passé en détruisant le monde d'Angela. Après toutes les horreurs de la guerre, il se rendait compte qu'il ne la haïssait même plus. Aujourd'hui, ce qui comptait c'était de survivre. Et il regrettait de plus en plus de s'être engagé dans cette maudite guerre.

— J'ai du mal à imaginer que vous m'ayez fait faire tout ce chemin pour me parler de mes états de service, finit-il par déclarer.

— Et vous avez raison. J'ai une nouvelle mission pour vous. Une mission particulièrement importante. Je peux vous promettre une citation et une promotion si vous réussissez.

— Je n'ai que faire de vos promotions si c'est pour me maintenir dans l'Armée du Potomac !

Brett en avait assez de guider cette bande de pleutres qui poussaient des cris à la vue d'une araignée ou d'un serpent.

— Désolé, dit Hembree qui décida d'en venir au fait. Si j'ai bien compris vous êtes originaire d'ici. Du bayou Perot, pour être exact.

— J'ai travaillé là-bas, reconnut Brett avec réticence.

— Vous étiez employé par Elton Sinclair sur sa plantation de BelleClair.

— Où diable voulez-vous en venir, major ?

— Nous savons que Sinclair a été impliqué dans la prise de l'Hôtel de la Monnaie. Et nous pensons qu'il a volé les plaques à imprimer les nouveaux billets. Si jamais elles tombent entre les mains des Confédérés, cela risque d'être financièrement désastreux pour le gouvernement fédéral.

— En quoi cela me concerne-t-il ? Je ne travaille plus pour lui depuis longtemps. Demandez-lui…

— Il est mort.

Brett retint un moment sa respiration avant de répéter d'un air détaché :

— Je ne vois toujours pas en quoi cela me concerne !

— Nous pensons que sa fille, Angela, sait où sont cachées les plaques.

— Alors, interrogez-la. Je ne veux pas m'en mêler.

Estimant qu'il était temps de le rappeler à l'ordre, Hembree vociféra :

— Je me fiche bien de ce que vous souhaitez, capitaine. Et maintenant, asseyez-vous et bouclez-la.

Ils se mesurèrent du regard.

Peu désireux de finir la guerre en prison, Brett obéit.

— J'ai appris qu'à une époque vous aviez eu des relations amoureuses avec elle, et...

Brett se raidit.

— D'où sortez-vous cela ?

— Peu importe. Et si vous voulez bien cesser de m'interrompre, je pourrai vous expliquer ce que j'attends de vous.

Brett acquiesça d'un signe de tête, persuadé que ce qu'il allait entendre lui déplairait.

— Comme je vous l'ai dit, nous pensons que la fille de Sinclair sait où se trouvent ces plaques, mais elle n'a apparemment pas réussi à les transmettre aux autorités de son camp. Et cela lui sera encore plus difficile de les leur faire passer maintenant qu'elle est emprisonnée à Ship Island pour avoir donné refuge aux rebelles.

Brett parut ébranlé.

— En prison ? Mais...

— C'est une rebelle elle-même, Cody. Elle ne nous a pas laissé le choix.

Brett secoua la tête. Aussi valables que fussent leurs raisons, cela lui paraissait ridicule d'avoir enfermé Angela.

— Ce n'est pas juste.

— Je suis ravi que vous réagissiez ainsi puisque vous êtes là pour l'en sortir.

— Vous oubliez que la couleur de mon uniforme ne va pas lui plaire.

— Vous devrez la convaincre que vous êtes un espion à la solde des Sudistes. Vous utiliserez un faux nom et déclarerez que les rebelles sont au courant au sujet des plaques et que vous êtes là pour l'aider à s'échapper afin de les retrouver et de les remettre aux Sudistes qui en ont désespérément besoin. Nous sommes sûrs que vous êtes l'homme qu'il nous faut, s'empressa d'ajouter Hembree devant l'expression amusée de Cody. Vous la connaissez et vous devriez être capable de la persuader. Vous connaissez aussi l'endroit et…

Brett éclata de rire. Tout cela était absurde.

— Vous n'en savez pas autant que vous le croyez, major, l'interrompit-il sans cesser de rire. Effectivement j'ai eu des relations amoureuses avec Angela Sinclair, mais vos sources ont des lacunes. En fait, j'ai été accusé de l'avoir violée et c'est pour cela que j'ai dû quitter le pays. Je suis la dernière personne à qui elle se fiera.

Toute gaieté déserta ses yeux quand il ajouta d'un ton dur :

— Vous feriez mieux de chercher quelqu'un d'autre.

Hembree secoua gravement la tête.

— Vous êtes l'homme qu'il nous faut, j'en suis persuadé. Dites-lui que vous êtes un Cajun du Mississippi, que vous vous faites passer pour Nordiste pour les besoins de la cause. Enfin, je me fiche de ce que vous lui direz du moment que vous emportez le morceau. Manipulez-la, Cody. Vous avez bien réussi une fois, n'est-ce pas ? termina-t-il avec un clin d'œil égrillard.

Brett, qui mourait d'envie de lui mettre son poing dans la figure, attendit d'avoir recouvré son calme avant de répondre :

— C'était il y a longtemps. Et j'en garde plutôt un mauvais souvenir. À peine m'aura-t-elle vu que tout s'écroulera.

Hembree gloussa.

— Mais elle ne vous verra pas.

— Elle ne me verra pas ? répéta Brett sans comprendre.

Hembree attrapa un cigare et prit tout son temps pour l'allumer. Puis il s'enfonça dans son fauteuil en contemplant les volutes de fumée.

— Non, il n'y a aucune chance qu'elle vous reconnaisse. Angela Sinclair est devenue aveugle, dit-il d'un air triomphant.

Quand Brett s'en alla, encore sous le choc, le major Hembree se rendit à la fenêtre pour le regarder s'éloigner. C'est à ce moment que le capitaine Bishop entra pour demander à Hembree comment l'entrevue s'était passée.

— Très bien, répondit Hembree. Il a été sonné quand je lui ai appris qu'elle était aveugle, mais il fera le travail.

Bishop parut soulagé, puis il demanda :

— Allez-vous exposer votre plan à notre homme, et la manière dont vous comptez organiser l'évasion d'Angela Sinclair pour qu'elle nous conduise jusqu'aux plaques ?

— Non, répliqua Hembree sans l'ombre d'une hésitation. Je n'ai aucune confiance dans ces Sudistes qui travaillent pour nous. Ils servent leurs intérêts. Nous ne lui dirons rien de plus.

24

Personne ne faisait attention à Leo. Les épaules voûtées, la tête basse, il marchait d'un pas traînant dans Basin Street sans regarder ni à droite ni à gauche, car il connaissait depuis longtemps le chemin par cœur. Il l'empruntait chaque soir pour se rendre au cimetière Saint-Louis.

Quand il vit les grilles se profiler à l'horizon, il accéléra le pas. Il était complètement fauché depuis presque une semaine et avait même été mis à la porte de sa pension. Depuis, il se glissait la nuit venue dans une écurie où il dormait à même la paille. La seule fois où il avait réussi à voler du whisky et à se soûler, il s'était réveillé dans un tas de crottin. Et Dieu sait qu'il n'aimait pas vivre ainsi ! C'est simple, si la voix ne réapparaissait pas, il allait être obligé de se mettre en quête de travail.

Arrivé au cimetière et afin que personne ne s'étonne de le voir là à une heure pareille, il adopta une démarche incertaine comme s'il était soûl.

À la vue du gant blanc, il poussa une exclamation de surprise et tendit immédiatement la main vers le linteau de la porte. L'argent dont il avait tant besoin était là. Il ne put s'empêcher de lâcher un rire nerveux.

— Tais-toi, espèce d'imbécile ! jeta la voix de l'intérieur. Un ivrogne traînant dans le coin pourrait se poser des questions…

Leo fourra l'argent dans sa poche avant de s'accroupir devant la porte.

— D'accord. Je suis là et, Dieu merci, vous aussi, car je suis complètement fauché.

— Suis mes ordres, Leo, et tu n'auras plus jamais à t'inquiéter à ce sujet.

— J'écoute.

— Angela Sinclair a été arrêtée et envoyée en prison à Ship Island. Elle est enfermée dans une cabane près d'un marais qui borde l'océan. Va à Biloxi. Tu prendras contact avec un certain Stewart qui possède un bateau de pêche. Je l'ai payé pour t'emmener sur l'île.

— Pour faire quoi ?

Leo se réjouissait à l'idée qu'il en aurait bientôt terminé. Il empocherait une grosse somme et pourrait enfin filer d'ici.

— On ne peut pas l'approcher pour le moment, ni la surveiller. Mais elle risque de tout se rappeler, y compris toi, Leo. La voix marqua une pause pour lui laisser le temps de digérer l'information.

— Dans ce cas, je serais obligé de te supprimer. Je ne peux pas prendre le risque que tu m'impliques dans cette affaire.

— Sapristi ! Mais je ne sais même pas qui vous êtes, rugit Leo. Zut, alors ! Vous êtes rien qu'une voix dans une tombe. Je peux rien dire sur vous…

— Non, si jamais elle te désigne comme l'assassin de son père, je ne serai plus jamais tranquille.

Non... Le temps est venu de se débarrasser d'elle. C'est un trop gros risque. Je veux que tu la tues.

Leo sourit dans le noir.

— Vous allez me payer un bon prix, alors ?

— Oui, mais seulement si tu réussis. Elle doit disparaître.

Brett étudia le dossier d'Angela, puis il eut un entretien avec le major Hembree. Il aurait aimé poser quelques questions au Dr Duval, mais le major lui apprit qu'avec quelques autres amis de son père, il avait obtenu la permission d'aller lui rendre visite pour s'assurer qu'elle était bien traitée. Brett ne pouvait prendre le risque que Duval raconte à Angela que quelqu'un posait des questions à son sujet. Il allait déjà avoir assez de mal à gagner sa confiance sans lui laisser deviner qui il était.

Il fut surpris de découvrir que c'était Claudia et non Angela qui avait épousé Raymond. Sans doute ce dernier avait-il découvert le pot aux roses et jugé qu'elle n'était plus digne de lui...

Quand il lut ses démêlés avec la Marine Fédérale, il s'étonna qu'elle ait pris autant de risques pour revenir à un moment aussi inopportun. Hembree lui donna la version de Claudia mais il ne cacha pas qu'Angela avait toujours affirmé sa volonté de rejoindre son père dès qu'elle avait appris la mort de sa mère.

Brett resta impassible bien qu'il ressentît une immense pitié. Il y avait eu maldonne dans la distribution des cartes. Même si elle l'avait trahi, Angela ne méritait pas un tel sort.

La mission devait rester secrète, insista le major Hembree.

— Vous êtes seul en lice, l'avertit-il. Évidemment, si vous êtes pris, je révélerai que vous étiez sous mes ordres pour vous éviter d'être pendu. Mais vous risquez néanmoins de prendre une balle si on vous surprend en train de l'aider à s'enfuir.

— Et je suppose que vous ne pouvez pas mettre les gardes dans la confidence au cas où les rebelles auraient un espion à leur solde quelque part, ajouta Brett.

— Exactement. Il faut agir discrètement.

Brett l'assura qu'il en serait ainsi.

Avec une expression sévère, Hembree lui donna ses derniers ordres.

— Une fois que vous l'aurez enlevée, je vous autorise à utiliser n'importe quel moyen pour la faire parler. C'est compris ?

— Et ensuite ?

Hembree haussa les épaules. Un sourire dur plissait ses lèvres.

— Il y a un asile de fous à New York. C'est le meilleur moyen de nous en débarrasser.

Brett se promit que jamais il ne laisserait une chose pareille arriver.

— Et si tout cela n'était qu'une perte de temps ?

— Elle ira à l'asile et nous croiserons les doigts en espérant que Sinclair n'a dit à personne où il avait caché les plaques.

Brett revêtit un uniforme de simple soldat avant de se présenter à la prison fédérale de Ship Island avec un ordre de mission en bonne et due forme.

Le responsable de la prison, le sergent Edgar Bodine, avait des petits yeux vicieux qui déplurent immédiatement à Brett. Une barbe hirsute couvrait le bas de son visage. Bodine ne rendit pas son salut à Brett, et resta avachi sur son siège derrière son bureau envahi par les papiers, sans cesser de se curer les dents, qu'il avait jaunes, avec un coupe-papier.

Dévisageant Brett d'un regard insolent, il prit la chemise contenant son ordre de mission et la jeta au milieu du fatras.

— Alors vous êtes le nouveau garde, dit-il d'un ton indifférent. Asseyez-vous.

Brett aperçut une caisse retournée et déclina son invitation, tout comme celle de se servir dans le bol contenant de la couenne de porc frite.

— C'est vachement bon, ce truc.

Le sergent Bodine en enfourna une poignée dans sa bouche et continua à parler en mâchant.

— Vous allez vous plaire ici. C'est une vraie planque. La marine s'occupe de la mer et nous des prisonniers. Il n'y en a pas beaucoup, Dieu merci ! Ils sont enfermés dans une grange et, la nuit, ils dorment sur la paille dans les stalles. Notre boulot se résume à mettre des gardes devant la porte et à leur apporter de la nourriture deux fois par jour. C'est peinard !

Brett bouillonnait de fureur. L'idée d'Angela enfermée là-dedans lui était insupportable.

— Il y a une femme, paraît-il, parmi les prisonniers, se hasarda-t-il. Elle n'est tout de même pas dans la grange avec les autres ?

— Vous êtes fou ? Vraiment, c'est pas un cadeau de l'avoir ici. Rien n'a été conçu pour les femmes. Et une aveugle, en plus ! Je me suis plaint au quartier général, mais ils en ont rien à faire. Alors je me suis débrouillé seul. Je lui ai installé un lit de camp, une table et une chaise dans une cabane qui servait d'entrepôt. Quelqu'un lui porte à manger trois fois par jour. Au début, je l'enfermais, et puis je me suis dit qu'elle ne pouvait pas aller bien loin. Elle a un loquet à l'intérieur. Comme ça, elle se sent en sécurité, j'imagine. Je ne l'ai pas vue plus d'une ou deux fois dehors, fit-il avec un bâillement. Elle a sans doute peur de s'aventurer dehors depuis qu'elle sait qu'il y a des marais.

Avec une indifférence feinte, Brett demanda :

— Et pour les soins médicaux ? C'est encore un problème sans doute.

— Pas vraiment. Cela fait à peine deux semaines qu'elle est là, et son médecin de famille est déjà venu vérifier comment elle allait. Son notaire a débarqué lui aussi, accompagné d'un banquier de La Nouvelle-Orléans. D'après le médecin, en dehors de son infirmité, elle va bien. Bon, allez donc vous installer et faire la connaissance des autres soldats, déclara le sergent en le congédiant de la main. Nous jouons beaucoup au poker, et le samedi soir, je les laisse chacun à leur tour aller sur le continent pour s'amuser. Histoire de se taper une femme qui soit pas intouchable !

Il rit en portant la main à son entrejambe d'un air provocateur.

Brett s'en alla, plus déterminé que jamais à enlever Angela. Elle n'était pas en sécurité ici. Tôt ou tard, un soldat se soûlerait un peu plus que d'habitude et, cette fois-ci, elle aurait raison de parler de viol.

Après avoir laissé son cheval dans une écurie à Biloxi, il avait fait la traversée jusqu'à l'île sur une canonnière. Il ne possédait qu'un sac qu'il abandonna sur une couchette vide dans un coin un peu isolé du baraquement. Puis il se força à rencontrer les autres gardes.

Ils se montrèrent plutôt amicaux et il remarqua immédiatement qu'ils étaient devenus paresseux et avaient pris du poids à force de manger sans rien faire. Ils passaient leur temps à jouer et avaient perdu toute vigilance.

Sous prétexte de repérer son chemin, il alla explorer avec soin les lieux, après un rapide déjeuner en compagnie de ses nouveaux compagnons. Il découvrit que le camp militaire était installé à une extrémité de l'île tandis que la prison se situait à l'autre bout, à environ une quinzaine de kilomètres. Il comprenait maintenant pourquoi la discipline s'était autant relâchée. Les prisonniers étaient peu nombreux et personne ne venait jamais contrôler le sergent et ses hommes.

Afin de ne pas éveiller les soupçons, il décida de ne pas s'approcher de la cabane d'Angela avant son tour de garde. Et pourtant Dieu sait qu'il en avait envie ! Mais il lui suffisait de se rappeler comment il avait été odieusement trompé pour que son désir s'évanouisse.

Il dut attendre trois jours qu'il mit à profit pour préparer leur fuite. Il découvrit un canot amarré dans une petite crique, sans doute à toutes fins utiles. La distance jusqu'à la côte devait être de quelque dix-huit milles et il fallait vraiment que la situation soit grave pour exiger d'un homme un tel exploit. Mais il connaissait justement un volontaire qui avait une bonne expérience de la mer et avait déjà bravé des eaux bien plus agitées dans ce même genre d'embarcation.

Son tour de porter ses repas à Angela arriva enfin.

— Tout ce que tu as à faire, annonça Ramey Stocks, c'est de frapper à la porte et elle ouvrira le verrou de l'intérieur. Mais cela lui prend un moment. N'oublie pas qu'elle est aveugle.

Brett acquiesça. Depuis qu'il était au courant de son infirmité, il n'arrivait pas à chasser de son esprit le souvenir de cette nuit merveilleuse où il lui avait fait découvrir le bayou. Au moins, tout cela était inscrit pour toujours dans son cerveau, mais y songeait-elle jamais ?

— Tu lui tends le plateau, poursuivit Ramey. Et tu n'entres pas sauf si elle te le demande, pour changer le seau par exemple. Une fois elle m'a prié de rentrer pour lui enlever une écharde du doigt. Dieu du ciel, tu ne peux pas savoir ce qu'elle est jolie ! Et quand tu la regardes, jamais on n'imaginerait qu'elle ne voit pas. Elle a des yeux verts avec des éclats jaunes, un peu comme un chat. C'est vraiment dommage ! Mais c'est une espionne, à ce qu'il paraît. Ils l'ont vue donner refuge à des rebelles.

Brett ne répondit rien, feignant une totale indifférence.

Il alla chercher son petit déjeuner à la cuisine, puis se dirigea vers la cabane qui était située à la limite des marécages. Une fois devant la porte, il dut faire appel à toutes ses forces pour annoncer :

— Voici votre petit déjeuner, mademoiselle Sinclair.

Il entendit quelqu'un bouger à l'intérieur, puis la porte s'ouvrit.

Brett se figea, le souffle coupé devant sa beauté. Elle était encore plus belle que dans son souvenir, malgré sa robe déchirée et ses cheveux sales et pas coiffés. Il fixa le visage levé vers lui, les yeux frangés de longs cils. Ses mains s'accrochèrent au plateau qu'il aurait tant voulu jeter pour l'écraser entre ses bras. Dieu lui pardonne pour sa folie, mais il n'avait jamais été aussi sûr de l'aimer.

— Qui est de service, aujourd'hui ? demanda-t-elle. Ramey ?

— Non, répliqua-t-il d'une voix tendue. Ce n'est pas Ramey. Où voulez-vous que je pose votre plateau ?

— À l'intérieur. Sur la caisse.

Elle s'écarta pour le laisser passer. Elle avait noté une pointe d'accent du Sud et remarqua :

— Vous venez d'arriver, n'est-ce pas ? D'où êtes-vous, soldat ?

Il fallait gagner tout de suite sa confiance, songeait Brett. Il ne pouvait se permettre aucun cafouillage, sinon il se balancerait au bout d'une corde avant que le major Hembree puisse intervenir. Il se rappela de surveiller chacun de ses mots.

— Du Mississippi.

— Oh ! fit-elle sur un ton de reproche. Vous êtes un de ces traîtres qui se sont retournés contre le Sud.

— Pas exactement !

Sapristi, ce n'était pas vraiment un bon début ! Elle leva le menton d'un air méprisant.

— Je ne vois pas ce qu'on peut dire d'autre, soldat. Vous êtes un Sudiste. Et vous combattez pour le Nord. Pour moi, cela s'appelle un traître.

— Souvent on n'a pas le choix, mademoiselle Sinclair, comme vous-même. Ce n'est pas franchement un endroit pour vous, ici. Et j'ai entendu dire que vous ne sortiez même pas.

Angela se dirigea vers son lit de camp et s'assit. Elle n'appréciait pas les Yankees, mais elle était contente de parler à quelqu'un.

— J'ai peur de tomber dans l'eau, même si parfois l'idée de me noyer me paraît plutôt réjouissante.

— Quelqu'un pourrait vous accompagner, dit-il.

— Ils n'ont pas le temps. Je les entends parfois se soûler et jouer. Je suis sûre que vous êtes des leurs vous aussi.

— Pas vraiment, non. Je suis là depuis quelques jours seulement et je n'ai jamais aimé boire ni jouer.

Il hésita, puis se lança :

— Je serais heureux de vous accompagner quand vous en aurez envie. Le sergent Bodine n'y verra certainement pas d'inconvénients. Il sera soulagé de vous voir prendre un peu l'air.

Angela était émue par sa proposition et, en même temps, elle restait inquiète. C'était un ennemi, et elle se mettait à sa merci.

— J'y réfléchirai, finit-elle par répondre avec raideur. Je ne vous connais pas et je ne sais pas si je peux vous faire confiance.

— J'imagine que c'est comme avoir la foi, mademoiselle Sinclair. Vous devez croire en ce que vous ne voyez pas.

Il avait dit cela sans réfléchir et ses propres paroles l'étonnèrent.

Angela était visiblement impressionnée, mais cela ne l'empêcha pas de répliquer cyniquement :

— Et parfois, les choses que vous ne voyez pas ne sont pas réelles.

Ne sachant pas quoi répondre et, décidant que pour une première visite, il ne devait pas s'attarder trop, Brett se retourna pour partir.

— Comment vous appelez-vous ?

— Cody. Soldat Brett Cody.

— Très bien, soldat Cody ! Je réfléchirai à votre offre.

Il s'empressa de sortir, incapable de rester plus longtemps en sa présence.

Quand il lui apporta son déjeuner, elle l'accueillit en annonçant :

— J'ai décidé d'accepter votre proposition, soldat Cody. Je serais une idiote de refuser. Après tout, j'ai besoin d'exercice et de bon air. Je suppose qu'il fait jour. Que pouvez-vous me faire en plein jour ?

— Vous n'avez rien à craindre de moi, de jour comme de nuit, mademoiselle Sinclair.

Brett passa devant elle pour poser l'assiette de poisson sur la caisse près du lit.

— Je reviendrai quand vous aurez fini de...

— Non ! l'interrompit-elle brutalement, puis elle se dépêcha d'expliquer avec un sourire timide : Je n'ai pas envie de déjeuner. J'aimerais aller me promener tout de suite si cela ne vous ennuie pas. Cela fait si longtemps. Et ce poisson sent affreusement mauvais, conclut-elle avec un rire léger.

Brett acquiesça et il dut rassembler tout son courage avant d'arriver à lui tendre la main. Il aurait aimé l'entraîner vers le bouquet de palmiers, mais il savait que cela ferait moins jaser si on les voyait dans le grand espace libre devant la cabane. Certes, on le plaisanterait sur sa galanterie, mais cela faisait partie du plan.

— Est-ce que le ciel est bleu ? s'enquit-elle innocemment en levant la tête. Sans doute, car je peux sentir la caresse du soleil sur mon visage et c'est délicieux.

Brett sentit sa gorge se serrer. Il toussota, submergé par l'émotion. Savoir qu'Angela ne voyait rien de la splendeur du monde autour d'elle lui était insupportable.

— Je vivais sur une plantation au sud de La Nouvelle-Orléans qui donnait directement sur le Mississippi, poursuivit Angela. J'avais un endroit favori sur la berge où je me couchais pour regarder le ciel et j'espérais que la terre allait se retourner pour que je puisse me baigner dedans. Et quand il y avait des nuages, ils me faisaient penser à des visages.

Elle rit, heureuse de parler du bon vieux temps.

Brett était suspendu à ses lèvres, mais il devinait qu'elle bavardait uniquement pour cacher sa nervosité. Après tout, il n'était qu'un étranger pour elle.

Au bout d'un moment, elle lui demanda des nouvelles de la guerre. Il lui raconta comment la plupart des combats se concentraient en Virginie, bien qu'il y eût des accrochages un peu partout.

Elle voulut aussi savoir comment cela se passait dans des domaines comme le ravitaillement, l'habillement, et l'économie en général.

Son intérêt pour les questions financières l'intrigua. Était-elle en train de réfléchir aux plaques d'imprimerie et regrettait-elle de n'avoir pas pu encore les transmettre ?

Il poursuivit en lui faisant part des dommages occasionnés sur sa paroisse. Beaucoup de clôtures en bois de cyprès avaient été arrachées par les Yankees qui les utilisaient pour réchauffer leurs rations. Les chevaux et les mules avaient été réquisitionnés et les planteurs avaient du mal à rentrer leur récolte.

Les digues se détérioraient rapidement en raison du manque d'ouvriers pour les entretenir. La malaria faisait des ravages car on ne trouvait plus de quinine.

— Et quant à l'argent, reprit-il en l'observant attentivement, il a pratiquement disparu de tout le Sud, obligeant les gens à faire du troc. Bien entendu, ceux qui arrivent à se procurer des billets, en particulier les dollars verts de l'Union, ne manquent de rien.

Angela secoua la tête d'un air désolé, mais ne fit aucun commentaire laissant à penser qu'elle aurait détenu un moyen de soulager son peuple.

Ils se promenèrent ensemble pratiquement jusqu'au coucher du soleil et elle lui fit promettre de revenir le lendemain pour une autre sortie.

Brett resta longtemps éveillé cette nuit-là. Comme tout aurait été plus facile s'il avait continué à la haïr ! Être si près et si loin en même temps était une véritable torture. Mais il n'avait plus le choix. Et ce n'était pas la faute de ces maudites plaques, dont il se fichait autant que de la guerre. Ce qui lui importait maintenant, c'était d'arriver à se faire passer pour un espion sudiste aux yeux d'Angela.

Et il devait faire vite, car Angela était bel et bien en danger. Parmi les hommes impliqués dans la prise de l'Hôtel de la Monnaie, il y en avait sûrement un à la solde des Nordistes qui avait vendu la mèche. Certains complices d'Elton pouvaient aussi être au courant du vol. Des deux côtés, on devait surveiller Angela. Et puis, il y avait le meurtre de son père. Même si elle ne se souvenait de rien pour le moment, le meurtrier devait transpirer à l'idée que la mémoire pouvait lui revenir d'un moment à l'autre.

Brett savait qu'il devait agir vite, car la vie d'Angela était entre ses mains.

Les jours suivants, Angela se sentait [illegible]. Comme autrefois [illegible]. Elle n'était pas seulement [illegible] passé [illegible] dans sa misérable existence [illegible] avoir davantage [illegible] davantage. Non content d'être gentil, tendre et bienveillant, il semblait avoir pris sur lui d'ôter sa tristesse sur le monde. Pourquoi cela ? La question hantait ses jours et ses nuits.

25

Les jours suivants, Angela se sentit inexplicablement attirée par Brett Cody. Ce n'était pas seulement parce qu'il remplissait un vide dans sa misérable existence. Il y avait davantage. Bien davantage. Non content d'être gentil, tendre et bienveillant, il semblait avoir pris sur lui d'être sa fenêtre sur le monde. Pourquoi cela ? La question hantait ses jours et ses nuits.

Et jamais, pendant les heures qu'ils passaient ensemble, il n'avait eu de propos malséants ou de gestes déplacés.

Elle laissa échapper un rire plein d'amertume.

Et pourquoi diable en aurait-il été autrement ?

Voyons, pour lui, c'était une manière de passer le temps, décida-t-elle. Après tout, puisqu'il n'aimait ni boire ni jouer, que pouvait-il faire d'autre dans ce coin perdu, sinon être agréable envers une malheureuse aveugle ?

Il n'en restait pas moins que son attirance pour lui était ridicule ! N'avait-elle pas payé très cher sa seule expérience dans ce domaine ? songea-t-elle. Jamais plus elle ne laisserait un homme avoir de l'ascendant sur elle.

Pourtant elle ne pouvait s'empêcher de se demander à quoi il ressemblait. Elle savait, en tout cas, qu'il était grand. L'autre jour en trébuchant, elle avait heurté son épaule de sa tête, une large épaule confortable et...

Elle secoua la tête pour essayer de chasser ces inepties. Un jour il serait envoyé ailleurs, et elle devrait reprendre sa vie solitaire. Seigneur, pourquoi donc n'était-elle pas morte ?

Ce n'était pas juste ! Non, vraiment pas juste ! Et depuis que sa vie avait sombré dans l'horreur, elle se raccrochait à la moindre miette de bonheur.

Et pour le moment, cette miette s'appelait Brett Cody.

Brett arriva avec son déjeuner composé de sandwichs et de biscuits et suggéra un pique-nique sur la plage.

— La journée est radieuse, avec un peu d'air tout de même. Voulez-vous aller patauger dans l'eau ?

Angela sauta de joie et battit des mains.

— Ce serait merveilleux. Autrefois, j'allais patauger dans le Mississippi.

Il lui prit la main et l'entraîna dehors. Elle lui avait souvent parlé de BelleClair et raconté combien son enfance là-bas avait été heureuse. Mais elle semblait avoir perdu la mémoire à l'adolescence. À partir de cette époque, il était impossible de lui tirer un seul souvenir.

Ils évoquèrent la guerre et tout le cortège d'atrocités qui se commettaient dans son sillage et elle voulut savoir pourquoi il combattait le Sud.

— Je ne combats pas le Sud ! se hâta-t-il de protester. Il m'a semblé plus important de préserver l'Union, j'imagine.

Elle secoua la tête, incapable de comprendre sa position. Puis, tournant son visage vers lui comme si elle souffrait de ne pas le voir, elle annonça avec candeur :

— Je vous aime bien, Brett Cody. Vous me rappelez quelqu'un que je connaissais autrefois...

Elle se mordit les lèvres, incapable de terminer sa phrase, et se détourna en se maudissant pour sa sottise.

Le cœur de Brett se mit à battre dans sa poitrine. L'avait-elle reconnu ? Pourtant, il avait surveillé chacun de ses mots.

— Que voulez-vous dire ? s'enquit-il, paralysé par l'appréhension. Cela n'a pas l'air de vous faire plaisir. Qui était-ce donc ?

Il réussit à rire avec naturel.

Angela réprima un frisson avant d'annoncer :

— Cela n'a pas d'importance. J'étais jeune alors et pas très maligne. Il... il ne vaut pas la peine qu'on se souvienne de lui. Mais, pendant un moment, je l'ai trouvé très charmant, comme vous. Que vous me rappeliez ses bons côtés ne m'ennuie pas. Au contraire !

« Il ne vaut pas la peine qu'on se souvienne de lui ! » Brett serra les poings. En voilà une manière de le traiter ! Il fixa l'océan turquoise et regarda d'un air distrait la barque de pêche qui longeait la côte.

Maudit soit-il pour sa jeunesse et sa bêtise ! Jamais elle ne l'avait aimé ! D'ailleurs comment aurait-elle pu aimer un pauvre Cajun comme lui que tout son détestable milieu méprisait ? Il avait été stupide, totalement stupide, et il l'était toujours aujourd'hui. Une fois sa mission accomplie, il fallait en finir avec elle une fois pour toutes. Mais il ne put s'empêcher de demander :

— Que s'est-il passé ? Vous paraissez bien amère ?

— Nous venions de deux mondes totalement opposés. Je me suis rendu compte que j'avais été folle de l'aimer, et je n'ai vraiment pas envie d'en parler.

— Il y a beaucoup de choses dont vous ne voulez pas parler, jeta-t-il sans réfléchir, puis la voyant froncer les sourcils, il s'empressa d'ajouter : Ce n'est pas un reproche. Non, ce que je veux dire c'est que vous avez traversé beaucoup d'épreuves et que cela ne sert à rien de les remâcher.

Elle ne répondit rien.

Brett fut tenté de se lever et de s'en aller. Mais il savait qu'il avait une tâche à accomplir. Et en dépit de tout, il était déterminé à assurer sa sécurité. Mieux valait oublier le passé, songeait-il. Les mauvais souvenirs étaient comme des croûtes. Si on les grattait, cela saignait et mettait plus de temps à cicatriser. Si on n'y touchaït pas, la croûte tombait d'elle-même. On gardait une cicatrice, mais le processus était plus rapide.

Ils étaient assis sur une étroite bande de sable dans une partie isolée de l'île que Brett avait découverte au cours de ses promenades.

Tout le monde savait qu'il passait la plupart de son temps libre avec la prisonnière et il s'attirait de nombreux quolibets. Le sergent Bodine l'avait mis en garde :

— Tu portes un doigt sur elle et, si jamais elle se plaint, c'est le peloton d'exécution. Je doute que le général Butler prenne la défense d'un de ses hommes accusé d'avoir violé une aveugle.

Brett l'avait assuré que seule la pitié le motivait, et il comprit que la rapidité dans l'exécution de son plan serait son atout majeur. Pour le moment, il suscitait l'amusement, mais le temps des soupçons n'était pas loin.

Angela avait retiré ses chaussures et enfonçait ses doigts de pieds dans le sable. Elle poussa brusquement une exclamation ravie et se baissa pour attraper un coquillage. Elle se tourna vers Brett.

— Décrivez-le-moi !

— C'est une conque. On dirait une corne en forme de spirale.

— Et de quelle couleur est-il ? insista-t-elle en caressant la coquille du doigt.

Une vague de pitié submergea Brett.

— Il est d'un blanc neigeux avec des traînées de corail et de rose. Et l'intérieur est plutôt corail. Tenez, laissez-moi vous montrer quelque chose.

Il lui prit le coquillage des mains et l'appuya doucement contre son oreille.

Les yeux d'Angela s'agrandirent de surprise et elle s'écria :

— On entend le roulement des vagues ! C'est étonnant !

— En effet ! acquiesça-t-il en riant, ravi de la voir s'amuser.

— Je veux le garder.

Il examina soigneusement le coquillage, expliquant que parfois un crabe s'abritait dans sa coquille, mais qu'apparemment ce n'était pas le cas.

— Peut-être était-ce un crabe rebelle, le taquina-t-elle, et il s'est enfui quand vous autres, Yankees, avez pris l'île.

— Tenez ! fit-il d'un ton faussement bourru. Prenez votre coquille, jeune rebelle.

Elle serra le bout de ses doigts quand il plaça la coquille dans sa paume.

— Je la garderai toujours, murmura-t-elle, et quand j'entendrai l'océan, je penserai à vous et à cette journée.

Elle tendit la main vers son visage.

Il ne bougea pas.

Elle suivit du doigt le tracé de sa mâchoire, puis s'arrêta sur son menton avant de remonter vers la bouche. Brett ne put se retenir de plisser ses lèvres dans un baiser, puis il effleura ses doigts de sa langue.

Elle retint sa respiration, poursuivant rapidement son exploration par le nez, les joues et enfin les sourcils et le front.

— Vous avez un très beau visage, Brett Cody, remarqua-t-elle d'une voix tremblante. Un visage beau et fort. Mais j'aimerais voir vos yeux. Les yeux disent tellement de choses sur nous, la plupart du temps...

Elle se tut, envahie par le souvenir d'autres yeux, chaleureux et rieurs d'abord, puis assombris par le désir.

Brett lui prit la main et la pressa contre ses lèvres. Mais ne l'embrasse pas, voyons, pauvre imbécile ! se tança-t-il. Ça n'a pas marché autrefois, cela ne marchera pas plus aujourd'hui.

— Vous n'avez rien à craindre de moi, assura-t-il. Je suis votre ami.

— C'est vrai, vous êtes mon ami. Pourtant je dois vous dire quelque chose. J'ai envisagé la possibilité que vous soyez là pour m'extorquer des informations.

La surprise figea Brett sur place et il dut faire un grand effort pour répondre calmement :

— Je ne sais pas de quoi vous parlez.

— Vous savez certainement quelle horrible criminelle je suis, n'est-ce pas ? Rendez-vous compte, j'ai donné de la nourriture à un soldat rebelle qui mourait de faim ! J'aurais sans doute agi de même avec un Yankee. Et vous devez savoir aussi qu'on accuse mon père d'avoir volé, lors de la prise de l'Hôtel de la Monnaie, des plaques pour imprimer les billets ? jeta-t-elle d'une traite. C'est sans doute pour cela qu'il a été assassiné. Ils se sont mis dans la tête que je savais où elles étaient cachées. Et cela va sans dire qu'une pauvre aveugle comme moi ne peut que tomber sous le charme d'un gentil soldat.

Brett s'attendait plus ou moins à une réaction de ce genre. Angela était une femme intelligente et il était normal qu'elle ait des soupçons.

— Je suis au courant pour votre père. Je sais aussi que vous êtes devenue aveugle la nuit où il a été tué et pourquoi on vous a envoyée ici. Mais j'ignore tout de cette histoire de plaques. Que vous le croyez ou non, j'essaie uniquement d'apporter un peu de soleil dans votre vie. Vous êtes très belle, Angela. Il faudrait être idiot pour ne pas vouloir vous rendre heureuse.

— Vous êtes vraiment gentil, chuchota-t-elle en se demandant si c'était un effet de son imagination ou si elle sentait vraiment son regard qui la brûlait. Et j'apprécie tout ce que vous faites pour moi. Quand vous partirez, je me sentirai terriblement seule.

— Peut-être celui qui prendra ma place sera-t-il chargé de vous tirer les vers du nez ? dit-il d'un ton moqueur, non seulement dans l'espoir d'apprendre quelque chose, mais aussi pour chasser ce début d'intimité qui le rendait mal à l'aise.

— Que feriez-vous si je vous disais où elles sont ? persifla-t-elle. Iriez-vous tout raconter à vos supérieurs ?

— Bien entendu ! confirma-t-il en entrant dans son jeu. Cela me vaudrait une jolie promotion !

Le rire d'Angela lui fit penser à des clochettes d'argent agitées par la brise. C'était léger et musical.

— Il va falloir que vous renonciez à cette promotion, soldat ! J'ignore où elles sont. Mon père a murmuré quelque chose en mourant, mais je n'arrive pas à m'en souvenir. Quand je me le rappellerai, tout deviendra clair. Jusque-là, le gouvernement perd son temps avec moi.

Brett se demanda s'il ne devait pas en profiter pour lui confier sa mission. Le temps pressait !

— Angela, commença-t-il. Il faut que je vous dise quelque chose. À mon sujet, et au vôtre…

— Non !

Le mot claqua dans le silence.

— Je refuse de parler de choses sérieuses. Plus jamais.

Elle secoua doucement la tête, puis replia ses genoux sous son menton.

— Je me sens en sécurité ici, dans ma nuit. J'ai l'impression que personne ne me voit parce que je ne vois personne. Peut-être d'ailleurs vaut-il mieux que je ne puisse pas lire dans vos yeux… qui sait ce que j'y découvrirais ! Alors ne parlons ni de vous ni de moi, Brett Cody, termina-t-elle presque avec colère, car il n'y a pas de nous. Il y a juste un soldat gentil avec une aveugle. Pour eux, hier n'existe pas plus que demain.

Une cloche tinta, rappelant la fin de la journée. Il était temps de rentrer.

— Si, demain existe, et nous allons parler sérieusement. Ou peut-être serait-il plus exact de dire : je vais parler et vous m'écouterez.

Angela regretta de s'être laissée emporter. Maintenant, elle devrait attendre ce lendemain dans lequel il croyait pour en savoir davantage.

Ils rentrèrent en silence. Brett la laissa devant sa porte et, un moment plus tard, Ramey lui apporta son plateau. Elle prit son courage à deux mains pour demander où était le soldat Cody. Ramey lui répondit qu'il était de garde à la grange pour la nuit.

— Nous avons prévu de jouer toute la nuit, confia-t-il, et comme ça n'intéresse pas Cody, il va assurer la garde. C'est certainement moi qui vous apporterai votre petit déjeuner car il a sa matinée pour récupérer, mais il viendra vous voir dans l'après-midi.

— Très bien ! acquiesça-t-elle, enchantée de cette perspective.

— Il a le béguin pour vous, on dirait, gloussa Ramey. Qui sait ? Peut-être que quand la guerre sera finie, vous deux, vous...

— Merci, soldat Ramey ! le congédia Angela en fermant la porte sur lui pour clore la conversation.

Elle avala lentement son dîner en buvant son verre de lait à petites gorgées, car son esprit était sans cesse distrait. Dès qu'elle eut fini, elle s'allongea sur son lit pour méditer tranquillement sur les événements de la journée, retournant chacun des mots de Brett, chacun de ses gestes. Comment réagirait-elle s'il lui déclarait son affection ? Lui avouerait-elle que lui aussi ne lui était pas indifférent ? Le souvenir de Gator la submergea soudain et elle ne put s'empêcher de les comparer. Brett était toujours un peu tendu dans sa façon de parler, à l'opposé de Gator qui l'avait toujours réjouie par son accent légèrement traînant du Sud. Et même dans sa manière d'être, il était moins à l'aise que Gator, comme si quelque chose l'inquiétait, et…

Elle secoua la tête pour chasser les ombres du passé. En ce qui la concernait, Gator n'existait plus et elle était incontestablement attirée par Brett. Les choix politiques si différents qu'ils avaient faits jetteraient-ils une ombre sur leur intimité naissante ou arriveraient-ils à trouver un terrain d'entente ?

Elle avait beau l'avoir laissé pour la fin, le dernier point avait son importance.

Elle était aveugle et avait toutes les chances de le rester.

Ben Seward ignorait totalement qui l'avait payé pour emmener Leo.

— Tout ce que je sais, dit-il, c'est que quelqu'un a accosté un de mes hommes une nuit alors qu'il sortait d'un bar. Il avait cent dollars-or pour moi à condition que je vous dépose sur l'île. Si j'acceptais, j'en recevrais cent autres. Si je refusais, il me ferait mon affaire. Le marin n'a pas vu son visage. Il restait dans l'ombre. Et j'ai décidé qu'il valait mieux accepter. Pourquoi prendre le risque de se faire descendre ?

Leo lui demanda de tourner autour de l'île.

— Vous allez faire évader quelqu'un ? demanda Seward d'un ton effrayé. Seigneur, pourvu que vous ne m'apportiez pas d'ennuis !

— Je vous demande seulement de m'attendre une fois que vous m'aurez déposé. J'ai un travail à faire là-bas. Cela ne me prendra pas longtemps. Vous n'avez pas besoin d'en savoir plus.

— Je ne veux pas en savoir plus ! Par pitié, ne me mouillez pas dans cette histoire !

Laissant le bateau dériver doucement comme s'il pêchait, Seward contourna l'île. Leo qui se tenait à la proue sentit son pouls s'accélérer en apercevant un homme en uniforme bleu assis près d'une femme. Ses cheveux brillaient comme de l'or liquide au soleil et il la reconnut sur-le-champ.

Les yeux plissés à cause de la réverbération, Leo essayait de repérer où accoster. Ils contournèrent une sorte de presqu'île et il repéra une bande de terrain qui semblait marécageuse.

— Voilà l'endroit ! annonça-t-il à Seward. C'est là que tu me déposeras vers minuit et tu reviendras me chercher une heure après. Approche-toi le plus possible et je te rejoindrai à la nage. Ne cherche pas à faire le malin ! l'avertit-il en sortant un couteau de sa botte. Je te jure que je te ferai la peau si jamais tu ne revenais pas. C'est compris ?

Seward acquiesça, pressé de se débarrasser de cette sale affaire. C'était dans des moments pareils qu'il regrettait d'avoir fait de la contrebande. On s'était sûrement passé le mot... La prochaine fois, il ferait attention à être plus discret.

Comme minuit approchait, il se mit à pleuvoir, mais la mer n'était pas trop agitée. De toute façon, le temps n'inquiétait pas Ben Seward. Mais il demanda cependant à Leo s'il ne préférait pas reporter son expédition.

— Vous allez être obligé de traverser ces marais. Il paraît que c'est dangereux. En particulier la nuit.

Leo éclata de rire et annonça fièrement :

— Je suis né dans les marais. Je savais nager avant de marcher. Ne vous faites pas de souci pour moi.

Ben était loin de se faire du souci. En fait, il aurait bien voulu que l'ignoble personnage se noie.

Leo se laissa glisser silencieusement dans l'eau et disparut rapidement aux yeux de Ben et de ses hommes, avalé par l'obscurité.

Il eut très vite pied et pataugea alors jusqu'au marais. Puis il se fraya sans difficulté un chemin au milieu des souches pourries et des branches mortes bien que l'obscurité fût quasiment totale.

Il tenait son couteau entre les dents, prêt à toute éventualité, et plus particulièrement à s'occuper d'Angela. Il aperçut enfin les contours de la cabane. À l'arrière, une fenêtre s'ouvrait à environ un mètre au-dessus des eaux croupies qui venaient lécher les murs. Il aurait facilement pu l'atteindre d'où il se tenait, mais les volets étaient fermés, sans doute à cause des insectes. Progressant tout doucement pour ne pas faire de bruit, Leo se glissa furtivement jusqu'à la porte.

Il s'arrêta pour jeter un coup d'œil alentour. Une lanterne brillait à l'intérieur d'un bâtiment un peu plus loin. Il entendait des hommes parler et rire. Apparemment, ils ne prêtaient aucune attention à ce qui se passait dehors.

Leo tourna la poignée et poussa la porte, mais elle ne céda pas. Sans doute était-elle verrouillée. Le mieux était de retourner à la fenêtre et de tenter de forcer les volets le plus discrètement possible afin de ne pas réveiller Angela.

Il n'avait pas fait deux pas qu'il se figea sur place en entendant une voix ensommeillée appeler doucement :

— C'est vous, Ramey ? Bonté divine, il fait déjà jour ?

Angela s'assit, bâilla et s'étira. « Dieu que la nuit avait été courte ! » songea-t-elle

— Laissez-moi passer ma robe et je vous ouvre.

Après s'être habillée, Angela poussa le verrou et elle était sur le point de tourner la poignée quand elle s'immobilisa. Depuis qu'elle était aveugle, Angela s'était efforcée de développer ses autres sens, comme l'odorat, le goût et l'ouïe !

Et justement, elle venait d'entendre un son qui l'avait figée sur place. Qu'est-ce que cela pouvait bien être ?

Et tout à coup, elle comprit. Le cri de la chouette avait retenti – dans la nuit, bien sûr. Et on entendait aussi le coassement des grenouilles et le chant du grillon. S'il faisait encore nuit, réalisa-t-elle avec effroi en portant la main à sa gorge, ce n'était certainement pas Ramey qui se tenait devant la porte.

Elle chercha le verrou de ses doigts tremblants mais elle fut incapable de le repousser assez vite.

De l'autre côté de la porte, Leo l'entendit retenir sa respiration et effleurer le battant. Il se recula et, bandant ses forces, se jeta contre le panneau de bois.

La porte céda avec fracas. Angela fut précipitée en arrière et tomba. Leo jura dans l'obscurité et agita son couteau à bout de bras.

— Où es-tu, petite garce ? T'as intérêt à pas me créer d'ennuis, c'est moi qui te le dis, sinon bientôt, tu vas me supplier d'en finir.

Les poumons en feu, Angela luttait pour retenir sa respiration, s'accrochant à l'idée que son agresseur n'y voyait pas davantage qu'elle. Elle connaissait la disposition de la pièce et aurait l'avantage jusqu'à ce que ses yeux se soient habitués à l'obscurité. Leo trébucha contre le lit. Il était tout près d'elle. Tâtonnant pour trouver de quoi se défendre, Angela sentit la caisse juste sous sa main, et elle l'envoya de toutes ses forces dans sa direction, visant les jambes. Il poussa un cri strident. Elle avait gagné la première manche.

— Je vais t'attraper ! hurla-t-il en s'effondrant sur le lit.

Angela se leva d'un bond et fonça vers la porte, espérant qu'elle ne se trompait pas de direction. Si elle se précipitait la tête la première contre le mur, tout était fini.

Mais son instinct ne la trompa pas et dès qu'elle fut dehors, elle courut aussi vite qu'elle put droit dans le marais et s'immobilisa au milieu des broussailles. Quand elle l'entendit tituber dans la cabane sans arriver à trouver la porte, elle saisit sa chance et s'enfonça encore au milieu de la végétation et de la boue.

Leo décida de filer au plus vite. Il ne connaissait pas le camp et n'avait aucune chance de la localiser dans le noir. Le mieux, c'était de rallier le point de rendez-vous avec Seward.

La voix n'aurait qu'à imaginer un meilleur plan, songea-t-il en se glissant silencieusement dans la nuit. Peut-être pourrait-il faire une nouvelle tentative dans la journée, déguisé en garde. Il n'avait aucune raison de s'inquiéter. Les possibilités ne manquaient pas.

Terrifiée, Angela n'osait ni bouger ni crier. Elle n'avait aucune notion du temps. Ses muscles la faisaient terriblement souffrir et elle tremblait de froid malgré la douceur de la nuit. L'homme qui voulait la tuer devait être tapi quelque part. Mais tôt ou tard, le jour se lèverait, se dit-elle pour se donner de l'espoir, et il s'enfuirait certainement avant.

Les lèvres transies, elle se mit à réciter une prière.

Ramey quitta le bâtiment qui servait de cuisine avec le plateau d'Angela à la main. Il sifflotait tout en contemplant l'océan dont la couleur turquoise étincelait contre le ciel encore rougeoyant. La journée serait belle malgré la pluie de la veille.

Il se tourna vers la cabane et poussa une exclamation de surprise : la porte était ouverte.

Serrant le plateau entre ses mains, il se mit à courir en criant de toute la force de ses poumons :

— Mademoiselle Sinclair, mademoiselle Sinclair, est-ce que vous allez bien ?

Il s'arrêta devant la porte, posa le plateau et jeta un coup d'œil inquiet à l'intérieur. Il resta pétrifié. Tout était sens dessus dessous et Angela n'était nulle part.

Retrouvant ses esprits, il se rua vers la prison pour chercher de l'aide.

Brett dormait profondément. Il était quatre heures du matin quand on était venu le relever. Épuisé, il s'était laissé tomber sur la paille dans la grange. Il se réveilla en sursaut en entendant les cris de Ramey et se précipita hors de la grange.

Quand on lui apprit la nouvelle, il fonça à la cabane en se maudissant de ne pas l'avoir encore sortie de ce guêpier.

— Tu crois qu'elle s'est enfuie ? demanda un des gardes qui l'accompagnaient. Quelqu'un a dû l'aider. Elle n'aurait pas été capable de se débrouiller toute seule, non ?

Brett l'écarta de son chemin d'un geste impatient. Angela ne s'était pas enfuie, il en était sûr. Quand il pénétra à l'intérieur de la cabane, il sentit son sang se figer en remarquant les empreintes de pas boueux sur le plancher. Il y avait des signes de lutte mais, Dieu merci, pas de trace de sang.

Le son d'un clairon résonna dans le silence. Une patrouille allait partir à la recherche d'Angela.

Brett prit son front entre ses mains, retournant tous les éléments dans sa tête tandis qu'il cherchait désespérément un indice autour de lui.

Puis tout à coup, il l'entendit. Cela ressemblait à la plainte d'un chaton.

Il se hâta vers l'endroit d'où cela venait, écartant les broussailles qui le gênaient d'une main nerveuse. Tout à coup, il l'aperçut barbotant dans la boue au milieu de la végétation en putréfaction. Il se précipita pour la soulever dans ses bras.

— Comment vous sentez-vous ? Êtes-vous blessée ?

Encore sous le choc, la jeune fille ne put que bégayer :

— Non… non ! Il a… il a essayé de me tuer.

— C'est fini, maintenant, Ange ! Je vous promets que vous n'avez plus rien à craindre ! eut-il juste le temps de glisser à son oreille avant que les autres ne les rejoignent.

Elle sourit et nicha sa tête contre son épaule. Ange, il l'avait appelée Ange comme son père et quelqu'un d'autre dont elle ne pouvait effacer complètement le souvenir de sa mémoire. Alors le sommeil contre lequel elle avait tant lutté s'abattit sur elle.

S'apercevant qu'elle était endormie, Brett poussa un soupir de soulagement. Apparemment, elle s'en était tirée à bon compte. Elle n'aurait peut-être pas autant de chance la prochaine fois. Car celui qui avait fait le coup ne s'arrêterait pas là. De cela, il était sûr. Il devait l'enlever dès ce soir. La vie d'Angela en dépendait.

26

Le sergent Bodine était livide de rage.

— Jamais elle n'a causé aucun problème jusqu'à votre arrivée. Je ne sais pas ce qui lui a pris d'aller se balader toute seule la nuit et cela m'est bien égal du moment qu'elle ne recommence pas. Aujourd'hui, il vaut mieux que vous la gardiez à l'œil. Elle risque d'être affolée quand elle se réveillera. Mais dès demain, je vous trouverai une autre affectation. Ce n'est pas bon que vous passiez autant de temps avec elle. Elle devient trop dépendante de vous.

— Vous avez raison, sergent, approuva Brett, sachant que ni Angela ni lui ne seraient là le lendemain. Elle a sans doute eu un cauchemar.

— Si jamais elle se blessait, j'aurais des ennuis, déclara Bodine après avoir ordonné que la porte d'Angela soit désormais verrouillée de l'extérieur.

Après avoir promis au sergent d'appliquer ses consignes, Brett se précipita vers la cabane. Ramey était auprès d'Angela de peur qu'elle se réveille en l'absence de Brett. À première vue, elle s'en tirait avec seulement quelques bleus et des égratignures.

Quand Ramey fut parti, Brett la secoua en l'appelant tout doucement. Elle se mit à geindre et à s'étirer puis, se redressant brutalement, elle secoua la tête en hoquetant.

— Je suis là. Tout va bien.

Il l'attira dans ses bras et la serra contre lui jusqu'à ce qu'elle se calme.

— Et maintenant, ajouta-t-il, dites-moi tout ce dont vous vous rappelez.

Comme il écoutait l'histoire de la tentative d'assassinat, la colère le submergea et il se promit qu'elle ne passerait pas une autre nuit dans cet endroit peu sûr. Quand elle eut fini, il décida de lui expliquer la situation. Du moins, dans les grandes lignes.

— Écoutez-moi attentivement, Angela. J'ai des raisons de penser que ce qui s'est passé la nuit dernière est en rapport avec le meurtre de votre père et avec ces plaques qui ont disparu.

Elle s'écarta brusquement de lui et demanda :

— Mais pourquoi ? En quoi tout cela me concerne-t-il ?

— Quelqu'un croit que vous savez où elles sont cachées. Et le fait qu'elles n'aient pas été retrouvées jusqu'à maintenant tendrait à prouver que vous êtes la seule à le savoir. Vous morte, les plaques ne risqueraient plus de tomber entre les mains des Confédérés.

— Seigneur ! Mais je ne sais même pas où elles sont. Je vous le jure.

— Je vous crois, mais vos ennemis ne veulent prendre aucun risque. Ils sont capables de recommencer. Voilà pourquoi il faut que je vous fasse sortir d'ici dès ce soir !

La panique se peignit sur le visage d'Angela.

— Où allez-vous m'emmener ? Dans une autre prison plus au nord ? Non ! Ils me retrouveront. Au moins ici, les vieux amis de mon père ont le droit de venir. Quand je les avertirai de ce qui s'est passé, ils demanderont qu'on mette un garde devant ma porte, jour et nuit.

— Angela, c'est trop dangereux. Ils finiront par vous tuer. Je crois que vous ne vous rendez pas compte à quel point il serait catastrophique pour l'Union si on utilisait ces plaques pour fabriquer de la monnaie. Ils ne reculeront devant rien pour vous faire disparaître.

— Même si je savais où elles étaient, jamais je ne le dirais à ces maudits Yankees !

— Vous ne comprenez pas ! murmura-t-il après l'avoir exhortée à baisser le ton pour ne pas attirer l'attention. Je n'ai pas l'intention de vous emmener dans une autre prison, Angela. Je vais vous aider à vous échapper. Et les Yankees le découvriront seulement quand il sera trop tard.

— Les Yankees, ricana-t-elle. Vous faites comme si vous n'étiez pas l'un d'entre eux, Brett.

— Non, je ne suis pas l'un d'entre eux.

Stupéfaite, elle attendit qu'il continue. Il lui raconta le mensonge qui avait été soigneusement préparé et elle l'écouta d'un air songeur, apparemment peu convaincue.

— Faites-moi confiance, insista-t-il. Je ne vous veux pas de mal. Là où je vous emmènerai, vous serez en sécurité. Je le jure.

— Comment puis-je être sûre qu'il ne s'agit pas d'un piège ? Je ne suis pas stupide, Brett Cody. Et combien de fois faudra-t-il que je vous répète que j'ignore tout de ces plaques ?

— Vous vous rappellerez peut-être quelque chose un jour, mais peu m'importe pour le moment. Tout ce que je veux, c'est vous protéger.

— Je ne sais pas, souffla-t-elle en mordant sa lèvre inférieure.

— Sapristi, Angela, vous n'avez pas le choix ! Le sergent estime que je passe trop de temps avec vous et il a décidé de me changer d'affectation dès demain. Je ne pourrai plus m'occuper de vous. Vous comprenez ? Il faut que vous me fassiez confiance. Écoutez, poursuivit-il précipitamment, prêt à user de n'importe quel moyen pour la convaincre. Vous vous rappelez le jour où vous m'avez demandé si le ciel était bleu et où j'ai acquiescé ? Il aurait pu être gris. On aurait pu aussi bien être au milieu de la nuit. Vous n'aviez aucun moyen de vérifier. Vous étiez obligée de me faire confiance. Et c'est ce que vous avez fait. Parce que vous le vouliez. Vous vouliez croire que le ciel était bleu. C'est ce qu'on appelle une foi aveugle.

Une moue dubitative incurva ses lèvres.

— Une foi aveugle, Brett Cody ? Vous voulez que j'aie confiance en vous parce que je le désire ?

— Ange, fit-il tendrement en suivant l'ovale de son visage du doigt. Je ne trouve pas de meilleure raison.

Elle écarta sa main de peur qu'il ne la sente trembler.

— Vouloir croire n'a rien à voir là-dedans, mais comme vous l'avez dit, je crois que je n'ai pas le choix.

— J'ai bien peur que non.

Il sourit, soulagé, et après lui avoir rapidement expliqué ses plans, lui annonça qu'il faudrait partir dès la tombée de la nuit.

— Que se passera-t-il quand nous aurons atteint la côte ? Où allez-vous m'emmener ?

— Quelque part où vous n'aurez rien à craindre.

Il répugnait à lui dire qu'il comptait l'emmener chez lui dans le Black Bayou. Il ne pouvait pas prendre le risque de tomber sur des soldats d'un parti ou de l'autre, et c'était le seul endroit où il était certain de trouver un refuge.

Vers midi, la pluie se mit à tomber, les privant de leur promenade. Brett songea que ce n'était pas plus mal – moins on les verrait ensemble, mieux cela vaudrait – et il lui conseilla de prendre du repos jusqu'à ce qu'il revienne lui porter son dîner.

L'après-midi traîna en longueur. Brett s'occupa à mille petites tâches comme de cirer ses bottes ou de nettoyer son fusil et il évita soigneusement les autres de peur qu'ils ne devinent sa nervosité.

Il essaya de comprendre qui pouvait bien vouloir la mort d'Angela. Le major n'était certainement pas impliqué dans cette affaire, sinon il ne l'aurait pas envoyé en mission ici. Non, il s'en tenait à sa première hypothèse. Ç'avait un lien avec le meurtre de Sinclair. Tout deviendrait clair une fois le meurtre élucidé. Mais tant qu'il ignorait comment les pièces s'imbriquaient, il devait rester sur ses gardes.

Enfin ce fut l'heure.

— Je n'ai pas faim, annonça Angela quand il arriva avec son dîner. Enfermez-moi et revenez vite pour que nous puissions partir.

— Vous feriez mieux de vous forcer à avaler quelque chose. J'ignore totalement quand vous aurez de nouveau quelque chose à vous mettre sous la dent.

Il avait l'intention d'éviter les endroits trop fréquentés, de remonter la Wolf River au cœur du Mississippi, puis de rejoindre à pied la Pearl River qui leur permettrait d'atteindre Vicksburg et le Black Bayou à l'ouest. Il se procurerait quelques provisions à Biloxi en laissant Angela cachée dans un endroit discret.

Après son départ, elle se sentit trop énervée pour manger quoi que ce soit et mit biscuits et prunes dans ses poches. En sentant le tissu sous ses doigts, elle fronça les sourcils en se faisant la réflexion que ce n'était pas une de ses propres robes. La femme du pêcheur qui venait chercher son linge une fois par semaine pour le laver le remplaçait au fur et à mesure par des vêtements usés et de mauvaise qualité, persuadée qu'à cause de sa cécité, Angela ne s'en rendait pas compte. Elle n'avait rien dit, car cela lui importait peu... jusqu'à maintenant où elle avait envie de paraître belle pour Brett.

Quelle idiote elle faisait ! Comme s'il attachait la moindre importance à son physique ! C'était un soldat qui avait le sens du devoir et il accomplissait sa tâche aussi bien que possible.

Elle s'assit sur le bord du lit sans pouvoir s'empêcher de tendre l'oreille afin de l'entendre arriver, et soudain elle sut que ce n'était pas la finesse de son ouïe mais plutôt une sorte de sixième sens qui l'avait avertie du danger la veille. Comme si des ondes de violence et de sang émanaient de l'assassin.

— Angela !

Elle sauta sur ses pieds, courut à la porte sans aucune hésitation et ouvrit le verrou pendant que Brett faisait la même chose de l'autre côté.

Elle tira la porte et s'exclama :
— Je suis prête.
— Faites ce que je vous dis et surtout n'ayez pas peur. Je serai vos yeux, dit-il en lui prenant la main.
La lune brillait faiblement tandis que Brett la conduisait sur le chemin qu'il avait soigneusement repéré. Il marchait lentement, s'assurant qu'aucun obstacle ne pouvait gêner la progression de sa compagne. Il lui tenait fermement la main, passant son bras autour de sa taille quand le sentier leur permettait de marcher de front et il ne cessait de lui parler sur un ton réconfortant.
Angela n'avait pas peur quand Brett était auprès d'elle, pas seulement à cause du ronronnement familier de sa voix, mais parce qu'il émanait de toute sa personne quelque chose de rassurant.
Le courage d'Angela durant leur longue traversée rien moins que confortable impressionna Brett. Il lui parlait sans discontinuer malgré sa fatigue, conscient qu'elle se cramponnait au son de sa voix aussi fermement que ses mains se cramponnaient au bateau.
Il lui racontait comment la lune jouait à cache-cache avec les nuages argentés, éclaboussant l'océan de milliers de diamants qui s'éteignaient dès qu'elle s'éclipsait. Tout en parlant, il ramait de toute la puissance de ses muscles, vérifiant la direction sur sa boussole dès que la lumière le lui permettait. Il avait repéré une petite crique un peu à l'écart de Biloxi qu'il espérait atteindre avant l'aube. Dans le lointain, les silhouettes des canonnières de l'Union se profilaient, lui rappelant le danger omniprésent.
Ils atteignirent enfin la côte.

— Il était temps.

Brett poussa un soupir de soulagement en sautant dans l'eau pour tirer le bateau sur la plage.

— Il fait presque jour. À quinze minutes près, nous aurions été repérés.

— Vous croyez qu'on a déjà remarqué notre fuite ? demanda Angela sans pouvoir retenir un bâillement.

— Probablement. Ils s'apercevront tout de suite de la disparition de cette vieille barque et préviendront la flotte. Il faut nous dépêcher. Je sais que vous êtes à bout, mais vous pourrez vous reposer pendant que je réunis ce dont nous aurons besoin pour remonter la rivière.

Sa voix trahissait sa fatigue.

— Vous n'êtes pas obligé de continuer à me servir d'yeux, Brett. Je vois bien que vous êtes épuisé.

Il pressa sa main et, étrangement, elle put sentir la chaleur de son regard.

— Mais je veux être vos yeux, Angela. Je veux…

Il se reprit à temps avant de laisser entendre qu'il voulait être tout pour elle.

— Je veux vous mettre au courant de tout ce qui se passe autour de vous pour que vous n'ayez pas peur.

— Aussi longtemps que vous serez auprès de moi, je n'aurai pas peur.

— Malheureusement, je vais être obligé de vous quitter sous peu. Il y a une cabane abandonnée un peu plus loin. C'est un endroit désert, je m'en suis assuré.

La cabane était entourée de quelques bouquets de palmiers. Il trouva à l'intérieur la couverture qu'il y avait abandonnée un mois plus tôt. Il l'étendit sur le sable à son intention.

— Essayez de dormir. Je tâcherai d'être de retour avant que vous ne soyez réveillée.

Au moment où il partait, elle le retint par la manche de sa chemise.

— Et si vous ne revenez pas ? Que vais-je devenir ? Emmenez-moi avec vous, je vous en prie !

Après avoir repoussé une mèche dorée de son front, il prit son menton dans sa main.

— C'est impossible. Vous me ralentiriez et il faut que je fasse vite. Mieux vaut que personne ne nous aperçoive ensemble. Nous formons un couple aisément identifiable. Surtout, ne vous inquiétez pas. Je reviendrai, je vous le promets.

Il se pencha vers elle et déposa un baiser sur ses lèvres avec autant de naturel que s'il respirait. Elle noua ses bras autour de son cou et se sentit défaillir quand sa bouche se mit à vagabonder sur son visage, dévorant ses joues, ses paupières, ses tempes et le bout de son nez.

Brett savait qu'il devait mettre fin à cette torture. Il se recula en poussant un soupir.

— Je ne voulais pas que cela arrive. Excusez-moi, Angela !

Elle suivit le contour de sa bouche du doigt et murmura :

— Vous n'avez pas à être désolé. Je crois que j'attendais ce moment. Je le voulais. Et j'en suis heureuse.

Brett retint sa respiration. L'idée qu'elle était peut-être en train de tomber amoureuse de lui lui traversa l'esprit pour la première fois. Dieu du ciel ! Sans même savoir qu'elle l'avait rejeté autrefois ! Il n'était pas assez bien pour elle à l'époque, mais maintenant qu'elle avait besoin de lui…

Il attrapa son poignet, embrassa le bout de ses doigts et s'écarta rapidement.

— Je reviendrai bientôt, promit-il, et il y avait dans sa voix un tremblement imperceptible.

Elle entendit le crissement de ses bottes sur le sable, puis le silence tomba. Elle s'étendit alors, un sourire aux lèvres.

Peut-être pourrait-il l'aimer en dépit de sa cécité ? Qu'allait-elle encore imaginer ? D'ailleurs que signifiait la durée dans ces temps troubles ? Seul comptait le présent.

Et Angela était déterminée à en savourer chaque seconde.

Leo n'était pas du tout inquiet en racontant à la voix ce qui s'était passé.

— Qu'est-ce que j'étais censé faire ? Elle connaissait son chemin dans la nuit et pas moi. C'était trop bête de continuer à la chercher à l'aveuglette au risque de me faire tuer.

Seul le silence lui répondit, aucun son ne sortit de la tombe.

Leo serra les dents. À peine rentré à La Nouvelle-Orléans, il avait accroché un vieux gant à la clôture pour signaler son retour. Il était venu au rendez-vous cinq nuits de suite, mais le gant n'avait pas bougé, enfoui sous les feuilles d'automne et maintenant pratiquement invisible. Cette nuit, en constatant avec soulagement sa disparition, il s'était immédiatement accroupi devant la porte du mausolée. Quelqu'un d'autre aurait-il pris le gant ? Il se leva pour partir.

— Au diable tout…

— Je ne te reproche rien, Cody. Assieds-toi !

Leo s'empressa d'obéir.

— C'était un plan trop rapide. Un plan désespéré. La hâte et le désespoir mènent rarement au succès.

Il vint tout à coup à l'esprit de Cody que la voix n'avait pas l'air surpris et il le lui fit remarquer.

— Non, je ne suis pas surpris. Quand j'ai appris qu'Angela s'était échappée, j'ai tout de suite compris que tu avais échoué.

— Échappée ? cria-t-il. Mais comment a-t-elle pu ? Elle est aveugle.

— On l'a aidée. L'un des gardes a aussi disparu. Il paraît qu'il passait beaucoup de temps avec elle. Il ne reste plus qu'à espérer que ce n'était pas un espion. Nous le saurons tôt ou tard, si les Confédérés inondent le marché de billets verts, ajouta-t-il d'un ton sarcastique.

— Alors qu'est-ce que vous voulez que je fasse ? Vous allez encore me payer, hein ?

— Tu viendras ici une fois par semaine, comme par le passé. Il y aura un peu d'argent sur le linteau de la porte pour te dédommager. Si le gant est là, cela voudra dire que je suis là moi aussi et que j'ai découvert où elle se cache. Cela voudra dire qu'il faudra que tu la tues. C'est pour toi que je la cherche.

Leo rit.

— Ne vous inquiétez pas ! Quand vous l'aurez débusquée, mon couteau saura bien trouver sa gorge. Et cette fois, je la laisserai aussi morte que son papa.

— C'était un plan trop rapide. Un plan désespéré. La hâte et le désespoir mènent rarement au succès.

Il vint tout à coup à l'esprit de Cody que la voix n'avait pas l'air surprise et il le lui fit remarquer.

— Non, je ne suis pas surprise. Quand j'ai appris qu'Angela s'était échappée, j'ai tout de suite compris que tu avais échoué.

— Échappée ? [illegible] Mais comment a-t-elle pu ? Elle est aveugle.

— On l'a aidée. Un des gardes a aussi disparu. Il paraît qu'il passait beaucoup de temps avec elle [illegible]

[illegible] lui-même ne [illegible] d'illusions sur les [illegible] qu'il [illegible] par [illegible], il n'était pas mécontent qu'elle [illegible] de son petit [illegible].

— Je [illegible] major. J'ignore tout de cette affaire au sujet de mon père, protesta-t-elle avec véhémence.

— Effectivement, vous n'étiez pas très intimes, et il se sera sans doute confié à Angela.

— [illegible] que vous cherchiez à Belle Clair, je puis vous l'assurer.

Candido se pencha vers lui pour n'être pas entendu des autres.

— Je [illegible] Vous savez [illegible] comme des

27

Les yeux agrandis d'horreur, Claudia restait figée sur le perron en écoutant le major Hembree lire l'ordre du général Butler.

Elle n'était pas encore habillée et ses cheveux épars flottaient sur ses épaules. Appuyé sur sa canne à ses côtés, Raymond retenait difficilement un sourire ironique. Comment avait-elle pu imaginer qu'en flattant servilement l'occupant, elle serait épargnée? Lui-même ne s'était jamais fait d'illusions sur les intentions du général Butler et bien qu'il fût affligé par ce qu'il entendait, il n'était pas mécontent qu'elle dégringole enfin de son petit nuage.

— Écoutez, major, j'ignore tout de cette affaire au sujet de mon père! protesta-t-elle avec véhémence.

— Effectivement, vous n'étiez pas très intimes, et il se sera sans doute confié à Angela.

— En tout cas, vous ne trouverez pas ce que vous cherchez à BelleClair, je puis vous l'assurer.

Claudia se pencha vers lui pour n'être pas entendue des autres.

— Je n'arrive pas à y croire, Tyler. Vous savez qu'avec votre femme nous sommes comme des sœurs. C'est un vrai scandale ! Elle s'évanouira certainement en apprenant que vous êtes venu fouiller ma maison.

Une moue amusée incurva les lèvres du major qui baissa le ton à son tour.

— Elle est au courant, Claudia, et cela la contrarie énormément. Elle m'a chargé de vous dire de ne pas l'attendre demain pour le thé. Elle ne veut plus se montrer à BelleClair maintenant que tout le monde sait que votre père est un voleur...

Raymond était agréablement surpris de découvrir que son beau-père avait été capable d'un acte de cette envergure, mais le souci qu'il se faisait pour Angela depuis qu'il avait appris son évasion atténuait son plaisir.

Du coin de l'œil, il vit Claudia lever la main et comprit qu'elle allait gifler le major Hembree. Il l'en empêcha avec sa canne.

— Je ne crois pas que ce soit bien prudent, ma chère, à moins que vous ne vouliez aller remplacer Angela à Ship Island.

— Voilà une remarque judicieuse, déclara Hembree. Mais je suis certain que nous ne tarderons pas à retrouver Angela. En attendant, nous allons procéder aux recherches que nous aurions dû entreprendre depuis longtemps au sujet de ces plaques.

Il fit un signe aux soldats qui se mirent immédiatement au travail. Plusieurs d'entre eux escaladèrent les marches du perron et se précipitèrent à l'intérieur.

Claudia hurla et pressa ses mains contre ses oreilles pour ne pas entendre le vacarme.

— Vous êtes tous de beaux salauds ! Comment pouvez-vous me faire cela après la manière dont je vous ai ouvert ma maison ? Voilà maintenant que vous détruisez tout !

— Nous ne détruisons rien, Claudia, remarqua Hembree avec calme. Nous recherchons juste ce qui nous appartient. Nous avons beaucoup apprécié votre hospitalité, mais nous ne pourrons plus en profiter à l'avenir. De même que ma femme, le général Butler estime que ce ne serait pas bon pour notre image de fréquenter la maison d'un homme qui a volé le gouvernement.

— Et mes esclaves ? Tout le monde sait que les esclaves sont de plus en plus difficiles à tenir. Des gangs venant des autres plantations sèment la rébellion dans les paroisses du sud de La Nouvelle-Orléans. Si vous retirez l'armée, je ne pourrai plus faire tourner BelleClair.

Le major Hembree resta inflexible.

— Nous avons nos propres problèmes avec les noirs. La semaine dernière, nous avons eu des émeutes. Ils étaient armés de couteaux et de bâtons. Nous avons eu plusieurs soldats blessés et même un mort. J'ai peur que vos problèmes ne concernent pas l'armée, Claudia.

Il claqua des talons et, après un salut moqueur, il descendit les marches du perron et sauta à cheval. Puis il s'éloigna sans un regard derrière lui, laissant ses soldats dévaster une plantation naguère florissante.

Tournant sa fureur contre Raymond, Claudia hurla :

— Cela vous fait plaisir, hein ? Je le vois dans vos yeux. La destruction de BelleClair vous ravit. Et maintenant, vous attendez la mienne. Je sais que vous me détestez, mais certainement pas autant que moi, pauvre imbécile !

Elle se laissa tomber dans un fauteuil à bascule et se mit à pleurer en martelant les accoudoirs du poing et en tapant des pieds. Elle n'osait pas rentrer à l'intérieur de peur d'être incapable de se maîtriser devant l'effondrement de son monde et de lancer à la tête des soldats le premier objet qui lui tomberait sous la main.

Raymond haussa les épaules. Aucune de ses méchancetés ne pouvait plus l'émouvoir.

Il s'assit dans le fauteuil voisin et se mit à se balancer en fredonnant un air. Il savait qu'il l'exaspérait, et c'était exactement ce qu'il désirait.

— Allez-vous vous arrêter ? s'emporta-t-elle en le fusillant du regard. Mon Dieu, ce que j'ai pu être bête de croire que je vous aimais !

Il la regarda comme si elle avait perdu l'esprit.

— Mais voyons, vous ne m'avez jamais aimé, et nous le savons tous les deux. Vous m'avez épousé uniquement pour me prendre à Angela. Vous avez toujours été une petite garce égoïste, Claudia, ajouta-t-il avec une moue dégoûtée.

Elle se releva d'un bond et se mit à le gifler de toutes ses forces jusqu'à ce qu'il interpose sa canne. Quand il lui frappa l'épaule, elle recula en criant :

— Vous n'êtes qu'un pauvre bon à rien d'infirme. Un jour vous paierez, et Angela aussi. Je la tuerai si jamais elle revient ici, et je n'hésiterai pas à faire la même chose avec vous si vous vous mettez en travers de mon chemin !

Et dans un tourbillon de jupons, elle dégringola l'escalier et disparut au coin de la maison.

Raymond s'enfonça dans son siège, ferma les yeux et continua à se balancer. Ses joues étaient en feu. Elle n'y était pas allée de main-morte ! Dès que les Yankees seraient partis, il irait se remonter à la sucrerie avec une bonne dose de son rhum fait maison.

Alors, le monde pourrait bien cesser de tourner, cela lui serait complètement égal.

La plupart du temps, Brett se déplaçait après le coucher du soleil. Ils évitaient ainsi de se faire remarquer et, surtout, ils échappaient à l'intimité de la nuit. Depuis qu'il avait osé embrasser Angela, la tension entre eux était presque palpable. Mais, bien qu'il la désirât plus que tout, il refusait de profiter de sa vulnérabilité ou de la précarité de leur situation. D'ailleurs, la menace qui pesait sur elle ne quittait plus son esprit, et il était obnubilé par la nécessité de lui trouver un abri.

Dans la journée, ils se cachaient sur les berges de la Wolf River sous l'ombrage des cyprès couverts de mousse. Brett avait dû renoncer à naviguer la nuit à l'aveuglette et il ne leur restait pas d'autre solution que de marcher le long du fleuve jusqu'à Lumberton. Cela les ralentissait considérablement, mais cela leur permettait en revanche de s'approvisionner plus facilement.

Un vieux pêcheur, croisé en chemin, leur donna quelques nouvelles de la guerre glanées à Lumberton. Le général Jackson avait attaqué Harper's Ferry en Virginie et capturé presque douze mille soldats de l'Union, mais la situation était loin d'être aussi florissante dans le nord-est où le général Rosecrans avait repris Iuka aux Confédérés.

Angela lui demanda avidement quels étaient les derniers événements en Louisiane. Il lui apprit que le général Butler sévissait plus que jamais et que sa tyrannie et ses exactions exacerbaient les passions à La Nouvelle-Orléans.

Un peu plus loin, ils tombèrent sur un pauvre homme qui ramenait le corps de son fils pour l'enterrer décemment. À ses dires, les combats faisaient rage autour de Corinth.

Ce n'était pas de gaieté de cœur que Brett bousculait Angela, mais il savait que la guerre ne tarderait pas à enflammer les terres les plus reculées du Mississippi.

C'est avec reconnaissance qu'il découvrit les vestiges d'une cabane en rondins par un petit matin frais d'octobre. Il arrangea tant bien que mal les planches pourries de manière à les protéger du vent. Puis il alluma un feu et commença à faire rôtir le lapin qu'il avait pris avec un collet. Ils se nourrissaient surtout de légumes crus volés au passage dans les potagers. Et la viande était une denrée rare.

— Encore quelques semaines, l'encouragea-t-il. Dès que nous aurons atteint Jackson, je pourrai acheter sans trop de risques des chevaux pour poursuivre notre route.

— Et ensuite ?

Il savait qu'elle était épuisée, et il s'en voulait de la presser comme il le faisait, mais il ne voyait pas d'autre solution.

— Il n'y en a plus que pour quelques semaines. J'aimerais que nous allions plus vite, mais…

— Je ne peux pas. Au cas où vous ne l'auriez pas remarqué, mes pieds sont couverts d'ampoules et je ne me souviens pas de la dernière fois où nous avons pris un vrai repas, ou…

Elle s'interrompit, retenant difficilement ses larmes.

— Je suis désolée. Je sais que vous faites de votre mieux, mais pourquoi devons-nous parcourir tout ce chemin ? Nous pourrions sûrement nous mettre sous la protection d'une patrouille confédérée ? Pourquoi fuyons-nous ainsi comme des criminels ?

Oui, pourquoi donc ? Brett fronça les sourcils. S'il entrait en contact avec les Sudistes, il pourrait difficilement continuer à se faire passer pour un de leurs espions. D'un autre côté, il ne voulait pas prendre le risque de remettre Angela à l'armée de l'Union tant qu'il ne savait pas qui voulait la tuer.

— Parce que ainsi nous échappons aux questions qui ne manqueraient pas, finit-il par dire, biaisant une fois de plus. Vous pouvez d'ailleurs très bien retrouver brutalement la mémoire et...

— Ou ne pas la retrouver !

Angela éclata soudain en sanglots.

Brett la regarda, stupéfait. Il n'avait pu s'empêcher d'admirer sa vaillance au cours des semaines passées. Une femme avec l'usage de ses yeux ne se serait pas comportée mieux qu'elle ne l'avait fait. Et voilà que tout à coup, elle s'effondrait.

Il retira le lapin du feu de peur qu'il ne carbonise et l'attira contre lui.

Quand elle sentit ses bras se refermer autour d'elle, elle se débattit.

— Non, ne me touchez pas ! explosa-t-elle. Je ne veux pas de votre pitié. Laissez-moi seule...

Elle se releva, honteuse de sa faiblesse. Mais, désorientée, elle trébucha, avant de se redresser en maudissant son impuissance.

— Angela, attendez ! Vous allez vous faire mal.

Brett se précipita derrière elle et, l'attrapant par la taille, il la tourna vers lui.

— Que diable vous arrive-t-il ? Je ne vous ai jamais vue dans cet état !

Elle laissa échapper un rire dur.

— Et moi, je ne vous ai jamais vu, Brett Cody, ce qui vous donne l'avantage.

Abasourdi, il la secoua gentiment.

— Enfin, Angela, que se passe-t-il ? Nous avons encore un bout de chemin devant nous. Ce n'est pas le moment de flancher, ni de vous apitoyer sur vous-même.

Les traits d'Angela se détendirent.

— Il ne s'agit pas de cela. C'est... c'est...

Elle secoua la tête, incapable d'avouer qu'elle ne pouvait plus supporter d'être auprès de lui. Être si proche d'un homme, si dépendante, et l'aimer comme elle l'aimait chaque jour davantage, c'était intolérable. Si encore il ne l'avait pas embrassée à Biloxi, peut-être aurait-elle réussi à étouffer ce qu'elle ressentait. Mais depuis, rien n'était plus pareil. Et pourtant, Dieu sait qu'elle avait essayé ! Lui aurait-il donné le moindre encouragement qu'elle aurait envoyé promener les convenances sur-le-champ. Mais il n'avait rien fait et, ce qui la blessait le plus, c'est qu'il se comportait comme si de rien n'était.

— Venez ! insista-t-il comme elle restait silencieuse. Il fait froid dehors. Retournons nous mettre à l'abri. Vous êtes fatiguée et vous avez besoin de repos.

Elle le suivit à l'intérieur de la cabane. Il l'aida à s'installer sur la couverture et, dès qu'il eut pris place à côté d'elle, elle s'excusa.

— Je suis désolée. Je me suis comportée comme une idiote. Depuis que vous m'avez embrassée, je me suis laissée aller à...

Elle s'arrêta pour prendre une profonde respiration, sentant son regard sur elle.

— À imaginer que quelque chose se passait entre

nous et cela a été très dur de découvrir que je m'étais trompée. Après tout...

Elle secoua ses longs cheveux et releva fièrement le menton.

— Je suis aveugle. Que pourriez-vous m'offrir d'autre que votre amitié dont je vous suis extrêmement reconnaissante ? J'ai été stupide, c'est tout. Je ne recommencerai pas.

Elle se força à sourire.

Brett resta sans voix. Submergé par un flot d'émotions qu'il tentait vainement de maîtriser, il était incapable de dire quoi que ce soit.

Elle le désirait. Et il la désirait.

Cette fois-ci, il n'y avait pas d'échappatoire.

Il l'attira tout doucement dans ses bras et laissa échapper un rire qui venait du fond de son âme.

— Petite folle. N'avez-vous pas compris à quel point je vous désirais sans oser vous le dire ? Vous êtes si désarmée ! Je ne voulais pas que vous puissiez croire que j'en profitais.

Il se mit à l'embrasser avec toute la violence de sa passion. Elle répondit par des gémissements inarticulés puis, les bras autour de son cou, elle se laissa tomber en arrière, l'entraînant avec elle sur la couverture.

Il s'écarta d'elle pour défaire les boutons minuscules de son corsage qu'il fit glisser sur ses bras, dévoilant sa poitrine haute et ronde. Sa bouche se mit à descendre lentement le long de son cou, allumant un brasier sur son passage, et elle dit dans un murmure :

— Dites-moi ce que vous sentez, Brett.

Il caressa doucement la pointe d'un sein entre le pouce et l'index jusqu'à ce qu'elle durcisse.

— Une cerise, mon amour, une délicieuse cerise.

Il l'agaça alors du bout de la langue, puis il la mordilla.

Angela éprouvait une multitude de sensations plus délicieuses les unes que les autres. Ses mains, emportées par leur propre mouvement, se mirent à explorer le dos de Brett.

— Il faut que je retire cela, dit-elle en s'écartant suffisamment pour faire glisser sa robe le long de ses hanches avant de la retirer. Je ne peux pas vous voir, mais je peux vous sentir, et je veux sentir votre peau nue contre la mienne…

Brett arracha ses vêtements. Il était prêt, vibrant, brûlant de désir. Mais il savait qu'il aurait la force de se retenir. Il avait l'intention de prendre tout son temps et surtout de ne pas la brusquer.

Il contempla sa poitrine avec avidité. Pleine, ferme. Les mamelons se dressaient fièrement, et il ne put s'empêcher de les dévorer de nouveau l'un après l'autre.

Angela gémit et enfouit ses doigts dans l'épaisse tignasse de Brett. Elle le retint captif entre ses jambes qu'elle referma autour des siennes et, se faisant plus audacieuse, elle fit courir ses doigts le long de son dos, puis tâta son ventre plat et les laissa s'égarer toujours plus bas vers le creux de l'aine…

— Maintenant ! commanda-t-elle d'une voix rauque. Prenez-moi maintenant, Brett.

— Non, pas encore, Angela. Pas encore.

Il repoussa doucement ses mains, incapable de supporter plus longtemps cette torture.

— Mon Dieu, murmura Angela submergée par le désir. Je crois que je vais mourir si vous ne me prenez pas tout de suite.

— C'est ce que je vais faire jusqu'à ce que vous me suppliiez d'arrêter !

— Jamais ! jeta-t-elle avec un rire grave. Vous ne vous en tirerez pas à si bon compte. Et je vous supplierai de continuer.

Brett n'eut pas la force de résister davantage et il plongea en elle, refermant ses mains autour de sa taille. Ses poussées se firent de plus en plus puissantes, mais Angela n'eut pas l'air de s'en plaindre. Au contraire, elle remonta ses jambes et les referma autour de ses hanches dans une invitation muette.

Il pouvait lire le ravissement sur son visage et, à ses plaintes, il comprit qu'elle était tout près d'atteindre l'extase. Quand elle enfouit son visage contre son cou et se mit à trembler comme une feuille entre ses bras en poussant des cris incohérents, il n'hésita plus, émerveillé par la violence de son propre plaisir.

Il s'effondra sur elle avec une sensation de vertige puis, le souffle coupé, il roula sur le dos en inspirant fortement. Était-ce aussi merveilleux la première fois ? se demanda-t-il malgré lui. À l'époque, il l'aimait déjà. Mais il sentait que la séparation et les épreuves avaient fait mûrir ses sentiments. Jamais son amour n'avait été plus profond.

Elle se mit sur le côté et nicha sa tête contre son épaule. Il resserra son bras autour d'elle d'un geste protecteur.

— Maintenant que je vous ai, je ne vous lâcherai plus, Brett Cody ! annonça-t-elle sur un ton taquin. Si vous ne voulez pas lier votre sort à celui d'une aveugle, je vous conseille de vous enfuir au plus vite et…

— Moi non plus, je ne vous lâcherai plus ! coupa-t-il.

Et il couvrit son visage d'une pluie de baisers.

28

La route devenait incroyablement familière à Brett depuis qu'ils avaient quitté les berges de la Pearl pour se diriger vers la Black River. Ils atteindraient bientôt le Black Bayou à quelques kilomètres au sud de Vicksburg.

La tête appuyée contre le large dos de Brett, Angela éprouvait l'ineffable sensation d'être aimée. Malgré la fatigue et les difficultés du voyage, Brett avait réussi à lui redonner confiance en elle-même. Elle savait qu'il l'emmenait vers un havre où elle pourrait se reposer et essayer de retrouver la mémoire.

Il était en train de lui décrire la forêt autour d'eux, s'amusant des facéties d'un tamia qui semblait les suivre. Le petit écureuil leur jetait régulièrement un coup d'œil du haut d'un arbre au bord du sentier, puis s'enfuyait pour les attendre un peu plus loin. Elle lui raconta les merveilleuses nuits qu'elle avait passées dans le bayou à observer les animaux.

— J'avais un Cajun pour guide et il connaissait très bien l'endroit.

Brett réussit à garder une voix indifférente pour demander :

— C'est celui dont vous m'avez déjà parlé à la prison ?

— C'est cela, reconnut-elle, avec un très léger pincement au cœur, car Brett était presque parvenu à effacer le souvenir de Gator. Je n'avais que seize ans à l'époque. Je m'amusais comme le font toutes les filles à cet âge. Il ne signifiait rien pour moi, ajouta-t-elle avec un rire méprisant de peur qu'il ne la soupçonne de mentir.

Comme il restait silencieux, elle le taquina.

— Vous êtes jaloux ? Voyons, il ne signifiait rien pour moi, répéta-t-elle. C'était juste un merveilleux guide et…

— Elle s'interrompit en s'apercevant que le cheval ralentissait.

— Il y a un problème ? Vous avez remarqué quelque chose ?

Brett s'était promis, alors qu'ils approchaient de la plantation des Laubache, de résister à la tentation d'aller y voir de plus près. Cela faisait presque neuf ans maintenant, mais il ne voulait pas prendre le risque d'être reconnu. À son retour de Biloxi, il avait adopté des vêtements civils et caché son uniforme dans son sac.

Il reconnut l'endroit où on amarrait les bateaux de la propriété et ne put s'empêcher de s'arrêter. À la place de la jetée, il ne restait que quelques planches pourries émergeant à peine de l'eau boueuse.

— Brett ? insista Angela alarmée par son silence.

— Vous n'avez rien à craindre, Angela, murmura-t-il.

— Que se passe-t-il ?

— Je ne sais pas très bien.

Il bifurqua vers une allée bordée d'arbres jadis

méticuleusement taillés mais aujourd'hui retournés à l'état sauvage. La pelouse qui descendait en pente douce vers la rivière était envahie par les mauvaises herbes. Et il dut cligner des yeux à plusieurs reprises devant le spectacle qu'offrait la maison avec ses fenêtres béantes, ses portes arrachées et jusqu'au toit dont une partie était effondrée.

Il aperçut alors le pavillon qui avait servi de cadre à ses ébats passionnés avec Margaret et ne put s'empêcher de sourire à la vue du plancher éventré. Les ronces avaient étouffé la glycine et les roses qui grimpaient sur le treillis.

Brett racontait à Angela tout ce qu'il voyait au fur et à mesure, mais il se borna à lui expliquer qu'il avait connu les gens qui habitaient là autrefois.

Il fit ensuite un saut jusqu'à la sucrerie. À travers une fenêtre à la vitre brisée, on apercevait les immenses cuves à moitié remplies de mélasse desséchée. La canne dans les champs derrière pourrissait.

Qu'avait-il bien pu se passer ? Certes, les Yankees remontaient la rivière, mais relativement lentement. Il avait bien entendu parler il y a quelques jours de la bataille de Labadieville, un peu plus bas dans le bayou Lafourche. Mais l'Union était loin d'avoir le contrôle de la Louisiane, et aucune attaque sérieuse n'avait encore eu lieu à Vicksburg. Alors, que diable avait-il bien pu arriver à la plantation d'Haskill Laubache ?

Il passa devant les cases abandonnées des esclaves qui s'alignaient sur plusieurs rangées derrière la maison. Il se rappelait qu'à l'époque où il travaillait chez lui, Laubache avait remplacé les vieux murs d'argile par des briques, maintenant dévorées par la végétation.

Il retourna vers la maison et sauta à terre devant l'escalier de marbre qui menait au perron délabré. Puis il aida Angela à descendre de selle et ils pénétrèrent dans la maison. Il n'y était jamais entré du temps de sa splendeur. Aujourd'hui, les murs étaient nus et toutes les tentures avaient été arrachées.

Il conduisit Angela à travers la maison en lui en décrivant l'état.

— Tout a été pillé. On n'a rien laissé. Aucun objet. Pas un chandelier, pas une assiette, pas même une bougie.

Ils montèrent au premier étage où les attendait le même désolant spectacle. Toutes les pièces avaient été vidées et saccagées.

Le couloir du premier étage formait une galerie d'où on pouvait rejoindre directement l'entrée. Au moment où Brett s'apprêtait à rebrousser chemin, il remarqua une sorte de palier, pratiquement invisible, qui s'ouvrait dans le fond du corridor. Quelques marches menaient vers ce qui devait être l'aile de service. Il découvrit là une petite chambre qui avait sans doute échappé aux regards et était encore meublée. Dans un coin, il y avait un monte-plats qui, se dit-il après en avoir ouvert la porte, donnait certainement dans l'office en dessous.

Abasourdi par ses découvertes, Brett aurait bien voulu s'attarder, mais il n'en avait pas le temps. Bientôt il ferait nuit et il espérait atteindre le Black Bayou avant.

Ils reprirent donc le chemin qui longeait la rivière et ils avaient à peine parcouru une centaine de mètres qu'ils tombèrent sur un noir, une canne à pêche à la main. Surpris, l'homme lâcha sa canne et se leva aussi vite que ses vieux os le lui permirent.

— S'il vous plaît, monsieur, ne me f'appez pas. Je ne fais 'ien de mal.

Après avoir expliqué rapidement à Angela ce qui se passait, Brett assura à l'homme qu'il ne lui voulait aucun mal.

— Nous ne faisons que passer.

— Dieu soit loué ! Oh, mais j'étais p'êt.

Le vieil homme hocha la tête. Puis il tapota la poche de sa chemise de la main.

Brett rit.

— Vous avez un pistolet dans cette poche ? Eh bien, il doit être petit !

— Oh non, monsieur. Je n'ai pas de pistolet. J'ai mes papiers là. Comme ça vous sau'ez que je ne me suis pas enfui.

— Comment vous appelez-vous ?

— 'ufus. C'est le nom qui est su' mes papiers. Maît'e Laubache me l'a donné.

Brett sursauta.

— Vous étiez chez Haskill Laubache ? Et il vous a libéré ?

— Oui. Il a libé'é tous ses esclaves et ils sont pa'tis ve's le no'd de peu' qu'on les vende de nouveau. Moi je suis 'esté pa'ce que je suis t'op vieux pou' fai'e la 'oute. Et puis...

Il se pencha pour vérifier qu'il n'avait pas encore de prise.

— Maît'e Laubache, il m'a aussi donné la pe'mission de pêcher. Et j'ai l'intention d'aller nulle pa't.

— Et où est M. Laubache, Rufus ? La maison est en ruine. La plantation n'est plus entretenue. Que s'est-il passé ?

Angela, un bras autour de la taille de Brett, écoutait attentivement. Bien que surprise par l'intérêt qu'il manifestait, elle n'osait pas lui poser de questions.

Rufus ne voyait aucun mal à lui raconter des faits que nul n'ignorait.

— Des choses aff'euses sont a"ivées. Maît'e Laubache est mo't. Il s'est tué. Y voyait plus pou'quoi viv'e quand ses ga'çons ont eu tous ces p'oblèmes. J'étais le majo'dome de maît'e Laubache, annonça-t-il fièrement. C'est pou' cette 'aison que je sais tout cela.

Et tandis que Brett écoutait avec stupéfaction, Rufus lui raconta les tragédies qui avaient entraîné la destruction de la famille. Margaret s'était enfuie avec un homme marié. Les jumeaux avaient été abattus dans un bar de Vicksburg pour avoir fait une réflexion à un ivrogne. Le chagrin avait tué Edith Laubache. Et Haskill, après avoir libéré ses esclaves et arrêté l'exploitation de la plantation, avait fini par se suicider.

Rufus secoua la tête d'un air dégoûté.

— En moins d'une semaine, y avait plus 'ien dans la maison. Ils ont été plus vite qu'une bande de vautou's.

— Y a-t-il du monde qui passe dans le coin ?

— Des soldats, de temps en temps. Y font que passer. J'ai pas enco'e vu de Yankees, ajouta Rufus en plissant le front. J'espère qu'ils viend'ont pas jusqu'ici. Je veux pas recevoi' une balle dans la peau.

Après avoir salué le vieil homme, ils poursuivirent leur route, et Angela ne put s'empêcher de demander :

— Vous connaissiez bien ces gens ?

— Non, pas vraiment, répondit-il.

À la réflexion, s'il avait connu Margaret un peu mieux, jamais il n'aurait cru à ses protestations d'amour. Et s'il avait appris la leçon d'alors, il ne serait pas dans le pétrin dans lequel il se trouvait maintenant. C'était risible : il avait pu reconquérir Angela uniquement parce qu'elle était aveugle. Et il se demanda avec frayeur combien de temps encore il allait être obligé de mentir.

Angela ne chercha pas à en savoir plus. Brett avait sombré dans un silence inhabituel. Quelque chose se passait, mais elle n'osait rien demander. Et peut-être valait-il mieux pour elle qu'elle n'en sache rien.

Quand ils arrivèrent au Black Bayou, Brett fut surpris de ne trouver aucune trace du sentier qui s'enfonçait à l'intérieur. Les herbes et les broussailles atteignaient presque sa selle. Au-dessus de leurs têtes, des serpentins de mousse grise pendaient des arbres comme pour porter le deuil des Cajuns qui avaient dû partir après la débâcle de la plantation.

Il fit faire demi-tour à son cheval. Ce n'était pas la peine de chercher un abri par là. Même s'il retrouvait des restes de cabanes, les conditions d'existence seraient pires que chez les Laubache.

C'est alors que l'idée lui traversa l'esprit : le manoir dévasté n'était-il pas l'endroit idéal pour se cacher ? De là, il pourrait faire quelques incursions à Vicksburg pour se tenir au courant des dernières nouvelles.

Incapable de supporter plus longtemps le suspense, Angela demanda :

— Pourriez-vous me dire ce qui se passe ? Pourquoi tournez-vous en rond ? Je croyais que nous étions presque arrivés ?

— Eh bien, notre cachette n'existe plus, chérie.

Il lui tapota gentiment la cuisse et ajouta :

— Aussi nous retournons à la maison que nous venons de visiter.

— Je ne veux pas rester là-bas, ne put-elle s'empêcher de protester tant elle en avait assez de ces allées et venues incessantes. Nous devrions poursuivre notre route jusqu'à Richmond. Nous serions en sécurité là-bas. Et si jamais je me souvenais de quelque chose au sujet des plaques, je pourrais aller trouver directement le gouvernement confédéré.

— Ce n'est pas si simple. Pas depuis que nous savons que quelqu'un cherche à vous tuer, Angela. Les Yankees ont eux aussi leurs espions au Sud. Et d'après les nouvelles, Richmond n'est pas un endroit aussi sûr que vous le croyez.

— Alors combien de temps allons-nous encore être obligés de nous cacher ? s'enquit-elle avec impatience.

Brett lui dit qu'il n'en avait aucune idée, car il ne voulait pas encore lui confier ses plans. Tôt ou tard, songeait-il, les Yankees finiraient par les oublier, vu la manière dont la guerre enflammait le pays. Quand il estimerait le moment venu, il pensait lui proposer de partir avec lui dans l'Ouest pour commencer une nouvelle vie. Mais il ne dirait rien tant qu'il ne serait pas sûr de sa réponse.

Il ne supporterait pas d'être rejeté une nouvelle fois.

Ils s'installèrent dans la petite chambre au bout du palier. Brett chassait et pêchait, aidant Angela à préparer les poissons et le gibier dans ce qui restait de la cuisine. Rufus apportait de temps à autre le fruit de sa pêche et acceptait sans se faire prier de partager leur repas.

Le jour, ils se promenaient main dans la main, et Brett décrivait à la jeune fille comment la nature se parait de toute la gamme des ocres avant de plonger dans l'hiver.

La nuit, ils faisaient l'amour, et Angela ne cessait de s'extasier devant toutes les merveilles qu'elle découvrait.

Malgré tout, elle savait bien que cela ne pourrait pas durer. Il faudrait bien un jour qu'ils retournent à la civilisation. Pourtant, chaque fois qu'elle abordait le sujet, Brett se contentait de répondre :

— Il faut vivre au jour le jour.

— Et votre mission ? insistait-elle. Le gouvernement va se demander ce qui nous est arrivé.

— C'est possible, esquivait-il. Ils croiront que nous avons été tués.

— Et vous espérez que les Yankees penseront la même chose ?

— Exactement.

— Et ensuite ? cria-t-elle un soir dans un moment d'énervement.

Ils étaient couchés dans la petite chambre à l'écart. Brett caressa le visage d'Angela tout en lui demandant ce qu'elle désirerait faire.

— Parfois, je crois que j'aimerais retourner à la maison. Mais en même temps, je me demande si les mauvais souvenirs ne finiraient pas par éclipser les bons et s'il ne vaudrait pas mieux prendre un nouveau départ ailleurs.

Le cœur de Brett fit un bond dans sa poitrine. Il attendait depuis longtemps une suggestion de ce genre. Était-elle enfin prête à écouter ses projets ?

— J'y pense le plus souvent quand je suis devant le fleuve, chuchota-t-elle, heureuse de sentir ses mains descendre vers sa poitrine. J'entends l'eau et je songe qu'en un rien de temps je pourrais descendre le Mississippi et atteindre mon saule pleureur. Je l'appelais mon arbre enchanté parce que tous mes vœux se réalisaient aussi longtemps que je restais enveloppée dans ses branches. Et j'étais toujours triste de le quitter pour rejoindre la triste réalité. Avec vous, Brett… j'ai l'impression d'être toujours sous mon saule, mais ce ne sont plus les branches qui se referment autour de moi, ce sont vos bras. Et soudain, je commence à croire que mes rêves pourraient devenir réalité, si seulement je vous voyais…

— Regardez-moi avec les yeux de votre esprit, fit-il d'une voix enrouée. Laissez votre mémoire conduire vos yeux… et votre désir…

Il l'embrassa avec fougue, sauvagement, comme pour apposer son sceau. Sa langue, délicieusement indiscrète, fouillait sa bouche. Angela sentait ses veines charrier du feu tandis qu'il agaçait gentiment la pointe de ses seins. Un étrange picotement la parcourait tout entière. Elle gémit et enfouit ses doigts dans ses cheveux, le retenant captif contre elle.

— Prenez-moi, Brett, je vous en prie, suppliat-elle.

Il roula sur elle. Elle nicha son visage dans le creux de son cou et s'arqua contre lui, frémissante de désir, quand elle le sentit bouger en elle.

Brett précipita bientôt son rythme, et Angela s'abandonna à ses violentes poussées jusqu'à ce que le plaisir les emporte ensemble dans un feu d'artifice de sensations.

— À des moments comme celui-ci, je resterais bien pour toujours dans cette chambre, susurra

Angela un peu plus tard, la tête contre l'épaule de Brett.

— Cela m'irait aussi, acquiesça-t-il en se tournant pour déposer un baiser sur sa joue. Ce n'est pas le Jardin d'Eden, mais d'autres délices me retiennent.

— Auriez-vous oublié votre mission, soldat ? le taquina-t-elle avec une feinte sévérité. Le viol d'une prisonnière, cela va chercher loin.

Il sourit, lui donna une petite tape sur les fesses comme elle se retournait pour se blottir contre lui.

— Miam miam. Je crois que je préfère cela.

Elle trouva la joue de Brett et la caressa.

— Ah ? Et que se passera-t-il si la mémoire me revient un jour ? Et si jamais je vois de nouveau ? Que nous arrivera-t-il alors ? Nous ne pourrons plus rester ici.

Il se raidit à l'idée qu'elle puisse un jour le reconnaître. À ce moment-là, ils se retrouveraient face à face comme dans la raffinerie de BelleClair quand leur appartenance à deux mondes différents leur avait interdit de s'aimer.

Jusque-là, il ne lui restait qu'à saisir l'instant.

Il se figea, resserrant instinctivement son bras autour d'elle, et pressa sa main libre sur sa bouche pour lui ordonner le silence.

— Il y a quelqu'un dans la maison, chuchota-t-il contre son oreille. Ne bougez pas. Ne faites pas un bruit.

Elle obéit malgré son inquiétude quand elle le sentit s'écarter d'elle et se lever sans un bruit.

— Ils montent, murmura-t-il en l'aidant à se lever à son tour. Je vais vous cacher dans le monte-plats au cas où ils remarqueraient cette pièce. Quoi qu'il arrive, restez dedans. C'est compris ?

— Si jamais vous êtes blessé ?

— Vous ne bougez pas ! insista-t-il en lui pressant la main avant de l'aider à monter dans la cage ouverte.

Il l'embrassa, puis elle entendit un tout petit déclic quand la porte se ferma. Et le silence tomba. Au moment où elle se sentait incapable de supporter plus longtemps l'angoisse qui l'étreignait, elle entendit des voix qui venaient de l'office au-dessous.

— Il n'y a personne ici !

— Non, c'est bien vide.

— C'est l'endroit parfait pour établir une antenne, annonça quelqu'un. C'est désert. Notre homme pourrait facilement s'y glisser sans que personne ne le voie. Il nous donnerait des informations sur ce qui se passe à Vicksburg et nous pourrions ensuite les transmettre au général Grant.

Angela plaqua sa main sur sa bouche pour étouffer un cri d'horreur. Des Yankees ! Et ils espionnaient les troupes sudistes qui défendaient Vicksburg ! Elle pressa son oreille contre la plateforme en bois pour entendre la suite.

— Le général est à Grand Junction. Mais ses troupes se déplacent entre Corinth et Bolivar. Nous pourrions établir une ligne de communication pendant qu'ils se dirigent vers le sud.

— Ouais, répondit quelqu'un d'autre, mais pour le moment, je ne pense qu'à dormir. J'ai du mal à garder les yeux ouverts. Nous n'avons qu'à nous installer dans la galerie.

— Ouais, pourquoi pas. Je ne vois pas qui viendrait ici. Nous serons en sécurité...

Ils s'éloignèrent et le silence retomba. Angela se

mit à trembler, attendant impatiemment que Brett vienne la délivrer.

Enfin, il fut là, l'aidant sans un bruit à sortir de sa cachette. Il la prit ensuite dans ses bras pour lui raconter ce qu'elle avait déjà deviné. Le général Grant rassemblait des troupes afin d'attaquer Vicksburg et les soldats en bas étaient des éclaireurs. Ils devaient estimer la puissance des défenses de Vicksburg pour en avertir le général.

— Nous allons attendre qu'ils partent, dit-il. Et demain, nous chercherons une autre cachette.

Elle aurait tant voulu voir son expression, mais la seule chose qu'elle pouvait voir, c'était la nuit dont elle ne sortait jamais.

— Pourquoi partirions-nous ? C'est une occasion inestimable, Brett. Nous pouvons rester cachés ici et les écouter pour rapporter leurs propos aux troupes à l'intérieur de Vicksburg.

Il resta silencieux. Voilà qu'elle lui demandait maintenant d'espionner l'Union. Il est vrai qu'elle le prenait pour un Sudiste.

— Cela risque d'être dangereux, rétorqua-t-il, s'ils découvrent l'endroit où nous nous cachons et qui nous sommes. Et je vous l'ai répété des centaines de fois : nous ne savons pas à qui nous pouvons faire confiance !

— Il nous faut saisir cette chance. Nous n'avons pas le choix.

Brett reconnut dans son for intérieur que telle était malheureusement la vérité.

29

La sentinelle fixait l'homme débraillé et la femme aveugle devant lui. On lui avait donné l'ordre de ne laisser passer personne.

— Je me fiche bien des nouvelles que vous apportez. Il faut que vous attendiez jusqu'à ce que je fasse prévenir le général. Et…

Il observa soudain Brett d'un regard étonné.

— Comment se fait-il que vous ne soyez pas en uniforme ? Vous n'avez pas entendu parler de la conscription ? Les hommes entre dix-huit et trente-cinq ans doivent obligatoirement s'enrôler.

Brett avait déjà préparé ses arguments.

— Comme vous pouvez le voir, ma femme est aveugle. Elle n'a personne pour s'occuper d'elle sauf moi. Alors j'ai réussi à réunir les cinq cents dollars pour envoyer quelqu'un à ma place. C'est autorisé, comme vous le savez.

Le soldat se détendit.

— Alors dites-moi donc ce qu'il y a de si important ?

Brett biaisa.

— Il vaut mieux que nous voyions un officier…

— Nous avons des informations par des éclaireurs du général Grant ! s'écria Angela, impatiente d'annoncer la nouvelle.

Intrigué, le factionnaire se tourna vers elle :

— De quoi parlez-vous ? Où avez-vous vu des éclaireurs yankees ?

Brett remarqua avec inquiétude que plusieurs soldats s'approchaient d'un air intrigué. Attirer l'attention était la dernière chose qu'il désirait, aussi attrapa-t-il le bras d'Angela en se penchant pour lui murmurer à l'oreille :

— Laissez-moi m'occuper de cela, s'il vous plaît.

— Excusez-moi, marmonna-t-elle en entendant que les gens s'attroupaient.

Brett se redressa et il regarda le factionnaire droit dans les yeux en annonçant avec détermination :

— Nous voulons parler à l'officier responsable.

La sentinelle demanda à un autre soldat de prendre sa place et leur fit signe de la suivre.

Angela sentait qu'on les dévisageait.

— Racontez-moi ce qui se passe, implora-t-elle.

Il décrivit le camp comme une mer mouvante de tentes où les soldats s'affairaient. Les uns astiquaient leurs fusils, d'autres faisaient reluire leurs bottes. Plus loin, les chevaux étaient parqués dans un immense corral.

Il lui raconta comment les blessés attendaient devant la tente-hôpital, étendus sur des civières, mais il ne lui dit rien des membres amputés empilés dans un coin.

Ils atteignirent enfin le poste de commandement au faîte duquel flottait le grand drapeau de la Confédération. Les deux soldats en faction devant la tente croisèrent leurs fusils pour barrer le passage. Leur guide expliqua la situation et s'attira des regards sceptiques. Brett était sur le point de renoncer quand quelqu'un souleva le rabat de la tente.

Le général Pemberton en personne apparut, sanglé dans son uniforme gris aux épaulettes dorées. Il regarda autour de lui avec ennui avant de repérer Brett et Angela.

— Eh bien, que se passe-t-il encore ? Que font ces civils dans le camp ? Et pourquoi n'êtes-vous pas en uniforme ? s'enquit-il en se tournant vers Brett.

Ce dernier répéta ses mensonges avant de suggérer :

— Pourrions-nous vous parler en privé ? Ce que nous avons à vous dire est très important.

— C'est impossible ! répliqua le général. Adressez-vous à un de mes officiers. Je suis occupé. Sergent Crenshaw ! appela-t-il en claquant des doigts.

Brett vit un soldat ventripotent s'avancer.

Le général les désigna d'un geste de la main.

— Emmenez-les quelque part et voyez ce qu'ils veulent, ordonna-t-il au sergent, puis il jeta à la sentinelle avec une mine renfrognée : Ne m'amenez surtout plus de civils, c'est compris ?

Et il disparut à l'intérieur de sa tente.

Le sergent Crenshaw fit signe à Brett de le suivre dans une tente toute proche.

— Bon, de quoi s'agit-il ?

— Je trouve votre général particulièrement mal élevé, ne put s'empêcher d'intervenir Angela. Et en plus, il a l'accent yankee.

Ignorant la ride qui barrait le front du sergent, Brett répondit :

— C'est parce qu'il est yankee de naissance. Il vient de Pennsylvanie, mais sa femme est sudiste. Il sort de West Point et il s'est rallié au Sud parce qu'il soutient le droit des États à se déterminer.

Son regard s'arrêta sur le sergent et il ajouta d'un ton plein de sous-entendus :

— Cela explique pourquoi beaucoup de Sudistes ne lui font pas confiance et je commence à me poser des questions moi aussi après la manière dont il nous a éconduits.

— C'est un homme surmené. Et moi aussi. Si vous avez quelque chose à dire, dites-le, siffla le sergent.

Brett lui raconta ce qui s'était passé la nuit dernière. Tout en manifestant son intérêt, le sergent, malgré tout, restait soupçonneux.

— Vous campiez dans une maison inhabitée ? Que faisiez-vous donc là ?

— Nous cherchions un abri, répondit Brett. Nous n'avons nulle part où aller.

C'est la triste vérité, songea-t-il avec ressentiment.

Le sergent Crenshaw se grattait songeusement le menton en fixant la toile au-dessus de sa tête.

— Voyons voir... Il paraît que Grant est à LaGrange. Ces salauds ont pris le nœud ferroviaire de Holly Springs. Oui, poursuivit-il, ce n'est pas étonnant qu'il envoie des espions jauger nos forces. Sapristi... !

Il frappa le bureau du poing en les fusillant du regard.

— Et quel meilleur moyen que de dépêcher des civils dans notre camp pour lui faire un rapport ?

Brett se raidit. Cet imbécile était certainement capable d'appeler des gardes pour les jeter en prison.

— Attendez une minute, Crenshaw. Vous êtes en train de vous monter la tête ou quoi !

Ce fut au tour de Crenshaw de se sentir mal à l'aise. Il devinait sans doute que Brett ne se laisserait pas intimider.

— Non, mais dites donc ! commença-t-il en essayant de s'extraire de son siège.

— C'est vous qui allez m'écouter !

Brett se pencha vers lui, les yeux étincelants, les mâchoires serrées. Angela retint sa respiration, craignant le pire. Brett avait peut-être raison, ils avaient eu tort de venir ici, et…

— Que cela soit bien clair pour vous : c'est nous qui vous faisons une faveur ! Si vous ne voyez pas l'intérêt de ces informations, eh bien, tant pis pour vous !

Crenshaw déglutit avec difficulté. Peut-être cet homme disait-il la vérité. Il attrapa un crayon et du papier.

— Très bien. Où se trouve exactement cette maison ?

— Oh, allez au diable !

Brett se leva si brutalement que sa chaise se renversa. Il attrapa la main d'Angela et l'entraîna avec lui. Le sergent se précipita derrière eux.

— Une minute, voyons ! Nous pourrions aller y jeter un coup d'œil et même y poster une patrouille pour les cueillir au cas où ils reviendraient et…

— Et les effrayer, c'est cela ?

Brett n'arrivait pas à y croire.

— C'est que je doute…

— Oubliez cela. Si nous les revoyons, nous vous le ferons savoir, mentit-il en sortant de la tente, pressé de quitter le camp et Vicksburg.

Cette nuit-là, Brett essaya de convaincre Angela qu'il était préférable de partir.

— Où irions-nous ?

— Cela n'a pas d'importance. J'ai le sentiment que vous n'êtes plus en sécurité ici.

— Nous ne serons pas plus en sécurité ailleurs, argumenta-t-elle. Vous ne m'avez pas ramenée auprès de vos chefs comme vous le deviez et on vous considère sûrement comme un déserteur. Il faut saisir la chance que nous avons de soutenir le Sud.

Il rit.

— Je me demande bien comment. Vous avez vu ce qui s'est passé aujourd'hui. Cet imbécile de sergent ne pensait qu'à capturer quelques Yankees pour se faire bien voir du général. Il se fichait éperdument des informations que nous aurions pu lui rapporter.

Ils s'étaient mis au lit pour avoir plus chaud car la nuit était fraîche et Angela se nicha contre lui pour implorer :

— Restons quand même un petit peu et essayons d'en savoir plus. Je me sens si inutile, Brett, c'est la seule façon qu'il me reste d'aider les miens.

Il finit par capituler.

Durant les semaines qui suivirent, Brett erra sur la plantation et dans la campagne alentour. Il s'aventura loin dans le marais, réveillant les vieux souvenirs d'autrefois, et retrouva même l'endroit où il avait vécu. Il ne restait pas grand-chose du village. Rufus lui apprit que les Cajuns qui habitaient là autrefois s'étaient établis au nord de Vicksburg dans le Chickasaw Bayou. Brett décida que c'était aussi bien comme cela. Au moins, personne ne risquerait de le trahir devant Angela.

Le mois de décembre arriva sans qu'ils aient aperçu le moindre Yankee.

Ils apprirent par Rufus que Grenada, à quelques centaines de kilomètres au nord-est, était tombé aux mains des Nordistes, mais que les Confédérés avaient pu auparavant détruire un grand nombre de locomotives et de wagons pour empêcher l'ennemi de les utiliser.

Brett était heureux de vivre au jour le jour. Il ne savait plus très bien où il en était. Il se rendait compte qu'il n'avait plus du tout envie de combattre pour le Nord et il commençait à éprouver des sentiments de loyauté vis-à-vis de sa terre natale.

Chaque jour, il aimait Angela davantage, et il se sentait coupable de la préférer aveugle. Il savait que dès qu'elle retrouverait la vue, il la perdrait, aussi se retenait-il d'accueillir avec enthousiasme les timides allusions qu'elle faisait au mariage. Si elle découvrait un jour son identité, mieux valait qu'elle soit encore libre.

Un matin où ils étaient seuls, Rufus voulut savoir si Angela avait une chance de retrouver la vue. Brett lui répondit que personne ne le savait.

— Elle a de si jolis yeux, remarqua Rufus, c'est une honte qu'elle puisse pas voi'.

Et Brett ressentit un nouvel assaut de culpabilité.

Angela devenait de plus en plus nerveuse. L'idée de la guerre qui ravageait son pays la désespérait. Le trafic sur le fleuve avait complètement cessé car le bruit courait que le général confédéré Nathan Bedford Forrest était parti du Tennessee avec une cavalerie de trois mille hommes pour se lancer à la poursuite du général Grant et couper ses lignes de communication.

Par une froide journée de la mi-décembre, Brett lui demanda si cela ne l'ennuierait pas qu'il parte chasser avec Rufus. Il n'avait plus de munitions mais il s'était confectionné un arc et des flèches avec l'aide de Rufus. Il insista pour qu'elle reste dans leur chambre de peur qu'elle ne se blesse, mais aussi par crainte d'une visite impromptue.

Angela acquiesça à contrecœur en s'enfonçant sous les couvertures pour avoir plus chaud et songea combien elle s'ennuyait. Puis elle s'en voulut de s'apitoyer ainsi sur son sort et se demanda si Brett n'avait pas raison. L'idée de s'installer dans l'Ouest la séduisait. Mais elle voulait pouvoir prendre du recul afin d'être sûre de vouloir tourner définitivement la page. Après tout, la guerre ne durerait sans doute pas éternellement et elle avait peut-être une chance de récupérer BelleClair. Mais en avait-elle vraiment envie ? De plus en plus, les mauvais souvenirs l'emportaient sur les bons. Le moment ne serait-il pas venu de commencer une vie nouvelle avec Brett ?

Elle finit par s'endormir pour se réveiller en sursaut. Ses sens s'étaient incroyablement développés, et elle avait immédiatement entendu les voix qui montaient de l'office. Elle se leva sans faire de bruit et passa sa tête à l'intérieur du passe-plats. Ils étaient deux. L'un des hommes avait une voix nasale et l'autre un ton bourru.

Ils échangèrent tout d'abord des propos anodins, se plaignant de la fatigue et de la faim. Puis elle entendit d'autres bruits comme s'ils furetaient un peu partout. Elle savait que Brett faisait très attention à ne rien laisser traîner afin que personne ne puisse se douter que la maison était occupée. Même la cuisine extérieure était méticuleusement rangée après chaque repas.

Tout à coup, la conversation prit un tour intéressant. La voix nasale demandait :

— Est-ce que ces salauds ont vraiment gagné tout ce qu'on prétend ?

— Et même plus ! répondit son compagnon avec une intonation dépitée. Pas loin d'un million en matériel et on pense qu'ils ont fait plus de mille prisonniers.

La voix nasale lâcha un juron qu'Angela n'arriva pas à saisir.

— Grant a été obligé de retarder son intervention pour le moment, enchaîna celui qui venait de parler, mais Sherman a déjà quitté Memphis. On m'a envoyé voir si vous aviez une idée de ce qui l'attend.

L'autre poussa une sorte de hennissement avant de prendre à son tour la parole.

— J'ai réussi à surprendre une conversation il y a deux jours entre deux soldats à moitié soûls. L'un d'eux devait être agent de liaison, car il a annoncé que Jeff Davis s'inquiétait de savoir si Pemberton serait capable de tenir Vicksburg face à Grant.

— C'est bon signe. Si le président des Confédérés s'inquiète, cela signifie que Sherman est de taille à leur faire subir des dommages, même sans l'aide de Grant. Vous avez d'autres informations ?

Angela fut stupéfaite d'entendre exposer les plans des Yankees pour couper la voie ferrée afin d'empêcher l'approvisionnement de Vicksburg et d'apprendre que les canonnières de l'Union étaient prêtes à prendre position dans un endroit appelé Haine's Bluff. Ensuite, la voix nasale conseilla de pousser Sherman à traverser la Yazoo River à Chickasaw Bayou, parce que les Confédérés l'attendaient à la Big Black River et avaient concentré leurs forces là-bas.

— Va pour la Yazoo River ! déclara joyeusement l'éclaireur. Je vais tout rapporter à Sherman dès que j'aurai trouvé quelque chose à me mettre sous la dent.

— J'ai un peu de lard dans ma sacoche si vous voulez, proposa l'autre, et il ajouta d'une voix qui lui parut lointaine car il devait quitter l'office : J'ai vu une vieille poêle dans la cuisine à l'extérieur.

Angela s'écarta du passe-plats et retourna s'allonger sur son lit en tremblant. La tête lui tournait, et elle était pétrifiée par ce qu'elle venait d'entendre. On allait attaquer Vicksburg !

— Mon Dieu, murmura-t-elle en portant les mains à sa gorge. Il aurait fallu que Brett aille de toute urgence prévenir le général Pemberton, mais pour le moment il devait se faire un sang d'encre en attendant que les Yankees déguerpissent.

Angela remonta ses couvertures jusqu'au menton et décida de ne plus bouger de peur qu'ils ne reviennent faire un tour dans la maison.

Tout d'abord, elle ne se rendit pas réellement compte de ce qui se passait. Elle était si habituée à être plongée dans le noir qu'elle remarqua à peine le changement. Et pourtant, ce noir tirait maintenant vers le gris foncé. C'est seulement quand il miroita comme de l'argent qu'elle fut surprise.

Elle cligna des yeux en retenant sa respiration.

C'était bien vrai ! La lumière semblait pénétrer d'une manière presque imperceptible les ténèbres absolues qui étaient son lot depuis si longtemps.

Angela se mit à trembler en se demandant si sa vue était en train de revenir. Mais comme le temps passait sans aucun changement, elle se fit la réflexion que le processus pouvait prendre plusieurs jours, voire même plusieurs semaines.

Elle décida de ne rien dire à Brett de peur qu'il ne soit trop déçu si jamais elle s'était trompée. Elle se forcerait à attendre.

Quand il arriva enfin, il la serra à l'étouffer dans ses bras.

— Dieu merci, vous allez bien ! Vous ne savez pas quel souci je me suis fait quand j'ai vu la fumée. Le pire a été de rester caché en attendant que ces salauds s'en aillent. Êtes-vous montée dans le passe-plats comme je vous l'avais demandé ?

— Brett, il faut que vous m'écoutiez !

Elle lui raconta rapidement tout ce qu'elle avait entendu, se rendant compte à la manière dont il retenait sa respiration qu'il était aussi perturbé qu'elle. À peine eut-elle fini qu'il jeta :

— Vous allez rester ici. Rufus veillera sur vous. Il faut que je parte immédiatement.

— Vous avez raison. Nous devons prévenir le plus vite possible le général Pemberton.

— Il n'a pas voulu m'écouter la dernière fois, et son sergent non plus. Pourquoi le ferait-il aujourd'hui ? Je n'ai pas de temps à perdre à les convaincre. Je vais me débrouiller autrement.

L'appréhension submergea Angela. Elle tendit la main vers lui, mais il était déjà debout.

— Où allez-vous ?

— À Chickasaw Bayou, annonça-t-il d'une voix assurée. J'ai là-bas des amis qui n'ont aucune envie de voir les Yankees traverser leur territoire.

C'est à ce moment précis que Brett changea de camp, mais il ne s'en aperçut que plus tard.

Les Yankees étaient maintenant chez lui, et cela en faisait de façon naturelle ses ennemis.

30

Manœuvrant habilement l'embarcation à fond plat, Brett quitta le cours tortueux de la Yazoo River et s'engagea dans le Chickasaw Bayou. Il avait chassé autrefois dans les environs et il avait l'impression de revenir chez lui.

Tout semblait si paisible dans ce monde irréel où la végétation exubérante jaillissait comme au premier jour de la création. Les plantes grimpantes s'accrochaient aux moindres branches et s'enroulaient autour des roseaux comme des serpents. De temps à autre, le ululement de la chouette ou le grondement d'un alligator déchirait le silence.

Soudain, l'eau parut plus noire et plus épaisse. Il rentrait dans la zone des marais. Brett remonta les rames et saisit sa perche pour se frayer un chemin.

Il avait d'abord exploré le terrain avant de se lancer sur la rivière, restant dans la forêt et les marais pour éviter les sentinelles yankees. Comme il connaissait parfaitement l'endroit, il n'avait eu aucun mal à se déplacer de nuit. À quelques kilomètres au nord, il avait bientôt repéré les troupes du général Sherman se dirigeant vers Vicksburg et qui étaient apparemment déterminées à traverser la Yazoo River comme Angela l'avait entendu.

Il décida d'accélérer l'allure car le temps pressait. D'autant plus qu'il n'était pas sûr que Pemberton ait reçu son message.

Il sourit en se remémorant la frayeur de la sentinelle quand il lui avait sauté dessus par-derrière. La méthode était brutale, mais c'était la seule qui lui avait paru sans risque. Et avec des gens comme Pemberton, mieux valait être prudent ! Le soldat n'avait fait aucune difficulté à l'écouter.

Dès qu'il l'avait relâché, le malheureux était parti en courant comme un dératé, et Brett se demandait s'il ne courait pas encore au lieu d'être allé prévenir le quartier général.

Les roseaux poussaient plus drus, et Brett peinait à s'ouvrir un passage avec sa perche tout en évitant les racines tordues des cyprès. Il avait opté pour un itinéraire particulièrement difficile afin d'éviter toute rencontre malheureuse.

Il était parti le jour de Noël, juste après avoir été témoin de loin de la destruction de la voie ferrée. Ce qu'Angela avait entendu s'était avéré là aussi exact et il regrettait de n'avoir rien pu faire pour l'éviter. Maintenant, tout allait se jouer sur la rapidité de son intervention. Il devait à tout prix ralentir Sherman afin de permettre aux Sudistes de regrouper leurs troupes pour la bataille.

Brett n'avait pas oublié les leçons de son enfance. Dans les marais, il fallait être prêt à toute éventualité et la survie était une question d'attention. Aussi quand il aperçut dans la lumière glauque du petit matin un rondin qui dérivait doucement vers lui, il n'eut aucun doute. Il lui assena un coup violent sur ce qu'il avait deviné être la tête. L'alligator rugit en ouvrant son immense gueule aux dents acérées. Puis il la referma brutalement et battit en retraite, trop paresseux ou pas assez affamé pour combattre.

Brett n'eut pas le loisir de s'interroger davantage sur les pensées secrètes de l'animal car un homme jaillit de derrière un arbre, et il avait déjà tiré son couteau de sa botte quand il réalisa qu'il venait d'être appelé par son nom.

— Gator ! Sapristi, mais c'est bien toi, mon garçon ?

Brett sourit en reconnaissant son vieil ami.

— Ben Talouse. Je te croyais mort depuis longtemps !

Solidement campé sur ses jambes, les mains sur les hanches, Ben rejeta la tête en arrière en partant d'un grand éclat de rire.

— C'est pas moi qui vis dangereusement ! Je me suis toujours demandé comment tu fais pour survivre aux femmes !

Brett sauta sur la berge pour serrer la main de Ben.

— Je te donnerais bien la recette, mais je n'ai pas le temps. Où sont les autres ?

Au ton de son ami, Ben comprit que quelque chose de grave se passait. Faisant signe à Brett de le suivre, il s'enfonça rapidement dans les roseaux.

Le nouveau village des Cajuns était plus grand que l'ancien. Il était aussi plus confortable. Des maisons sur pilotis avaient remplacé les huttes et les pirogues du précédent campement.

Les hommes se réunirent autour d'un feu pour discuter. Ils se souvenaient tous de lui, mais le moment n'était pas aux confidences, et Brett rentra immédiatement dans le vif du sujet en annonçant que les Yankees s'apprêtaient à marcher sur Vicksburg et qu'ils avaient prévu de traverser la Yazoo River.

— Il faut que nous les ralentissions pour laisser aux Sudistes le temps de se préparer.

Les Cajuns échangèrent des coups d'œil gênés. Brett devina alors qu'ils ne voulaient pas être impliqués dans la guerre. Que les planteurs pour lesquels ils travaillaient soient sudistes ou nordistes était le cadet de leurs soucis !

Ben Talouse finit par prendre la parole.

— Ce combat ne nous concerne pas, Gator !

Brett avait une réponse toute prête.

— Ce combat deviendra le vôtre quand vos enfants hurleront de faim, Ben, et que vous n'aurez rien à leur donner à manger, car l'ennemi aura tôt fait de razzier toutes les provisions et de brûler les champs. Et vous pouvez tous me croire, enchaîna Brett avec un regard circulaire, quand Vicksburg tombera, vous tomberez aussi. La vie que vous connaissez n'existera plus. Vous avez encore une chance d'aider à la sauvegarder.

De nouveau, ils se regardèrent, puis Ben poussa un soupir résigné avant de demander à Brett ce qu'il avait en tête.

Brett raconta comment il avait appris où Sherman avait l'intention de traverser parce qu'il croyait n'y rencontrer aucune résistance. Mais Brett savait aussi que d'ici là, les Sudistes auraient réuni une force égale à la sienne et que leur position au pied d'un promontoire leur donnerait l'avantage.

— Sherman n'hésitera pas à les attaquer, poursuivit Brett, mais nous arrêterons son avance dans le Chickasaw Bayou. Nous savons tous que seuls deux passages sont possibles.

— Et ? insista Ben avec méfiance.

Brett les considéra de nouveau l'un après l'autre, cette fois-ci avec un sourire assuré.

— Nous allons leur montrer de quoi les Cajuns sont capables. Nous allons bloquer l'un de ces passages.

Ils rassemblèrent tout ce qu'ils trouvèrent comme armes : fusils, haches, pistolets et couteaux. Puis, encouragés par Brett, ils construisirent des radeaux rudimentaires avec des branches imbibées d'huile.

Ils travaillèrent sans relâche toute la journée. Des éclaireurs rapportèrent que Sherman avait atteint la rivière et qu'il l'aurait traversée d'ici l'aube. On dépêcha des messagers à Vicksburg pour s'assurer que Pemberton était au courant. Il se mettait en branle, rapportèrent-ils, mais sans précipitation. Comme Brett l'avait prévu, Sherman n'eut aucun mal à franchir le fleuve. Le vrai combat allait commencer à Chickasaw Bayou.

Les premiers coups de feu retentirent au lever du jour le lendemain, 28 décembre. L'air empestait l'odeur de la poudre. L'écho renvoyait les cris des blessés au milieu des salves de canons. Les Confédérés tenaient leurs positions, mais si Sherman parvenait à franchir le bayou, il serait le maître de la situation.

Brett et les Cajuns sautèrent sur leurs radeaux et, s'aidant de leurs perches, ils engagèrent leurs embarcations dans le passage le moins protégé. Puis ils les enflammèrent l'une après l'autre et les poussèrent dans le courant.

Peu à peu, les radeaux s'agglutinèrent pour former un immense bûcher qui coupa la route aux soldats.

Il y eut quelques accrochages avec les soldats qui avaient réussi à franchir le barrage, et Brett vit avec inquiétude Ben tomber. Il le traîna à l'abri et s'aperçut avec soulagement que sa blessure était superficielle. Deux autres Cajuns eurent moins de chance et furent abattus dès les premières passes d'armes.

— Ils reculent ! hurla un homme grimpé au haut d'un arbre pour surveiller la bataille.

Leur joie se déchaîna avec la même violence que les flammes qui montaient des radeaux. Ils avaient retenu Sherman et les canonnières de l'Union étaient maintenant sous le feu des Confédérés. Brett tempéra leur enthousiasme, car visiblement les Yankees n'avaient pas encore dit leur dernier mot.

Le combat se prolongea toute la nuit et deux jours durant. Sherman fit plusieurs tentatives pour déloger les Confédérés, mais sans succès.

Enfin, après une dernière attaque concentrée à la fois sur le bayou et sur le promontoire, Sherman finit par se retirer avec ses troupes sous les cris de victoire des Cajuns.

— Ce n'est pas fini, les avertit Brett. Il attend seulement l'arrivée de Grant. Ensuite ils attaqueront ensemble, probablement au printemps.

— Nous serons prêts à les recevoir, assura joyeusement Ben, puis il ajouta en posant une main sur l'épaule de Brett : Merci de nous avoir fait comprendre que c'était aussi notre guerre.

— J'ai peur que bientôt elle touche tout le monde, qu'on le veuille ou non.

— Tu vas rester et nous aider à combattre, hein ?

Brett lui répondit qu'il devait repartir sans donner d'autres explications. Ces derniers jours, quand il avait frôlé à plusieurs reprises la mort, il s'était rendu compte qu'il n'aurait jamais dû abandonner Angela ainsi. Si jamais il lui était arrivé quoi que ce soit, elle se serait retrouvée complètement démunie. Aussi s'était-il décidé à faire ce qu'il aurait dû faire il y a longtemps : la remettre sous la protection du gouvernement confédéré.

Ensuite, il s'inquiéterait de la guerre.

Et quand ce serait fini, il irait à sa recherche pour envisager ensemble l'avenir.

— Je parie qu'il s'agit d'une femme, le taquina Ben. Gator a une autre femme.

Brett sourit.

— Non, pas une autre femme. C'est la même, seulement elle l'ignore.

— Je ne comprends pas, dit Ben en fronçant les sourcils.

Brett s'éloigna en agitant la main d'un air amusé. Effectivement, c'était difficile à comprendre.

Le processus prit plusieurs jours.

La couche argentée qui formait comme une taie sur ses yeux s'éclaircit et devint progressivement blanc rosé. Puis, miraculeusement, un matin, Angela découvrit le monde dans toute sa splendeur.

Elle resta immobile sur son lit et passa lentement la chambre en revue, craignant de retomber dans les ténèbres si elle bougeait trop brutalement.

Mais le rideau noir ne retomba pas et, après quelques minutes, elle se leva et fit quelques entrechats dans sa chambre et dans la galerie adjacente. Puis, se rappelant qu'elle n'était toujours pas habillée, elle se dépêcha d'enfiler sa robe et descendit en courant jusqu'au jardin.

Les bras étendus, le visage levé vers le ciel dans une silencieuse action de grâces, elle dévala la pelouse. On était le 1er janvier et le temps était particulièrement clément – même pour le Sud, et Dieu soit loué, elle avait recouvré la vue ! Comme elle aurait voulu que Brett soit là pour partager sa joie et...

Brett !

Elle s'arrêta brutalement, songeant qu'elle n'avait jamais vu son visage. À quoi ressemblait-il ? Elle avait hâte de le découvrir tout en réalisant que cela n'avait pas d'importance. Même si c'était le plus laid des hommes, elle l'aimait.

Inquiet de la voir errer toute seule, Rufus vint à sa rencontre. Quand il apprit la nouvelle, il se pencha pour fixer ses yeux et cria :

— Dieu soit loué ! Dieu soit loué ! Vous pouvez voi', mademoiselle Angela.

Deux jours passèrent. Angela commençait à s'inquiéter de ne pas voir Brett revenir. Le jour, elle ne se lassait pas de découvrir la maison et le parc, et la nuit, elle restait éveillée, se délectant à la pensée que c'était seulement la nuit et que, demain, il ferait jour.

Les ténèbres étaient tombées quand Rufus vint la prévenir en courant qu'il avait aperçu Brett dans un des méandres de la rivière. Il l'avait identifié à la façon dont il se déplaçait le long des berges pour passer inaperçu des canonnières qui croisaient sur le fleuve.

— C'est lui qui va êt'e heu'eux quand il va app'end'e la nouvelle ! s'écria Rufus.

Comme la nuit était d'encre, Angela décida d'attendre les premières lueurs de l'aurore pour lui annoncer la grande nouvelle afin qu'il puisse lire dans ses yeux tout l'amour qu'elle lui portait.

Rufus comprit qu'elle préférait accueillir Brett seule et s'en alla en lui souhaitant bonne nuit.

Angela prit le chemin de la jetée en utilisant sa canne pour se diriger. Il n'y avait pas de lune et ses yeux retrouvés ne lui servaient pas à grand-chose. Quand elle entendit l'embarcation cogner contre le môle au moment où Brett l'amarrait, elle appela doucement :

— Brett, c'est vous ?

— Angela, ma chérie, que faites-vous là ?

Il sauta sur le quai et la pressa contre lui en couvrant son visage de baisers.

— Dieu du ciel, c'est fou ce que vous m'avez manqué !

— J'étais morte d'inquiétude ! murmura-t-elle. Tout s'est bien passé ?

Il s'empara de sa main et l'entraîna derrière lui.

— Venez que je vous raconte tout !

Ils s'assirent et, après un baiser à en perdre haleine, il lui raconta la bataille.

— Dieu merci, chuchota-t-elle, soulagée que les Nordistes aient été forcés de battre, fût-ce provisoirement, en retraite. Et maintenant, que décidons-nous ?

Elle sourit en songeant à sa joie quand elle lui annoncerait la nouvelle. Comme il ne répondait toujours pas, une vague d'appréhension s'abattit sur elle. Elle le sentait réticent à discuter de ses projets.

— Nous parlerons de cela demain matin, mon Ange. Parce que je vous veux tout de suite. J'en rêve depuis si longtemps maintenant.

Il l'attira presque brutalement sous lui, écrasant la poitrine d'Angela contre son torse et il glissa ses mains sous ses fesses dans une tentative désespérée de la serrer encore plus fort. Elle sentit immédiatement son sexe entre ses cuisses tandis qu'il fouillait sa bouche avec voracité.

Il frôla sa langue de la sienne, puis la promena sur ses joues et son cou tout en détachant fiévreusement son corsage qu'il arracha pour libérer ses seins.

Angela brûlait de désir. Ouvrant ses cuisses pour accueillir ses caresses, elle le supplia sans pudeur de la prendre sur-le-champ.

Le plaisir la submergea par vagues de plus en plus rapides et elle se sentit littéralement soulevée de terre et livrée sans défense à la tempête qui lui brisait le corps. Le souffle chaud et haletant de Brett caressait son oreille et les battements précipités de son cœur résonnaient contre ses seins.

Il s'écarta juste le temps d'arracher ses vêtements. Elle eut un sursaut en le sentant entrer en elle. Il la pénétra d'une brutale poussée et commença un mouvement de va-et-vient qui se répercuta dans tout son être. Elle s'adapta à son rythme, se cramponnant à lui comme une noyée.

Enfin, au moment où elle songeait qu'elle allait mourir si cette délicieuse torture se prolongeait, ils atteignirent l'extase. Ils restèrent un long moment accrochés l'un à l'autre.

Brett roula alors sur le dos et Angela nicha sa tête contre son épaule pour échanger comme d'habitude des serments d'amour.

Brett était épuisé mais le bonheur de la tenir dans ses bras comptait plus que tout.

— Au printemps, j'espère que nous ferons l'amour tous les jours, dit-il rêveusement. Peut-être sur ce petit tertre où nous sommes. Autrefois, il était couvert de fleurs de toutes les couleurs.

Il se tourna vers elle et enfouit son menton dans ses cheveux.

— J'ai hâte que nous soyons au printemps, mon Ange chéri. Vous faire l'amour, c'est comme tenir le ciel entre mes mains ou découvrir le paradis dans une fleur sauvage.

Il ferma les yeux, incapable de rester éveillé plus longtemps. Angela se laissa emporter doucement par le sommeil, savourant le bonheur d'être de nouveau dans ses bras.

Elle s'éveilla en sursaut et s'assit. Cette fois, il ne s'agissait pas d'un bruit mais de l'écho des paroles de Brett la veille.

Elle s'était encore une fois débattue avec l'odieux cauchemar qui hantait ses nuits. Agenouillée auprès de son père, elle s'efforçait de saisir ce qu'il désirait tant lui dire. Et voilà que, miraculeusement, elle venait de comprendre ses derniers mots.

« Fleurs sauvages. »

Un autre souvenir la frappa de plein fouet. Le jour où ils étaient ensemble dans le cimetière familial, il avait été touché par la vue des fleurs sauvages qui poussaient sur la tombe de sa mère.

— C'est la vie qui jaillit de la mort ! s'était-il exclamé.

Et maintenant, elle saisissait ce qu'il avait voulu lui dire dans son dernier soupir. Les plaques d'imprimerie étaient cachées dans la crypte familiale.

Les premières lueurs de l'aube embrasaient le

ciel et elle se tourna avec excitation vers Brett. Il dormait sur le côté et elle ne voyait que son dos. Elle lui tapota l'épaule, impatiente de lui faire partager les deux miracles qu'elle venait de vivre.

Il grogna dans son sommeil et roula sur le dos sans se réveiller.

Angela porta les mains à sa bouche avec horreur.

Mon Dieu, réalisa-t-elle la respiration coupée, c'était Gator qu'elle contemplait.

31

Angela suivait le Mississippi.

Les eaux du fleuve, gonflées par de nombreuses crues, remodelaient sans cesse son cours, dévorant certaines courbes ou créant de nouveaux méandres. Montée sur le cheval de Brett, Angela devait suivre attentivement le relief, car les berges n'étaient pas toujours aussi solides qu'elles le paraissaient et menaçaient de s'effondrer.

Elle espérait parcourir le plus de chemin possible avant que Brett ne s'aperçoive de sa fuite.

Brett...

Elle fulminait, étouffant de rage.

Gator...

Comment n'avait-elle pas découvert la vérité ? Évidemment, il avait changé sa voix, sa personnalité et jusqu'à sa façon de faire l'amour ! Mais il était vrai aussi que Gator était sorti de sa vie depuis quatre ans.

Dire que tout n'était que comédie depuis le début. Brett était du côté des Yankees. Quelqu'un avait dû découvrir qu'elle s'était déjà ridiculisée une fois à cause de lui et imaginer qu'il avait encore des chances de la séduire maintenant qu'elle était aveugle. Et, bien entendu, on avait monté toute cette comédie pour qu'elle lui indique où se trouvaient les plaques.

Heureusement, songeait-elle, que sous le coup de l'indignation, les cris s'étaient étranglés dans sa gorge, lui accordant le temps nécessaire pour retrouver ses esprits et comprendre que son salut était dans la fuite. Qui sait comment Brett aurait réagi en s'apercevant qu'elle avait tout compris ? Une chose était certaine, il ne l'aurait pas laissée partir.

Angela savait qu'elle devait se rendre aussi vite que possible à La Nouvelle-Orléans pour vérifier si son intuition ne l'avait pas trompée et si les plaques se trouvaient bien dans le cercueil de sa mère. Si elle avait vu juste, elle les porterait aux Confédérés à Richmond.

Dès que Rufus lui aurait annoncé la nouvelle, Brett devinerait tout de suite où la rechercher et il se précipiterait à sa poursuite.

Elle avait pris son cheval et espérait ainsi le ralentir, au moins le temps pour lui d'en chercher un autre. Car il ne pouvait espérer atteindre La Nouvelle-Orléans sur son canot et plus aucun bateau ne faisait la navette sur le fleuve.

Elle ne s'arrêta qu'à la nuit tombée dans une vieille ferme où elle fut accueillie chaleureusement par un couple âgé, Jasper et Daisy Kinston. Quand elle débita le mensonge hâtivement inventé comme quoi elle voulait atteindre La Nouvelle-Orléans pour revoir sa mère mourante, ils redoublèrent d'attention et Jasper la mit en garde contre les dangers de la route.

— C'est de la folie de voyager seule. Vous n'imaginez pas toute la racaille qui traîne actuellement.

Vous risquez de faire de mauvaises rencontres. Et pas seulement la nuit. Vous n'arriverez jamais là-bas !

— Je n'ai pas le choix, s'entêta-t-elle, bien qu'elle fût ébranlée par ces paroles.

Angela rappelait à Daisy sa fille morte à l'âge de quatre ans. Elle aussi avait une crinière flamboyante et cette même détermination qu'elle lisait dans ses yeux. Elle aurait pu devenir aussi jolie qu'Angela, se disait-elle en remarquant la fossette qui creusait ses joues quand elle souriait. Tout comme sa Fanny. Elle décida qu'elle devait l'aider. Posant alors la main sur celle de Jasper, elle demanda avec des accents pleins d'espoir :

— Et ton frère qui est à Baton Rouge ?

— Oui, et alors ? répondit-il avec méfiance, car il ne voyait pas du tout où sa femme voulait en venir.

— Tu sais, je finis par en savoir des choses sur ta famille, Jasper ! murmura-t-elle sur un ton mystérieux. Et cela fait longtemps que j'ai deviné que Luther et ses amis faisaient passer du whisky en fraude à La Nouvelle-Orléans pour le vendre aux soldats. Tu crois qu'ils voudraient bien emmener Angela la prochaine fois ? On ne les fouille jamais, tu penses ! Personne ne se fait d'illusions sur ce qu'ils transportent !

— Oh, oui ! Si c'était possible, ce serait l'idéal, s'exclama Angela. Ils pourraient me déposer dans les faubourgs et ensuite je me débrouillerais toute seule.

Jasper se mordit la lèvre tout en se grattant pensivement la tête avant d'annoncer :

— Si Luther est d'accord, après tout, pourquoi pas ?

Ravies, Angela et Daisy se jetèrent dans ses bras.

Trois jours plus tard, Jasper conduisit Angela chez son frère qui accepta de l'emmener à La Nouvelle-Orléans en échange de la belle jument qu'elle montait. Elle fut très contente de s'en débarrasser, car elle avait l'impression, puisqu'elle appartenait à Brett, que c'était lui qui finançait son voyage.

Luther et ses associés, Hollis et Edwin, étaient tous les trois trop vieux pour faire la guerre. Angela se sentit immédiatement à l'aise avec eux. Ils la firent monter discrètement sur leur bateau et la cachèrent dans la cale avec les bouteilles du whisky qu'ils faisaient eux-mêmes. Dès qu'ils eurent quitté le port, ils l'invitèrent à s'installer sur le pont où elle resta les deux jours que dura le voyage.

Ils lui confièrent que leur petit commerce était très rentable, car seuls les officiers avaient droit à l'alcool. Les simples soldats devaient se le procurer à leurs frais. Depuis que Baton Rouge était tombé aux mains des Nordistes après des combats acharnés en août dernier, le trio s'enrichissait sur le dos des Yankees.

Angela appréciait leur compagnie, et discuter avec eux lui évitait de ressasser ses déboires.

— Encore de la pluie et du vent, grommela Luther comme ils atteignaient La Nouvelle-Orléans. Ça fait des semaines que ça dure. Il paraît que les rues du Vieux Carré sont transformées en canaux.

— Il fait plus froid que d'habitude, ajouta Hollis. Il y a des tas de pneumonies et pas assez de médecins.

— C'est vrai qu'on manque de tout, renchérit Edwin. On ne trouve plus de bougies. Il faut s'en passer ou les faire soi-même. On n'a pas de pétrole non plus et ces salauds arrêtent le gaz le soir. Plus personne n'ose sortir une fois la nuit tombée.

— Faudrait d'abord avoir envie de sortir et je peux t'assurer que ce n'est pas le cas, remarqua Hollis avec un ricanement. Ma cousine se terre chez elle. Mais ça ne suffit pas, car ils font des descentes dans les maisons quand ça leur chante. Et elle a même fini par signer cette saloperie de serment quand elle s'est aperçue qu'ils visitaient systématiquement les maisons de ceux qui refusaient. De toute façon, ce papier, ça ne veut rien dire. Aujourd'hui, elle pense comme moi qu'il vaut mieux utiliser cette bande de salauds ! À quoi bon se les mettre à dos ! C'est quand même pas désagréable de leur vendre notre tord-boyaux à prix d'or. Et on leur fait même des sourires, comme ça ils en ont pour leur argent.

Quand ils arrivèrent, Angela ressemblait à un épouvantail. Ses cheveux pendaient autour de son visage et ses vêtements froissés et déchirés empestaient le poisson. Mais elle avait du courage à revendre et elle savait que cela seul importait.

Ils la déposèrent à un peu plus d'un kilomètre de la ville juste avant le lever du jour en lui souhaitant bonne chance.

Hollis lui glissa un peu d'argent dans la main en la serrant sur son cœur.

— Offrez-vous donc une voiture, mon petit. Vaut mieux qu'une jolie fille comme vous ne traîne pas dans les rues avec tous ces soldats !

Edwin lui donna aussi quelques billets verts de l'Union pour s'acheter une robe. Et Luther ajouta sa participation pour qu'elle puisse prendre un bain.

— Sinon, ils vont tous s'enfuir en vous voyant !

Elle les embrassa les larmes aux yeux avant de se réfugier sous le couvert d'un petit bois pour réfléchir un moment. À qui pouvait-elle faire confiance à BelleClair ? Deux noms lui vinrent à l'esprit : Raymond et Mammy Kesia. Malgré tout, son intuition lui soufflait qu'il vaudrait mieux éviter toute rencontre. Et étant donné son allure, elle risquait fort d'attirer l'attention. C'est alors qu'elle songea à Melora Rabine. Si elle vivait encore à La Nouvelle-Orléans, Angela était sûre qu'elle ferait tout pour l'aider.

Oui, c'était la meilleure solution, décida-t-elle en se dirigeant vers la ville, suivant la lisière du bois pour qu'on ne la remarque pas de la route.

La tête penchée en avant pour donner moins de prise au vent, elle avait du mal à imaginer que quelques jours plus tôt à quelques centaines de kilomètre au nord, il faisait si chaud qu'elle avait pu…

Elle se secoua énergiquement.

Non, elle ne voulait plus penser à cette nuit entre les bras de Brett Cody. Si elle voulait survivre, il était vital qu'elle le chasse à tout jamais de son esprit…

Une fois à La Nouvelle-Orléans, elle alla droit chez Melora Rabine. Elle se glissa jusqu'à la maison par-derrière pour ne pas attirer l'attention et fut submergée de joie en apercevant le vieux buggy de Melora dans l'arrière-cour.

À peine avait-elle frappé quelques coups que la porte s'ouvrit sur Melora médusée.

— Dieu du ciel ! Entrez, entrez vite !

Au moment où elle lui prenait la main pour l'aider, Melora réalisa soudain le miracle.

— Oh Seigneur, mais vous voyez de nouveau, Angela !

Melora éclata en sanglots. Et Angela, mentalement et physiquement épuisée, se laissa tomber avec reconnaissance dans ses bras.

Melora insista pour qu'elle s'allonge pendant qu'elle allait lui chercher de quoi manger et faisait chauffer de l'eau pour préparer un tub.

— Ensuite vous me raconterez tout. On vous a envoyée en prison pour avoir hébergé des rebelles, n'est-ce pas ? Et la responsable de tout cela, c'est cette sorcière de Claudia ! J'étais hors de moi quand on m'a appris cette histoire. Ensuite, il paraît que vous vous êtes évadée, et depuis je me faisais un sang d'encre.

Melora resta un instant silencieuse comme si elle méditait sur ces malheurs avant de reprendre :

— Enfin ! Au moins j'ai de quoi vous nourrir. J'ai fini par signer ce stupide serment. Même si c'est peu, j'ai quelques pommes de terre et un morceau de bœuf à faire bouillir de temps à autre. Ah, vous ne pouvez pas savoir, ma chère petite, comme je suis contente de les partager avec vous ! Si contente…

Des larmes brillaient dans ses yeux quand elle serra de nouveau Angela dans ses bras.

Enfin propre et rassasiée, Angela donna une version édulcorée de ses péripéties et expliqua qu'elle devait se rendre à BelleClair chercher quelques affaires.

— Je ne ferai que passer sans m'attarder et je me demande même si je n'aurais pas intérêt à me glisser dans la maison comme une voleuse. Autrement, avec la chance qui me caractérise, je vais me faire cueillir sur le seuil par ce fichu major Hembree qui me fera reconduire sur-le-champ à Ship Island.

— Vous n'avez plus rien à craindre de ce « fichu » major, comme vous dites, déclara Melora avec un sourire. Il est parti avec Butler en novembre. C'est le général Banks qui a pris la place de Butler. Mais on ne peut pas dire que cela ait changé grand-chose.

Elle raconta alors que les planteurs qui avaient refusé de signer le serment étaient forcés de travailler aux fortifications de la ville.

— On va jusqu'à bousculer les vieillards et les enfants avec des baïonnettes quand ils ne vont pas assez vite. Dans la rue, on court toujours le risque de se faire ramasser. Et si je n'ai pas trop mal survécu jusqu'à présent, c'est uniquement parce que j'enseigne la musique à des enfants d'officiers.

— Et tous les amis de papa, que sont-ils devenus ? demanda Angela. Son avoué, M. Dubose ? Et le Dr Duval ? Et les Maxwell ? Ont-ils pu récupérer leur maison quand les Hembree sont partis ?

Melora la rassura. Hardy Maxwell était de nouveau installé chez lui. Il avait signé ce maudit serment ainsi que Millard Dubose, et ils travaillaient tous les deux à la Banque Fédérale. Quant au Dr Duval, il était un des médecins-chefs de l'Union Hospital.

— Je suppose qu'ils ne sont pas plus fiers que moi, souligna-t-elle tristement, mais nous y avons tous été obligés pour survivre. Je peux cependant vous assurer que nous menons la vie dure aux Yankees. Et nous ne leur avons jamais caché notre mépris.

Elle exprima ensuite sa sympathie pour tous les pauvres noirs qui avaient placé leurs espoirs dans les Nordistes. On ne faisait aucune distinction entre les esclaves et les hommes libres, et ils étaient tous ramassés et expédiés sur des chantiers, soit en ville, soit sur les plantations avoisinantes. Là, on les faisait trimer dur, et les malheureux ne pouvaient que maudire leur sort.

Angela se contenta de hocher tristement la tête.

— Mais la pire engeance, ce sont les femmes des militaires ! poursuivit Melora avec colère. Nous devons les laisser passer devant nous dans les magasins et sauter dans le caniveau quand nous les croisons sur le trottoir pour qu'elles puissent passer à plusieurs de front en nous regardant de haut comme si nous étions des chiens. Elles ont toutes des équipages pendant que nous pataugeons dans la boue. Si j'ai pu garder mon vieux buggy, c'est parce que je vais donner mes leçons à domicile. Mais on m'a prévenue qu'il me serait confisqué si jamais je l'utilisais pour un autre usage.

— J'imagine que Claudia se félicite d'avoir été une des premières à leur lécher les bottes, et...

Surprise par le sourire mystérieux de Melora, Angela s'interrompit.

— Qu'y a-t-il ? Pourquoi me regardez-vous ainsi ?

— Eh bien, c'est plutôt triste pour votre maison, remarqua Melora, mais je dois dire que je suis bien contente que ce soit arrivé.

Angela la regarda avec perplexité.

— De quoi parlez-vous ?

— De BelleClair. Le major Hembree a non seulement interdit la maison à ses officiers, mais il a aussi retiré la protection de l'armée. Et bien que ce soit juste le bon moment pour faire le sucre, la canne de votre père est en train de pourrir sur pied.

Angela réalisa avec une certaine culpabilité que cela lui était égal et qu'elle se réjouissait au contraire que Claudia ait enfin eu la monnaie de sa pièce.

— Mais que sont devenus les esclaves ? Se sont-ils enfuis ? Cela n'aurait rien de surprenant vu la manière dont elle les traitait.

— D'après Ida, c'est ce que la plupart ont fait. Mais elle n'est pas allée là-bas depuis une éternité. Plus personne ne voit Claudia. Quand les Yankees ont saccagé la maison, cela l'a rendue folle et elle s'est disputée avec la femme du major Hembree. Du coup, ce dernier lui a interdit de revenir à La Nouvelle-Orléans sous peine de l'envoyer à Ship Island, elle aussi.

— Et pour quelle raison ont-ils tout saccagé ?

— Ils essayaient de trouver je ne sais quoi que votre père aurait volé au gouvernement.

Ce fut au tour d'Angela de sourire. Elle était de plus en plus convaincue qu'elle avait vu juste quant à l'endroit où étaient cachées les plaques. Son père avait deviné que personne n'irait voir dans le mausolée et encore moins ouvrir un cercueil.

Melora était en train de raconter qu'elle croisait de temps à autre Ida Duval au marché.

— Elle s'inquiète beaucoup pour Raymond. Si j'ai bien compris, il est en état d'ébriété permanente.

Angela s'abstint de répondre que Raymond avait fait ses choix.

Melora déclara alors qu'elle allait faire un peu de thé.

— Il n'aura aucun goût, j'en ai peur. J'ai déjà utilisé les feuilles plusieurs fois, mais cela vaut mieux que rien.

Elles s'étaient installées devant la cheminée du salon qui était la seule où brûlait un feu, car le bois était devenu une denrée rare. Dehors le vent sifflait et Angela resserra le plaid autour de ses épaules. Elle appuya sa tête contre le dossier et ferma les yeux.

Quand Melora revint, Angela dormait. Melora décida que cela valait mieux pour elle que de boire du thé insipide.

Brett était presque arrivé en Louisiane. Il galopait comme un possédé et il était en proie à une seule idée : atteindre La Nouvelle-Orléans et trouver Angela avant le tueur qui avait déjà attenté à sa vie.

Il s'était réveillé au milieu de la matinée, là, sur le tertre. La veille, il ne s'était pas rendu compte à quel point il était fatigué après cette semaine pratiquement sans sommeil. Encore somnolent, il avait instinctivement tendu la main vers Angela et avait sauté sur ses pieds en s'apercevant qu'elle n'était pas là.

Il s'était rué vers la rivière en enfilant ses vêtements à la va-vite. Dieu merci, elle n'était pas tombée à l'eau ! Rebroussant alors chemin, il avait gagné la maison à toute allure et avait grimpé l'escalier quatre à quatre jusqu'à leur petite chambre. Le coquillage qu'elle considérait comme un porte-bonheur gisait par terre en mille morceaux.

Un funeste présage ! s'était-il dit en partant à la recherche de Rufus. Celui-ci l'avait salué joyeusement en lançant :

— C'est-y pas me'veilleux que mademoiselle Angela ait 'et'ouvé la vue !

Alors ses yeux à lui aussi s'étaient ouverts.

Voulant lui faire la surprise au petit matin, elle avait dû se tourner vers lui. Et son amour s'était transformé en haine. C'était aussi simple que cela. En quelques secondes, il avait perdu l'amour de sa vie.

Brett avait toujours été conscient du risque qu'il courait, comme il était conscient aujourd'hui qu'il devait accomplir sa tâche jusqu'au bout même si l'amour d'Angela pour lui avait volé en éclats, comme le coquillage.

Il savait qu'en ce moment même, elle fonçait vers La Nouvelle-Orléans. Sans doute pour y chercher les plaques. Ces maudites plaques dont il se fichait éperdument, mais qui allaient la précipiter au cœur du danger. Celui qui avait déjà essayé de la tuer saisirait sa chance et, cette fois-ci, il ne la raterait pas.

Bon sang, il devait faire vite !

Angela fut réveillée par des voix excitées. Elle se redressa et se frotta les yeux en s'efforçant de se rappeler où elle était.

Mais oui, chez Melora Rabine à La Nouvelle-Orléans. Mais qui étaient donc ces gens ? Elle n'eut pas longtemps à attendre. Ida Duval se précipita vers elle pour l'embrasser en sanglotant.

— Angela, ma chérie, vous êtes de retour saine et sauve ! Dieu merci, vous avez retrouvé la vue. Ma pauvre petite !

Juste derrière elle, le Dr Duval, sa trousse à la main, s'apprêtait à l'ausculter. Mais les Maxwell et Millard Dubose étaient là eux aussi à vouloir serrer la miraculée dans leurs bras.

Bien qu'heureuse de les voir, Angela jeta un coup d'œil ennuyé à Melora. Celle-ci haussa les épaules.

— Ils ne m'auraient jamais pardonnée si je ne les avais pas prévenus. D'autant plus que vous n'avez pas l'intention de rester. Et de toute façon, ils ne diront rien.

— Bien sûr que nous ne dirons rien, la rassura Ida. Nous devons nous épauler.

Drusilla et son mari firent chorus.

Vinson Duval réussit enfin à les persuader de s'écarter pour qu'il puisse regarder les yeux d'Angela.

— Vous avez l'air tout à fait remise, constata-t-il en se penchant pour l'examiner de plus près.

Finalement, il déclara pour la plus grande joie de tous :

— Vos yeux me semblent parfaits. Bien sûr, le choc a provoqué un certain nombre de lésions internes. Maintenant que tout est résorbé, vous avez pu retrouver la vue. C'est logique.

Il se recula pour laisser les femmes l'entourer.

Tous se liguèrent pour lui déconseiller de retourner à BelleClair, mais elle promit qu'elle n'y resterait pas assez longtemps pour que les Yankees apprennent son retour.

— J'ai juste quelques petites choses à prendre, c'est tout. Ensuite, je m'en irai.

— Où irez-vous ? demanda Ida déjà inquiète.

— Droit à Richmond, répliqua-t-elle d'un air résolu.

— Mais pourquoi là-bas ? la pressa Melora. C'est si loin et si dangereux...

— Oh, je ne risquerai plus rien dès que j'aurai atteint nos lignes, déclara Angela avec assurance. On me donnera certainement une escorte.

— Mais enfin, pourquoi voulez-vous absolument atteindre la capitale ? insista Hardy.

Un sourire mystérieux effleura les lèvres d'Angela.

— Je crois qu'il est temps que j'entre en guerre, moi aussi.

32

— Aurez-vous suffisamment chaud ? s'inquiéta Melora comme Angela prenait les rênes. Mon Dieu, si je n'étais pas d'ici, j'aurais juré qu'il va neiger. Jamais il n'a fait aussi froid.

— Ne vous faites pas de souci ! Grâce à votre gentillesse, je suis si bien emmitouflée que je peux à peine bouger.

Elle portait une robe en laine de Melora qui flottait sur ses formes juvéniles et un manteau assorti. Un plaid épais lui couvrait les jambes. Un bonnet, une écharpe et des gants complétaient son équipement.

— Vous vous souviendrez de l'endroit où je dois laisser le buggy ?

— Oui. Hardy passera le récupérer avec Millard en fin d'après-midi. Mais comment allez-vous revenir ? Êtes-vous sûre que vous ne voulez pas qu'on vienne vous chercher ?

Melora frottait ses mains gelées l'une contre l'autre tout en claquant des dents dans la lumière blafarde du petit matin.

Angela répéta qu'elle n'avait aucune idée du temps que la visite lui prendrait. De toute façon, il valait mieux qu'elle ne repasse pas par La Nouvelle-Orléans mais qu'elle essaie de repartir par la mer.

— Avec un peu de chance, je trouverai bien un pêcheur pour me faire passer à travers les lignes et me conduire sur un bateau sudiste. Rentrez vite sinon vous allez vous transformer en iceberg, ajouta-t-elle.

— J'ai peur de ne pas arriver à retenir mes larmes, murmura Melora. J'ai le pressentiment que je ne vous reverrai pas.

Angela avait la gorge serrée.

— C'est probable, mais je ne vous oublierai jamais. Quand je me rappelle combien je redoutais de voir votre buggy monter l'allée...

Elle secoua la tête en riant.

— Qu'aurais-je fait aujourd'hui sans vous ?

— Je suis heureuse d'avoir pu vous aider. J'ai toujours aimé votre mère et...

Melora plissa les yeux à plusieurs reprises et finit par reculer en agitant la main.

— Allez-vous-en avant que je ne me mette à pleurer ! Les larmes vont geler sur mes joues. Je ne veux pas vous infliger un spectacle pareil !

Elle s'en retourna vers sa maison en sanglotant.

Angela fit claquer les rênes et l'attelage partit au petit trot. À cause de l'heure matinale et du froid inhabituel, les rues étaient presque désertes. Le ciel était lourd et bas. Une brume humide montait du fleuve et enveloppait la voiture. Elle atteignit bientôt les derniers faubourgs de la ville.

Le souvenir des mélopées que les esclaves fredonnaient autrefois en travaillant lui revint à la mémoire, rendant encore plus pénible le silence lugubre qui l'environnait.

Elle remercia le ciel pour ce brouillard qui lui cachait les plantations dévastées et pour la gentillesse de son ancien professeur qui lui offrait la possibilité de gagner BelleClair dans les meilleures conditions. Grâce à Melora encore, elle avait en sa possession des papiers qui lui permettraient de se faire passer pour celle-ci si jamais elle était arrêtée.

Chemin faisant, la pensée de Brett s'insinua subrepticement dans son esprit. Mon Dieu, comme elle aurait voulu le détester ! Mais c'était loin d'être le cas, elle devait le reconnaître. Même maintenant qu'elle avait découvert comment il s'était odieusement servi d'elle, elle n'arrivait pas à chasser le souvenir des merveilleux moments passés avec lui. Dès le début, il l'avait étrangement attirée, réussissant à lui faire sentir le monde qu'elle ne pouvait plus voir. Et cette expérience était inscrite pour toujours au plus profond de son cœur.

Entre ses bras, elle avait découvert l'infini de l'amour. Il l'avait menée à des sommets insoupçonnés et jamais elle n'avait douté qu'ils pourraient construire l'avenir ensemble.

Elle repassait indéfiniment le passé dans sa tête à la recherche d'un indice de sa duplicité, mais elle n'en trouvait aucun. Cet homme était un maître en la matière ! songeait-elle sans pouvoir s'empêcher de ressentir une immense colère.

Et le pire peut-être, c'était de penser qu'elle s'était laissé prendre au piège deux fois de suite par le même homme...

Angela cacha le cheval et le buggy dans un bouquet de palmiers. Elle n'avait pas croisé âme qui vive durant le trajet et, apparemment, il n'y avait personne dans les parages. Malgré tout, elle se dépêcha de quitter la route.

Elle aperçut enfin l'allée avec la grande maison qui se profilait dans le lointain et elle fut frappée par l'atmosphère de deuil qui régnait alentour. Derrière le bâtiment s'étendaient à perte de vue les champs de cannes dont les tiges courbées en deux étaient rongées par la pourriture. Le coton n'avait pas été ramassé non plus et sa fleur duveteuse commençait à jaunir.

La brise qui soufflait du fleuve agitait les branches dénudées des grands chênes dans une longue plainte sinistre.

Elle rentra dans la maison par-derrière. Le silence lui parut presque assourdissant avec ses obsédantes vibrations de tristesse et de désespoir. Où donc étaient-ils tous ? D'après Melora, Claudia et Raymond vivaient encore ici avec quelques esclaves. Et pourtant, Angela n'avait pas croisé un chat.

Elle fut presque soulagée en entendant du bruit dans la cour. C'était Mammy Kesia qui venait vers la maison.

Mammy éclata en sanglots et courut vers elle, les bras grands ouverts.

— Mademoiselle Angela, mademoiselle Angela. Dieu soit loué, c'est bien vous ?

Angela rit en la serrant dans ses bras.

— C'est bien moi. Je suis vraiment heureuse de vous voir, Mammy.

Mammy la repoussa légèrement pour la regarder.

— Mais c'est bien v'ai, vous voyez ! Seigneu' Jésus, vous voyez ! s'exclama-t-elle avant de se mettre à pleurer de plus belle.

Angela la conjura de se calmer tout en la poussant à l'intérieur bien que la maison fût glacée.

Ensuite, elle lui annonça qu'elle ne resterait pas longtemps.

— Je me suis échappée de prison. Si les Yankees me trouvent, ils m'enfermeront de nouveau. Où sont-ils tous ?

— Mademoiselle Claudia ne descend jamais avant midi. Et c'est toujou's pour c'ier et se plaind'e, expliqua Mammy en reniflant et en s'essuyant les yeux avec le coin de son tablier. Et maît' 'aymond, soit il est tellement soûl qu'il 'este au lit, soit il do't dans le bu'eau de vot'e pè'e. Et y a pe'sonne ici sauf moi et quelques esclaves, poursuivit-elle, et ils ne font 'ien pa'ce qu'ils détestent mademoiselle Claudia.

— Et votre fils, Mammy ? Que devient William ? se força à demander Angela malgré ses pressentiments.

Elle avait vu juste. Mammy se laissa tomber sur un tabouret en fondant de nouveau en larmes. Elle raconta comment William avait attrapé la fièvre il y avait à peine deux mois. Sans médicaments, il avait rapidement succombé à la maladie.

— J'ai pe'sonne d'aut'e et nulle pa't où aller. Et puis je suis vieille, t'op vieille pour aller che'cher ailleu's. Au moins ici, j'ai un ab'i. Et mademoiselle Claudia me donne à manger. Les soldats ont empo'té les vaches et les cochons. Et les chevaux aussi. Ils en ont laissé un avec le buggy pa'ce que maît' 'aymond est le fils du docteu' Duval. Le docteu', il t'availle à leu' hôpital. Le peu de nou"itu'e qu'on a, c'est g'âce à lui.

— Mon Dieu ! souffla Angela, stupéfaite de constater comment tout un monde s'était écroulé en si peu de temps.

Mammy se balançait d'avant en arrière en hochant la tête.

— Tout va mal. T'ès mal. Vous n'au'iez jamais dû 'evenir. Si les soldats vous att'apent, ils vous emmène'ont. Oh Seigneu', pou'quoi êtes-vous là, mademoiselle Angela ?

— J'ai mes raisons. Mais je ne resterai pas longtemps, c'est promis, répéta Angela en regardant autour d'elle.

— Et si mademoiselle Claudia découv'e que vous êtes là ? Elle i'a tout de suite p'éveni' les Yankees…

— J'espère que je serai partie avant.

Au moment où elle allait sortir de la pièce, elle se tourna pour ajouter :

— Surtout, ne soufflez mot à personne que je suis venue, Mammy. Ni à Claudia ni à Raymond. Je vais me dépêcher et repartir aussi vite que possible.

— Ne vous inquiétez pas, mais vous fe'iez mieux de fai'e vite pa'ce que mademoiselle Claudia, elle descend à peu p'ès à cette heu'e. Et si elle vous voit, ça va fai'e du g'abuge.

Angela se dirigea rapidement vers le bureau en espérant ne pas y trouver Raymond endormi. La porte était fermée. Quand elle posa la main sur la poignée, elle fut assaillie par les souvenirs : l'horrible spectacle de son père baignant dans son sang et comment elle s'était précipitée vers lui. Le bruit qui lui avait fait tourner la tête, mais trop tard. La brève apparition d'un visage vaguement familier. Puis le coup brutal, la douleur… et l'oubli miséricordieux.

Elle inspira profondément, puis expira lentement, avant d'oser pousser le battant et de jeter un coup d'œil à l'intérieur. À son grand soulagement, la pièce était vide. Elle se dirigea d'un pas rapide vers la cheminée et s'agenouilla devant le foyer. Ses doigts coururent sur la seconde rangée de briques à gauche. Une, deux, selon son père il s'agissait de la troisième, et…

Les battements de son cœur se précipitèrent. Elle n'eut aucune difficulté à retirer la brique. La clé était là. Exactement à l'endroit que son père lui avait indiqué. Un flot de joie la submergea devant la facilité avec laquelle tout s'était déroulé jusqu'à maintenant. Il ne lui restait plus qu'à aller chercher les plaques dans le mausolée. Une fois qu'elle les aurait trouvées, elle pourrait repartir.

Elle parviendrait peut-être à voler le cheval de Claudia comme elle avait volé celui de Brett, songea-t-elle alors avec un sourire espiègle. Quelle délicieuse revanche !

Elle regarda une dernière fois autour d'elle. Melora Rabine avait eu le pressentiment qu'elles ne se reverraient pas. C'est exactement ce qu'Angela ressentait au sujet de la maison. Pourquoi reviendrait-elle à BelleClair ? Ce qu'elle avait connu était définitivement mort. Même si BelleClair renaissait de ses cendres, ce ne serait plus la même chose. Peut-être était-ce aussi bien, d'ailleurs. Une nouvelle vie l'attendait quelque part et, bien qu'elle fût seule maintenant, ce nouveau départ ne l'effrayait pas, au contraire.

Elle fit lentement le tour de la pièce en effleurant les objets qu'elle avait aimés avant de se décider à partir.

Après un dernier regard, elle pivota vers la porte, avant de se figer sur place en apercevant Claudia debout sur le seuil. Ses cheveux autrefois méticuleusement bouclés au fer pendaient autour de son visage décharné. Sa robe de chambre était semée de taches et, malgré le froid, elle était pieds nus.

— Alors, tu vois de nouveau, observa-t-elle avec un petit rire strident.

Elle but une gorgée du verre de whisky qu'elle tenait à la main avant de demander d'un ton coléreux :

— Pourquoi es-tu revenue? Que fais-tu ici, petite garce?

— Je m'en vais, répondit prudemment Angela, impatiente de se mettre en route. Je n'aurais pas dû venir. Je suis désolée.

— Tu es désolée? répéta Claudia en hoquetant.

Angela comprit alors qu'elle avait trop bu.

— Oui, et je m'en vais...

Claudia lui lança le verre à la figure et Angela eut juste le temps de se baisser avant qu'il ne s'écrase contre le mur.

— Comment oses-tu revenir ici? hurla-t-elle. Tout cela est de ta faute. Sans toi, BelleClair ne serait pas en ruine.

— Je viens de te le dire, répéta Angela, je m'en vais. Il n'y a aucune raison de te mettre dans cet état.

Un rictus de mépris tordit les lèvres de Claudia.

— BelleClair était enfin entre mes mains et toi hors de mon chemin. Je croyais avoir tout prévu : d'abord te faire arrêter pour avoir hébergé des rebelles et ensuite me débarrasser définitivement de toi! Mais non, les Yankees ont découvert que ton fichu père était un voleur et c'est moi qui ai payé les pots cassés. Et quand tu t'es enfuie de prison, fulmina-t-elle, ils sont revenus pour te chercher et ont de nouveau tout saccagé. Je leur ai dit qu'ils n'avaient pas à s'inquiéter, que je te tuerais si jamais tu revenais.

À mesure qu'elle avançait, Angela reculait en direction du mur qui séparait le bureau de la salle à manger. Claudia attrapa alors le tisonnier. Terrifiée, Angela se dit que c'était la même arme qui l'avait rendue aveugle.

— Écoute-moi ! implora-t-elle. Tu peux garder BelleClair. Je ne reviendrai jamais. C'est promis ! Mais laisse-moi partir.

Claudia se mit à fendre l'air avec le tisonnier en ricanant :

— Ah, vraiment, chère sœur ? Je peux garder BelleClair ? C'est très généreux de ta part, maintenant que, grâce à toi, la propriété est en ruine. Dis-moi, tu as aussi l'intention de me rendre mon mari ? Va-t-il enfin arrêter de se soûler pour t'oublier ? Même quand je lui ai raconté comment tu t'étais fait baiser par ce Cajun dans la sucrerie, cela n'a rien changé. À cause de toi, il s'est transformé en épave. Maintenant, tu vas payer…

Du coin ce l'œil, Angela aperçut la porte du petit cabinet qui communiquait avec la salle à manger et comprit qu'elle pourrait s'enfuir par là. Elle courut l'ouvrir et se rua à l'intérieur. En deux enjambées, elle atteignit l'autre porte, saisit la poignée et la tourna. Horrifiée, elle découvrit qu'elle était fermée.

Au même instant, le battant claqua derrière elle et elle fut plongée dans le noir. Elle entendit un grincement sinistre. Elle était piégée.

Claudia jeta un rire haut perché.

— Je t'ai eue, sale garce. Tu croyais être plus maligne que moi ? Je t'ai vue venir par ici en descendant l'escalier, pauvre idiote. Je me suis glissée dans la salle à manger pour fermer la porte. Maintenant tu vas rester dans ce cagibi jusqu'à l'arrivée des soldats que je vais prévenir immédiatement. Rien ne pouvait me faire plus de plaisir ! Tu m'offres sur un plateau la possibilité de rentrer dans leurs bonnes grâces. En te dénonçant, je leur prouve ma loyauté. Et j'espère que cette fois, ils te pendront.

Claudia se précipita hors du bureau et grimpa quatre à quatre l'escalier jusqu'à sa chambre où elle s'habilla à la hâte. Puis, prenant son manteau le plus chaud et un bonnet, elle redescendit.

Mammy Kesia l'attendait dans l'entrée, et Claudia comprit immédiatement à son expression inquiète qu'elle savait ce qui se passait. Elle alla droit sur elle et la gifla. Mammy poussa un cri et tituba, les yeux agrandis d'effroi.

— Oui, la garce est enfermée dans le cagibi, Mammy, déclara Claudia, et j'ai bien l'impression que vous l'aviez vue arriver. Si je n'étais pas aussi pressée, je vous battrais jusqu'au sang pour avoir oublié de me prévenir. Si vous avez quelque velléité de la faire sortir, vous feriez mieux d'y réfléchir à deux fois. Je vais à La Nouvelle-Orléans prévenir les autorités. Si jamais elle n'est plus là quand les soldats arriveront, c'est vous qu'ils emmèneront, Mammy, et ils vous tueront. Vous avez compris ?

Tremblant de la tête aux pieds, les mains jointes sur sa poitrine, Mammy murmura craintivement :

— Je vous ai entendue. Je ne la laisse'ai pas so'tir. C'est p'omis.

Angela se trouvait une fois de plus enfermée dans un monde de ténèbres.

Elle s'effondra par terre en songeant pour la première fois qu'il aurait mieux valu qu'elle ne retrouve pas la vue. Elle ne serait pas là à attendre d'être livrée à l'ennemi sans savoir quel sort l'attendait. Elle n'aurait jamais découvert la traîtrise de Brett et serait encore auprès de lui. Au moins, pour un moment…

Leo alla chercher le balai d'un pas traînant. Ces maudits Yankees ne lui ficheraient donc jamais la paix ! fulminait-il. Il avait eu beau signer leur stupide serment, cela ne leur avait pas suffi. Et bien qu'il eût fait semblant de boiter, il s'était retrouvé chargé de nettoyer les bureaux et de vider les poubelles. Mais la veille, il avait volé du whisky dans le bureau d'un officier et il était tombé ivre mort dans sa ruelle favorite malgré le froid. Les soldats l'avaient ramassé et lui avaient fait comprendre avec un bon coup de pied aux fesses qu'il ferait mieux de nettoyer le plancher s'il ne voulait pas qu'on l'envoie creuser des trous.

Il s'efforçait de traîner la jambe sans beaucoup de succès. De toute façon, l'endroit était pratiquement désert. Il avait entendu dire que tous les officiers avaient été convoqués au quartier général à cause d'une sale affaire au bayou Teche.

Cela lui était égal. Tout lui était égal. Seul lui importait de dénicher du whisky. Chaque semaine, il trouvait un peu d'argent sur la porte de la tombe, mais cela ne faisait pas long feu. Il aurait bien voulu voir le gant pendu à la grille. Cela aurait signifié qu'il pouvait enfin tordre le cou à cette petite salope, recevoir son argent et quitter cet endroit pourri.

Quand il eut fini, il ne devait pas être loin de trois heures et il pestait car il n'avait pas trouvé une goutte d'alcool dans les tiroirs. Il retourna au sous-sol ranger le balai. Une lanterne accrochée au mur éclairait la cave. Il ouvrit le placard. C'est à ce moment-là qu'il aperçut le gant accroché au crochet où il suspendait d'ordinaire le balai. Il poussa un cri de joie.

Cela ne pouvait signifier qu'une chose : la voix l'attendait au cimetière. Il sortit en trombe du bâtiment et se dirigea vers le cimetière, impatient d'entendre la voix lui dire où Angela Sinclair se cachait.

33

Angela tambourinait contre la porte du cagibi en appelant Mammy à l'aide. N'importe qui d'autre aurait été le bienvenu. Puis elle se laissa tomber au sol.

C'était fini.

Les soldats allaient venir la chercher et elle aurait déployé tous ces efforts en vain. Malgré tout, elle savait qu'elle ne céderait jamais. Très bien, qu'ils l'emmènent ! Mais maintenant qu'elle avait recouvré la vue, personne ne pourrait l'empêcher de s'échapper et...

Elle leva la tête.

— Qui est là ? demanda-t-elle en retenant sa respiration.

La voix angoissée de Mammy Kesia était à peine audible.

— C'est moi, mademoiselle Angela, et je peux pas vous fai'e so'ti'. Mademoiselle Claudia, elle a dit que sinon les soldats me tue'aient. Et j'ai peu'...

Angela sauta sur ses pieds et secoua la poignée de la porte tout en implorant :

— Mammy, écoutez-moi ! Il faut que vous m'aidiez. Ne vous en faites pas pour les soldats. Je vais vous emmener avec moi…

— Non. Je peux pas fai'e ça, cria Mammy. Je peux pas pa'tir, mademoiselle Angela. J'ai aucun end'oit où aller et je ne peux pas laisser mon bébé. Il est ente"é ici, et…

— Mammy, laissez-moi sortir. Vous ne pouvez pas me faire cela, vous m'entendez ? Claudia ment. Ils ne vous tueront pas. Maintenant, ouvrez cette porte…

Le silence qui accueillit ses paroles l'étonna.

— Mammy, vous m'entendez ?

Il n'y eut pas de réponse, et Angela comprit qu'elle était partie. Tous ses espoirs s'envolèrent et elle se laissa de nouveau choir au sol.

L'après-midi traînait en longueur. Angela finissait par regretter qu'ils ne soient pas encore là, ce qui lui aurait permis de commencer à échafauder des plans d'évasion. Si jamais on lui donnait un cheval, même les mains attachées, elle pourrait foncer dans le marais au moment où ils traverseraient le pont un peu plus bas. Ils devraient renoncer à la suivre dès qu'elle aurait atteint une des vieilles pistes et…

Elle entendit du bruit derrière la porte, une sorte de raclement entrecoupé de jurons.

Elle se releva lentement et tâtonna derrière elle sur l'étagère à la recherche d'une arme. Apparemment, les Yankees avaient dû s'en donner à cœur joie avec la vaisselle car il ne restait plus qu'un plat ébréché. Si elle l'écrasait sur la tête du premier soldat qui entrerait, elle pourrait profiter de la surprise générale pour filer et…

— Maudite soit cette serrure ! tonna une voix masculine qu'Angela reconnut sur-le-champ.

Raymond était venu à sa rescousse.

La porte s'ouvrit brutalement et Angela se jeta dans ses bras avec des cris de joie. Un peu en retrait, Mammy Kesia triturait nerveusement l'ourlet de son tablier. Elle la serra sur son cœur en murmurant :

— Dieu vous bénisse, Mammy, Dieu vous bénisse !

— Ça m'a p'is un moment de le t'ouver. J'ai dû che'cher pa'tout. Il a changé de cachettes. Mademoiselle Claudia a dû découv'ir les aut'es.

Raymond s'accrochait à Angela comme un enfant. Il pleurait la tête posée sur son épaule et empestait le mauvais alcool qu'il arrivait encore à fabriquer. Elle regarda Mammy en fronçant les sourcils.

— Il est p'esque toujou's comme ça, dit Mammy avec un haussement d'épaules résigné. Le seul moment où il dessoule, c'est quand y a plus 'ien à manger et qu'il doit aller voi'son pè'e en ville.

Angela se libéra doucement de l'étreinte de son beau-frère. Il la regarda l'air béat et les yeux injectés de sang.

— Je ne suis pas trop soûl en ce moment, ma chère. C'est une chance ! J'ai pu vous sauver des griffes de Claudia.

— Et je vous en remercie, assura Angela, qui ajouta : Il faut sauver Mammy. Dites que c'est vous qui m'avez fait sortir, que vous avez entendu des cris et que vous avez ouvert la porte pour voir qui était à l'intérieur.

Il gloussa, eut un hoquet puis, extirpant une flasque de sa poche, il en prit une longue gorgée avant de répliquer :

— Ne vous inquiétez pas, ma chère. Je réussis très bien à manœuvrer Claudia maintenant. Dommage que je n'aie pas compris plus tôt comment m'y prendre. J'attends votre retour depuis si longtemps.

Il ferma une minute les yeux, puis murmura avec émotion :

— Vous êtes la seule femme que je pourrai jamais aimer, Angela.

— Merci pour tout, Raymond !

Elle le regarda avec pitié se diriger en chancelant vers une chaise. Il s'assit et avala une autre rasade d'alcool.

— Je dois partir. Ils vont arriver d'une minute à l'autre, déclara-t-elle en se tournant vers Mammy. Prenez soin de lui et de vous.

Elle la serra dans ses bras, refoulant le chagrin qu'elle ressentait à les quitter, mais il faisait déjà presque nuit et il n'y avait pas une minute à perdre.

Les yeux larmoyants, Raymond tendit une main implorante en criant :

— Attendez, Angela. Nous allons nous enfuir ensemble, vous et moi, et nous commencerons une nouvelle vie. Je vous ai toujours aimée, Angela…

Pauvre Raymond ! songea Angela, désolée de le blesser en l'abandonnant. Mais elle avait une mission à accomplir. Celle-ci terminée, elle commencerait une nouvelle vie, mais sans Raymond… ni d'ailleurs aucun autre homme.

Elle se hâta vers le cimetière. La nuit emporterait bientôt les derniers vestiges du jour. Le mausolée se découpait encore contre le ciel noyé d'ombres. Des herbes folles avaient envahi l'enclos qui visiblement n'avait pas dû recevoir beaucoup de visites.

Comme elle s'approchait de la grille, quelque chose attira son regard. C'était la canne qui lui avait échappé des mains le jour où on l'avait arrêtée. Son cœur se serra à ce souvenir et elle alla la ramasser sans remarquer l'homme qui courait derrière elle. D'un geste brutal, il la fit tomber. Elle poussa un cri de terreur et, roulant immédiatement sur le dos, elle balança la canne de toutes ses forces. Leo, penché au-dessus d'elle, reçut le coup juste au-dessus de l'oreille et fit un pas en arrière avec un hurlement de douleur.

Angela bondit sur ses pieds en continuant à fendre l'air de sa canne. Il se baissa et reçut le coup sur l'épaule. Au même instant, elle entrevit son visage et elle reconnut celui qui hantait ses cauchemars.

— C'est vous ! jeta-t-elle d'une voix étranglée par l'horreur. C'est vous qui avez tué mon père, et je sais qui vous êtes. Je vous ai vu dans les champs. Vous êtes le père de Gator. Oh, mon Dieu…

Leo profita de sa stupeur pour lui arracher la canne.

— Oui, c'est moi, ricana-t-il. Et c'est dommage que je n'en aie pas fini avec vous l'autre nuit parce que je vous promets que ça va pas être beau.

Figée sur place, Angela regarda Leo retirer son couteau de sa botte.

Soudain, Brett sortit de l'ombre, un fusil à la main. Sa voix claqua dans le silence comme un coup de fouet.

— Ça suffit, papa !

Angela chancela sous le choc. Brett lui fit signe de le rejoindre, mais elle était incapable de bouger.

Leo avait lui aussi du mal à surmonter sa surprise.
— Va-t'en, mon garçon. Je n'ai rien contre toi.
Gardant son fusil pointé sur lui, Brett s'efforçait de convaincre Angela :
— N'ayez pas peur ! Je vous attendais devant la maison. Au moment où vous êtes sortie, il s'est rué à votre suite et j'ai décidé de le surveiller. Je vous aime, et c'est pour vous le dire que je suis venu jusqu'ici.
Angela reprenait peu à peu ses esprits et la rage la submergea.
— Traître ! Menteur ! s'emporta-t-elle, les poings serrés. Vous imaginez vraiment que je peux encore vous croire ? Je sais maintenant que vous aviez tout manigancé dès le début pour vous emparer des plaques ! Laissez-moi et emmenez votre meurtrier de père avec vous !
— Écoutez-moi, sapristi ! Vous ne comprenez donc pas ? Si mon père est venu pour vous tuer, c'est qu'il a reçu des ordres. Et celui qui les lui a donnés continuera jusqu'à ce qu'il ait eu votre peau. Il ne faut pas que vous restiez ici.
Angela secoua la tête d'un air têtu.
— Je ne bougerai pas d'ici tant que je ne saurai pas pourquoi il a tué mon père… et pourquoi il a aussi tenté de me tuer…
Elle regarda Leo droit dans les yeux. Des larmes de rage roulaient sur ses joues.
— Pourquoi avez-vous fait cela ?
— Il m'a payé, déclara Leo. Et fichtre bien ! Mais je n'avais pas l'intention de tuer votre père. C'est sa faute, il a essayé de m'avoir. Tout ce que je voulais, c'étaient ces satanées plaques qu'il a volées. Alors vous êtes arrivée et j'ai dû m'occuper

de vous aussi. J'avais peur que vous puissiez me reconnaître.

— C'est pour cela que tu as recommencé à Ship Island ? demanda Brett. Elle était aveugle et avait perdu la mémoire ! Alors pourquoi n'as-tu pas quitté la ville et oublié tout cela ?

— C'était bien dans mes intentions, expliqua Leo, mais on m'a menacé de me dénoncer pour le meurtre d'Elton Sinclair si je tentais de m'enfuir. Et puis, je te l'ai dit, on me paie grassement. Et je toucherai encore davantage quand je lui aurai réglé son affaire. De toute façon, qu'est-ce que ça peut te faire ? Tu n'es pas assez stupide pour être amoureux de cette garce qui t'a accusé de viol, tout de même ? Elle m'a fait perdre la meilleure place que j'aie jamais eue et nous a fait chasser tous les deux, et...

— De quoi parlez-vous ? l'interrompit Angela, stupéfaite, avant de se tourner vers Brett : Vous avez menti à votre père ? Vous lui avez fait croire que vous vous enfuyiez parce que je vous avais accusé de viol ? Alors que vous aviez un mari trompé à vos trousses ? Vous m'avez accusée, moi ?

Brett la regardait sans ciller. Il paraissait déchiffrer ses pensées les plus intimes. Après tous ces mois passés auprès d'elle, il avait fini par bien la connaître et il était intimement convaincu qu'elle disait la vérité. Il tourna des yeux méprisants vers son père.

— Dis-lui donc ce que Sinclair t'a dit !

Leo ne se fit pas prier, persuadé que Brett serait écœuré en réentendant toutes ces saloperies et lui laisserait enfin la voie libre.

La stupéfaction d'Angela n'avait d'égale que son horreur.

— C'est faux ! C'est un tissu de mensonges ! Je n'ai jamais prétendu que vous m'aviez violée. J'ai découvert plus tard que Claudia nous avait espionnés. Mais à l'époque, je pensais qu'elle m'avait vue descendre le long du treillis. Quand ils m'ont demandé qui j'étais allée rejoindre, j'ai refusé de le leur dire.

Brett était stupéfait.

— Alors, pourquoi votre père m'a-t-il accusé de vous avoir violée ?

Tentant de retenir ses larmes maintenant que les pièces du puzzle commençaient à s'imbriquer, Angela ne put que murmurer :

— Je ne sais pas. À moins qu'il n'ait voulu se débarrasser de vous. C'était le meilleur moyen de nous écarter l'un de l'autre. Vous ne vous moquiez pas de moi, alors ? finit-elle par oser demander, la gorge serrée. Vous ne couchiez pas avec une femme mariée ?

Brett ne put s'empêcher de rire.

— Mais bien sûr que non. Où avez-vous été chercher une idée pareille ?

Elle lui parla de Simona et d'Emalee, lui fit part de son accablement en apprenant la nouvelle et comment elle avait accepté de partir en Angleterre en le haïssant de tout son cœur.

— Mon Dieu ! souffla Brett, en comprenant qu'ils avaient été victimes d'un coup monté. Et moi qui croyais pendant tout ce temps que vous m'aviez accusé de vous avoir violée parce que vous ne vouliez plus de moi !

— Ce n'est pas vrai ! protesta-t-elle, submergée par les sentiments qu'elle repoussait depuis si longtemps. Puis, se rappelant sa duplicité, elle attaqua : Pourquoi m'avez-vous caché votre identité ?

— Est-ce que vous seriez partie avec moi ? s'enquit-il avec un petit sourire. Certainement pas ! Figurez-vous qu'on m'a envoyé à La Nouvelle-Orléans pour servir de guide aux soldats yankees dans le bayou. Et une fois ici, j'ai été chargé d'une nouvelle mission. Celle de me faire passer auprès de vous pour un espion sudiste afin de découvrir où étaient cachées ces plaques. Ils avaient appris je ne sais comment que nous nous connaissions.

— Par Claudia, bien sûr ! intervint Angela.

— Dans ces conditions, comment aurais-je pu vous dire qui j'étais ? D'ailleurs, vous ne vous souveniez sans doute même plus de moi après toutes ces années.

Elle s'avança vers lui, mais Leo brandit son couteau d'un air menaçant et rugit :

— Je te l'ai dit, je dois tuer cette garce...

Brett arma son fusil.

— Assez ! Ne compte pas sur moi pour te laisser faire.

— Et vous allez enfin être pendu comme vous le méritez pour le meurtre de mon père !

Leo roula de grands yeux effarés.

— Non ! Ce n'est pas ma faute. C'est la voix qui m'a dit de le faire.

— La voix ? répéta Brett. De quoi parles-tu ?

Espérant qu'après leur avoir tout confié, il pourrait prendre congé et sortir de leurs vies pour toujours, Leo leur raconta ses rencontres avec le mystérieux inconnu caché dans la tombe.

— C'est lui qui me donnait des ordres. Il me laissait de l'argent au-dessus de la porte. Il a mis un gant dans le placard ce matin. J'ai compris que je devais me rendre tout de suite à notre rendez-vous du cimetière. Il m'attendait à l'intérieur du tombeau et m'a prévenu qu'elle était revenue. Il avait même caché un cheval pour moi et il m'a ordonné de la tuer.

Angela s'était peu à peu rapprochée de Brett et, quand il la serra contre lui, ses frayeurs s'évanouirent enfin. Elle devinait que Leo allait essayer de marchander sa liberté et elle l'écoutait attentivement, impatiente de découvrir l'identité du monstre qui avait condamné son père à mort.

— Alors personne ne peut te blâmer, poursuivit Brett d'une voix persuasive. Mais qui était-ce ? Qui était à l'intérieur de la crypte ? L'as-tu jamais vu ?

Leo réalisait peu à peu qu'il n'avait pas vraiment envie de tuer cette fille et qu'elle n'avait sans doute jamais accusé Brett de viol. Et Brett avait l'air de l'aimer. Il n'avait qu'à tirer un trait sur l'argent et quitter la ville sans se retourner.

— Je l'avais jamais vu jusqu'à aujourd'hui. J'avais jamais osé chercher à le voir. Mais je me suis dit que c'était le jour ou jamais et que s'il me donnait pas l'argent, je saurais à qui le réclamer. Je me suis caché et j'ai attendu qu'il sorte. Et il est sorti.

Brett se raidit et sentit Angela faire de même.

— Alors ? Qui est-ce ?

— Je sais pas son nom, répondit nerveusement Leo. Mais je l'ai déjà vu. Je sais qui c'est. Il…

Un coup de feu éclata alors et Leo, une expression de terreur sur le visage, tomba face contre terre. Le sang ruisselait de la blessure qu'il portait à la nuque.

Brett avait poussé instinctivement Angela par terre et s'apprêtait à la couvrir de son corps pour la protéger. De son côté, elle avait voulu l'attirer contre elle, faisant tomber son arme sur le sol.

— Ne bougez pas ! cria une voix au moment où il se penchait pour la récupérer.

Angela tourna brutalement la tête et aperçut le Dr Duval.

— Non ! protesta-t-elle, abasourdie. Ce n'est pas possible ! Ce n'est pas vous...

— Malheureusement, je vais devoir vous tuer tous les deux, annonça-t-il en fixant sur eux son regard glacé. Je regrette que cela se termine ainsi mais, vous voyez, je craignais que Leo ne rate son coup une fois de plus, aussi ai-je décidé de le suivre. Et j'ai bien fait car j'ignorais qu'il m'avait vu sortir de la crypte.

Angela était si bouleversée de découvrir que le responsable de cette tragédie était un ami de longue date qu'elle en oubliait d'avoir peur.

— Mais pourquoi ? parvint-elle à articuler. Pourquoi, docteur Duval ?

— C'est simple. Votre père et moi avons participé à la prise de l'Hôtel de la Monnaie. Votre père a subtilisé ces plaques, mais je pense qu'il nourrissait des soupçons à mon égard car il n'en a parlé à personne. Mais ce qu'il ignorait, ajouta-t-il avec un air supérieur, c'est que je l'avais vu. Je pensais qu'il attendait le moment favorable pour les faire passer aux Sudistes. J'ai donc décidé de m'en emparer, et vous savez le reste.

— Vous n'êtes ni plus ni moins qu'un traître, souffla Angela qui le voyait enfin sous son vrai jour et trouvait à son expression quelque chose de démoniaque. Pendant tout ce temps, vous travailliez pour les Yankees !

— Je ne suis pas stupide. Je me suis arrangé pour ne pas plonger en même temps que La Nouvelle-Orléans. Mais maintenant, c'est fini. Tout est fini, déclara-t-il en levant son arme.

— Père, je vous en prie ! Arrêtez ! hurla Raymond en sortant des buissons derrière son père. Ne rendez pas les choses plus difficiles encore ! implora-t-il d'une voix brisée. J'ai suivi Angela et je vous ai vu. J'ai entendu la détonation. Mon Dieu, ne les tuez pas...

Il tomba à genoux et enfouit sa tête dans ses mains.

Angela eut juste le temps d'apercevoir le visage ravagé du Dr Duval avant qu'il ne tourne son arme contre lui.

Pendant ce qui sembla une éternité, personne ne bougea. Puis Raymond commença à ramper vers le corps de son père. Il le prit dans ses bras et se mit à le bercer.

— Oh, père, vous n'auriez pas dû faire cela ! J'aurais continué à vous aimer malgré tout. Et mère aussi. Nous vous aurions pardonné...

Brett serra Angela contre lui.

— C'est fini, mon Ange. Il n'a pas pu affronter la vérité devant sa famille. Peut-être est-ce mieux ainsi. Mais une chose est certaine, il faut nous en aller au plus vite.

— Les plaques... chuchota-t-elle.

Elle sortit la clé de sa poche et la lui tendit.

— Tenez ! Elles sont dans le cercueil de ma mère. *C'est la vie qui jaillit de la mort*... balbutia-t-elle en sanglotant.

Sans comprendre ce qu'Angela voulait dire par là, Brett prit la clé des mains de la jeune fille.

— Vous feriez mieux de m'attendre, lui conseilla-t-il en rentrant à l'intérieur.

Ce n'était vraiment pas un spectacle pour elle.

Il banda ses forces pour écarter la dalle qui fermait la tombe. Puis, retenant sa respiration, il souleva le couvercle du cercueil, heureux de la pénombre qui régnait dans le mausolée. Sans regarder le corps desséché, il passa la main le long des parois du cercueil. À hauteur des pieds, il trouva un sac de grosse toile. Il s'en empara et sortit sans perdre de temps à refermer la sépulture.

— Allons-y, cette fois-ci ! jeta-t-il en tendant triomphalement son butin à Angela.

— Pas encore ! dit-elle en se dirigeant vers l'endroit où Raymond tenait toujours son père dans ses bras. Raymond, si vous voulez venir avec nous…

— Non, je vais le ramener à la maison et l'enterrer. Ensuite, je m'en irai. Je convaincrai ma mère que nous n'avons plus rien à faire ici. Dépêchez-vous ! Claudia est allée chercher les Yankees.

À peine avait-il prononcé ces paroles que Brett l'aperçut qui courait dans leur direction.

— La voici ! annonça-t-il. Les soldats ne doivent pas être loin.

Angela serra rapidement Raymond dans ses bras et s'élança vers Brett.

Raymond ramassa l'arme de son père et ordonna :

— Partez vite ! Je les retiendrai autant que je le pourrai. Cachez-vous dans le bayou, ils n'oseront pas vous suivre.

Brett attrapa la main d'Angela et l'entraîna derrière lui. La nuit les engloutit juste avant que

Claudia ne surgisse. Elle remarqua le corps du Dr Duval, puis celui de Leo, et cria :

— Que s'est-il passé ? Elle les a tués tous les deux ? Où est-elle allée ? Il faut l'arrêter. Retenez-la jusqu'à ce que les soldats arrivent.

Raymond, sans lâcher le revolver, reposa doucement son père avant de se lever et de demander :

— Où sont les soldats, Claudia ? Pourquoi ne sont-ils pas avec vous ? Vous êtes bien allée en ville les chercher ?

Intriguée par le sang-froid qu'il manifestait, elle plissa les yeux pour mieux déchiffrer son expression dans la pénombre.

— Bien sûr que j'y suis allée. Ils n'ont pas estimé nécessaire de venir tout de suite mais ils ne sauraient tarder. Ils sont tout excités au sujet d'une bataille qui a lieu dans le bayou Teche. Qui l'a laissée sortir ? poursuivit-elle avec rage. Mammy a juré que ce n'était pas elle. Alors ce doit être vous, pauvre imbécile ! Vous ne voyez pas qu'ils vont vous pendre ? Peut-être que ce sera mieux d'ailleurs puisque vous êtes incapable de l'oublier.

Raymond devina qu'elle était au bord d'une crise, mais il trouva les arguments pour la calmer.

— Elle a promis que si je la laissais sortir, elle me montrerait où sont cachées ces fameuses plaques. J'ai pensé que cela en valait la peine. Le gouvernement fédéral nous en saura gré, vous ne croyez pas ?

Claudia fut submergée de joie.

— Bien sûr ! Les soldats vont nous aider à reconstruire BelleClair. Où sont-elles ? Je veux les tenir entre mes mains quand ils arriveront.

Il indiqua le mausolée du doigt. La porte était restée ouverte.

— Là-dedans. Elton avait deviné que personne ne regarderait à l'intérieur.

— Mais bien sûr. Quelle bonne idée !

— Elles sont posées sur le cercueil de Twyla.

Elle lui envoya un baiser du bout des doigts, soudain remontée à la perspective que tout allait redevenir comme avant. Après tout, qu'Angela aille au diable ! Du moment qu'elle ne revenait pas, cela lui importait peu.

Elle courut à l'intérieur de la crypte.

Raymond s'empressa de claquer la porte derrière elle et de faire tourner la clé dans la serrure.

Elle hurlait toujours lorsqu'il souleva le corps de son père dans ses bras pour le ramener à la maison.

Quand il eut atteint le pied de la colline, le silence était retombé sur le cimetière.

Dans quelques jours, songea-t-il, un silence de mort régnerait là-bas.

Un silence de mort.

En sécurité dans les profondeurs du bayou, Brett prit Angela dans ses bras et l'embrassa jusqu'à ce qu'ils soient tous deux hors d'haleine.

Quand il la relâcha, elle leva les yeux vers lui et murmura :

— Je vous aime, Gator. Juré, craché !

— Oh, c'est Gator maintenant ? remarqua-t-il d'un ton taquin. Eh bien, moi aussi, je vous aime. À jamais et pour toujours.

— Que faisons-nous maintenant ? demanda-t-elle avec une certaine inquiétude. Où avez-vous l'intention d'aller ?

— Mais nous avons une guerre qui nous attend ! Et quand elle sera terminée, nous aurons toute la vie devant nous.

— Oui, toute une vie ensemble ! C'est la seule chose qui compte, mon amour. Tant que vous serez à mes côtés, je n'aurai aucune raison de regarder derrière moi.

— C'est bien vrai, vous n'avez aucune raison de regarder derrière vous puisque nous avons une mine d'or qui nous attend – si nous arrivons à la dénicher ! se moqua-t-il avec une expression mystérieuse. Mais nous avons quelque chose de plus important à chercher en attendant.

— De quoi s'agit-il donc ?

Elle se serra contre lui, lui offrant son visage pour un baiser.

— Le printemps, Angela, chuchota-t-il. Il faut que nous allions chercher le printemps, afin que je puisse tenir le ciel entre mes mains et découvrir le paradis avec vous.

Et leurs lèvres se joignirent en gage d'un éternel printemps…

Découvrez les prochaines nouveautés de nos différentes collections J'ai lu pour elle

AVENTURES & PASSIONS

Le 4 juin :

Une passion orageuse ☙ Heather Graham (n° 5913)

C'est la guerre de Sécession. Tia McKenzie ne voit qu'une solution pour sauver sa famille et Ellington Manor qui, autrefois, était une des plus belles plantations de Floride. Elle doit séduire le colonel Raymond Weir et feindre d'accepter sa proposition de mariage. Mais Tia est attirée par le jeune Taylor Douglas. Leur amour naissant sera-t-il assez fort pour surmonter tous les obstacles ?

Sur les traces d'un escroc ☙ Sabrina Jeffries (n° 8562)

La jeune et ravissante Amelia Plume a beaucoup d'admirateurs, mais aucun n'est capable de lui offrir les aventures exotiques dont elle rêve. Seul le beau et mystérieux Lucas Winter pourrait réussir à la séduire. Ses baisers brûlants ne la laissent pas indifférente en tout cas. Pourtant, il semble avoir des intentions bien cachées, et Amelia est décidée à découvrir le pot aux roses…

La princesse et son mercenaire ☙ Shari Anton (n° 8695)

Emma de Leon connaît déjà l'homme qui deviendra un jour son amant. Grâce à ses pouvoirs, elle l'a vu l'embrasser passionnément. Maintenant, elle l'a réellement rencontré, mais comment convaincre ce mercenaire accusé de meurtre et qui n'a nullement l'intention de l'épouser qu'il n'a d'autre choix que de donner son cœur à Emma ?

Nouveau ! 2 rendez-vous mensuels aux alentours du 1er et du 15 de chaque mois.

Le 18 juin :

Une femme de désirs Gaelen Foley (n° 7348)
Lady Jacinta Knight s'enfuit de chez son frère qui souhaite la marier à un homme qu'elle n'aime pas. Alors qu'elle se retrouve seule la nuit dans les ruelles dangereuses de Londres, elle assiste à un combat entre deux gangs. Quand Billy Blade, l'un des chefs, l'aperçoit dans sa cachette, il lui vole quelques baisers qui éveillent en eux un désir inexplicable…

Son unique désir Gaelen Foley (n° 8696)
Georgiana Knight est aussi belle que peu conventionnelle. Fille d'une famille anglaise vivant aux Indes, elle est bien décidée à mener les hommes par le bout du nez jusqu'au jour où Ian Prescott arrive en mission diplomatique pour empêcher une guerre. Georgiana est tout de suite attirée par cet homme mystérieux, mais elle ignore encore à quel point cette mission sera dangereuse pour sa vie… et pour son cœur.

Si vous aimez Aventures & Passions,
laissez-vous tenter par :

Passion intense

Quand l'amour vous plonge dans un monde de sensualité

Le 18 juin :

Brûlantes retrouvailles Cheyenne McCray (n° 8697)
Depuis dix ans, Dee McLeod est seule à entretenir son ranch. Depuis dix ans, elle essaie d'oublier l'homme qui est parti et qui lui a brisé le cœur. Aujourd'hui, la surnommée « reine de glace » attend juste qu'un homme digne de son nom vienne la réchauffer. C'est alors que Jake est de retour, bien décidé à regagner son cœur et son corps… Saura-t-elle lui résister après toutes ces années ?

L'ivresse des sens Susan Johnson (n° 8698)
La princesse Christina de Silésie s'est résignée à ne jamais connaître le bonheur. Hans Heinrich XV, son époux, ne lui manifeste qu'une froide indifférence et préfère s'afficher en public avec ses maîtresses. Christina décide alors de prendre sa revanche. Elle veut enfin connaître ces plaisirs sensuels auxquels elle n'a jamais goûté. L'amant idéal se présente sous les traits de Max Falconer, un séduisant gentleman américain…

Nouveau ! 1 rendez-vous mensuel
aux alentours du 15 de chaque mois.

Et toujours la reine du roman sentimental :

Barbara Cartland

Le 4 juin :
Née sous une bonne étoile (n° 8694)
Tant de mystère (n° 8673)

Le 18 juin :
Un si gros mensonge (n° 4420)

Nouveau ! 2 rendez-vous mensuels aux alentours du 1er et du 15 de chaque mois.

5807

Composition Chesteroc Ltd
Achevé d'imprimer en France (Malesherbes)
par Maury-Imprimeur le 23 avril 2008.
Dépôt légal avril 2008. EAN 9782290009949
1er dépôt légal dans la collection : février 2001

Éditions J'ai lu
87, quai Panhard-et-Levassor, 75013 Paris
Diffusion France et étranger : Flammarion